Elisabeth Klar

Elisabeth Klar

Wie im Wald

Roman

Residenz Verlag

Bibliografische Information der Deutschen Bibliothek
Die Deutsche Nationalbibliothek verzeichnet diese Publikation in der Deutschen Nationalbibliografie; detaillierte bibliografische Daten sind im Internet über http://dnb.dnb.de abrufbar.

www.residenzverlag.at

Umschlaggestaltung: BoutiqueBrutal.com
Typografische Gestaltung, Satz: Lanz, Wien
Lektorat: Jessica Beer
Gesamtherstellung: CPI Moravia Books

ISBN 978 3 7017 1636 4

WIEN KULTUR

I

1.

Sie hat Ja gesagt. Und dass Lisa etwas zu mir sagt, noch dazu »Ja« sagt, mir zustimmt, damit habe ich nicht rechnen können. Ich fahre und blicke auf die Straße und sie sitzt neben mir, von mir angegurtet, hat gesagt: Ja.

Karin sieht auf die Straße, ich habe ihre Hand die meine nehmen lassen, kalte Finger, die meine umschließen. Jetzt halten ihre Hände das Lenkrad, ich sehe aus dem Seitenfenster auf den vorbeiziehenden Wald. Ja, ganz ohne Umschweife habe ich Ja gesagt, zu allem und Ja zu ihrer Frage, ob ich wieder bei ihr wohnen wolle. Ich fahre zum Haus zurück, sehe aus dem Seitenfenster auf den Wald, habe Ja gesagt, und genau deshalb ist auch alles, was geschehen ist, seitdem ich von diesem Haus weggegangen bin, bloß ein Seitenfenster, mehr ist es nicht.

»Nach all dem, was geschehen ist«, sagt Grete, sie hat extra aus London angerufen, und das nur, um eine abgegriffene Phrase wie ein abgetragenes Kleid an mich loszuwerden. Und ich stimme ihr gleich zu, sage: »Genau, nach all dem, was geschehen ist, nach all den langen Jahren.« »Woher kommt das?«, fragt Grete dann, »Woher kommt das denn? Das kommt ja völlig aus dem Nichts.« Ich lache. »Von nichts kommt nichts«, sage ich und lache darüber, dass unsere Familie immer so überrascht ist von all dem, was ihr widerfährt und was sich doch längst angekündigt hat.

Von Lisas Weglaufen damals sind sie auch überrascht gewesen und überrascht darüber, dass Papa dann auch gegangen ist, von ganz allein und aus freiem Willen, und auch meine Entscheidung hat sich lange vorbereitet, ist aufgegangen wie Kuchenteig und hat gewartet, dass man mit der Stricknadel hineinsticht, um zu sehen, ob noch etwas anderes an ihr klebt.

Dann lenke ich das Auto über die Landstraße durch den Wald und später über die Autobahn und würde gerne wissen: Als man Lisa gefragt hat, ob sie einverstanden sei, mich wieder zu sehen, ist sie da auch überrascht gewesen? Ich weiß es nicht und außerdem hat sie, so sagte man mir, auch sofort zugestimmt, hat sofort gesagt: Ja.

Ich habe sofort Ja gesagt, als Julian gemeint hat, dass Karin mich gerne besuchen würde und ob ich das denn auch wolle: Ja. »Karin und du, ihr habt euch lange nicht gesehen«, hat er gesagt, und ich habe Ja gesagt. »Und du willst sie wiedersehen?«, hat er gefragt, und ich habe gesagt: Ja.

Und als der Tag dann kommt, an dem sie mich besucht, und als ich es läuten höre, spüre ich den Jeansstoff an meiner Stirn, an meinen Armen spüre ich den Jeansstoff, ich halte meine Beine umfasst, weil ich schon warte, schon lang. Es ist rau, wenn ich mit den Fingern über die Hose fahre, dann eine Schwelle, sie steigt darüber, über die Türschwelle in die Wohnung, es ist ein enger Zusammendrücken, ich drücke mich enger zusammen, als ich höre, dass sie mich besuchen will. Die Naht, die ich auf der Jeans mit den Fingern ertaste, ist hart und hügelig, ihre Stimme.

Sie fragt: »Lisa?«

Sie geht meinen Schenkel hinauf. Die Naht und Karins Stimme gehen meinen Schenkel hinauf. Ich fahre die Naht entlang und dann dreht sie sich, ändert die Richtung mittendrin. Und Julian meint, es sei Besuch für mich da, und der Jeansstoff ändert seine Richtung, ich fahre über die Kante, sehr hart. Er meint, es sei Karin Ludevik, und ich weiß, wer das ist, und will trotzdem nicht aufsehen, in dem Knick so viel Stoff auf einem Fleck, sehr hart, aber überall auf mein Gesicht gepresst nur Jeansstoff und Wärme.

Sie fragt, ob ich sie denn nicht begrüßen wolle. Unten, unter meinem Arm, sehe ich ihre Hände. Ein bisschen Jacke und ein bisschen Hände. Ob ich es denn gut hier habe. Ob es mir denn an nichts fehle. Weswegen bist du hier, Karin? Sag es ruhig, was du von mir willst. Ich erkenne ihre Hände, es sind dieselben, die ich gehalten habe. Etwas älter, aber ich habe sie gehalten, ganz kalte Finger, von meinen umschlossen.

2.

Alexander wartet nach dem ersten Besuch bei Lisas Wohngemeinschaft daheim auf mich. Er öffnet mir die Haustür, noch bevor ich den Schlüssel umdrehen kann, er begrüßt mich mit einer festen Umarmung. Ich stehe noch vor der Schwelle und er umarmt mich schon.

»Wie ist es gegangen?«, fragt er, als ich mich von ihm befreit habe. Ich gehe an ihm vorbei ins Vorzimmer, schlüpfe aus den Schuhen.

»Ja.«

Ich gehe in die Küche, ich bin hungrig, durstig außerdem. Der Betreuer hat mir gleich zu Beginn Himbeersaft angeboten, nur ist zu viel Sirup darin gewesen, viel zu süß, es ist ein Kindersaft gewesen. Er hat mich auch gleich zu Beginn gebeten, ihn Julian zu nennen, und mich trotzdem weiterhin gesiezt.

»Es ist ganz in Ordnung«, sage ich, klappe den Brotkorb auf. »Ich weiß nur nicht – was macht sie dort, das frage ich mich.«

»Was meinst du?«, fragt Alexander.

»Das ist doch eine Wohngemeinschaft für Behinderte.« Ich öffne den Kühlschrank, hole die Butter. »So habe ich das zumindest verstanden, dass das eine Wohngemeinschaft für Behinderte ist, aber Lisa ist doch nicht behindert. Also was macht sie dann dort? Sogar der Betreuer gibt zu, dass sie zu den anderen nicht passt.«

Eingerollt und keine offene Fläche. Das Einzige, was ich sehe, sind ihre Haare. Nur die blonden, fettigen Haare, die sich aus dem Zopf lösen. Ich schmiere die kühlschrankkalte Butter auf das Brot. Das Messer drückt sich tief in den Teig und er zerreißt. Ich drehe mich um.

»Er sagt natürlich, sie ist eine große Hilfe«, sage ich. »Er sagt, sie kümmert sich um die anderen.«

»Ist das nicht gut?«, fragt Alexander. Er steht an den Türrahmen gelehnt.

»Ich weiß nicht«, sage ich. »Ich meine, was soll das denn? Es ist so, als hätten sie nicht gewusst, wohin mit ihr, also haben sie sie dorthin gesteckt wie abgestellt.«

»Es wird eben überall gespart«, meint er. »Was soll man tun?«

»Ich weiß nicht.«

Ich stehe da, an die Abwasch gelehnt, und halte das Butterbrot in der Hand und weiß nicht, was ich jetzt damit machen soll. Mir ist schlecht und ich muss an Weihnachten denken.

»Und wie ist es dir mit Lisa gegangen?«

Ihre Arme sind um die Beine verkrampft, ihre Finger fahren die Jeans entlang. Die Finger, die Hände habe ich sofort erkannt.

Im Gehen hatte ich die Hand schon auf der Klinke der Wohnungstüre, da ist der Betreuer noch zwei Schritte auf mich zugekommen. »Dieser Besuch ist sehr wichtig für Lisa gewesen«, hat Julian gesagt. »Ja«, habe ich geantwortet und die bunten Kleiderhaken angesehen, die an der Wand angebracht waren, mit Stickern unter jedem Haken, auf denen in kindlichen Handschriften Namen aufgeschrieben waren, Lisa, Mark, Robert, Uschi.

»Aber es ist auch eine Belastung für sie. Wir müssen es langsam angehen.«

Und ich habe mir überlegt: Hat Lisa hier ihren eigenen Namen hingeschrieben? Aber ich kenne ja ihre Handschrift, und die ist am Ende längst nicht mehr kindlich gewesen. Es ist die Handschrift einer Jugendlichen gewesen – wieso schreibt sie ihren Namen auf den Sticker wie ein Kind?

»Ja«, habe ich gesagt, »auch eine Belastung.«

»Ja«, sage ich auch zu Alexander.

Grete ruft am nächsten Tag aus London an, drängt mich, ich solle doch mit den Großeltern reden, und ich meine, was soll ich denn da reden, was geht es sie denn an? Peter ruft aus Salzburg an, meint, dass Grete ihn aus London angerufen hat, und will wissen, was da vor sich geht, was diese Besuche bei Lisa denn nun bedeuten sollen. Er meint, dass die Sache sehr wohl auch die Großeltern anginge. »Woher kommt das denn?«, fragt er. »Das kommt ja völlig aus dem Nichts.« Alexander will auch, dass ich mit offenen Karten spiele, und ich denke an das Kartenspiel, das ich bei meinem Besuch bei Lisa gespielt habe, und das auch ganz offen gewesen ist. Die Alten würden ja doch nicht mit mir um Lisa schnapsen, weil sie doch wissen, dass ich schummle.

An einem Montagmorgen trinke ich dann mit den Alten Kaffee und überlege dabei, wie und wann ich ihnen meine Pläne mitteilen soll. Es ist ein Montagmorgen, weil ich keine Bürozeiten habe, die die Großeltern daran hindern könnten, auch unter der Woche Besuche zu wünschen. Die Futterschüssel von Inges alter Katze steht leergefressen neben dem Kühlschrank, die Katze ist wie immer nicht zu sehen, die Sonne scheint hart auf den Küchentisch und auf die halbleere Maresi, wir trinken aus Tassen mit Zwiebelmuster. Die Maresi macht den Kaffee süß und am liebsten würde ich mir die Flasche direkt an die Lippen setzen. Opa, Oma und ich sitzen um drei Tischecken, die Oma hat eine Hand auf Opas Hand gelegt und redet, und ihr Gespräch rutscht so leicht zu August, wie Omas Hand auf die des Großvaters rutscht, so leicht wie die Reifen meines Autos in die Fahrrinnen rutschen. Würde ich etwas an diesen Fahrrinnen ändern, wenn ich die halbleere Flasche Maresi an die Lippen setzen würde? Aber ich trau mich ja doch nie, weil Oma jetzt über das Grab redet, das schon wieder voller Laub und Dreck ist und nicht sauber, wie es stattdessen sein sollte, und das, obwohl sie für die Grabpflege ein Vermögen zahlen und auch immer Trinkgeld geben, wenn sie einen der Friedhofsarbeiter treffen, und sie können auch nicht so oft dorthin, weil sie doch beide so kaputte Hüften und so kaputte Rücken haben. Und diese Friedhofsarbeiter reinigen Augusts Grab bestimmt absichtlich nicht so gründlich wie die anderen, machen ihnen das bestimmt zu Fleiß, und wann werden all die bösen Zungen endlich aufhören, August in dünne Streifen von Lügen zu schneiden?

»Es könnte sich auch einmal jemand anderer darum kümmern, dass das in Ordnung kommt«, sagt der Opa und meint damit mich, weil kein anderes Familienmitglied nahe genug wohnt, um regelmäßig hinzufahren.

»Ich habe viel zu tun«, sage ich.

»Du bist doch zuhause«, sagt Oma.

»Ich arbeite zuhause«, sage ich.

»Da muss man sich wirklich schämen, wie das aussieht, Augusts Grab.«

Oma sagt Augusts Grab, obwohl natürlich auch Inge darin liegt. Und ich frage mich, wenn nicht einmal Inges Name in

Omas Satz über das Elterngrab passt, obwohl Inges Name nicht viel Platz verbraucht, wie soll man dann Lisa hier noch unterbringen? Und ich frage mich, wenn ich nicht einmal die Maresi aus der Flasche trinken kann, wie soll man dann Lisa noch hereinquetschen, die hier schon nicht Platz gefunden hat, als ihr Körper noch viel weniger davon verbrauchte – inzwischen ist er ja gewachsen? Und wie soll ihr Kartenspiel hier hereinpassen, diese Mischung aus Schwarzer Peter, Schnapsen, Uno, Quartett, dessen Regeln ich nicht verstehe.

Die Regeln sind einfach: Senke den Kopf. Weiche zurück, wenn Karin dich berührt, aber nicht zu viel. Zeige ihr deinen Nacken, nicht dein Gesicht. Fahre mit den Kanten der abgegriffenen Karten über deine Lippen, die Kanten sind weich und werden mit jedem Mal weicher. Lass sie deine Hand nehmen, aber drehe dich dabei weg. Während deine Finger die Steppdecke greifen, erzählt Karin dir von einem fremden Mann, der Alexander heißt, und der ihr gehört. Du brauchst nicht zu antworten. Jedes Mal, wenn du sprichst, könntest du fallen. Nicht jedes Mal fällst du in Julians Arme.

»In diesem Raum«, sagt Julian, als wir wieder alleine sind, »kannst du alles sagen«, und er zeigt um sich.

Ich weiß. In diesem Raum sind zwei gepolsterte Sessel, man kann darauf sitzen, den Kopf nach hinten fallen lassen und er findet eine Stütze. Man kann den Polsterstoff begreifen, er ist rau unter meinen Fingern. In diesem Raum sitzen Handpuppen auf den Regalen, und auf dem Regalbrett gleich neben der Tür die offene Nussschale mit dem Plastikkäfer darin. Er ist auf eine Metallfeder geklebt, und er zittert leicht, wenn man die Nussschale auch nur berührt. Dieser Raum ist abgeschlossen, die Wände legen sich fest um die Stimmen und lassen sie nicht hinaus, das Fenster ist zu, da ist nur Julian, und da bin ich. In diesem Raum kann ich meinen Mund öffnen, und was herauskommt, flutet das Parkett wie ein Bassin. Der Raum, in den Karin tritt, muss erst geöffnet werden, und gemeinsam mit ihr treten Regeln ein, von denen keine vorsieht, dass ich spreche.

3.

Aber Lisa sagt schließlich etwas. Das ist es, womit ich nicht gerechnet habe. Deswegen sitze ich jetzt hier und Lisa sitzt neben mir und blickt aus dem Seitenfenster des Autos. Deswegen sitze ich hier und sehe ihr zu, wie sie packt. Sehe ihr zu, wie sie an mir vorübergeht, von einer Ecke des Zimmers in die andere, mit gesenktem Kopf, und wieder zurück, und Sachen einsammelt und wieder verteilt und zu keinem Ende kommt. Deswegen liege ich davor noch im Bett und blicke Alexander an und er blickt zurück.

»Die Wohngemeinschaft ist nicht gut für sie«, sage ich noch einmal. Ich weiß nicht, wie oft ich es in den letzten Monaten gesagt habe. Jedes Mal die Handtasche nehmen, nach hinten auf den Rücksitz werfen, die Zündung starten, durch den Wald fahren, in die Stadt. Jedes Mal Julian begrüßen, Lisa begrüßen, mit Lisa Karten spielen, den Kindersaft trinken, den Supermarkt-Kuchen essen, mit Julian sprechen. Jedes Mal zurückkommen und jedes Mal sagen: Diese Wohngemeinschaft ist nicht gut für sie. Es ist zur Routine geworden.

»Ja«, antwortet er noch einmal.

»Sie sehnt sich auch nach dem Wald zurück«, sage ich. »Da bin ich mir sicher.«

»Soll sie uns denn mal besuchen?«, fragt er.

»Das würde doch nichts ändern«, sage ich. »Was würde das denn ändern?«

»Ja«, sagt er. »Was soll man denn da tun?«

Er fragt es, als gäbe es tatsächlich nichts zu tun. Er fragt es, als hätten wir alle unsere Möglichkeiten ausgeschöpft, ihr zu helfen.

»Man müsste sie eben auf Dauer nehmen.«

Er antwortet nicht gleich.

»Du meinst das doch nicht ernst«, sagt er dann.

Wird er denn jetzt auch noch überrascht sein, so wie alle anderen in der Familie? Er müsste es doch besser wissen.

»Du selbst hast gesagt, ich sollte wieder Kontakt mit ihr aufnehmen«, sage ich schließlich. »Die Wohngemeinschaft ist nicht gut für sie. Du hast mich gefragt, was man machen soll. Ich weiß, was ich machen kann.«

Alexander dreht sich auf den Rücken.

»Ja«, sagt er. »Ich meine …«

Eine Zeit lang ist es still. Ich weiß, dass er dabei ist, aufzugeben, und störe ihn nicht dabei. Wir küssen uns und schlafen miteinander und schlafen ineinander und am nächsten Morgen sagt er: »In Ordnung.« »In Ordnung«, wiederholt er noch einmal für sich.

Und es stimmt auch, dass er es war, der mich immer wieder bestärkt hat, »schau doch«, hat er gesagt, »all das ist lange her«. Und er hat recht. Doch gleichzeitig, als ich Lisa besuche und sie die Karten auf dem Bett herumschiebt, scheint es mir nicht lange her, dass wir gemeinsam auf dem Boden unseres Zimmers gesessen sind. Lisa deckt eine Karte auf und eine andere zu, und mir scheint der Zimmerboden von damals sogar auf dem versiegelten Parkett der Wohngemeinschaft noch leicht greifbar. Lisa ist mir leicht greifbar, Lisa, die die Maresi-Flasche an die Lippen gesetzt und getrunken hat und gesagt hat, das schmeckt viel besser als frische Milch, glaub mir. Wir haben die Maresi-Flaschen aus dem Keller gestohlen. Das Flaschenglas ist kalt gewesen, die Milch darin auch und süßsauer, als wäre sie etwas verdorben. Wir haben in unserem Zimmer die Maresi-Flasche herumgereicht, als wäre es Vodka. Und all die Jahre dazwischen, was ist mit denen? Wie eine Feder haben sich diese Jahre gespannt.

Julian ist auch überrascht von meinem und Lisas Wunsch, außerdem ist er dagegen.

»Es gibt noch so viel zwischen Ihnen zu klären«, sagt er, und wieso so früh und im selben Haus, das ist schwierig. Das alles ist endlos schwer, bevor es angefangen hat, denke ich. »Ich denke, dass wir beide lange genug gewartet haben«, sage ich, und was soll ich denn tun, ich kann doch nicht einfach das Haus aufgeben, bloß weil es das Elternhaus war, das ist doch Unsinn. Dabei ist es noch dazu ein so leicht zu erhaltendes Haus, weil August es gebaut hat, er hat Material von guter Qualität genommen, Jahrhunderte sollte dieses Haus stehen.

»Aber wieso nicht einfach die Besuche aufrecht erhalten?«, fragt Julian. »Wieso Sie beide wieder diesem Szenario aussetzen, wieso riskieren, dass es ihr wieder schlechter geht?«

Im Grunde ist es mir egal, dass er nicht einverstanden ist. Wir wissen beide, dass nur Lisa darüber entscheiden kann, was mit ihr passiert. Was soll ich mir denn von ihm vorwerfen lassen?

Zu tun gibt es immer etwas bei einem Schwimmteich, in dem kein Chlor das Wasser totfärbt. Ich hocke auf dem Steg mit dem Algennetz an einer langen Stange und fange damit ein, was an die Wasseroberfläche treibt und sich sonst beim Schwimmen im Badeanzug verfangen würde. Die Algen, die sich im Wasser schwerelos zerteilen, sacken zusammen, sobald das Netz sie hebt. Sie fallen ins Gras, in das ich sie kippe, am Rand des Teiches, wo sie in der Sonne trocknen werden. Die Wurzeln der Seerosen haben die Kübel längst durchbrochen, ihre Blätter bedecken einen großen Teil des Schwimmteiches und ich denke, dass ich sie wohl bald wieder stutzen muss. Alexander setzt sich neben mich, er lässt die nackten Füße ins Wasser zwischen ein paar Algenfäden hängen.

»Diese blöden Seerosen«, sage ich. »Mein Vater hätte die niemals einsetzen dürfen, die werden wir jetzt nie wieder los.«

Alexander meint, wahrscheinlich nicht, nein, aber irgendwie gefielen ihm diese Pflanzen, deren Wurzeln einfach durch die Kübel brechen. Er weiß ja nicht, wie sich die Wurzeln durch die Folie in den Boden fressen.

»Ich möchte es mit Lisa zumindest versuchen«, sage ich. Alexander bewegt seine Füße im Wasser.

»Ich weiß«, sagt er dann, »wir haben doch eh schon darüber geredet. Ich habe doch eh schon zugestimmt.«

Ich nicke. »Sie gehört hierher«, sage ich, weil es stimmt.

Grete meint vielleicht, sie müsse Lisa nicht mehr Schwester nennen, nicht nach all den Jahren. Aber Grete hat ihr Zimmer auch nicht mit Lisa geteilt. Man kann noch immer die Spuren von Lisas Nägeln im Parkett nachfahren. Und ich könnte noch so oft aussortieren, ich würde immer noch Sachen finden, die einmal ihr gehört haben. Das ist ein Gehölz, unser Zimmer, und ihre und meine Äste haben sich dort ineinander versperrt.

»Ich verstehe nicht, warum das notwendig ist«, sagt Grete aus dem Telefonhörer, weil sie meint, sie müsse Lisa nicht mehr ihre Schwester nennen. Sie ist dagegen, dass ich Lisa besuche, von meinen anderen Plänen weiß sie noch gar nichts. »Warum jetzt auf einmal, nach all den Jahren? Ihr seid doch lange genug ohne einander ausgekommen.«

All die Jahre haben sich wie eine Feder gespannt. Ich verstehe nicht, warum das notwendig war, die Jahre wie eine Feder zu spannen.

4.

Deswegen sitze ich jetzt in Lisas Zimmer auf einem Stuhl und warte, dass Lisa fertig ist mit dem Packen, damit wir ihre Sachen nehmen und heimfahren können, endlich. Ich habe die Jacke nicht ausgezogen und halte meine Handtasche auf dem Schoß fest im Durcheinander ihres Abschieds.

Für die Ruhe, die wir endlich haben, hat Julian gesorgt. Er ist gekommen und hat Uschi hinausgetrieben, mit ihren dicken Brillengläsern und der Zunge, die sich immerzu vorgeschoben hat aus ihrem Mund. Und bis Julian sie endlich gefragt hat, ob sie ihm nicht beim Kochen helfen wolle, und bis er endlich die Tür hinter Lisa und mir geschlossen und versperrt hat, ist Uschi immerzu im Zimmer umhergegangen und hat alles, was Lisa in die Reisetasche gelegt hat, wieder herausgenommen. Und dann hat sie Lisas rosa Weste genommen und gesagt: »Das ist meins«, und Lisa hat nur genickt, und dann hat sie Lisas Robbe genommen und gemeint: »Das ist meins«, und Lisa ist bloß dagestanden und hat nichts dazu gesagt. Ich hätte Uschi am liebsten selbst die Robbe aus den Armen gerissen. Jetzt höre ich sie im Nebenzimmer heulen, und ich denke, dass sich die ganz genau hat ausrechnen können, dass Lisa sich nicht gegen sie wehren würde. Das sieht man doch gleich, dass Lisa eine ist, die sich nicht wehren wird. Lisas rosa Weste liegt zusammengelegt in der Reisetasche, Lisa nimmt sie gerade wieder heraus.

Sie besitzt nicht viel, und was sie besitzt, stapelt sie und legt es wieder weg und stapelt es neu und gibt es in die Reisetasche, legt es wieder auf das Bett, als stünde ihre Entscheidung noch nicht fest. Das Kartenspiel, das ich mit ihr so oft in den letzten Monaten gespielt habe, und dessen Regeln ich immer noch nicht verstehe, liegt jetzt zuoberst in der Tasche, es ist ganz abgegriffen. Sie trägt ein paar Bücher zur Reisetasche, zum Bett, legt sie auf den Boden, das Buch, das ich ihr geschenkt habe, ist auch dabei. Ich habe ihr von Alexander erzählt, ich habe ihr von meiner Arbeit erzählt, von den Übersetzungen. Ich habe ihr eine dieser Übersetzungen mitgebracht und den Titel vergessen. Jetzt würde ich ihn gerne nachlesen, aber das Buch ist zu weit entfernt. Die Robbe liegt auf dem Bett direkt vor mir und sieht mich an. Sie ist alt und ihr Fell ist angedunkelt von Schmutz und Schweiß, und sie sieht mich an mit ihren großen, schwarzen Plastikkugeln. Ich blicke schon eine Zeitlang zurück.

Und so fahren wir nachhause, oder zu Karins Zuhause, der Gurt drückt auf meine Brust. Meine Reisetasche und Karins Handtasche liegen auf der Rückbank, das Haus ist vor uns und hinter uns, und der Wald rundherum. Vorwärts zurück nachhause. Hinter mir liegt es, vor mir liegt es, das Haus, das mich anblickt. Auf dem Weg vom Haus zum Haus, nur das Seitenfenster bleibt.

Nur das Seitenfenster bleibt, das Seitenfenster all dieser anderen Räume, all dieser anderen Menschen. Und alle Räume der Wohngemeinschaft finden Platz in diesem Seitenfenster. Vorzimmer, Gang, Küche finden Platz in diesem Seitenfenster. Uschis Zimmer links neben meinem, Mark und Roberts Zimmer am anderen Ende des Ganges. Julians Raum, der Bassinraum für meine Worte, für die Worte des Puppenspielers, die auch aus mir kommen. Die Küche, die Geschirrspülmaschine links neben der Abwasch. Die Gläser oben, die Teller unten. Uschi kann ich zeigen, wie man den Tisch deckt. Schau, so, Gabel links neben den Teller, Messer rechts neben den Teller. Jedes Mal wieder. Mein Zimmer, das ich nun für jemanden anderen ausräume.

»Wenn du das doch nicht willst, Lisa, dann musst du es mir nur sagen«, hat Julian gemeint.

Er hat dabei die Reisetasche für mich geschlossen. Karin hat im Vorzimmer auf uns gewartet, darauf, dass ich nun endlich ihre Hand nehme, nun endlich meine Reisetasche auf ihren Rücksitz lege.

»Wir haben doch darüber gesprochen«, hat Julian gesagt, »über dieses ganze Verräterspiel. Willst du dich auf das wirklich wieder einlassen? Lisa, ich will ganz ehrlich sein, ich habe Angst, es wird dir schlechter gehen. Wenn du das doch nicht willst, Lisa, dann ist es noch nicht zu spät.«

Doch, doch, Julian.

Denn Karin legt mir ein Foto auf den Küchentisch, es ist ein altes Foto mit uns allen darauf, da waren wir zehn Jahre alt, wir beide, da bist du und die, die sind alle nicht mehr da. Nimm einen Kuli, streich durch, wer nicht mehr da ist. August nicht, und Inge ist auch nicht mehr da, nimm den Kuli, nimm doch, streich sie doch durch. Deine eigene Mama, wie hieß sie noch, ist auf dem Foto schon gar nicht mehr zu sehen, steht nur noch in deinem Schatten und liegt in deinen Gesichtszügen. Man erkennt ihre Augen und ihre Nase noch in deinem Gesicht, aber du würdest sie kaum mehr erkennen, so lange hast du sie schon hinter dir gelassen, auf deinem Weg vom Haus zum Haus. Und Karin legt das Foto auf den Tisch und man muss alle anderen Räume und Menschen von diesem Tisch räumen, damit das Foto mit uns allen darauf Platz findet. Das sind wir, auf dem Foto, wer nicht auf das Foto passt, ist jemand anders, findet auch nicht Platz auf dem Tisch, auf dem das Foto liegt. Was nicht auf das Foto passt, ist so klein, es findet Platz im Seitenfenster, aus dem ich hinausschaue, auf den Wald.

Karin steigt auf die Bremse, wir halten an. Ich sehe zu Boden, weil mir das Seitenfenster nicht mehr bleibt. August und Inge und Karin und Peter und Grete, alle stehen sie aufgereiht nicht da. Nimm den Kuli und streich alle durch. Ich kann da nicht hinausgehen. Ich hätte nie hierher kommen dürfen. Ich müsste jetzt und sofort erschlagen werden, nur dafür, genau hier zu sein. Karin nimmt mich an der Hand und zieht. Ich steige aus dem Auto und ich gehe an Karins Hand.

Karin kommt auf mich zu, Hallo, sagt sie und nimmt meine Hand, ich bin Karin und du bist wohl Lisa, die meinen Vater töten wird, nicht wahr? Und da ist die Treppe, auf der wir spielen werden, sie ist noch warm von unseren Fingern, und da durch die Haustüre geht es hinein, rechts das Wohnzimmer, links die Küche, er kommt auf dich zu mit offenen Armen und sagt, hab keine Angst, Lisa, komm ruhig herein.

Noch kann ich umdrehen.

»Komm ruhig herein, Lisa, hab keine Angst, es ist alles in Ordnung.«

Karin zieht mich weiter und ich stolpere über die Schwelle.

»Kennst du dich noch aus? Rechts ist das Wohnzimmer, gelt, und links die Küche, links ist die Küche, gelt?«

Der Geruch ist sofort da. Ich schließe die Augen.

Ich bin im Haus des Puppenspielers.

Ich bin in Karins Haus.

Ich bin zuhause.

5.

Morgens ist das Haus ruhig. Ich sitze in der Küche und trinke Kaffee, das Häferl steht vor mir auf dem Tisch, drinnen ist es schwarz. Auch draußen vor den Fenstern ist noch alles schwarz. Ich bin heute sehr früh aufgestanden, ich bin mitten in der Nacht aufgewacht und die Decke lag fast hart an meinem Hals.

Alexander schläft noch, das weiß ich, von Lisa weiß ich es nicht. Sie ist oben in ihrem alten Zimmer. In unserem alten Kinderzimmer, eigentlich. Lisa hat Alexander die Hand gegeben, nach meiner Aufforderung, und weiter zu Boden gesehen und fast nichts gesagt. Sie ist sehr müde gewesen und wollte nichts essen, sodass ich sie gleich hinauf in ihr Zimmer gebracht habe.

»Willst du nichts essen?«, habe ich gefragt, aber sie hat nichts essen wollen.

Sie wollte das Fenster geschlossen haben, »Fenster zu«, hat sie gesagt, sie hat sich auf das Bett gesetzt, weiter nichts. Vielleicht hätte ich sie ausziehen und hinlegen sollen, ich weiß nicht. Ich wollte sie in Ruhe lassen. Sie ist aber einfach nur dort gesessen und ich bin irgendwann gegangen und habe die Tür hinter mir geschlossen.

Und Alexander? Er hat mich in der Nacht um die Hüfte genommen und ich habe ihm davon erzählt, wie ich am Vortag versucht hatte, unser altes Kinderzimmer für Lisa herzurichten. Aber es stehen noch immer zwei Betten drin. Zuerst wollte ich ihr Bett abbauen, ich wollte es in tragbare Bretter zerteilen und im Keller an die Wand lehnen, wo es kaum Platz eingenommen hätte. Ich wollte die Schrauben herausdrehen. Sie saßen zu fest, der Schraubenzieher ist in meiner schweißigen Hand gerutscht, ist mir ausgekommen und über das Holz gefahren, nicht einmal einen Kratzer hat er dabei hinterlassen.

»Ich hätte die Balken wohl zersägen müssen«, habe ich zu Alexander gesagt. Alexander hat seinen Arm um meine Hüfte gelegt und ich habe das Bett vergessen können. Jetzt denke ich daran. Mein Vater hat es zusammengeschraubt, er hat Laubholz verwendet, und deshalb wird es wohl bleiben, wie es ist, so lange, bis jemand mit einer Axt weit ausholt und darauf einschlägt. Und vielleicht wird es nachher trotzdem noch dastehen, wer weiß. Kurz lache ich auf. Es ist still in der Küche.

Ich bin zuerst ans Fenster getreten und habe es geöffnet. Das war das Erste, das Fenster in meinem alten Kinderzimmer zu öffnen, weil hier drin ganz alte Luft steht. Erst dann drehe ich mich um und sehe das zweite Bett, das neben dem Kasten an der Wand steht. Das muss weg. Ich werde das Werkzeug holen, denke ich, aber während ich mit Schraubenschlüssel und Zange versuche, es auseinanderzunehmen, muss ich an meinen Vater denken, wie er Lisas Bett zusammengeschraubt hat, wie er eines Tages die Holzbretter heimgebracht hat und sie in seiner Werkstatt auf die richtigen Maße geschnitten und geschliffen hat. Er hat Holz von guter Qualität genommen, das hält ewig, hat er gesagt, und es hat auch bis jetzt gehalten. August ist in meinem Zimmer vornübergebeugt gesessen und hat das Bett direkt dort zusammengeschraubt, dort, wo früher mein Puppenhaus aus Karton gestanden ist. Er hat die Schrauben so fest zwischen die engen

Fasern gedreht, dass sie kaum mehr sichtbar sind, so fest, dass ich sie jetzt nicht mehr herausdrehen kann, so sehr ich mich auch bemühe. Und ich habe ihm zugesehen, wie er gehämmert und geschraubt hat, und ich sitze jetzt auf dem Boden, meine Hände sind schweißnass von der Anstrengung, aber das Bett ist noch immer da.

Später sind wir beide in unseren Kinderbetten auf dem Rücken gelegen, und obwohl sie lang genug waren für uns, weil mein Vater weit in die Zukunft geplant hat, sind sie uns doch zu klein geworden, besonders Lisa, mit ihren langen Beinen, die sie aufstellt, und während sie an die Decke starrt, die hier schief ist, eine Dachzimmerdecke, schwingt sie ihre aufgestellten Beine hin und her, öffnet sie mal breit, mal schließt sie sie und schlägt ihre Knie zusammen. Dann dreht sie sich zur Seite, zu mir. Weißt du, an was ich gerade gedacht habe, fragt sie dann.

Als ich in dem Gehölz von Lisas und meinem Zimmer meine Laden durchsuche, merke ich: Mama hat fast nichts entrümpelt, die Sachen liegen teilweise immer noch an genau demselben Ort, an dem ich sie das letzte Mal abgelegt habe, vor Jahren. Ich habe, als ich endlich in das Zimmer von Grete gezogen bin, das meiste hier so gelassen, wie es war, weil man den Raum ja nicht benötigt hat in dem leeren Haus, und habe all das Kinderzeug zurückgelassen, und nach und nach ist das, was ich nicht mehr wollte, von meinem neuen Zimmer in unser altes Zimmer gewandert, und das alte Zimmer ist eine Gerümpelkammer geworden. Es ist eine Gerümpelkammer geblieben, trotz Aussortieren. Und jetzt, beim Aufräumen, tauchen nach und nach Schulhefte auf, Spiele von mir und Lisa, tausend Kilometer und die unendliche Geschichte. In den Schachteln der Brettspiele liegen bekritzelte Blätter mit unseren Punkteständen, manchmal nur von Lisa und mir, manchmal von Lisa, mir, Margarethe und Peter, manchmal die ganze Familie, und weil August sich oft um den Punktestand gekümmert hat, taucht auf den Zetteln überall seine Handschrift auf. Zwischen den Notizen fürs Activity finde ich Kritzeleien, kleine Zeichnungen. Ich habe nie verstanden, warum man das aufheben muss, dieses Brettspielgeschmiere. Die alten Punktestände anzusehen, nimmt mir jede Lust zu spielen, als wäre es mühselige Arbeit. Aber dann finde ich in einer verstaubten Mappe richtige Zeichnungen. Es ist unsere Mappe aus dem Zeichenunterricht und meine Mutter hat da wohl alles hineingelegt, was sie sonst noch von uns gefunden hat, und unsere Zeichnungen sind wild durcheinandergemischt. Wir im Wald, wir mit Fischschwänzen im Wasser, Piraten, hier hat Lisa mich mit schwarzen Flügeln gezeichnet, oder war das ich? Keiner kann da mehr sagen, welche von mir und welche von Lisa sind, wenn wir nicht zufällig unsere Namen auf die Rückseite geschrieben haben. Es sind sogar Zeichnungen aus der Zeit dabei, bemerke ich, bevor Lisa zu uns gekommen ist. Wie lang ist das her, denke ich, die Zeit, als ich noch allein war, bevor ich dann allein war. Und dann sitzt da mein Vater in meinem Zimmer und zimmert ein Bett zusammen, es wird an der Stelle stehen, wo früher mein Puppenhaus aus Karton gestanden ist, das ist jetzt im Müll, weil es schon nicht mehr gut war und ich ohnehin zu groß dafür bin, das ist mir gleich, weil ich stattdessen eine Schwester bekommen werde, und unten läutet das Telefon.

Das Telefon läutet in der Küche und ich sehe auf. Es ist schon interessant, dass Peter ausgerechnet jetzt anruft. Ich weiß genau, dass es Peter ist, wer sollte es auch sonst sein? »Komm doch zur Vernunft«, wird er sagen. Aber trotzdem, dass er ausgerechnet jetzt anruft, wo ich hier sitze und mich erinnere an den Tag, als Lisa gekommen ist, in einem roten Auto, als ein Mann sie in einem roten Auto hierhergebracht hat. Wir haben schon vorher gehört, dass ein Auto die Straße durch den Wald zu uns herauffährt, das Auto hat vor unserer Hauseinfahrt gehalten und der Mann ist ausgestiegen und hat Lisa die Autotür geöffnet. Und dann war sie da und ich habe sie an der Hand genommen, und sie hat sich an der Hand nehmen lassen und ich habe sie herumgeführt und sie hat sich herumführen lassen und war ganz still. Ich habe ihr das Haar gekämmt und sie hat sich kämmen lassen. Ihr Haar war fein und sehr weich. Sie hat fast gar nichts geredet die ersten Stunden. Ich habe sie umarmt und ihr gesagt, dass wir viel lieber zu ihr sein werden als ihre alte Mami, und dass sie jetzt meine Schwester ist. Sie hat sich nicht gerührt. Sie hat gut gerochen.

6.

Es ist aber nicht Peter am Telefon. Es ist Grete, und schon wieder ruft sie aus London an. Dass sie das nicht zu teuer kommt.

»Du weißt doch, dass ich Freiminuten habe«, antwortet Grete, »jede Menge. Und wir müssen reden.«

Ich weiß, worüber wir reden müssen, und wünschte, Grete hätte ihre Minuten schon aufgebraucht. Es geht um meinen letzten Besuch bei den Großeltern. Ich muss an Weihnachten denken, da werden wir alle wieder beisammen sein.

»Was hast du da bloß wieder angestellt, Karin? Oma ist ganz vernichtet. Ich weiß nicht, wie du auf die Idee kommst, Oma solche Grauslichkeiten zu erzählen.«

Grauslichkeiten, denke ich, und denke weiter an meinen letzten Besuch bei den Alten, wir sind in der Küche, ich stehe an den Tisch gelehnt. Diesmal kein Kaffee und keine Maresi. Oma macht uns dafür Mittagessen, hat mich dabei nicht helfen lassen, »Nein, ich mach das schon«, hat sie gesagt, und Opa redet von den Maulwürfen in seinem Garten. Das Gespräch kommt auch wieder auf meinen Vater. Ich weiß nicht mehr wie, aber irgendwie kommt es doch jedes Mal auf meinen Vater. Ich habe noch keinen Nachmittag bei ihnen verbracht, an dem das Gespräch nicht irgendwann auf meinen Vater gekommen wäre.

»Der Gustl hat sich immer furchtbar gegrämt, wenn mein Hermann mit der Schaufel auf die Hügel geschlagen hat«, hat die Oma gesagt. »Er war ein sehr sensibles Kind. Vielleicht allzu sensibel, in Wirklichkeit.«

Der Opa hat die Arme vor der Brust verschränkt.

»Maulwurfshügel muss man wegräumen«, sagt er. »Das sind Schmarotzer. So sehr die einem auch leidtun, die darf man nicht dulden, das hat der Bub später auch verstanden.«

»Lisa wird wieder bei mir einziehen«, habe ich daraufhin gesagt.

Damit habe ich sie also vernichtet. Vernichtungen passieren bei Grete recht schnell.

»Du hast das aber doch nicht ernst gemeint, oder?«

»Lisa ist seit gestern Abend da.«

Margarethe schweigt. Ich stehe mit dem Telefonhörer in der Hand da und warte, dass ihre Stimme das Leitungsrauschen unterbricht.

»Jetzt, ernsthaft?«, fragt sie endlich.

»Ja, schon«, antworte ich.

»Du bist ja völlig übergeschnappt. Das ist ja eine Katastrophe. Und hier, in unserem Haus?«

»Eine Katastrophe ist das natürlich nicht«, sage ich. »Außerdem ist es jetzt mein Haus.«

»Hör doch auf mit diesem Unsinn!«

Ich stehe da am Tisch in der leeren Küche, mit dem Telefonhörer in der Hand, und frage mich, mit welchem Unsinn ich denn jetzt aufhören soll. Damit, das Haus für alle zu erhalten, damit man es nicht verkaufen muss? Damit, den von Seerosen und Algen verseuchten Schwimmteich zu reinigen?

»Und darum geht es doch außerdem gar nicht«, sagt sie jetzt. »Ich meine, was soll das denn?«

Und ich frage mich, wo genau Grete gerade ist, ob sie von der Arbeit aus anruft oder von Zuhause, ob Harry mithört oder ob sie alleine ist. Ich versuche mir vorzustellen, dass sie aus der Küche anruft, an die Wand gelehnt oder an den Küchentisch, den Hörer in der Hand oder zwischen Kopf und Schulter eingeklemmt. Und wie sie in diesem Moment gerade aussieht, vielleicht schon im Kostüm, vielleicht schon die Haare gemacht, diese steife Frisur, ihr breiter Haarreifen. Und die lederne Handtasche neben ihr auf dem Küchentisch, daneben der Autoschlüssel. Oder der Autoschlüssel in der Hand, mit dem sie spielt, und die Handtasche schon auf der Schulter, und weil die schwer ist, möchte sie nicht allzu lange reden. All das würde ich wirklich gerne wissen.

»Wie geht es dir in London?«

Grete antwortet nicht gleich.

»Gut, mir geht es gut. Ich habe letzten Monat eine Gehaltserhöhung bekommen.«

»Du machst deinen Job recht gut, oder?«

»Ja, es scheint so.«

Grete will das nicht zugeben, außerdem hat Grete anderes im Sinn, und in der Familie redet sie nicht über das Büro, in dem sie Karriere macht, genauso wie sie im Büro nicht über ihre

Familie redet, die ohnehin verstümmelt und hässlich anzusehen ist. Ich wünschte, sie würde mehr von sich erzählen, statt immer nur mir Ratschläge zu geben. Das würde uns beiden das Leben erleichtern.

»Kannst du sie denn noch bei der WG rückanmelden?«, fragt sie jetzt.

»Ich weiß nicht. Ich denk nicht dran.«

»Aber was soll dabei denn herauskommen? Wie soll das denn enden? Was stellst du dir denn vor?«

Wenn ich mehr über ihr Leben wüsste, müsste ich mich vielleicht jetzt auch nicht fragen, ob sie gerade ihr Frühstücksbrot in der Hand hält. Ob sie denn nun wirklich überrascht war von meiner Entscheidung. Sie hat von den Besuchen gewusst. Alles andere kann man sich doch ausmalen.

»Was genau stellst du dir denn vor, Grete?«

»Stell dich nicht dumm. Nimm das hier ernst. Das hier ist eine Katastrophe.«

Später stehe ich an den Küchentisch gelehnt und reibe mir die Stirn. Ich vermute, dass Grete in eben diesem Moment ein SMS an Peter oder an ihren Mann Harry schreibt, mit bloß einem Wort, »Katastrophe«. Das sähe ihr ähnlich. Ich mag es nicht, mit Margarethe zu telefonieren. Wir werden einander zu Weihnachten sehen, bis dahin gibt es nur diese kurzen abgeschnittenen Minuten, in denen man in die Luft redet zu niemandem, und die Stimme meilenweit laufen lässt, und eine Stimme hört von Niemandem, die meilenweit hat laufen müssen, und sich eben den Rest ausmalen muss, was offensichtlich keiner von uns richtig gut kann. Und ich weiß auch gar nicht warum, ich kann am Telefon noch weniger anfangen mit diesem »Was stellst du dir vor?«, mit dem »Das kommt doch völlig aus dem Nichts«. Ich gehe, um Alexander zu wecken und Lisa zu holen. Ich denke, dass ich Lisa heute werde baden müssen, weil das notwendig ist. Das ist notwendig, denke ich, und der Gedanke tut mir gut.

Ich halte die Robbe an mich gepresst, das Fell der Robbe in meinem Gesicht. Es ist warm und es ist feucht, denke ich, und ich kenne den Geruch so gut, den Geruch dieses weichen Kunststofffells. Vor mir steht Karins und mein Kleiderkasten, aber es sind nicht mehr unsere Kleider drin, er ist leer. Es gehören in diesen Kasten durcheinandergeworfen Karins und meine T-Shirts, Jeans und Pullover hinein. Es gehören an die schiefen Wände Poster, die an den Ecken schon eingerissen sind. Das Bett, auf dem ich sitze, ist Karins, das Bett dort drüben ist meines, es gehört bezogen. Und wo ich liege, soll sie liegen, es soll dunkel sein, und wir sollen uns Geschichten erzählen.

Aber das Bett ist nicht bezogen. Gleich beim Hereinkommen habe ich gesehen, das Bett ist nicht bezogen. Das wird unser Zimmer sein, sagte sie, es gehört uns zusammen, nebenan schläft meine Schwester, Mamas und Papas Zimmer ist am Ende des Ganges. Und unten im Erdgeschoß schläft Peter, mein Bruder. In der Küche war Blut, aber keine Angst, ich habe es schon aufgewischt. Ich bin früh aufgestanden, habe mich niedergekniet und es mit einem Waschlappen aufgewischt. Ich komme herein, die Tür geht auf, die Tür geht zu, das Zimmer schließt sich.

Pack ruhig schon deine Sachen aus, du bekommst das Bett dort drüben am Fenster, mein altes Bett, schau, das Fenster, das auf den Wald hinausgeht. Setz dich schon mal auf das Bett, stell die Tasche ruhig schon hin, das ist dein neues Zuhause und die Türe geht auch ganz leise auf und zu.

Ja, es ist ein Zimmer für zwei, aber das andere Bett ist nicht bezogen, das heißt, etwas wurde herausgeschnitten. Ich sitze auf Karins Bett und mein altes Bett ist nicht bezogen. Etwas ist anders, verschoben. Etwas ist kleiner. Klein wie die Wurzelhand, wie die Höhle zwischen den Felsen, wo wir unsere langen Beine übereinanderstapeln müssen.

Setz dich schon mal, durch das Fenster sieht man hinaus in den Garten und auf den Wald, der Wald legt sich um uns.

Der Schatten des Fensters fällt bereits auf den Holzboden. Der Schatten liegt auf der Maserung, die ich wiedererkenne, weil ich sie schon so oft angesehen habe, genau so. Jedes einzelne Astloch kenne ich, ist mir vertraut, bin ich mit den Fingern nachgefahren. Ich möchte mich bücken und die Vertiefungen berühren, die ich in die Maserung geritzt habe, aber ich tue es nicht. Sie gehören zu dir, August, all diese Augenpaare. Ich kann sie nicht berühren, ohne gleichzeitig dich zu berühren. Ich kann sie nicht ritzen, ohne gleichzeitig meine Nägel in deine Haut zu drücken. Und auch wenn ich mich entschieden habe, zurückzukehren, noch will ich dich nicht berühren, noch will ich Nein sagen zu dir, und ich sage es laut, jetzt, wo es hell ist: Nein.

Dann öffnet sich die Tür. Die Tür ist offen, so leise und schnell hat sie sich geöffnet, schwingt über den Boden und über die Maserung auf dem Boden und mit ihr schwingt ein heller dünner Schatten, kaum erkennbar, über das Holz. Karin und der fremde Mann sind gemeinsam hereingekommen, stehen nebeneinander und Karin sagt: »Guten Morgen.«

»Guten Morgen, Lisa«, sagt der fremde Mann. Sie sagen es beide, nicht gleichzeitig, aber beide.

Ja, ich habe verstanden. Karin, ja. Ich bin nicht dumm, Karin, ich weiß schon, was der Fremde neben dir für dich bedeuten soll, auch wenn er durch einen weißen Fleck neben dir ersetzt werden könnte.

»Hast du Hunger?«, fragt sie, »möchtest du frühstücken?«

»Komm«, sagt sie. »Gehen wir.«

Sie sagt, gehen wir, ich möchte schreien, aber ich habe mich dem selbst ausgesetzt. Ich habe mich entschieden, also jetzt nicht schreien, dafür ist es längst zu spät. Sie kommt zu mir her und steht da, ich blicke ihre Beine an, und wie sich ihre Hose ihre Beine entlang faltet, und sie streckt die Hand aus und berührt meine Hand. Ihre Hand schließt sich um meine Hand und nimmt meine Hand weg von der Robbe und die Robbe ist nicht mehr so fest an meinem Gesicht. Die Robbe wird kalt und feucht, wenn man sie nicht fest an sich drückt. Mein Schweiß kühlt ab, sobald ich sie nicht mehr halte, wird klamm und fängt an zu riechen. Sie zieht mich hoch, ich spüre ihre Hand um meine herum, die Finger. Gehen wir. Sie führt mich zur Tür, sie führt mich an dem fremden weißen Fleck vorbei, der herumsteht, viel zu groß zwischen den schiefen Wänden. Weglaufen, denke ich, das Haus in Ruhe lassen. Das Haus in seinem Frieden lassen, in seinem klammen Schlaf, es nicht aufwecken, bevor. Aber sie darf das nicht erlauben. Sie darf das nie erlauben, weil dieser Weg ist für uns beide. Dieser Weg ist nur für uns allein.

Deshalb strecke ich, noch während ich auf den Gang trete, meine freie Hand aus. Die nicht von Karin gehaltene Hand fährt über die Türe und die Türe spannt sich an. Ich fahre mit den Fingerspitzen die Wand des Gangs entlang, und die Wand zuckt zusammen. Den ganzen schmalen Gang entlang fahre ich über den weißen Anstrich, über das Glas, das Bilder verdeckt, und das Bilderrahmenglas spannt sich an. Der weiße Anstrich ist teilweise schon grau, und unten, knapp über der Sesselleiste, haben unsere Schuhe Schmutzfahrer hinterlassen, die nie jemand gezählt oder übermalt hat. Wir kommen zu der Treppe, die hinunter ins Erdgeschoß führt, zum Wohnzimmer und zur Küche, links ist die Küche, gelt? Ich fahre, während ich Stufe für Stufe hinuntersteige, das Stiegengeländer entlang und das Geländer spannt sich an. Ich spüre es unter den Fingern, jede Faser von dir, jedes Stück des von dir geölten Holzes, und du spannst dich an. Ich fasse dich von innen.

Wir gehen langsam vorwärts, ich schließe die Augen. Das Holz wird dichter rund um mich, erst wenn ich weiter weg bin, kann es wieder aufatmen. Geh weg, Karin lässt meine Hand nicht los. Plötzlich sage ich: »Nein.« Ich bleibe stehen.

»Was ist denn?«, fragt Karin, »was hast du denn?«

Hast du schon aufgewischt?, will ich fragen. Hast du schon aufgewischt? Ich schließe den Mund rechtzeitig. Bevor etwas herauskommt. Ich weiß: auf dem Boden in der Küche. Du hast dich selbst ausgesetzt. Hierher gesetzt. Aus, geh vorwärts. In der Küche ist – iss, was du gekocht hast. Iss nur, was in dir von unten nach oben gewandert ist. Von oben nach unten, von unten nach oben. Schau jetzt nicht weg. Schau hin. Auf dem einen Weg hinein, auf demselben Weg hinaus. Hinein, hinaus, ganz einfach. Sie führt dich weiter, du betrittst. Rutschiger Boden. Das ist das, was du gekocht hast. Im Hals, überall, das, was du gekocht hast. Im Hals steckt. Mitten in den Raum. Auf dem Boden liegt. Du fährst dir mit dem Handrücken über die Nase. Der Geruch in deiner Nase. Der Geruch kriecht die Nase hinauf, hinauf bis in deinen Kopf. In deinem Hals steckt alles, du willst schreien, aber stattdessen. Etwas greift dich von innen.

Ich spüre ihre Hand auf der Schulter und daran, wie sie aufliegt, spüre ich – »Komm«, sagt sie, »geh zur Seite.« Ich bin nach vorne gebeugt. Ich bin über mein Inneres gebeugt. »Ich wisch schon auf, wenn du nur zur Seite gehst.« Die Küche ist rund um mich und atmet noch nicht auf. Der Boden ist voller – der Boden ist rein.

7.

Ich drehe den Wasserhahn auf, es rauscht laut, und einen Moment lang ist das alles, was ich höre, das Rauschen. Wasser, das ist alles, was sie gebrochen hat, Wasser, sonst war nichts da, nichts als Wasser in ihr. Ein ausgeleerter Eimer. Sie steht hinter mir, als ich mich über die Badewanne beuge, den Wasserhahn aufdrehe, dem Rauschen zuhöre. Nicht so schlimm. Und dann wird es anders. Ich weiß nicht wie, aber es kommt anders. Denn ich habe sie natürlich allein gelassen, im Badezimmer, ich habe ihr ihren Raum gelassen, natürlich. Aber als ich nach einer Weile die Tür wieder öffne, nachsehe, steht sie in der Mitte ihres Raumes, als könnte sie nichts damit anfangen.

Die Wanne ist voll und das überschüssige Wasser rinnt in den Abfluss. Es gurgelt. Sie hat ihre Plüsch-Robbe dicht ans Gesicht gepresst und sieht dem gurgelnden Wasser zu, als hätte sie dort etwas erschreckt. Ich gehe langsam hin und drehe ab. Ich drehe mich zu ihr.

»Willst du nicht baden?«

Aber Lisa antwortet nicht. Ich weiß nicht, ob sie mich verstanden hat, ich weiß nicht, wie das bisher gewesen ist. Man hat mir nichts davon gesagt, dass sie nicht alleine baden kann. Wenn ich jetzt wieder hinausgehe und sie allein lasse, wird sie sich ausziehen und in die Wanne steigen und sich waschen? Wird sie nur hier stehen bleiben, bis das Wasser kalt geworden ist? Und dann beginnt – aber was soll ich schon tun? Was soll ich schon tun, wieso fällt mir denn das alles so schwer? Ich fasse ihre Wollweste. Ja, und ich beginne sie aufzuknöpfen, weil ich sonst keine Möglichkeit weiß. Knopf für Knopf, als wäre sie ein kleines Kind. Sie wehrt sich nicht. Sie hält den Kopf gesenkt. Es sind die kleinen

Knöpfe im dichten rosa Wollstoff zwischen meinen Fingern, die sich wehren, so dichter Stoff, als wäre er eingegangen. Die Knöpfe lösen sich widerwillig von ihm, ich muss an ihnen nesteln, und meine Finger werden ungeduldig. Ich ziehe ihr die Weste aus, sie lässt die Arme fallen und die Robbe auch, damit ich es leichter habe, und die Robbe fällt auf den Boden. Ich fasse sie unten am Hemd. Sie hebt die Arme, kurz ist ihr Gesicht vom Stoff verdeckt, dann kommt es mit zerzausten Haaren wieder zum Vorschein. Was genau hab ich mir gedacht? Sei nicht aufgewühlt, es gibt keinen Grund. Nur noch den BH hat sie an und schaut an mir vorbei auf die Seite. Sie ist sehr mager geworden, knochig, ihre Haut ist voller Sommersprossen, und wie sie dasteht mit diesem krummen Rücken, fallen die Schultern nach vorne. Die verfilzten Locken fallen an ihr herunter und in ihr Gesicht. Ich gehe um sie herum, nehme sie von hinten am BH. Ich bin ganz dicht an ihren Locken. Welche Möglichkeiten gibt es noch? Als ich den BH öffne, fallen die Bänder sofort zur Seite, er verliert seine Spannung und liegt nur noch locker auf ihrer Brust. Es ist etwas in der Art, wie sie dasteht, dass ich mich wegdrehen möchte – gleichzeitig brauche ich nur leicht die Träger von ihren glatten Schultern streifen, damit er zu Boden fällt.

Ich knie mich hin, ich öffne ihre Hose von hinten, fasse sie am Bund, ziehe sie hinunter. Ich fasse ihre Unterhose und ziehe sie hinunter. Ich halte den Kopf gesenkt. Sie bewegt sich, sie steigt heraus. Der rechte Fuß hebt sich, steigt aus der Unterhose, die ich halte, die leicht wird, und setzt ein bisschen weiter vorne wieder auf dem Boden auf, die Zehen zuerst, sie wackelt dabei, dann folgt der linke, sie steht trotzdem nicht ganz sicher auf den Beinen. Das ist nicht leicht, denke ich, gleichzeitig werde ich mich daran gewöhnen müssen. Wer weiß, was sie noch alles nicht kann.

»Willst du nicht ins Wasser steigen?«

Sie bleibt stehen. Sie hat bisher immer älter ausgesehen, als sie war, aber jetzt nicht. Ich fasse sie unter den Armen und führe sie zum Wasser hin. Ich rieche ihre Haut, sie fühlt sich an unter den Fingern. Ist das notwendig? Es ist notwendig, denke ich. Sie steigt ins Wasser, hockt sich hin, beugt sich. Ihre Brüste fallen nach vor, tauchen ins Wasser. Sie sind klein. Dabei haben sie so früh angefangen zu wachsen, viel früher als meine. Und sind doch so klein geblieben. Als wären sie abgeschreckt worden, so wie man dampfende Nudeln mit eiskaltem Wasser abschreckt. Sie setzt sich in die Wanne, hat die Beine angezogen und mit ihren Armen umschlossen. Als würde es sie frösteln, aber das Wasser ist heiß. Ich wasche sie mit der Brause, sie presst die Augen zusammen, als der Duschstrahl ihr Gesicht trifft, ich seife sie ein, ich hebe ihre Locken hoch, meine Hand umschließt ihren Nacken. Ich fahre mit den Fingern durch die eingeseiften Locken, sie sind glitschig und doch bleibe ich in ihnen hängen, sie zuckt zusammen, ich schüttle die Locken wieder ab. Du musst dich daran gewöhnen, denke ich, es ist notwendig. Sie ist wie ein Kind. Sie hat so viele, viele Haare. Als Lisa abgetrocknet ist, als sie fertig und ins Bett gelegt ist, bin ich plötzlich auch sehr erschöpft. Ich gehe und falle auf mein Bett nieder und denke, dass nichts mehr Platz hat. Ich bin so erschöpft, ich möchte mich noch umziehen, noch Zähne putzen, aber es hat keinen Platz.

Die Regeln sind einfach: Senke den Kopf. Weiche zurück, wenn Karin dich berührt, aber nicht zu viel. Zeige ihr deinen Nacken, nicht dein Gesicht. Hebe den Kopf und betrachte sie nur dann, wenn sie es nicht bemerken kann. Sie wird dir zeigen, was sie von dir erwartet. Sie wird dich all diese einfachen Regeln lehren. Was du woanders gelernt oder getan hast, kümmert dann keinen mehr. Was Julian über dich gesagt hat, kümmert dann keinen mehr.

Du bist uns eine große Stütze, das weißt du, Lisa, oder? Du hilfst Uschi, bei der Hausarbeit ihren Beitrag zu leisten, ich kann Mark mit dir alleine zum Einkaufen schicken, und wir wissen beide, wie schwierig Mark sein kann. Aber du gehst ganz fantastisch mit ihm um. Ich bin der Meinung, Lisa, du könntest dich jederzeit selbstständig machen und alleine leben. Nur wenn du willst, natürlich. Willst du denn alleine leben?

Karins Hand auf meiner Schulter. Ich bin vornübergebeugt, blicke auf das, was aus mir gekommen ist, was ganz mir gehört und jetzt niemand mehr ansehen will. Karins Hand auf meiner Schulter.

»Nicht so schlimm«, sagt sie. »Es ist gar nicht schlimm. Komm, geh nur ein bisschen zur Seite.«

Und wie ihre Hand auf meiner Schulter aufliegt, spüre ich, sie ist zufrieden mit mir. Sie sagt, nicht so schlimm. Ich gehe zur Seite. Die Küche lässt mir mehr Platz jetzt, wo ich gespieben habe. Die Küche lässt mir viel Platz, um nicht berühren zu müssen, was einmal in mir war. Das Haus des Puppenspielers hat sich nie vor mir geekelt, aber jetzt schon. Es weicht mir aus. Was hat sich geändert? Karin öffnet das Kästchen unter der Spüle und holt einen Kübel hervor. Er steht an derselben Stelle, an der er auch gestanden ist, als Inge ihn noch hervorgeholt hat.

Inge öffnet den Geschirrspüler, dreht sich zu mir. »Schau, Lisa, da oben gehören die Gläser hin, unten die Teller, das Besteck hier hinein. Schau, dieses Geschirr darfst du nicht in den Geschirrspüler räumen, siehst du den Goldrand?«

Ich nicke. »Du bist ein so braves Mädchen, du wirst das sicher alles bald heraushaben«, sagt Inge. Ich sage zu Uschi, schau, oben gehören die Gläser hin, unten die Teller. Du bist so gescheit, Uschi, du wirst das bald verstanden haben.

Karin kniet vor mir, um mein Inneres aufzuwischen. Sie bittet mich nicht, es selbst zu tun. Stattdessen soll ich auf der Seite stehen und zusehen. Keine Sorge, ich habe deine Kotze schon aufgewischt. Keine Sorge, ich habe Augusts Blut schon aufgewischt. »Julian hat schon mit dir gesprochen, oder? Ich fände es schön, wenn du wieder bei uns einziehen würdest«, hat Karin noch in der Wohngemeinschaft zu mir gesagt. »Was meinst du? Du wärst dann wieder zuhause: Ich könnte mich um dich kümmern.«

Ja, Karin. Ja, ich habe verstanden. Du willst dich um mich kümmern, ich weiß.

Als der Boden sauber ist, kommt sie mit einem Babyfeuchttuch und wischt meinen Mund ab. Sie drückt es mir nicht in die Hand, sie wischt stattdessen mit dem Tuch über meinen Mund. Sie blickt auf meinen Mund, während sie das tut, und ich betrachte ihre Lippen, ihre leicht geöffneten Lippen. Sie hat immer noch so schmale Lippen. Schmale Lippen mit kurzen quadratischen Zähnen. Ganz glatt sind diese Zähne, weiß ich. Ich sollte erschlagen werden, nur dafür, sie so anzusehen.

Als Karin später will, dass ich baden gehe, sagt sie nicht, dass ich baden gehen soll, sondern sie sagt, »Komm, gehen wir dich baden.«

Komm, gehen wir dich baden. Gehen wir uns anziehen. Gehen wir dir deine Haare bürsten, habe ich zu Uschi gesagt. Wie Uschi es getan hat, strecke ich die Hand aus, und Karin nimmt sie, »Komm!«, sagt sie, und das gibt mir recht. Dieser Weg ist für uns beide. Dieser Weg ist für uns allein. Die Regeln sind einfach. Einen Moment zu lange stehen bleiben, damit sie dich ziehen muss. Hinter ihr und nicht neben ihr gehen. Ihre Hand die deine halten lassen, aber deine Hand bleibt ganz schlaff. Den Kopf gebeugt halten, nur heimlich hin und wieder aufsehen, während ihr gemeinsam zum Badezimmer geht, Karins wippender Pferdeschwanz. Ich habe von Uschi viel gelernt, was ich jetzt brauchen kann.

Sie stellt sich im Badezimmer vor mich hin und bückt sich, um den Hahn aufzudrehen. Ich drücke die Robbe an mich. Inge legt uns die Handtücher und die Bademäntel gleich neben die Wanne. Inge seift uns die Haare ein und sagt uns: »Wascht euch auch die Ohren gründlich, und hinter den Ohren wascht ihr euch auch, ja? Schau, Lisa, so macht man das.« Karin und ich, wir schichten die Berge von Schaum zu Burgen und Hauben, die wir uns gegenseitig aufsetzen. Mit der Badeente kann man Karin anspritzen, man muss nur die Ente untertauchen, die Luft hinausdrängen, das Entenloch auf Karin halten und wieder zudrücken. »Hör auf«, lacht sie, »hör auf!« Sie strampelt mit den Beinen, ihre Zehen sind voller Schaum. Inge rubbelt uns mit den Handtüchern ab nach dem Bad, wickelt uns in die Bademäntel. Mir war so warm in diesen Bademänteln, mir ist später nie wieder so warm gewesen. Auch Mama hat mir die Haare eingeseift. Wie sie sich über mich beugt, ihre Finger in meinen Haaren. »Wein nicht, mein Mädchen, es hört gleich auf zu brennen.«

Das Wasser rinnt in die Wanne, Karin richtet sich auf und verlässt das Bad, schließt die Tür hinter sich. Was will sie von mir? Doch sicher nicht, ihr diese Arbeit abzunehmen. Das Wasser in der Wanne wird immer mehr, es hört nicht auf, in die Wanne zu springen.

Ich warte, bis Karin wiederkommt. Es dauert auch nicht lange. Sie öffnet den Mund, sie fragt mich etwas, sie nimmt mich an der Schulter dabei, ich möchte einknicken darunter. Ich schaue weg. Ich müsste erschlagen werden, nur dafür, hier vor ihr zu stehen. Die Regeln sind einfach.

Dabei zusehen, wie sie meine unwilligen Knöpfe öffnet. Die Arme heben, wenn sie mein T-Shirt unten nimmt. Als sie das T-Shirt hochzieht, umfasst der Kragen mein Gesicht, als wollte er mich noch rechtzeitig erwürgen.

Und ich stehe als aufgedeckte Karte vor ihr, und deshalb blickt sie zur Seite, da sie die Karten nicht aufdecken will, zumindest jetzt noch nicht. Und dabei nur ihre Hände an meinen Schultern spüren.

Den BH öffnet sie von hinten, er verliert die Spannung mit einem Mal, und er fällt zu Boden auf das Hemd und die Weste und ich sehe ihn an. Er liegt mir zu Füßen, schlaff, wie niedergestreckt.

Als sie meine Hose öffnet, berühren ihre Hände einen Moment meine Hüften, aber ich zucke nicht zurück. Die Regeln sind einfach. Sie die Unterhose herunterziehen lassen, ohne zu zucken, als bemerktest du es kaum. Sie dich aufdecken lassen. Sie dich zum Wasser führen lassen. Ihre Finger fahren durch deine Haare. Ihre Finger bleiben in deinen Haaren hängen. Ein Irrgarten sind deine Locken, Lisa. Wein nicht, es hört gleich auf zu brennen. Ich presse die Augenlider zusammen, als Karin mich mit der Badeente anspritzt, dabei kichert, jetzt hab ich dich, jetzt hab ich dich, ich presse die Augenlider zusammen, als das Wasser jetzt mein Gesicht trifft. Ihre Hand legt sich einen Moment auf meinen Nacken. Ich möchte abknicken darunter.

8.

Meine Karin,

Ich habe viel über unser Gespräch nachgedacht, und darüber, was dich dazu bewegt haben könnte, einen so wenig durchdachten Schritt zu tun. Mir fällt nichts ein, als dass du uns damit treffen oder verletzen wolltest. Vielleicht wolltest du uns auch zeigen, dass du erwachsen bist und machen kannst, was du willst. Aber du musst nicht zu solchen Mitteln greifen, um uns das klarzumachen. Ich sehe ja ein, dass es schwierig mit den Großeltern ist, und vielleicht bist du auch wütend, aber das ist doch kein Weg, damit umzugehen!

Denk doch nach, das ist Augusts Haus. Und du bringst sie hierher zurück? Das bedeutet, einen Dolch ins Herz deiner Großmutter zu stechen. Und denk doch an Lisa! Sie muss hier vor lauter Schuld doch vergehen.

Aber du bist wie immer aggressiv gegen alles und jeden und tust alles aus Zorn, und versteckst dich dahinter.

Wenn du erwachsen sein willst, Karin, dann musst du auch Verantwortung übernehmen. Dann ist hier kein Raum für pubertäre Kapricen. Das ist eine sehr ernste Sache. Und das weißt auch du.

Margarethe

Das Kuvert, auf das Grete meine Adresse geschrieben hat, liegt geöffnet auf dem Küchentisch. Den Brief lege ich dazu, und frage mich, was ich sonst damit tun soll. Ich verstehe nicht, warum Margarethe sich immer so eigentümlich ausdrücken muss, sobald sie einen Stift zur Hand nimmt. Redet sie auch mit Harry so? Das kann ich mir nicht vorstellen. Vielleicht redet sie auf Englisch überhaupt ganz anders. Einen so wenig durchdachten Schritt. Das bedeutet, einen Dolch in das Herz deiner Großmutter zu stechen. Wer sagt denn so etwas heutzutage noch, außer meiner Schwester? Drei Tage ist Lisa erst hier, und schon fühlt Grete sich bemüßigt, mir Briefe zu schicken. Und ganz wie Grete es will, werde ich tatsächlich sofort wütend, und würde ihr als Antwort am liebsten Lisa per Paketpost senden. Ich nehme einen Schluck von meinem Kaffee und sehe auf. Lisa hat sich tief über ihre Schüssel Cornflakes gebeugt und summt, während sie isst. Das ist das Glück, das sie hat, dass sie von solchen Briefen nicht einmal etwas erfahren muss.

Und dabei ist Grete gleichzeitig so durchsichtig in ihren Strategien, denke ich weiter, als ich wieder auf den Brief sehe. Wie sie mir zuerst zuerkennt, erwachsen zu sein, und mir dasselbe Recht wenig später wieder wegnimmt.

Ich hebe den Brief am oberen Ende auf, falte ihn, stopfe ihn zurück ins Kuvert und lege ihn in die Lade unter dem Küchentisch. Hier ist kein Raum für pubertäre Kapricen. Und das weißt auch du.

Karin hat den Brief direkt neben mir gelesen. Sie hat ihn auf den Tisch gelegt, so, dass ich Gretes Handschrift erkennen konnte. Sie hat ihn in die Lade des Küchentischs gelegt.

Sie will, dass ich ihn lese. Sie will, dass ich weiß, warum sie jetzt an mir vorbei auf den Boden blickt, mit gerunzelter Stirn. Sie sieht auf die Stelle, wo sie August gefunden hat. Ich bin mir sicher, sie sieht auf genau diese Stelle. Er kommt auf mich zu mit offenen Armen. Karin kommt auf mich zu und nimmt meine Hand. In Gretes Brief steht, ich müsste dafür erschlagen werden, nur dafür, genau hier zu sein. Karin sieht auf die Stelle, wo sie ihn gefunden haben in all den Blumen, und denkt darüber nach, dass man mich dafür erschlagen müsste, genau hier zu sein. Er hat sich dir geöffnet, aber du hast ihn noch weiter geöffnet. Er hat sich dir in die Hände gelegt, und du hast ihn fallen gelassen. Genau hier.

Es passiert mir. Genau wie damals, als ich noch ganz neu hier war, noch nicht richtig hier, noch wie ausgeschnitten und hierhergeklebt. Ich lasse ihn fallen, es rinnt, weil ich ihn und alles loslasse, und dass Julian gesagt hat, dass ich mich ruhig aufrichten dürfe, erscheint mir plötzlich ganz unwahrscheinlich. Der Gedanke, dass ich alleine leben könnte, wie er doch gesagt hat, erscheint mir schon fast komisch, wenn ich hier mit Karin sitze, und es aus mir rinnt, und ich fast froh bin darüber, weil mir jetzt leichter wird, weil etwas abfällt von mir. Und sie blickt auf, sieht mich an, runzelt die Stirn noch weiter, rückt zur Seite, sieht mich genauer an.

»Lisa, hast du dich angemacht?«

Ich antworte nicht. Sie sieht zuerst verwirrt aus, und dann entspannt sich ihr Gesicht auf einmal, als würde auch von ihrem Gesicht Gretes Brief abfallen. Und damit weiß ich mit Sicherheit, dass Julian nicht mehr hierher gehört. Er gehört bloß noch zum Seitenfenster, mehr nicht. Hier aber ist das Richtige, das Haus, das mich ansieht. Hier ist Karin, die mich jetzt an der Hand nimmt.

»Ist ja nicht so schlimm«, sagt sie, und ich weiß, sie ist mit mir zufrieden.

9.

Am Abend sitzen wir auf dem Steg vor dem Teich. Ich sitze zwischen Alexanders Beinen, habe mich an ihn gelehnt und er hält mich in den Armen. Der Steg unter uns ist noch warm.

Alexander hat Gretes Brief gelesen und dann gemeint, ja, sie übertreibe wieder mal maßlos, aber sie habe eben auch schon zwei nahe Menschen verloren. Sie sei ein sehr unsicherer Mensch, verletzlich, das drücke sich eben so aus. Alexander hat keine Ahnung. Als ob Grete tote Eltern bräuchte, um abgetragene Phrasen auf mir abzuladen.

Peter hat heute versucht, mich zu erreichen, aber ich habe schon genug Phrasenlumpen für einen Tag. Wenn ich noch mehr davon einsammle, kann ich gleich anfangen, sie zu waschen, zu bügeln, zu ordnen, in Kisten zu packen und sie in der Pfarre für wohltätige Zwecke zu verkaufen, wie Inge es so gern getan hat. Und was kann ich von Peter erwarten, was ich von Grete nicht schon erhalten habe? Wenn man beschlossen hat, dass ich noch nicht erwachsen bin, was wird er schon sagen und tun, was er nicht bereits zu anderer Gelegenheit getan und gesagt hat? Er ist ja immer zur Stelle gewesen, um mich zurechtzuweisen. Er ist ja immer für mich dagewesen, um mir die richtige Richtung zu zeigen. Als ich nach Augusts Tod angefangen habe, in der Schule Lügengeschichten über Papa zu erzählen, die die Lügen der anderen noch bestärkten, hat er mich zur Seite genommen und mit mir geredet. Als sie draufgekommen sind, dass ich mit der Therapie aufgehört habe, ohne irgendjemandem etwas davon zu sagen, hat er mich zur Seite genommen und mit mir geredet. Was wird er jetzt tun, außer mich zur Seite zu nehmen und mit mir zu reden?

Nach der Matura habe ich Mama im Haus und im Wald zurückgelassen, habe den Wald hinter mir gelassen und bin in die Stadt studieren gegangen. Wieder so eine pubertäre Kurzschlusshandlung, hat mir niemand sagen müssen. Dass ich bloß weg wollte, habe ich auch selbst gewusst.

Ich habe mich für das Übersetzerstudium inskribiert, Sprachen sind mir immer schon leichtgefallen, das sagt sich so einfach. Und dann ist der Schreibtisch in meinem Zimmer voller Papiere und Bücher, ich sitze zum Fenster hin und sehe hinaus auf die Straße, wegen der ich nicht schlafen kann. Ich liege im Bett und starre an die Decke und höre den Autos zu oder dem Fernseher im Nebenzimmer oder den stöhnenden Mitbewohnern, die wenigstens alle paar Monate ausgewechselt werden. Die Hörsäle sind voll, die Straßenbahnen sind voll, die Gehsteige sind voll, die Betten sind voll. Türen werden auf und zu geschlagen, die Menge strömt aus einem Raum in den nächsten, ich starre aus der hintersten Bank auf eine Tafel, rund um mich schreiben Fremde, was ich schreibe, aus Zufall sind wir alle am selben Ort und am nächsten Tag schon wieder nicht und jemand ganz anderer. Ich spreche mit fast niemandem mehr.

Dann muss ich einen Teilzeitjob annehmen, ich bewerbe mich bei einem Call-Center und sitze bald vor dem Computer, das Headset an den Kopf geklemmt, meine Stimme geht in ein Kabel hinein, meine Stimme geht ins Nichts und kommt nicht mehr zurück. Aber noch schlimmer ist das Abprallen, das Echo, ich höre mich selbst und weiß, dass ich gar nicht auf der anderen Seite ankommen kann, da ist eine Mauer. Mein Kopf schmerzt. Mein Hals schmerzt. Texte übersetzen, von der einen Sprache in die andere, ein Kabel dazwischenlegen, warum tut man das?

Alexander wird mir auf einer Feier vorgestellt und er fragt mich, was ich studiere, und ich sage, Übersetzen, und er fragt, warum, und ich sage, ich weiß nicht. Er meint, so geht es vielen. Er hat getrunken, er redet von Informatik und ich höre ihm zu. Und ich weiß nicht mehr so genau, wie und warum, aber es kommt jedenfalls dazu, dass wir noch in derselben Nacht miteinander schlafen. Wir sind beide bereits über zwanzig, aber trotzdem ist es für uns beide das erste Mal. So kann es eben manchmal laufen. Danach liege ich wach im Bett, er schläft. Sein Kinn liegt an meinem Nacken, er hält mich von hinten, eine Hand an der Hüfte, eine Hand an der Brust. Ich fühle mich in diesem Moment sehr umfangen, aber dieses Gefühl stört mich nicht. Ich spüre aufmerksam danach, weil ich glaube, dass ich davon nähren muss.

Aber am Morgen ist da immer noch diese Hand um meinen Bauch. Wir stehen auf, wir frühstücken, und er meint, dass es bei ihm normalerweise nicht so läuft, und ich sage, bei mir auch nicht. Er sagt, er möchte mich wieder treffen, und ich glaube ihm nicht. Aber wir treffen uns wieder. Wir treffen uns und ich merke, dass er meine Hüfte vermisst, diesen Ort, an dem seine Hand gelegen ist. Und so läuft es weiter.

Es dauert auch gar nicht mehr als ein Jahr, bis wir zusammenziehen und ich meine auswechselbaren Mitbewohner endlich loswerde. Die gemeinsame Wohnung hat dann einen Balkon auf den Innenhof hinaus und ist leiser. Die Hand um meinen Bauch bleibt da, das Diplom kommt hinzu, es ist ein Sommerabend mit Käse, Wein und Weintrauben, als meine Mutter stirbt. Als ich am nächsten Tag das Elternhaus betrete, erscheint es mir leer und gierig wie eine übergroße Tasche. »Wir werden es verkaufen müssen«, sagt Peter, der aus Salzburg angereist ist und schwere Koffer über die Schwelle zieht, die das Haus aber nicht stopfen können. Ich antworte Peter nicht, der seine Koffer mitten in das Wohnzimmer stellt, sondern beobachte Alexander, der draußen mit dem Gartenschlauch von Baum zu Bäumchen geht.

»Karin?«, flüstert Alexander jetzt.

Ich öffne die Augen. Es ist dunkel und es ist kühler geworden. Der Wald ist eine schwarze Wand, die auf unseren Garten zu drängt.

»Karin, sollten wir nicht nach Lisa schauen?«

»Vermutlich schon.«

Ich befreie mich aus seinen Armen, strecke mich und beuge mich vor. Wir stehen auf und sammeln meine Bücher und Alexanders Laptop ein, die auf dem Steg verstreut sind.

Später liege ich im Bett auf der Seite, die Augen schon geschlossen. Als Alexander sich hinlegt, drückt sein Gewicht die Matratze hinunter. Das hebt mich etwas hinauf und ich rutsche zu ihm hin.

»Ich habe heute dieses Kartenspiel mit Lisa gespielt«, sagt Alexander.

»Ach ja.«

»Ich habe es nicht wirklich begriffen. Aber sie hat gewonnen. Das hat sie zumindest gesagt, dass sie gewonnen hat.«

»Dann wird es schon stimmen.«
»Denkst du, mag sie mich?«, fragt er.
»Wieso sollte sie dich nicht mögen?«
»Ich weiß nicht«, sagt er. Seine Stimme klingt schon ganz fern.
»Sie muss dich mögen«, sage ich.

10.

Der Wald. Ich fahre mit den Fingern durch einen Busch und breche ein paar trockene Zweige ab, im Vorübergehen. Lisa geht hinter mir, ich höre sie stapfen. Lisa geht neben mir, und wir schlagen mit Stöcken gegen die Bäume, lachen. Wir laufen quer durch das Gebüsch, ich hinter ihr, weit vorne ihr blonder Schopf, das Unterholz zerkratzt mir die Arme, ich fange sie ein, ihre Nägel krallen sich in meine Haut. Ich beiße in ihre Schulter, als wir auf den Nadeln raufen und uns gegenseitig auf den Boden zu drücken versuchen, sie packt meine Hand so fest, dass es wehtut, ein Pochen, ich ziehe ihren Kopf an den Haaren in den Nacken, sie steigt mit dem Fuß zwischen meine Beine und versucht mich wegzudrücken, ich kralle mich an ihrem Hintern fest, eng umschlungen, ganz still, nur das Atmen und manchmal ein erstickter, wütender Laut. Bis ich es schaffe, ihre Schultern auf den Boden zu drücken, ich setze mich auf ihren Brustkorb, sie biegt sich unter mir und wehrt sich, meine Arme zittern, so viel Kraft braucht es, sie niederzustemmen. Dann hört sie plötzlich auf. Sie hört auf, sich zu wehren, und sieht mich an, sieht nur noch zu mir auf. Sie atmet laut, ich atme laut, die Nadeln sind überall, der Arm tut weh dort, wo sie mich gepackt hat, alles brennt, innen und außen. Ich stemme sie nieder, sie sieht mich nur an.

Wir haben wohl fast den ganzen Tag zusammen verbracht. Zumindest hat das Mama immer gesagt, man sieht euch ja nur zusammen, ihr verbringt ja den ganzen Tag zusammen, ihr seid ja unzertrennlich. Wir spielen im Zimmer mit der Kugelbahn oder mit den Matchbox-Autos, aber viel öfter spielen wir draußen, im

Teich und um den Teich herum, wir springen vom Steg hinein, das Wasser verschluckt uns, umfasst uns, dringt in unsere Ohren, stößt uns in eine stille Welt, grün und verschwommen, auf dem Grund ist es kalt. Lisa taucht gerne ganz tief hinab, sie verbringt lange Zeit unter Wasser, taucht von einem Ende des Teichs zum anderen, die Sonne scheint grün auf ihr Haar.

Wir liegen nebeneinander frierend auf dem Steg, die Sonne trocknet uns und Lisa sagt, sie würde so gerne unter Wasser atmen können. Sie sagt, ich würde am liebsten für immer dortbleiben können. Ich möchte in den Fluss springen und bis zum Meer tauchen, am liebsten in den Pazifik, auf den Grund. Wir zeichnen Bilder von uns beiden in den Unterwasserwelten, zwischen versunkenen Schiffen und Städten, es sind die Zeichnungen, die ich in einer Mappe finde, als ich mein altes Zimmer für sie ausräume. Sie fragt, was würdest du dir wünschen, wenn du drei Wünsche frei hättest? Sie sagt, ich, ich würde mir wünschen, unter Wasser atmen zu können, unter Wasser nicht zu frieren und drittens, in den Ohren keinen Druck zu bekommen, dann würde ich tauchen, bis zur Titanic, ganz am Grund des Pazifik, der ist am tiefsten. Dort ist nur Sand, sonst nichts, und das Schiff, alles von Algen überwuchert, das Glas des großen Saals ist zerbrochen, die Glassplitter sind auf den Boden gesunken und glitzern, ich habe Fotos gesehen, bei deinem Papa im Arbeitszimmer, ich will dort bleiben. Aber nur, wenn ich auch mitkommen kann, sage ich. Ja, nur wenn du auch mitkommen kannst. Wir blättern das Geo-Magazin durch, auf dem kleinen Bett im Arbeitszimmer sitzend, und da sind die Fotos, wir schweben im Wasser, unsere Kleider bauschen sich auf. Es gibt Haarspangen und Schmuck und alles halb im Sand verschwunden.

Ich wache auf. Ich wache auf, weil die Sonne heiß auf mein Gesicht brennt, und ich richte mich sofort auf, die Augen mühelos offen, als hätte ich gar nicht geschlafen. So bleibe ich sitzen. Alexander ist schon aufgestanden, das Bett neben mir ist leer. Vielleicht ist er schon weg, vielleicht hat er schon das Haus verlassen. Ich lege mir die Hand auf die Augen, meine Hand ist kühl. Ich träume sehr viel in letzter Zeit und frage mich, ob es gut wäre, wenn ich versuchte, mich an die Träume zu erinnern. Ich denke gleich danach, es wird ein warmer Tag und es wäre vielleicht gut, das auszunützen. Man könnte spazieren gehen. Am Nachmittag könnte ich mich vielleicht noch einmal in den Garten setzen und an meiner Übersetzung weiterarbeiten, während sich Lisa auch im Garten beschäftigen könnte, Lisa mag die Blumen doch sehr gerne. Sie umfasst sie und streicht an den Blüten entlang. Ich umfasse mich selbst und beuge mich weit vor. »Ah«, mache ich, langgezogen. Mehr nicht. Ich weiß nicht warum. Aber es tut gut, so.

Zentrifugen. Als ich das Wörterbuch aufschlage, um ein Vokabel zu überprüfen, höre ich es im Haus wieder läuten. Das Läuten, das stört bei der Arbeit, aber hier draußen im Garten hört man es weniger. Der Wind verblättert die Seiten. Auf dem Tisch vor mir liegen die Wörterbücher und die ausgedruckten Artikel flach ausgebreitet, Lisa liegt flach ausgebreitet auf der Wiese, auf dem Rücken. Ihre Füße sind nackt, aber obwohl es nicht kalt ist, hat sie eine dicke Weste anziehen wollen. Mit dieser Weste liegt sie auf der feuchten Wiese, ihre Zehen bohrt sie in die Erde, reißt mit ihnen Grashalme ab, lässt sie dann fallen, streckt die Zehen aus. Sie reißt mit den Fingern Grashalme ab. Sie reißt die Blüten vom Klee und von den Gänseblümchen, legt sie auf ihre Lippen. Sie öffnet die Lippen nur einen Spalt, die Blüten verschwinden in diesen Spalt. Die Finger verkrallen sich in der Wiese. In dem Text, der vor mir liegt, geht es um Zentrifugen. Er kümmert mich nicht. Das bemerke ich, während ich den letzten Absatz prüfe, den ich geschrieben habe. Er kümmert mich nicht, und ich hatte meinen Beruf schon ein Jahr lang ausgeübt, als ich erkannte, dass ich nie eine wirklich gute Übersetzerin werden würde. Es war Abend, ich hatte die Arbeit gerade beendet und mich mit Alexander vor den Fernseher gesetzt. Alexander hat mich verwundert angesehen.

»Wieso sagst du so etwas?«, fragte er.

»Weil es stimmt«, sagte ich.

»Wie kommst du auf so etwas?«, fragte er. »Mach dich doch nicht fertig«, sagte er.

»Mach ich nicht«, sagte ich. »Ich stelle nur etwas fest. Ich stelle meine Grenzen fest.«

Der Text über die Zentrifugen stößt nicht an diese Grenzen. Wenn ich mich konzentriere, komme ich gut weiter. Um richtig weit zu kommen, bräuchte ich wahrscheinlich etwas anderes, Leidenschaft vielleicht. Der Wind verblättert die Seiten. Satz für Satz, Absatz für Absatz. Als ich zu Lisa hinuntersehe, ist ihre Hand in ihrer Hose verschwunden, und sie sieht mich an. »Lass das«, sage ich. Das Telefon läutet.

Das Telefon läutet, aber Karin geht nicht hin. Das Telefon läutet, aber Karin hebt nicht ab. Ich weiß ja, wer das ist. Ich weiß ja, dass es Peter ist. Ich habe ja die Nummer auf dem Telefon längst nachgesehen, als Karin einmal nicht in der Küche war. Das Gras kitzelt mich im Nacken, das Gras ist scharf und zieht, wenn ich es mit den Zehen abreiße. Der Wind ist kühl, der mir durch die Zehenzwischenräume fährt. Ich frage mich, wie Peter wohl jetzt aussieht. Ich kann es mir nicht ausmalen. Ich denke an Peter und denke an einen langen dünnen Mann mit großen Ohren. Ich denke an Peter und denke an einen Jugendlichen mit großen Ohren und dunklen Ringen unter den Augen. Die Blüten landen wie feste Pakete auf meiner Zunge, eines nach dem anderen. Ich greife nach der Wiese, die Wiese ist wie Haar. Wenn Peter jetzt hier wäre, würde er ein Brett aus Augusts alter Werkstatt holen und mich an Ort und Stelle damit erschlagen. Sie muss hier vor Schuld doch vergehen. Gretes Brief in der Küchenschublade. Ich denke an Grete und denke an ein Mädchen mit langen geflochtenen Zöpfen und rosa Brillen. Der Puppenspieler kommt auf mich zu mit offenen Armen, hebt mich auf seine Schultern. Du bist nicht so wie die anderen Kinder, sagt er. Du bist so ruhig. Du bist ganz genau so, wie ich in deinem Alter war. Wenn ich dich so ansehe, möchte ich vor Schuld fast vergehen.

Ich presse die Augenlider zu und das Zupressen der Augenlider vertreibt die Worte, zumindest für den Moment. Ich mache die Augen auf und sehe, Karin blickt mich an. Sie schaut nicht mehr auf ihre Zettel, der Wind verblättert die Seiten ihres Buches. Liege ich hier als offene Karte, oder liege ich auf dem Rücken? Was sieht sie? Aber sie senkt den Blick schon wieder. Ich muss arbeiten, Lisa. Ich bin Übersetzerin, Lisa, ich habe dir von den Übersetzungen erzählt, oder? Ich habe dir von Alexander erzählt, oder? Alexander ist eine Leerstelle, ein weißer Fleck, er hat nicht auf dem Foto Platz gefunden, er kann also nur zum

Seitenfenster gehören. Schau, willst du Alexander nicht dein Kartenspiel zeigen? Die Regeln sind einfach. Dieser Weg ist für uns beide. Dieser Weg ist nur für uns allein. Sie hält das Wörterbuch mit beiden Händen, ihre Finger mit den abgebissenen Nägeln legen sich dicht um die Buchecken. Ihre Nägel sind kleine runde Flecken auf kurzen Fingern. Etwas älter, aber ich habe sie gehalten. Ich habe sie gestreichelt. Ich habe sie streicheln dürfen.

Das Telefon läutet ein weiteres Mal. Alexander dreht sich nach mir um. Ich schüttle den Kopf.

»Ich hab grad die Finger im Teig«, sage ich.

»Soll ich …?«

»Nein. Lass es jetzt.«

Er schneidet neben mir auf dem Küchentisch den Selchroller. Er würfelt ihn in kleine Stücke. Das Läuten ist laut. Der Teig ist überall auf meiner Hand, ich bohre meine Finger in die kalte Masse, presse und schlage den Teig gegen den Boden der Schüssel, bis er sich von meinen Fingern löst und ganz glatt und fest wird. Als hätte er mir etwas angesehen, hat Alexander schon recht früh angefangen, Fragen zu stellen. »Also, wie war das denn jetzt wirklich?«, hat Alexander gefragt, da stand ich in der Küche und habe gekocht, so wie jetzt. Da habe ich dann eben alle Karten vor ihm auf dem mehligen Tisch ausgebreitet. Man muss ja mit offenen Karten spielen, in einer Beziehung.

»Was da genau geschehen ist, weiß niemand«, habe ich am Ende gesagt, nachdem ich alle Fakten aufgezählt hatte über Augusts Tod. »Jedenfalls ist sie weggelaufen, wir haben August erst ein paar Stunden später gefunden. Am Abend hat es ein schlimmes Gewitter gegeben. Meine Geschwister haben sich um alles gekümmert. Man hat mich eigentlich in Ruhe gelassen, ich war ja noch sehr jung. Es gibt so einiges, was ich nicht so recht mitbekommen habe, was ich nicht so genau weiß.«

»Hast du nicht nachgefragt?«, hat Alexander gesagt, was mich geärgert hat.

»So einfach ist das nicht«, sagte ich, »du weißt doch, wie das mit Geschwistern ist.«

Alexander meinte, er weiß das offensichtlich nicht, er ist ein Einzelkind.

Daran erinnere ich mich, als ich den Teig gegen die Schüsselwand schlage und Alexander den Selchroller schneidet und Peter versucht, mich zu erreichen.

Als das Telefon später beim Essen wieder läutet, als Lisa kurz auflacht und den Kopf in den Nacken wirft, da steht Alexander auf.

»Nein, lass es, es ist für mich«, sage ich.

»Und?«

»Es ist nur mein Bruder. Ich rufe ihn dann zurück«, sage ich.

Alexander sieht mich an, während ich weiteresse, und ist ein Einzelkind und versteht es nicht.

11.

Bis jetzt haben wir bloß unseren Kuchen und unseren Kaffee bekommen, noch keine Antworten. Ich sitze im Café auf dem Hauptplatz des Orts mit meinem Bruder, er hat in Wien zu tun gehabt, was ich ihm gern glauben möchte, er wird doch wohl nicht nur wegen mir den weiten Weg gekommen sein, aber jedenfalls haben wir uns hier getroffen, auf dem Hauptplatz, und sollten eigentlich sehr auf unsere Worte achten. Peter sitzt vor mir, und ich habe ihn schon lange nicht mehr gesehen.

»Ich habe dich schon lange nicht mehr gesehen«, sage ich.

Er nickt. Die Sonne scheint auf unseren Tisch, auf unsere Tassen und unseren Kuchen. Ich bin hier schon lange nicht mehr gewesen. Die Gemeinde ist gerade groß genug, dass ich es mir gerade noch so erlauben kann, mich hier nie blicken zu lassen.

»Wie geht es dir?«, frage ich.

Peter nickt. »Danke«, sagt er. »Und selber?«

»Ja«, sage ich.

»Du hast abgenommen«, sagt er.

Er dagegen sieht gut aus, denke ich, in diesem Anzug, wie er da sitzt, und mir wäre früher nicht eingefallen, dass er jemals in die Breite gehen könnte. Der Bart verdeckt sein Doppelkinn.

»Nein, bestimmt nicht viel.« Ich fahre mir über den Pullover. »Ein oder zwei Kilo. Mehr bestimmt nicht.«

»Du hast vier Tage gewartet, bis du meinen Anruf angenommen hast«, sagt Peter.

»Ja?«

»Ich hab vier Tage lang versucht, dich zu erreichen, um dir zu sagen, dass ich komme. Du hast nie abgehoben.«

»Ja?«

»Ja, Karin, das weißt du ganz genau.«

Das weißt du ganz genau. Das weißt auch du. Das hier ist eine ernste Sache.

»Wie geht es Angela?«, frage ich. »Ist die Scheidung schon durch?«

»Ja, ja«, sagt er, diesmal er, nicht ich. Ein bisschen weniger rot im Gesicht könnte er sein, fällt mir jetzt auf. Ich sollte ihn fragen, wie regelmäßig er trinkt. Ich weiß, dass er das in seinem Beruf kaum vermeiden kann, bei den vielen Geschäftsessen, aber dem Onkel Rupert ist ja schon mit fünfzig die Leber eingegangen. Das brauchen wir nicht noch einmal.

»Grete hat dir doch einen Brief geschrieben, oder?«, fragt Peter. »Ist er angekommen?«

»Sicher«, sage ich. »Wieso sollte er denn nicht angekommen sein?«

»Weil du nicht geantwortet hast«, meint Peter.

»Muss ich denn antworten?«, frage ich. Die beiden haben also miteinander telefoniert. Sie antwortet mir nicht, Peter, was soll ich denn tun? Da stimmt etwas nicht, ich bin sicher, dass da etwas nicht stimmt. Kannst du nicht einmal nachschauen, ich habe da gar kein gutes Gefühl, Peter. Nicht mit Lisa im selben Haus.

»Nein«, sagt Peter. »Natürlich musst du nicht antworten. Man erwartet auf einen Brief halt eine Antwort, im Allgemeinen.«

»Auf so einen Brief sollte niemand eine Antwort erwarten.«

»Mein Gott, was wird sie denn groß geschrieben haben?«

Aber heute bin ich vorbereitet. Weil ich immer den Wortlaut von Gretes Briefen vergesse, gerade, wenn es darauf ankommt, habe ich den Brief mitgenommen, hole ihn aus meiner Handtasche und lege ihn auf den Tisch wie ein Beweisstück gegen sie, was er auch ist.

Er braucht genauso lange, um ihn zu lesen, wie ich, um meinen Kaffee auszutrinken, faltet ihn dann zusammen, steckt ihn wieder in das Kuvert, gibt ihn mir zurück.

»Und?«, frage ich.

»Ich weiß nicht, was du da von mir erwartest«, sagt er. »Sie macht sich schnell Sorgen, und dann überlegt sie halt nicht viel. Du kennst sie doch, was ärgerst du dich so?«

Er drückt seine Gabel in den Kuchen und fängt an zu essen. So kann er statt mich den Kuchen ansehen, denke ich.

»Sie meint, ich würde der Oma einen Dolch ins Herz stoßen.«

»Naja, sie übertreibt«, sagt Peter kauend. »So wie immer. Hast du keinen Hunger?«

Nein. Ich nehme stattdessen einen der verpackten Zahnstocher und reiße die Verpackung auf, als müsste ich mir jetzt schon die Brösel aus den Zahnzwischenräumen drücken.

»Aber du bist ihrer Meinung«, sage ich. »Du findest auch, dass ich Lisa nicht hätte zurückholen sollen.«

Peter steckt sich noch einen Bissen Kuchen in den Mund, bevor er antwortet.

»Du hast die Großeltern vor vollendete Tatsachen gestellt«, sagt er. »Du hast uns vor vollendete Tatsachen gestellt. Du kannst doch selbst beurteilen, wie reif oder klug das war.«

Das Zahnstocherpapier lässt sich falten, zerreißt aber zu leicht. Ich lege es neben das verlassene Tortenstück.

»Was soll das überhaupt heißen, reif?«, frage ich. »Ich bin erwachsen, ich habe mein eigenes Leben, ich brauche euch wegen so etwas nicht um Erlaubnis fragen. Ich habe jedes Recht, euch vor vollendete Tatsachen zu stellen.«

Der nackte Zahnstocher ist spitz, bohrt sich in die Haut.

Peter zuckt mit den Schultern.

»Sicher«, sagt er, »sicher hast du jedes Recht dazu. Dann brauchst du dich aber auch nicht wundern, dass Grete dich wie einen Teenager behandelt.«

»Na wunderbar«, sage ich. »Jetzt sind wir wieder an diesem Punkt angelangt.«

Wieder zuckt Peter mit den Schultern, isst von seinem Kuchen, trinkt von seinem Kaffee.

»Wie oft in der Woche trinkst du eigentlich?«, frage ich jetzt.

»Es geht hier nicht um meinen Bluthochdruck«, antwortet Peter, und damit kann ich sicher sein, dass von nun an nichts Neues mehr kommen wird. »Und wenn du willst, dass wir nicht immer an denselben Punkt kommen, dann solltest du vielleicht einmal versuchen, selbst etwas anders zu machen. Zum Beispiel, eine so große Entscheidung, wie Lisa Neuwirth in unserem Haus aufzunehmen, vorher mit uns zu besprechen.«

Er hat Lisa Neuwirth gesagt. Ich hasse es, wenn er das macht. Wen interessiert ihr Nachname, mit wem sollten wir sie verwechseln?

»Und dass wir das von dir wollen, bedeutet ja nicht, dass du nicht erwachsen bist, dass du nicht dein eigenes Leben hast«, sagt er. »Du bist völlig selbstständig. Aber dass du glaubst, du musst das vor uns verbergen und das hinter unserem Rücken machen, das zeigt doch nur, Karin …«

»Was zeigt es denn?«

Peter stützt sich mit den Ellbogen auf den Tisch und macht sich so kleiner. So kann er zu mir aufsehen, aber was er sagen wird, wird trotzdem von oben kommen.

»Das kannst du dir doch selbst denken«, sagt Peter. »Ich verstehe dich ja, du hast es damals am schwierigsten gehabt. Du warst noch viel zu jung, und Lisa und du, ihr wart so eng befreundet, man hat euch ja kaum trennen können. Ihr habt allem anderen den Rücken gekehrt. Ihr wart euer eigener kleiner Kreis. Und was sie dann getan hat, wie solltest du das schon überwunden haben? Wie denn? Und eben dass du sie jetzt wieder zu dir ziehst, dass du uns wieder Sachen verheimlichst – das zeigt einfach, dass du noch nicht so weit bist. Du kannst das nicht sehen, aber Karin, du bist einfach noch nicht so weit.«

Mein Magen tut weh, als ich fahre. Ich habe Peter angeschrien. Mitten im Café vor all den Leuten, und jetzt werden alle hier noch mehr über die Ludeviks reden, als sie es ohnehin schon tun, und das ist mir egal. Peter hat gar nichts geantwortet, das hat er aber nicht müssen. Du schreist, also habe ich recht. Du schreist, also bist du wirklich noch nicht so weit. Wir wissen alle, dass es für dich am schwierigsten war. Wir verstehen dich ja. Nur du selbst verstehst dich nicht.

Aber ich werde es nicht mehr hinnehmen, sage ich zu mir. Ich werde nicht mehr hinnehmen, wie in dieser Familie gesprochen, wie in dieser Familie gedacht wird. Diese Familie, für die alles klar ist, alles durchsichtig, die ihr Problem vor Jahren schon gelöst hat, und nur deshalb ist es für sie einfacher als für mich. Denn sie wissen, wie es wirklich ist. Denn diese Familie, sie weiß alles, und wenn sie an stillen Abenden der Schmerz ganz fest packt, können sie den Mund öffnen und alles herauslassen und im Gesang ihrer Geschichten bleibt kein Raum für Zweifel.

Nein, ich weiß, Karin, aber du kannst das nicht sehen, ihr wart unzertrennlich, ihr wart euer eigener kleiner Bannkreis, du warst so in ihrem Bann, du warst uns damals so fremd, du warst noch so jung damals, viel zu jung für so einen Verlust. Und ja, selbst wenn das nicht so schlimm geendet hätte, wäre doch nie vorgesehen gewesen, sie zu behalten, manchen kann man eben nicht helfen, wir haben schließlich versucht, ihr zu helfen, aber was hat es uns gebracht? Ja, gerade Papa hat sie so sehr geliebt, aber was hat es ihm gebracht?

Ich biege in die Einfahrt ein, es hat begonnen zu regnen. Ich halte im Schatten des Hauses. Ich muss an Weihnachten denken. Ich beuge mich vor, drücke meine Hände an den Bauch, mein Kopf lehnt am Lenkrad, ich atme langsam ein und aus. Kann Peter es sich so leicht machen, weil er damals älter war, weil er Lisa klarer sehen konnte, als das, was sie war, als Gast? Zur Sommerfrische und zur Erholung kommt sie, sie wird am Anfang und am Ende des sieben Jahre langen Aufenthalts gewogen, und wenn sie zugenommen hat, und wenn ihre Lunge kräftiger geworden ist, dann war die Sommerfrische ein Erfolg. Nun, dieses Projekt ist jedenfalls ins Wasser gefallen.

Karin kommt aus dem Regen durch die Türe, kämpft mit den Schuhen, dann erst blickt sie hoch und sieht mich an. Ich stehe in der Tür zum Wohnzimmer, sie dort mit nassen Haaren, einen durchgeweichten Schuh noch in der Hand. Wir stehen einander gegenüber, und ich blicke auf in ihr Gesicht und sehe, ihre Augen sind verschwollen, ihre Lippen sind zusammengepresst. Sie hat manchmal einen so kleinen Kopf, denke ich, wenn ihr Haar nass ist und an ihr klebt. Einen Moment lang möchte ich hingehen mit offenen Armen, mit offenen Armen möchte ich auf sie zukommen, ihren dunklen kleinen Kopf in die Hände nehmen, sie halten und streicheln, wie früher. Gleichzeitig nimmt der Gedanke mir jeden Atem weg, mir wird übel und dann fällt mir ein, dass das ja alles längst nicht mehr geht. Es hat sich alles umgedreht, es hat sich verkehrt und sie hat außerdem wegen mir geweint. Ich möchte. Ich möchte dir sagen, dass ich sehr wohl weiß. Karin, ich weiß. Und ich möchte dir sagen, dass es auch so in Ordnung ist. Beantworte mir nur eines.

Was weißt du schon. Ich lasse den Schuh fallen, es spritzt noch etwas Wasser heraus, als er auf dem Boden trifft. Barfuß gehe ich an Lisa vorbei zur Treppe und die Treppe hoch und sehe sie nicht mehr an. Der Boden ist kalt unter meinen Füßen. Es rinnt mir in den Nacken und überallhin. Oben ziehe ich mich nicht aus, sondern falle rückwärts quer auf das Bett, die Arme ausgebreitet, und bleibe dort liegen. Das Bett wird nass um mich, und als ich den Kopf zur Seite drehe, sehe ich, um mich herum färbt sich das Leintuch dunkel.

II

1.

Und dann beginnt sie damit: Die Küche ist voller Blumen. Sie sagt es: »Die Küche ist voller Blumen.« Ich sage: »Ja? Möchtest du Blumen in der Küche?« Aber sie sagt nur weiter: »Die Küche ist voller Blumen.« Dann lacht sie. Dann sagt sie es wieder. Dann lacht sie lange. Sie beugt sich weit zurück und lacht und kriegt kaum Luft dabei, ihr Mund ist weit aufgerissen und verkrampft. Ich lache mit. Ist es wie damals, frage ich mich, als wir Lachkrämpfe bekommen haben, bis wir uns am Boden gewälzt haben, und niemand verstanden hat, was wir so lustig fanden? Wir waren aber dreizehn damals. »Die Küche ist voller Blumen«, sagt sie und lacht auch jetzt noch und sinkt auf den Boden, weil sie keine Luft mehr kriegt, und sie schnappt fast nur noch, und ich weiß nicht, ob das überhaupt noch Lachen ist. Ihr Mund ist aufgerissen, ich sage: »Beruhig dich doch«, aber sie lacht weiter und schnappt nach Luft. »Voller Blumen«, lacht sie, »voller Blumen.«

Während Lisa die Karten mischt, denke ich über das Schlafwandeln nach. Wir sitzen in meinem Arbeitszimmer, und Lisa hat unbedingt mit den Karten spielen wollen, aber sie gibt sie nicht aus der Hand, sie mischt sie immer und immer wieder. Es gibt doch solche Geschichten über Schlafwandler, denke ich. Ich kenne eine von einem Bekannten von mir. Wie er noch ein Kind war, hat er mir erzählt, ist er einmal mitten in der Nacht aufgestanden. Er hat geträumt, ganz dringend aufs Klo zu müssen, und ist aufgestanden, in die Küche gegangen, hat die Küchenschublade geöffnet und hineingemacht.

Lisa legt den Stapel auf den Boden. Sie nimmt die oberste Karte und deckt sie auf. Ich glaube, es ist eine Karte aus Schwarzer Peter, aber macht das einen Unterschied für sie? Ist sie vielleicht schon früher Schlafwandlerin gewesen? Ich bin mir nicht sicher. Aber da ist diese Erinnerung, dass ich in der Nacht aufwache und Lisas Bett ist leer und Lisa ist nicht im Zimmer. Da ist zumindest diese Erinnerung. Aber dass sie im Schlaf immer ausgerechnet auf Alexanders Sachen pinkeln muss.

Lisa lacht. Sie hat auf dem Boden eine ganze Reihe aufgelegt. »Was bedeutet das?«, frage ich.

»Nichts«, lacht sie. »Gar nichts.«

Wer weiß schon, warum sie was macht. Und ja, genau hier sind sie am Schreibtisch gesessen bis spät in die Nacht, und mein Vater hat mit Lisa geübt und ihr alles erklärt, mehrmals, weil sie so langsam erst verstanden hat. Das fällt mir plötzlich ein, als ich dort auf dem Teppich sitze, ich sehe meinen Schreibtisch an und denke daran, wie mein Vater dort alleine gesessen ist, vor der Zeit mit Lisa, lange ist er dort gesessen, und was hat er da gearbeitet, allein die ganze Nacht, ich weiß es nicht. Ich weiß es nicht.

Hinaus, hinein, hinein, hinaus. Ich habe es der Leerstelle längst erklärt. Sie heißt Alexander, ist groß und steht schief vor mir, weil ich auf dem Boden sitze. So viel Raum nimmt Alexander ein und findet doch in einem Seitenfenster Platz.

»Willst du mir das Kartenspiel zeigen, Lisa?«

Alexander wartet, bis ich nicke, erst dann setzt er sich hin. Er setzt sich in einen Schneidersitz, stemmt die Ellbogen auf seine Knie, lässt seine Hände in der Mitte hängen, als hätte er keine Angst vor mir.

»Willst du mir die Regeln erklären, Lisa?«

Die Regeln sind einfach. Wir mischen die Karten, wir mischen sie lange. So werden die Ränder der Karten weich unter den Fingern, mit jedem Mischen ein wenig mehr. Dann heben wir ab. Zuerst diese Karte, die bedeutet, ich gehe hinaus. Dann die nächste Karte, die ist gut für dich, schau, die bedeutet, du kommst herein.

»Die ist gut für mich?«

Er hält die Karte in der Hand, sieht sie an, als könnte er auf sie tatsächlich all seine Hoffnung setzen.

»Hast du dieses Kartenspiel erfunden?«, fragt er.

Ich nicke.

»Ich habe noch nie ein Kartenspiel erfunden«, sagt er. »Ich wollte mal ein Rollenspiel erfinden.«

Alexander weiß schon, welche Rolle ich hier habe. Er weiß schon, wie er mit mir zu reden hat. Hat Karin sie ihm erklären müssen? Schau, Alexander, das ist Lisa, die Handpuppe, hat sie gesagt. Die Lisa-Puppe ist schon etwas beschädigt, du musst auf besondere Weise mit ihr umgehen. Am besten, nur ich stecke meine Hand in sie.

»Weißt du, was ein Rollenspiel ist?«, fragt er.

Ich nicke. Vater-Mutter-Kind kann man mit Lisa spielen. Man steckt die Hand in sie und bewegt ihre Arme und man spricht für sie, das geht ganz leicht. Nur ein bisschen die Stimme verstellen muss man.

»Wirklich?«, fragt er. »Nicht viele Leute wissen das.«

Ich weiß es ganz genau.

»Das Spiel ist gleich vorbei. Das da ist die nächste Karte.«

Die bedeutet, ich komme herein.

»Ach so?«, fragt er. »Aber das ist doch eine Uno-Karte, oder? Meine Herein-Karte war eine Tierquartett-Karte.«

Er nimmt beide Karten in die Hand und sieht sie an. Versucht er, ein Muster zu erkennen?

»Und die da, das ist die letzte, die bedeutet, du gehst hinaus.«

»Ach so? Das ist schon wieder eine Uno-Karte.«

»Das heißt, ich habe gewonnen.«

»Ach so?«, sagt Alexander noch einmal. »Und das war es schon? Nur vier Züge? Kannst du mir die Regeln noch einmal erklären?«

»Ich habe gewonnen. Du gehst hinaus«, sage ich.

Er versteht nicht sofort. Er sieht immer noch die Karten an und sucht das Muster immer noch in den Karten.

»Du gehst hinaus.«

Er blickt auf.

»Ach so«, sagt er dann, zögert, faltet dann erst seine Beine auseinander und steht auf. An der Tür dreht er sich noch einmal um.

»Ich wollte dich nicht stören, weißt du?«

Karin hat ihm bereits gesagt, welche Rolle ich hier spiele. Für ein Kind bin ich zwar ein bisschen groß, aber wir haben uns das mit Tannenzapfen schließlich auch vorstellen können, warum also nicht mit mir. Niemand muss mir über ihn Bescheid sagen. Sie hat ihn hergeholt und schiebt ihn vor sich, steckt ihre Hand in ihn und sagt, Lisa, du bist das Kind, ich bin die Mutter, Alexander ist der Vater, und dabei kann man schnell die Hand aus ihm herausziehen, ihn zurücklegen, zurück auf den Haufen.

Wenn du die Puppen vermisst, dann brauchst du es nur zu sagen. Wir haben die ja alle schon, als du noch da warst, in Kisten gepackt und in den Keller geräumt, aber dort sind sie noch, alle. Ich frage mich, ob das Kasperltheater auch noch dort unten ist. Kannst du dich erinnern, August hat uns manchmal etwas vorgespielt, als wir noch klein waren. Er hat den alten König mit einer tiefen Stimme sprechen lassen und die Prinzessin mit einer ganz hohen, und der Drache Dagobert hat gelispelt.

Ich bin mit Lisa in der Küche, als Lisa sich plötzlich wieder anmacht. Ich stehe am Küchentisch und sehe aus dem Fenster und beschmiere Brote und rede, nachher weiß ich gar nicht mehr, worüber. Lisa sagt ja kaum einmal etwas, so wenig redet sie, und so fange ich selbst an, zu reden, ganz ohne es zu merken, rede über unsere Höhle im Wald, über unseren Bach, über den Schuppen, in den wir einmal eingebrochen sind, über die Handpuppen. Ich drehe mich um, weil ich etwas höre, und da rinnt es schon wieder den Sessel hinunter zu Boden. Lisa sitzt dort am Tisch und sieht mir direkt ins Gesicht, die Hände liegen flach auf der Tischplatte und es rinnt und unter ihr bildet sich eine Lacke.

Einen Moment lang bleibe ich einfach so stehen. Ich verstehe nicht, wie Lisa das machen kann, und dass sie jetzt wieder damit beginnt, und wie Julian jemals glauben konnte, dass Lisa alleine leben kann, wenn sie nicht einmal … Er hat mir doch gesagt, dass Lisa eigentlich allein leben könnte, und dann kommt sie zu mir, und spricht nichts, und läuft im Schlaf herum und kann nicht allein baden und macht sich an.

Und gleichzeitig ist da – es ist etwas in der Art und Weise, wie Lisa mich ansieht, das mich an den Wald erinnert. Ja, es ist so wie im Wald.

Als wir gerauft haben, und ich sie niedergestemmt habe, und sie mich genau so angesehen hat. Und.

»Wir haben uns ja schon wieder angemacht«, stelle ich endlich fest.

Lisa antwortet nicht. Ich zögere kurz, dann gehe ich zu ihr hin und ziehe sie hoch. Ich hole einen Fetzen und wische den Stuhl ab. Ich führe Lisa ins Bad.

»Komm, ziehen wir dich aus«, sage ich. »Wir müssen dich waschen. Immer müssen wir dich waschen gehen.«

Und wie das alles zusammenpasst, das weiß ich nicht.

2.

Als sie damals zu uns gekommen ist, da sind Lisa auch solche Sachen passiert. Das hat man zuerst gar nicht bemerkt, erst an den dunklen Flecken auf der Hose oder wenn es angefangen hat, zu stinken. Mama hat Lisa dann ins Bad begleitet und Papa hat uns erklärt, dass das ganz normal sei, weil sich früher niemand um Lisa gekümmert habe, und das sei eben ihre Art, das zu bewältigen, und ich habe überhaupt nicht verstanden, was das heißen soll, bewältigen, ehrlich gesagt. Papa hat aber gesagt, dass man jedenfalls ganz geduldig mit ihr sein müsse. Das hat er aus einem Bilderbuch gewusst, das er auch uns gezeigt hat. Das Anmachen hat dann aber aufgehört, und warum es jetzt wieder da ist, verstehe ich auch nicht, nachdem ich Lisa gewaschen und ihr frische Unterwäsche und frische Hosen angezogen habe, und mich daran erinnere, wie ich noch ganz klein war und Inge mir ebenso frische Unterwäsche und frische Hosen angezogen hat, wenn ich mich angemacht hatte, genau so. Und geschämt habe ich mich deswegen schon damals, ich hab schon damals gewusst, dass sich das nicht gehört. Dass Lisa sich denn gar nicht schämt?

Lisa aber sieht bloß zur Seite, während ich ihr die Jeans zuknöpfe, und dann löst sie sich von mir und läuft aus dem Bad. Man muss geduldig mit ihr sein, es ist nicht leicht mit ihr. Sie hatte, das weiß ich noch, seit sie bei uns angekommen war, Schwierigkeiten in der Schule, meine Eltern haben darüber abends in der Küche gesprochen, sie dachten, wir wären schon im Bett. Lisa und ich sind aber auf der anderen Seite der geschlossenen Tür gestanden, unsere Hände ineinandergeklammert, und haben zugehört.

»Nein, es ist nicht ganz leicht«, sagte Papa. »Es ist nicht leicht mit ihr.«

»Mir kommt vor, sie will sich gar nichts merken«, sagte Mama, »beim Lesen und Schreiben ist sie die Schlechteste in der Klasse. Die Klassenlehrerin hat sogar schon gemeint, man müsse sie zurückstufen.«

»Das wäre eine Katastrophe«, sagte Papa, »das können wir nicht tun.«

»Gebissen hat sie auch schon ein anderes Kind«, sagte Mama. »Stell dir das mal vor, gebissen! Ich verstehe das alles nicht, bei uns ist sie so ruhig und brav.«

»Man muss geduldig mit ihr sein«, sagte Papa. »Überleg doch, was sie alles schon durchgemacht hat.«

»Ich verstehe diese Frau einfach nicht«, sagte Mama und meinte mit der Frau die Mama von Lisa. »Wie kann man ein Mädchen wie eine Wilde aufwachsen lassen? Sie macht sich sogar noch an. Zumindest das muss man einem Kind doch beibringen, wie man aufs Klo geht, selbst wenn man völlig verdreht ist.«

Und Lisa und ich hörten zu und schwiegen, und ich überlegte, was hier Stufen überhaupt zu suchen haben. Und ich überlegte, was das heißen soll, Lisas Mama sei verdreht, und Lisa sei wie eine Wilde aufgewachsen. Und ich dachte an Ronja, die Räubertochter, deren Geschichte mir Mama und Grete schon vorgelesen hatten, und dachte, so muss Lisa aufgewachsen sein, wie diese Ronja. Und sah Lisa an und dachte, dass Lisa im Wald herumgelaufen und über Abgründe gesprungen ist und sich vor Druden versteckt hat, und darum beneidete ich sie. Das sollte sie mir zeigen, wie man wie ein Brombeerstrauch wächst, so wild.

»Sie muss das alles bis zum Ende des Schuljahres nachgeholt haben«, sagte Mama. »Sonst können wir da auch nichts mehr tun.«

Sonst können sie auch nichts mehr tun. Wenn ich nicht zurücklaufe und hole, was ich auf dem Weg nicht mitgenommen habe, müssen sie mich zurückstufen ins Heim. Es ist nicht leicht mit ihr, sagt August zu Inge, jetzt schau dir das doch noch einmal an, sagt er zu mir, so schwer ist das nicht, versuch nur, beim Schreiben nicht in der Zeile abzurutschen, und schmier nicht so, so kann das ja nichts werden. Ich sitze bei ihm am Schreibtisch, auf einem Stuhl, der extra für mich da hingestellt worden ist, weil er höher ist als die anderen, August sitzt neben mir, ist neben mir über meine Aufgaben gebeugt. Eine Wilde bin ich, Karin sagt, ich sei ihre wilde Ronja, und wenn ich nicht schnell alles nachhole, schicken sie mich fort. Und noch bin ich ja wie aus Papier ausgeschnitten und hier in dieses Haus geklebt, fremd, auch wenn August sagt, du bist so ruhig, du bist so nachdenklich, du bist ganz wie ich in deinem Alter. Aber jetzt schreib einfach mal nur alle Zahlen untereinander und nicht so schief, Lisa. Zeig mir, wie man wild durch den Wald läuft, sagt Karin, und wir springen über den Bach, als könnte er uns fortreißen.

Das Mädchen hätte bei der noch nicht mal Lesen gelernt, sagt Inge, und meint Mama.

Das ist nicht wahr, du lügst, sage ich nicht.

3.

Diese unverantwortliche Person, diese verdrehte Frau, ist nur Mama, wenn wir in die Stadt fahren, zu dem Heim, wo sie im Besuchszimmer auf mich wartet – wenn sie mich sieht, geht sie in die Knie und breitet die Arme aus, und ich laufe direkt auf diese ausgebreiteten Arme zu, falte meine eigenen ganz kurzen Arme um sie, und sofort umfängt sie mich und hält mich fest.

»Mein Mädchen«, sagt sie, »mein Mädchen.«

Aber das ist nur ganz zu Beginn so, als ich noch jeden Abend ihr Foto ansehe und dabei schon weiß, ich übe nur noch, ihr Foto anzusehen, sie ist in diesen Momenten für mich schon ganz weit fort, ich vermisse sie schon nicht mehr so, wie ich sollte, und das einzig Wirkliche ist, in diesem Besuchszimmer auf sie zuzulaufen.

Das einzig Wirkliche ist das Haus, in dem sie mich später besucht, und sie ist wie ausgeschnitten und in dieses Haus hineingesetzt, und als ich sie begrüße, löse ich mich dafür von

Inge-Mamas Hand und weiß, während die Jennifer-Mama da ist, darf ich die Hand der Inge-Mama nicht mehr halten.

Die Jennifer-Mama raucht am Esstisch und versteht erst, als sie die Asche abklopfen will, dass da kein Aschenbecher steht. Erinnert sie sich daran, dass niemand ihr erlaubt hat zu rauchen? Sie sieht sich immerzu um, von einem Kind zum anderen, von einer Ecke zur anderen, schön haben Sie es hier, so ein großes Haus, ich habe ja auch schon überlegt aufs Land zu ziehen, aber ich werde ja in der Arbeit ständig gehetzt, gehetzt werde ich in der Arbeit, ich muss mir ja ständig über die Schulter sehen. Sie wissen ja nicht, wie das ist, kaum zeigt man Schwäche, sie stürzen sich, sofort stürzen sie sich auf einen, wie die Wölfe, man sieht ja richtig, wie die einen schon ansehen, an den Blicken sieht man es ja schon, gierig und brutal. Dabei hätte ich ein viel besseres Jobangebot, ich bleibe ja nur aus Treue, die würden zugrunde gehen ohne mich. Und Sie sind bei der Eisenbahn, Herr Ludevik?

Und während sie spricht, während sie Lügen über ihre Arbeit erzählt, sieht sie im Raum umher, klopft die Zigarette an ihrem leeren Teller ab, weil sie keinen Aschenbecher findet, wendet sich dann zu mir, fragt mich, was ich in der Schule gelernt habe, sagt, bevor ich antworten kann, dass ich so gewachsen bin, will dann, dass ich ihr etwas zeichne, drückt mir, wenn sie glaubt, dass August und Inge es nicht sehen, ein Päckchen in die Hand, und ich weiß genau, dass sie das alles so nicht tun sollte, dass sich das alles so nicht gehört.

Trotzdem, jedes Mal, wenn sie uns besucht, bekomme ich etwas, einmal Schokolade, einmal eine Plastik-Puppe, einmal einen kleinen ausgestopften Sack mit einem aufgemalten Grinsen, der ein mechanisches Lachen ausstößt, wenn man auf ihn drückt.

»Dieser Lachsack ist nervtötend«, sagt Inge später zu August. »Sie sollte Lisa nicht solche Sachen schenken. Das sind doch keine vernünftigen Geschenke. Die versucht doch bloß, Lisas Liebe zu erzwingen, indem sie sie verwöhnt.«

Der Lachsack der verdrehten Frau bleibt bei mir und ich halte ihn jetzt in der Hand, wie eine Wilde hat sie mich aufgezogen und weiß selbst gar nicht, dass man nicht lügen und nicht rauchen darf, wenn da kein Aschenbecher steht. Wie die Wilden sind Karin und ich durch den Wald gelaufen, weil Karin wissen wollte, wie man als Brombeerstrauch wächst. Wenn ich auf den Sack drücke, lacht er immer noch. Jennifer hätte mir diese Sachen nicht schenken sollen, und sie hätte nicht über die Wölfe in ihrer Arbeit reden sollen, und ich habe mich von Inges Hand gelöst, um sie zu umarmen, und sie hat das gesehen, dass ich davor Inges Hand gehalten hatte. Ich habe mich der Jennifer-Mama zugewandt, um sie zu umarmen, aber eigentlich habe ich mich damit von ihr abgewandt. Ich habe sie verraten und mich von ihr abgewandt, nur um Karins Hand halten zu können, mit ihr den Bach von Bockerln zu befreien, damit er fließt. Ich müsste erschlagen werden, nur dafür.

Ich sehe auf. Karin hat die Möbel im Wohnzimmer an ihrem Platz gelassen. Im Fach unter dem Couchtisch liegen immer noch Zeitschriften, nur andere jetzt. In der Vitrine steht immer noch Inges gutes Geschirr. Immer noch stehen überall Blumentöpfe, Inge hat sich um die gekümmert, ist mit dem Gießkännchen von Topf zu Topf gegangen. August hat die Blätter angefasst, abgestaubt. Eine Pflanze braucht Pflege, eine Pflanze braucht viel oder wenig Licht, viel Wasser oder keines. Und wenn man sie umtopft, damit sie mehr Erde hat, kann sie wachsen, aber Liebe braucht sie immer. Liebe saugt eine Pflanze immer durstig auf und gibt nichts davon zurück. Im untersten Fach des Bücherregals stehen die Fotoalben. In den Fotoalben stehen Karin und ich nebeneinander mit Schultüten, und da in Faschingskostümen, und als Karin und ich sechs Jahre alt waren, haben wir uns beide als Gretel verkleidet, mit rot aufgemalten Kreisen auf den Wangen. Gretel und Gretel, und im nächsten Jahr waren wir Nixe und Drude, Flügel und Fischschwanz. In den anderen Fächern stehen jetzt andere Bücher. Man kann mit den Fingern über die Bücher streichen. C++. Java. SPSS. Linux Extended. The Colour of Magic. Thief of Time. Little Brother. Das schwarze Auge. Vierte Edition. Die Bücher der Leerstelle. Alexander ist wie aus der Zeitung geschnitten und zwischen unsere Fotos geklebt. Alexander gehört zum Seitenfenster. Er hat hier nicht Platz. Ich nehme seine Bücher aus dem Regal. Er setzt sich zu mir und spielt mit mir Karten, als hätte er noch nicht verloren.

4.

»Hast du schon mit ihr darüber geredet?«

»Über was denn?«

»Über mich.«

Alexander sitzt auf dem Bett hinter mir, ich arbeite. Die Zettel sind vor mir auf dem Schreibtisch ausgebreitet, wobei es eine gewisse Ordnung gibt, die ich vergessen habe. Es ist mein Arbeitszimmer und es hat hier immer schon dieses Bett gegeben, ich kann mich daran erinnern, auch schon, als es das Arbeitszimmer meines Vaters gewesen ist.

»Warum soll ich mit ihr denn über dich reden?«

»Weil das nicht so weitergehen kann.«

»Was denn genau?«

»Ich habe heute früh wieder Bücher von mir draußen vor der Haustüre gefunden.«

»Ach.«

Stoßdämpfer, Drehgewinde, Antriebskurbel.

»Denkst du denn, dass sie das mit Absicht macht?«

»Ja, sicher macht sie das mit Absicht. Deine Bücher schmeißt sie schließlich nicht raus.«

»Kann sie die denn auseinanderhalten?«

»Wieso sollte sie die denn nicht auseinanderhalten können? Meinen Laptop hat sie in die Abwasch gestellt, zum Geschirr. Und auf mein Headset ist sie draufgestiegen.«

»Dann lass dein ganzes Computerzeug halt nicht überall herumliegen. Das geht mir auch auf die Nerven.«

Triebwelle, Kugellager, Keilriemen. Arbre de transmission. Ein schönes Bild: ein Baum zur Weitergabe.

»Ich verwende das Notebook aber oft. Soll ich vielleicht jedes Mal alle meine Sachen wegräumen, wenn ich vom Tisch aufstehe? Also, was ist jetzt, hast du mit ihr geredet?«, fragt er nochmal.

Poulie à gorge – Rillenscheibe.

»Was soll ich denn da mit ihr reden?«

»Über mich, Karin. Sie akzeptiert mich nicht.«

»Was redest du!«

»Kein bisschen akzeptiert sie mich. Ich störe sie nur. Das musst du doch auch sehen.«

»Unsinn. Sie muss dich akzeptieren.«

Alexander steht auf.

»Ach, muss sie das?«

»Ja«, sage ich. »Was bleibt ihr denn anderes übrig?«

Und trotzdem kommt sie her und redet mit mir. In unserem Zimmer, sie kommt her, setzt sich auf mein Bett und beginnt zu reden. Sie verschränkt die Arme auf den Knien, sie ist vornübergebeugt und sieht mich an, aber sie sieht mich nicht wirklich an, sie sieht an mir vorbei und redet etwas, was sie selbst nicht glaubt, woran sie keinen Moment denkt, während sie spricht. Ihr Mund öffnet und schließt sich, ich verstehe sie nicht, warum machst du das, Karin? Du weißt doch selbst, was Sache ist, ich merke es an der Art, wie du mich am Arm nimmst, und wenn du mir die Haare flichst, spüre ich deine Hände auf meinem Nacken, sie stocken. Und trotzdem dieses Hinauszögern, du nimmst den fremden Mann wie eine Handpuppe, und lässt ihn mit mir sprechen, statt dich mit mir zu beschäftigen. Hier, das ist Alexander, er spielt hier keine Hauptrolle, und ich habe mich ihm verschrieben, ich küsse ihn jede Nacht, diesen Mann, der seine Hand in mich legt, der seinen Schwanz an mir reibt, der seine Finger auf meinen Busen legt. Glaub nicht, dass ich nicht weiß, was ihr treibt, dass ich nicht weiß, wie überfällig er ist, glaubst du denn wirklich, ich wüsste das nicht?

Und ich denke, während ich rede, wie ärgerlich das alles ist, dass Alexander mir diesen Auftrag gegeben hat, mit Lisa über ihn zu reden, ihr zu sagen, dass er ebenso ein Recht hat, hier zu sein, wie sie, was selbstverständlich sein sollte, sie ist schließlich der Gast im Haus, nicht er, und komme mir dumm vor, was soll ich auch sagen? Ich sollte hier gar nicht sitzen, ich sollte dieses Gespräch mit dir gar nicht führen müssen. Es sollte klar sein. Es ist genau wie mit Martin, erinnerst du dich an Martin, ich schon, an Händchen halten und heimliche Küsse, den Mund noch fast verschlossen dabei, und du? Was hattest du dagegen, welches Recht hattest du eigentlich damals, auf mich wütend zu sein? Immer hast du diese Bemerkungen gemacht, als wäre ich nur mit ihm zusammen gegangen, weil die meisten Mädchen aus der Klasse jetzt ihre ersten Freunde haben, und du sagst mir ins Gesicht, deshalb hab ich jetzt Martin. Ausgerechnet Martin, dieser Holzkopf, ich meine, jetzt einmal ehrlich. Und ich merke, dass meine Stimme sich zusammendrückt, bis sie ganz dick und gepresst wird, und ich höre auf zu sprechen. Das Zimmer ist still um mich. Ich stehe auf, drehe mich um und gehe hinaus, über den Gang zum Bad. Mein Spiegelbild erschreckt mich, mein Kiefer ist vorgeschoben, das Gesicht verkrampft, und ich beuge mich sofort hinunter zum Waschbecken. Wasser rinnt mir über das Gesicht. Ich schließe die Augen. Später kommt mir das alles lächerlich vor.

Als ich die Blumen im Wohnzimmer gießen will, finde ich die blutige Unterhose. Es ist Lisas Unterhose und sie muss sie dort versteckt haben, hinter einer der Vasen.

»Haben wir die Regel?«, frage ich. Lisa antwortet nicht.

»Kannst du mit Binden umgehen?«

Aber wieso sollte sie das können. Im Badezimmer dreht sich Lisa ständig von mir weg, dreht sich ständig im Kreis, so kann ich ihr die Hose nicht öffnen.

»Willst du dich selber ausziehen?«, frage ich, »damit wir dir die Binde anlegen können?« Aber sie will sich nie selber ausziehen. Sie windet sich Richtung Tür und ich halte sie fest. Sie macht ein kleines unwilliges Geräusch, wie ein Winseln.

»Jetzt reiß dich mal zusammen«, sage ich.

Ihr Gewinsel wird stärker, oder was das auch immer ist. Ich mag es nicht. Ich mag das schon bei kleinen Kindern nicht. Sie drängt weiter zur Tür und ich packe fester zu.

»Bleib hier«, sage ich und setze sie auf einen Stuhl.

Ihre Haare sind schon wieder offen und zerzaust, wie ich jetzt bemerke, und hängen ihr ins Gesicht.

»Wieso hast du den Zopf aufgemacht, den ich dir geflochten habe?«

Sie schweigt.

»Wozu flechte ich dir Zöpfe, wenn du sie gleich wieder aufmachst?«

Ich ziehe Lisa hoch, die sich nicht mehr wehrt, und öffne ihre Hose, die am Schritt schon ganz fleckig ist. Darunter trägt Lisa nichts. Das Blut ist überall in ihren Schamhaaren.

Ich sage ihr, sie soll sich auf den Boden legen, reinige sie mit dem Waschlappen, dann gehe ich die frische Unterhose holen, und als ich zurückkomme, hat sie sich kein bisschen gerührt und die Beine noch immer offen.

»Das hast du doch schon mal gekonnt. Wann hast du denn das verlernt, Lisa?«

Wieso frage ich sie überhaupt?

Ich hole auch eine neue Jeans und ziehe sie ihr an und dann stehen wir schweigend nebeneinander. Mir ist kalt und ich verschränke die Arme vor der Brust.

5.

Und ihr bei alledem nicht ins Gesicht blicken. Karin hat die Tür zugesperrt. Ich stehe hier in der Mitte des Raums, weil ich das so wollte, weil ihre Hand mich bloßgestellt hat, mir die Hose geöffnet, die blutige Unterhose entdeckt hat. Ihre Hand, so weich, hält mich fest, hat den Schlüssel im Schloss umgedreht. Sie fordert mich auf, mich hinzulegen und die Beine zu spreizen, damit die Hand leichteren Zugang finden kann, sich in mich hineinlegen kann, mich waschen kann mit eiskaltem Wasser.

Es kitzelt nur ein bisschen. Ich wünsche mir Decken.

Decken, der Druck von Decken auf meiner Brust, meinem Bauch, meinen Beinen, meinen Armen. Viele und noch mehr davon. So muss es sein, wenn man am Grund des Meeres liegt, und wenn auf dir Tonnen von Wasser lasten, es sollen Tausende Tonnen sein, habe ich gehört, wenn man am Grund des Meeres liegt, wie soll man sich dann noch aufsetzen? Und so sind die Decken, sie drücken auf meinen Körper und verdecken ihn, vor den anderen und vor mir selbst, verstecken ihn, sodass man fast vergessen kann, wo er anfängt und wo er aufhört. Deshalb dürfen meine

Zehen nicht unter der Decke hervorstehen, weil ich sonst weiß, dass mir die Decke zu klein geworden ist, dass mir das Bett zu klein geworden ist, dass ich oben und unten anstoße, wenn ich mich nur strecke. Meine Gliedmaßen werden immer länger, als wollten sie sich überallhin ausbreiten wie Schlingpflanzen. Was ist los mit diesem Körper, der auf den Fliesen aufgedeckt vor dir immer weiter wächst und aus mir ein wucherndes Gestrüpp macht, das so viel Platz einnimmt, das Stacheln hat, wozu hat man es sich überhaupt angeschafft?

Und bei alldem Karin nicht ins Gesicht blicken, nein, schau mich bitte nicht an, dein Blick legt sich tiefer hinein als alles.

Ich beschließe, mit Lisa schwimmen zu gehen. Es ist ein heißer Tag und wir müssen es ausnutzen, solange das Wasser noch warm genug ist, denke ich. Ich gehe mit ihr mit, weil ich nicht weiß, sie war früher eine gute Schwimmerin, aber sie hat so viel verlernt. Lisa schreit kurz auf und lacht, als sie über die Leiter des Holzstegs ins Wasser steigt, und lässt sich dann sofort hineinfallen, ich folge ihr. Das Wasser umfängt mich wie ein Vertrauter, umschließt mich ganz, vielleicht ist es das. Ich schwimme Lisa hinterher.

»Langsamer«, sage ich. »Komm zu mir.«

Wir schwimmen nebeneinander, und ich frage, »Geht es noch? Wirst du nicht müde?«

Lisa lacht, »Nein, gar nicht«, und taucht den Kopf kurz ins Wasser. »Hör auf damit«, sage ich.

Und ich lege meine Hand auf ihre Schulter, weil es sich so besser anfühlt, vielleicht. Es gibt mehr Halt und da ist außerdem diese Angst, sie könnte unter mir wegrutschen, einfach so, fortgleiten und auf den Grund sinken wie ein Stein. Und gleichzeitig ist da dieses Gefühl, woher kommt das? Ich erinnere mich an unsere Spiele hier, an das gegenseitige Untertauchen. Dass du dich auf meine Schultern stemmst und ich nichts machen kann, hinunterfalle, das Wasser schlägt mir ins Gesicht, die Wasseroberfläche ist über mir, gebrochen, gekräuselt, sie entfernt sich und dazwischen dein Oberkörper wie ein dunkler Schatten, der mich unten hält, dann loslässt, ich steige auf, schlage gegen dich. Und dann mich auf deine Schultern zu stemmen und dich hinunter zu zwingen, zu sehen, wie du verschwindest und zu mir aufblickst, durch das Wasser, und ich halte dich unten und wann lass' ich dich los? Und wie leicht das war, unterzutauchen.

6.

»Wie ist es dir heute gegangen?«, fragt Alexander.

Meine Hand auf Lisas Schulter, als sie schwimmt. Lisas Hände umfangen meinen Hals, sie lacht. Deine Federn werden ganz nass, Drude. Nein, Nixe, meine Federn sind wasserdicht. Wenn du meine Hand fasst, Drude, nehme ich dich mit in die Tiefen und zeige dir, was es dort gibt. Ich umfasse mit meinen Händen ihre nassen Haare, als ich sie nach dem Schwimmen kämme. Ein Irrgarten von Locken, die ich in Zöpfe binde.

»Ganz verdreht«, sagt sie, ich verstehe nicht, was sie meint.

»Ja, deine Haare sind ganz verdreht«, sage ich.

Sie läuft, sobald ich sie lasse, hinauf in ihr Zimmer. Ich gehe ins Vorzimmer und sehe, sie hat Alexanders Jacken von den Haken gerissen.

Jetzt sitze ich auf dem Bett, Alexander zieht sich ein frisches T-Shirt an, nach der Arbeit.

»Hast du an der Übersetzung weitermachen können?«, fragt er.

»Ein bisschen.«

»Bist du nicht schon ein bisschen im Rückstand damit?«, fragt er und setzt sich zu mir aufs Bett.

»Kann sein, nicht viel.«

»Du darfst das nicht aus den Augen verlieren, das weißt du, oder?«

Die Schularbeit darfst du nicht aus den Augen verlieren. Ihr beide, ihr lenkt euch gegenseitig ab. Man kann doch auch gemeinsam lernen, nicht nur gemeinsam Unfug treiben. Das musst du verstehen. Das musst selbst du begreifen. Das weißt auch du.

»Was ist eigentlich mit deinen Großeltern?«, fragt er jetzt.

»Was soll mit ihnen sein?«

Sie rufen nicht an. Ich bin froh über die Stille und wünschte, Grete würde genau wie Oma und Opa einfach trotzig sein und verstummen. Stattdessen versucht sie immer noch regelmäßig, mir am Telefon den Ernst der Lage vor Augen zu führen. Du begreifst ja gar nicht, auf was du dich da einlässt. Lisa braucht doch professionelle Hilfe. Du hast doch gar nicht die Möglichkeit, ihr zu helfen. Du warst damals so eng mit ihr, du siehst doch gar nicht, wer sie inzwischen ist. Ich frage sie, wie es ihr in London geht, und sie weicht aus, als ob sie ihr Leben dort vor mir verstecken müsste. Dabei bin ich mir sicher, dass sie nur Erfolgsgeschichten zu erzählen hätte.

»Hast du endlich wieder Kontakt mit ihnen?«, fragt Alexander.

Und was sollen die Großeltern schon sagen? Ich will doch gar nicht, dass sie etwas sagen. Ich will ihnen den Mund mit Klebeband verschließen, damit sie ihr Lied nicht anstimmen können, du warst noch so jung, viel zu jung, du warst immer nur bei ihr, ihr zwei, aber du hast ihr ja nicht ins Herz gesehen. Das weiß man nie, was in so einem Herzen vor sich geht.

»Wartest du, bis sie sich melden? Du solltest dich mit ihnen vertragen.«

Er setzt sich zu mir aufs Bett, und ich frage mich, ob er das wirklich von mir erwartet, mich mit den Alten zu vertragen und gleichzeitig Lisa im Haus zu haben. Ich frage mich, wie er sich das vorstellt.

»Es ist nicht so leicht für sie«, sagt er.

»Nichts ist leicht.«

Für meine Großeltern war von Anfang an eigentlich alles klar. Sehr einfach, auf eine gewisse Art und Weise. Sie haben ein schwarzes Band über die Fotos meines Vaters gelegt. Sie haben meine Mutter in die Arme genommen und ihr Urteil gefällt. Seitdem liegt es gut, gut liegt es auf mir, und es liegt auf dir, Lisa.

Seitdem kann ich nicht mehr bei ihnen Weihnachten feiern, ohne mich übergeben zu müssen. Seitdem sind die Gespräche mit ihnen. Am Anfang haben sie aber gar nicht darüber geredet. War das die schlimmste Zeit? Es waren ihre Gesichter. Sie sind festgefroren, und alle ihre Umarmungen waren von nun an. Ich habe mich vor ihnen versteckt.

Dann haben sie angefangen zu reden. Und jeder ihrer Sätze zerstört. Jeder ihrer Sätze zerstört Lisa, zerstört alles. Diese Sätze zu hören und dann im Bett zu liegen und die Augen zu schließen, und da kommen alle diese Erinnerungen, aber es sind die Sätze der Alten darübergeschrieben, sie sind über alles geschrieben, sie überschreiben alles und werden wiederholt, werden unendlich oft wiederholt, bis sie zu einem Lied werden, das wir gemeinsam singen an stillen Abenden, mit kleinen Variationen, ein schönes Ritual, wie Weihnachtslieder, im Chor, jeder Besuch wird zum Lied, jedes Telefonat wird zum Lied, es läuft von selbst, wie von allein finden unsere Stimmen den Ton, und wie ihre Gesichter sind, wenn sie singen, wenn sie ihr eingeübtes Lied singen, wie ihre Gesichter da sind:

Weil man nie weiß, was in so einem Herzen vor sich geht. Weil man nie weiß, was solche Menschen denken, die dann lügen, Märchen erzählen, die die Hand beißen, die sie gefüttert und gekleidet hat. Weil sie so mitfühlende Menschen waren, August und Inge, zu sensibel für diese Welt, sie sind an Lisa zerbrochen wie dünne Sektgläser an der Wand. Weil wir das immer schon geahnt haben. Weil Lisa Neuwirth, von Anfang an hat man das bemerkt, an ihrem Blick, einen Blick hat sie gehabt wie ihre Mutter. Das ist das Schlimmste, einen Sohn so zu verlieren. Das ist das Schlimmste, einen Mann so zu verlieren. So schwer zu tragen hat Inge gehabt. Natürlich hat ihr das Herz brechen müssen über das, was dann später gesagt worden ist. Natürlich hat ihr das Herz brechen müssen über das, was die Leute über ihren August geredet haben. Aber man hat dem Mädchen ja nicht ins Herz sehen können. Dem August, dem hat man immer ins Herz sehen können. Mit dem Herz auf der Hand ist er durchs Leben gelaufen. Das kann ja nicht gut gehen. Da muss ja jemand kommen und es zerdrücken. Da ist dieses Mädchen gekommen und hat es zerdrückt. Das hätte ja gar nicht anders kommen können. Weil du und Lisa so eng, wie ein Bannkreis war das, man hat gar nicht eindringen können. Auch nachher, du hast dich von uns abgewendet. Du warst wie hypnotisiert, wie besessen von ihr. Man hat dir gar nichts sagen können, kaum hat man was gesagt, hast du zurückgeredet, so frech. Es hat so lange gebraucht, bis man mit dir vernünftig hat reden können. Du hattest nur sie im Kopf, abnormal war das. Du hast sie nicht sehen können, nicht, wie sie wirklich ist. Was willst du so eine wie die verstehen, die verdreht ist wie ihre Mutter, und wie ihre Mutter ständig lügt, was weiß man schon, warum die was macht. Was weiß man schon?

Am nächsten Tag stehe ich gemeinsam mit Alexander auf, ich habe schlecht geträumt. Zuerst das viele Drehen und Wenden, bis der Schlaf kommt, und dann aus diesem Schlaf fahren, und der Atem bleibt mir weg. Alexander meint, ich brauche keine Angst zu haben, alles sei in Ordnung, es sei doch bloß ein Traum. Jetzt habe ich ihn vergessen. Als ich mich, noch im Pyjama, zur Kaffeemaschine drehe, den Kaffee in den Filter löffle, meine Finger fast taub vor Schlaf, spüre ich seinen Körper an meinen Rücken herantreten wie eine weiche Wand. Zuerst erschrecke ich, dann lehne ich mich an ihn. Er legt seine Hände an meine Hüften, ich halte den Löffel Kaffee in der einen Hand, den Filter in der anderen, und schließe die Augen.

An diesem Morgen sagt er, er sei dumm gewesen, mich mit alldem allein zu lassen. Er möchte mir helfen. Er wird sich freinehmen, das muss doch möglich sein, und gerade jetzt ist in der Firma ohnehin nicht so viel los, und die müssen doch auch mal ein paar Tage auf ihn verzichten können.

Ich höre mir das an, die Augen geschlossen, an seine Wärme gelehnt, und weiß schon, dass der Kaffee auf den Boden bröselt. Und es ist ja schön, denke ich weiter, dass er das für mich tun will, sich freinehmen und alles, und auch wie er das sagt, es ist schon nett von ihm. Nur er und Lisa, wie er sich das vorstellt, das weiß ich wieder nicht.

7.

Wie er sich das vorgestellt hat, das weiß ich nicht. Wollte er denn alles, was ihn von Lisa trennt, in ein paar Tagen mit großen Schritten durchschreiten? Wollte er, dass Lisa ihr Herz in die

Hände nimmt, ihm entgegenstreckt, sagt, es ist in Ordnung, ich kenne dich zwar nicht, aber ich öffne trotzdem weit meine Arme für dich – so wie sie es damals für uns gemacht hat? Papa, der hat vielleicht noch nehmen können, was Lisa einfach so in den Händen mit sich gebracht hat, aber wieso erwartet Alexander, nach all den Jahren, eine ebenso offene Hand?

Aber erwartet er das denn überhaupt, frage ich mich, während wir frühstücken. Es ist der erste Montag, an dem Alexander im Haus ist, noch nicht ins Büro gegangen ist, als Lisa aufwacht, und obwohl ich gesagt habe, schon Tage zuvor: »Schau Lisa, Alexander ist so lieb, er nimmt sich von seiner Arbeit ein paar Tage frei für dich, damit auch er sich ein bisschen um dich kümmern kann« – obwohl ich ihr alles angekündigt habe, wie man das eben so macht mit Kindern, zieht sie die Augenbrauen zusammen, als sie Alexander in der Küche am Tisch sitzen sieht, vor seinem offenen Laptop und seinem Toast mit Butter, und beißt sich auf die Lippen. »Alexander isst heute mit uns Frühstück«, sage ich noch einmal, »und auch noch die ganze Woche. Er hat sich für dich freigenommen, erinnerst du dich?«

»Ja«, sagt sie. »Ich weiß schon, was er hier macht.«

»Komm, setz dich doch zu ihm«, sage ich.

Sie setzt sich zu ihm, »Hallo Lisa«, sagt er. »Guten Morgen.« Lisa antwortet nicht.

Ich schütte Cornflakes in die Schüssel, gieße Milch darauf, stelle ihr die Schüssel hin.

»Ich habe heute viel Zeit«, sagt er, »was hast du denn Lust zu machen?«

Sie hebt die Hand, die sie unter dem Tisch auf ihren Schoß gelegt hat, und stößt mit dem Handrücken die Schüssel um. Die Cornflakes fallen als klebriges Häufchen heraus, die Milch breitet sich schnell über den gesamten Tisch aus, Alexander springt auf, hebt den Laptop hoch. Die Milch tropft über das Tischende zu Boden.

»Lisa«, sage ich, »was hast du denn jetzt schon wieder gemacht?«

Die Tage mit Alexander verlaufen gar nicht gut. Lisa macht Schwierigkeiten, oder sie hat Schwierigkeiten, dazwischen ist wenig Platz. Sie läuft durch das Haus mit diesem Lachsack, auf den sie drückt, und dazu ruft sie, voller Blumen, und immer wieder voller Blumen, voller Blumen, voller Blumen, Alexander, Alexander, Alexander. Wenn er aber zu ihr hingeht, dreht sie sich weg von ihm, schaut dabei auf den Lachsack, er stellt sich wieder vor sie, sie dreht sich weiter weg, er neigt sich, um ihr von unten ins Gesicht zu sehen, sie läuft vor ihm davon. Er geht in ihr Zimmer und sie sagt, er soll hinausgehen, und hört nicht auf zu sagen, er soll hinausgehen, bis er aus dem Zimmer geht und sich vor die Schwelle stellt.

Das alles hört nicht auf bis spät in die Nacht. Alexander bringt sie nicht dazu, ihren Pyjama anzuziehen, er bringt sie nicht dazu, sich die Zähne zu putzen, er kann sie nicht im Bett halten. Erst als ich dazukomme und ihr befehle, endlich schlafen zu gehen, wird sie ruhiger.

Als Alexander zu mir ins Schlafzimmer kommt, ist sein Gang schon ganz schwer.

»So leicht ist es eben nicht«, sage ich.

»Nein«, sagt er. Da ist etwas in seiner Stimme. Er legt sich auf das Bett.

Ich sitze über ihn gelehnt und sehe seinen müden Körper an.

»Und?«, frage ich. »Was sagst du?«

Er antwortet nicht. Ich blicke ihn an, und da ist etwas, es ist etwas in der Art und Weise, wie mein Blick auf Alexander liegt. Das fällt mir plötzlich auf.

»Zur Pflege«, sage ich, »gehört auch das Waschen. Man muss sie ankleiden, man muss sie bürsten, und wenn sie sich schmutzig gemacht hat, muss man sie ausziehen und waschen, wenn sie es nicht freiwillig selber tut.«

»Ich weiß«, sagt er. Er liegt unter mir und mein Blick fällt auf ihn herab.

»Aber du kannst das nicht?«

»Es geht nicht«, sagt er.

Natürlich geht es. Es muss gehen.

»Es ist notwendig. Dafür braucht man sich nicht zu schämen.«

»Ach, nicht?«

»Es ist so, als würde man einen alten Menschen pflegen. Es gehört einfach dazu, es hat nichts mit Scham zu tun«, sage ich.

»Ach, nicht?«

»Am Anfang, da ist es auch nicht so leicht für mich gewesen. Ich habe mich überwunden. Man gewöhnt sich daran.«

»Es ist bei dir anders«, sagt er dann.

»Was ist anders?«

»Sie hasst dich nicht«, sagt er und dreht sich weg.

Einen Moment lang habe ich das Bedürfnis, ihm zu widersprechen.

An dem Morgen, als Alexander endlich wieder zu arbeiten beginnt, stehen er und ich früher auf. Ich gehe Lisa nicht wecken, aber sie sitzt trotzdem bereits am Frühstückstisch, ihre Robbe an sich gepresst, als wir hinunterkommen. Sie mustert Alexander, seine Laptoptasche, die nur beim Küchentisch steht, wenn er ins Büro fährt. Ich kann ja sehen, wie sie ihn, seine Laptoptasche und wieder ihn betrachtet. Als er aufsteht, steht auch sie auf, folgt ihm ins Vorzimmer, sieht ihm zu, wie er sich die Schuhe zubindet. Als er das Haus verlässt, geht Lisa mit, wartet, bis er ins Auto steigt, wartet, bis es weggefahren ist, um die Ecke gebogen ist, wartet, bis man es nicht mehr sieht. Dann dreht sie sich um. Sie dreht sich um und geht zurück ins Haus, in ihr Zimmer, und als ich nachsehe, ist sie mit den Spielkarten beschäftigt. Sie ist den ganzen Tag ganz still, ganz ruhig. Ich komme endlich mit der Arbeit voran, viel besser als während Alexanders Urlaub, hin und wieder schaue ich bei Lisa herein. Die blättert ihre Bücher durch, zeichnet oder zerreißt buntes Papier, und klebt es auf weißes Papier aus welchem Grund auch immer. Ich kann in Ruhe das Mittagessen kochen, und wir setzen uns gemeinsam zum Tisch. Lisa isst gierig. Dann sieht sie auf. Ich ziehe die Augenbrauen zusammen, ohne dafür einen Grund zu wissen. Ich stehe auf und räume die Teller weg, denn was gemacht ist, ist schließlich gemacht.

8.

Es ist ein heißer Tag gewesen, ein Tag mit dem Duft von Trockenmarillen, als Lisa Martin geküsst hat. Wie lange bin ich da mit

Martin schon zusammen gewesen, einen Monat? Etwas mehr, etwas weniger? Lisa war aber vom ersten Tag an nicht damit einverstanden gewesen. Als hätte sie ein Mitspracherecht, hat sie mir in der Schule den Rücken zugedreht, obwohl sie doch mit mir am selben Tisch saß. Ein Tag wie Trockenmarillen, die große Pause, und Julia, die zu mir sagte: »Ich finde das echt gemein, was die Lisa mit dem Martin im Wald macht, und ich finde, das solltest du wissen.« Ich wusste schon damals, warum sie fand, dass ich das wissen sollte. Julia und ich konnten uns nicht ausstehen. Sie wollte bloß, dass ich zu diesem Wald renne, und dass sie mir dabei zuschauen kann, wie ich zum Wald renne, und obwohl ich mir dessen ganz bewusst war, tat ich trotzdem, was sie wollte, ich rannte trotzdem in den Schulhof zu diesem blöden falschen Wald.

Der Wald, in dem Lisa Martin geküsst hat, ist kein Wald. Er wurde in unserer Schule nur so genannt. Unser Schulhof, eine eingezäunte Wiese mit einem kleinen eingezäunten Betonplatz für Ballspiele, fällt an einem seiner Ränder in eine Böschung mit Sträuchern und niedrigen Bäumen ab, auf die man leicht klettern kann. Und wegen dieser Bäume, wegen dieses Gestrüpps, nannten wir das den Wald, obwohl wir es doch besser wussten, obwohl wir den echten Wald doch kannten, Lisa und ich, obwohl wir uns im echten Wald jagten und versteckten. Damals haben wir gedacht, man könnte sich auch in diesem falschen Wald verstecken, ich und Martin, mit unseren schüchternen Küssen, man würde durch dieses Gestrüpp nicht gesehen werden. Damals haben wir das noch nicht so sehen können, aber heute weiß ich, wie es wirklich war, dass in Wahrheit unsere roten und gelben T-Shirts zwischen den Zweigen hervorgeleuchtet haben und wir im falschen Wald den Blicken der Erwachsenen und der anderen Kinder immerzu ausgesetzt gewesen sind.

An dem Tag, als mich Julia in den Schulhof gelockt hat, habe ich das zum ersten Mal geahnt. Ich musste nämlich gar nicht lange suchen.

Martin und Lisa standen an einen Baum gelehnt. Julia muss es inzwischen schon allen gesagt haben, dachte ich, während ich

Lisa und Martin ansah und nicht wusste, warum ich ausgerechnet daran dachte, aber Julia und Mona und Tina und die anderen müssen alle schon hierher unterwegs sein. Es sah so seltsam aus. Ihre Münder waren aneinandergedrückt und es schlatzte. Martin hatte seine Hand auf Lisas Hintern und strich auf ihm hin und her und es kratzte. Seine andere Hand war unter ihrem T-Shirt, der Stoff hob sich dadurch und gab ihren Bauch frei, der glatter und fester war als meiner. Martins Hand bewegte sich unter dem T-Shirt und der Stoff wölbte sich. Lisa hielt ihn dort fest und führte ihn. Mit der anderen Hand presste sie seinen Kopf an den ihren und küsste ihn. Es war befremdlich. Es widerte mich fast an. Es war ganz anders, als ich und Martin es gemacht hatten. Sie küsste ihn, so wie sie ein Brot strich, mit demselben Gesichtsausdruck, wie sie eine Hausaufgabe schrieb.

Dann hielt sie inne. Ich verstand nicht weshalb. Wieso sollte sie jemals aufhören, wenn sie doch so eingespielt waren? Aber ihre Münder lösten sich, sie hatte die Augen noch geschlossen.

Und dann stieß sie ihn von sich, mit einer Wucht, die Martin taumeln ließ.

»Lass mich bloß in Ruhe, du Hundsfott!«, schrie sie. Sie ging einen Schritt auf ihn zu, er zwei Schritte zurück.

»Hörst du, Martin? Du bist ein elendes Hundsfott!«, schrie Lisa, ihr Gesicht war ganz rot, ihre Augen klein, sie ballte die Hand zur Faust. »Verpiss dich! Rühr mich bloß nie wieder an, du grauslige Sau!«

Er ging noch einen Schritt zurück, drehte sich, entdeckte mich. Ich bin ja ganz nah bei ihnen gestanden. Er blickte mich an, verwirrt. Ich sah es ganz deutlich an seinem Gesicht, er erkannte mich kaum, er kannte sich gar nicht aus. Einen Moment lang wusste auch ich nicht, was er von mir eigentlich erwartete.

Aber dann, als würde der Wind meine Arme heben, ging ich zu ihm hin, holte weit aus und schlug ihm mit dem Handrücken ins Gesicht, und dann noch ein zweites Mal.

»Du bist ein Hundsfott!«, schrie ich, »Hast du nicht gehört? Verpiss dich, du Hundsfott, und fass uns nie wieder an!«

Martin stolperte zurück, drehte sich um und lief davon. Ich sah ihm nach und sah ihn doch nicht mehr, weil mir die Tränen die Sicht verschwimmen ließen. Meine Hand brannte, weil ich ihn geschlagen hatte, sie brannte von seiner weichen Wangenhaut. Haben die anderen mich Hundsfott schreien gehört, fragte ich mich plötzlich, wird man den Abdruck meiner Hand auf Martins Wange sehen? Fünf weiße Finger in all dem geschwollenen Rot – aber ich hatte ihm ja mit dem Handrücken ins Gesicht geschlagen, da sah man vermutlich dann gar nichts. Ich habe es falsch gemacht, dachte ich auf einmal, als stünde ich auf einer Bühne, als wären Julia und Mona und Tina meine Prüferinnen. Jetzt ist es wohl vorbei mit den zwei Unzertrennlichen, würden sie sagen. Die eine hat der anderen den Freund ausgespannt, hast du das nicht gehört, die haben voll herumgeschrien im Schulhof, diese Spinnerten. Sei froh, dass du die Verrückte los bist, würden sie zu Martin sagen. Die spinnen beide, diese lesbischen Schizos, die gehören in die Klapsmühle, lass die Finger von denen.

Ich drehte mich um zu Lisa. Da siehst du, dass ich recht hatte, sagte sie. Oder vielleicht sagte sie das gar nicht. Vielleicht glaubte ich nur, sie das sagen zu hören, weil sie mich so ansah – als hätte sie mir eben etwas bewiesen. Als hätte sie eben mir eine Dummheit nachgewiesen, und nicht umgekehrt. Wir wissen es doch besser, du und ich. Was hast du dir eigentlich dabei gedacht? Es stimmte ja. Ich hätte genauso gut Lisa und nicht Martin schlagen können. Ich hätte genauso gut sie anschreien können, »Lisa, du Hundsfott!« Nur habe ich das nicht gemacht. Nur habe ich sie nicht angeschrien. Deshalb fiel mir nicht ein, was antworten. Deshalb wich ich ihrem Blick aus. Es läutete ohnehin schon zur nächsten Stunde.

Ich merke sofort an der Art, wie sie auf die Stimme am Telefon reagiert, dass es jemand aus der Familie sein muss. Ihre Augenbrauen sind zusammengezogen, wie vorhin während des Abwaschens, als sie einen Teller genommen, sich dabei zusammengekrümmt hat. Sie hat zuerst kräftig geschrubbt, dann aber den Schwamm vom Teller gehoben und Teller und Schwamm auf beiden Rändern der Spüle abgelegt. So ist sie eine Zeitlang gestanden, als hätte sie den Abwasch vollkommen vergessen, und hat zuerst aus dem Fenster, dann wieder hinunter auf den eingeseiften Teller in ihrer Hand gesehen. Ihre

Augenbrauen haben sich auf einmal noch mehr zusammengezogen, mit dem Handrücken hat sie den Wasserhahn nach oben geschlagen, den Teller abgespült und ihn ohne hinzusehen weg von sich auf die Metallfläche zum Trocknen hingelegt, als könnte sie so auch die Erinnerung von sich weglegen, die sie ganz offensichtlich verfolgt.

Auch jetzt ist ihr Gesicht ganz weit weg. Sie reibt sich die Stirn, weil sie versucht, sich auf das Gespräch zu konzentrieren, es fällt ihr schwer, das kann ich sehen. Sie wird von Erinnerungen verfolgt. Ich sehe es oft in ihrem Gesicht, wenn sie von ihnen eingeholt wird, dann wird es unwillig. Dass die Erinnerungen sie einfangen, überrascht sie jedes Mal von Neuem.

»Ja?«, sagt sie. »Bei uns?«

»Nein, musst du nicht«, sagt sie. »Komm vorbei. Wenn sie dich nicht stört?«

Sie dreht sich von mir weg, als könnte ich das Gespräch so nicht hören. Oder als wüsste ich nicht, wer gemeint ist, als wäre ich verblödet. Das ist lächerlich.

»Was ist mit deinen Bedenken?«

»Ich sag ja nur.«

Sie beendet das Telefongespräch und dreht sich zu mir um. Sie lächelt mich an, aber ich spüre alles, was darunter ist.

9.

Während Alexander mir den Rücken massiert, kommt er wieder darauf zu sprechen.

»Ich verstehe sie einfach nicht«, sagt er und meint damit Lisa.

»Du musst Geduld mit ihr haben«, sage ich. »Sie tut sich schwer, dich zu akzeptieren, sie kennt dich nicht. Denk doch, was sie alles durchgemacht hat.«

Seit Alexanders Urlaub sind zwei Wochen vergangen. Als wollte Lisa mir zeigen, dass sie bekommen hat, was sie wollte, hat sie seither den Lachsack nicht mehr angerührt, auch angemacht hat sie sich seitdem nicht mehr. Peter wird mich hier besuchen und übernachten, denke ich. Grete fragt mich immer noch drei Mal pro Woche, wie ich mir das vorstelle und was dabei denn herauskommen soll, Lisa hier zu haben. Seit ein paar Tagen habe ich starke Rückenschmerzen, sie sieht das natürlich als Warnsignal. Du machst dich noch kaputt, Karin. Wer weiß, was das ist, das könnte sonst was sein, das könnte ein Bandscheibenvorfall sein. Hast du schon ein CT gemacht? Wie geht es Harry, frage ich. Gut, sagt sie, er freut sich darauf, dich wiederzusehen, er findet dich witzig.

»Nein«, sagt Alexander jetzt. »Warum sie mich nicht mag, das versteh ich schon. Aber ich weiß einfach nicht, Karin, was hat sie eigentlich?«

»Was meinst du?«

»Was hat denn dieser WG-Betreuer gesagt, was genau ist ihr psychisches Problem?«

Er zieht meine Schultern nach hinten und es knackst. Was hat Julian über Lisa gesagt? Sehen Sie, Karin, die Frage ist eigentlich, was Ihnen eine Diagnose nach ICD-10 denn bringen würde. Es würde Lisa nur in eine Schublade schieben, und sie verdient es nicht, in eine Schublade geschoben zu werden. Sie ist ein einzigartiger und ganz besonderer Mensch.

»Was würde dir eine genaue Diagnose denn bringen? Du siehst ja ohnehin, womit sie Schwierigkeiten hat«, sage ich zu Alexander.

Er drückt an meinen Schultern herum, bewegt sie hin und her, ich lasse es geschehen.

»Es ergibt nur keinen Sinn für mich«, sagt er.

»Was meinst du?«

»Ja, ich weiß nicht«, sagt er. »Sie verhält sich wie ein Kleinkind.«

»Ja und?«

»Warum sollte sie sich wie ein Kleinkind verhalten? Ich frage mich, was machen wir so schrecklich falsch?«

»Was meinst du damit denn wieder?«, frage ich und drehe mich zu ihm um. Er drückt mich aber gleich wieder nach vorne und arbeitet weiter an meinen Schultern.

»Dieser WG-Mensch hat doch gesagt, Lisa sei eine große Stütze gewesen«, sagt er, »im Haushalt und mit den anderen Bewohnern. Hier ist sie nun wirklich keine Hilfe.«

»Ja, willst du ihr denn vorwerfen, dass …«

»Ich will ihr gar nichts vorwerfen. Aber wenn sie angeblich schon so selbstständig war, wieso verändert sie sich hier so? Leg dich hin!«

Ich lege mich auf den Bauch, sein Gewicht drückt sich auf mein Becken.

Ich schließe die Augen. Mein Rücken liegt unter ihm bloß, das weiß ich. Aber: ausatmen, einatmen, hinspüren, überlegen, was er macht, dann wird nichts Unerwartetes kommen, es wird nichts Unerwartetes kommen.

»Was muss in ihr vorgehen, dass sie sich anmacht, als wäre sie drei Jahre alt?«

»Lisa hat sich auch mit sieben noch angemacht«, sage ich und denke gleich, das hätte ich ihm vielleicht nicht sagen sollen. Aber warum eigentlich nicht? Das hängt ja alles nicht zusammen.

Aber als hätte Alexander mich ohnehin nicht gehört, sagt er weiter: »Ich weiß nicht. Ich denke mir halt, das muss man sich ansehen. Lisa muss doch irgendwo in Therapie gewesen sein, oder? Was ist, wenn wir sie da wieder hinschicken?«

»Zu einem Therapeuten?«, frage ich.

»Ja.«

»Die sind doch alle Hundsfotts.«

»Hundsfotts?«, fragt Alexander. »Woher kommt das denn jetzt?«

Da stößt Alexander mit dem Daumen tief in ein Loch, das da plötzlich ist, und ich schreie und bevor ich noch weiß, was ich tue, habe ich mich unter ihm aufgebäumt.

»Verdammt!«, schreie ich. »Verdammt noch mal, was machst du?«

»Beruhige dich! Ich hab nichts gemacht, ich hab gar nichts gemacht.«

Ich lege mich wieder hin und schließe die Augen. Ich weiß nicht, was ich da eben gefühlt habe.

»Zu denen würde ich niemanden schicken, den ich mag«, sage ich.

»Die sind doch gut ausgebildet«, murmelt Alexander. »Die wissen doch, was sie tun.«

Ich lache.

»Wenn du meinst«, sage ich.

Er drückt auf mir herum, und plötzlich rutscht er wieder ab, ins Loch in meinem Rücken hinein, alles zieht sich kalt zusammen, ich bäume mich auf, ohne zu wissen, wohin, werfe Alexander von mir herunter, und dann, dann sitze ich plötzlich, meine Beine umklammert, mit dem Rücken zur Wand, etwas abgerückt von ihm, und mein Rücken ist heiß und kalt auf einmal, liegt bloß, vom Kopf bis hinunter zum Becken.

»Scheiße«, sage ich. »Mach so was nie wieder.«

»Ich hab nichts gemacht«, antwortet Alexander. Er öffnet die Arme wie zur Entschuldigung. »Ich hab dich ganz normal massiert. Das ist nur eine Verknotung da drinnen, sonst nichts.«

»Dann lass die Verknotung in Ruh.«

»So wirst du sie nicht auflösen können.«

»Das ist mir scheißegal. Lass sie einfach in Ruh. Berühr mich da nie wieder.«

»Ich bin müde«, sagt er.

Wir legen uns schlafen, und er will sich an meinen Rücken kuscheln, aber das ist mir unangenehm und ich lege mich stattdessen an seinen. In meinem Rücken ist ein Loch, man sticht dort tief und tiefer. Bis ins Mark, ich kann es spüren.

Die nächsten Tage redet Alexander wenig. Er sieht nachdenklich aus, er beobachtet mich. Ich merke außerdem, dass ich mich seinen Händen entziehe. Seine Berührungen, seine Küsse auf meinen Hals bereiten mir ein intensives Kribbeln im Nacken und im Rücken, das ich nicht unbedingt als angenehm empfinde. Mein Bauch brennt vom Essen, mein Nacken brennt von seinem Kuss, bei seiner Hand auf meinem Rücken zieht sich etwas in mir zusammen.

Und Alexander wartet, er wartet geduldig, bis wir fertig gegessen haben, wartet, bis Lisa zum Schlafengehen umgezogen ist, was lange dauern kann, wenn sie sich weigert, den Pyjama anzuziehen. Wartet, bis ihre Zähne geputzt sind, bis ihre Haare noch einmal durchgebürstet sind, weich unter meiner Hand, bis sie ins Bett gesteckt und ihr versichert worden ist, dass alles in Ordnung ist, dass das Fenster zu bleibt, dass die Tür verschlossen bleibt, dass die Tür wirklich verschlossen bleibt. Er wartet, während ich mich dusche, während ich versuche, diese seltsame Unruhe von mir abzuwaschen, von der ich nicht genau weiß, woher sie kommt, die nervösen Bewegungen wegzuduschen, dieses enge Gefühl. Erst als ich mich zu ihm aufs Bett setze, den Blick von ihm abgewandt, spricht er mich an. Wir fangen sofort an zu streiten. Ich sage ihm, dass er sich nicht in mein Leben einmischen soll, dass ich selber beurteilen kann, wann ich Hilfe brauche und welche Hilfe ich brauche, und dass ich mehr Erfahrung als er mit Therapeuten habe. Ich sage, dass ich sehr wohl Hilfe brauche, aber hier im Haus, mit Lisa, mit den ganz einfachen Dingen, und dass wir ja gesehen hätten, wie gut das funktioniert. Dass er mir nicht kommen soll und ja, von mir aus schicken wir Lisa zu einem von denen, aber ich kann für mich selbst ja wohl auch selbst entscheiden. Wir legen uns nieder und löschen das Licht, aber meine Augen sind noch lange offen.

10.

»Du lebst ja jetzt schon ein paar Wochen mit Karin zusammen«, sagt Julian. »Wie fühlst du dich dabei?«

Das Regal mit den Handpuppen an der Wand. Das Parkett, das meine Worte fluten könnten wie ein Bassin. Nur darf ich nicht mehr loslassen, jetzt nicht mehr. Nur muss ich jetzt eine der Handpuppen sein, eine Rolle spielen. Das ist nicht leicht, gleichzeitig ist es notwendig, denke ich.

»Es ist nicht immer ganz leicht«, sage ich. »Es ist eine große Umstellung.«

»Alexander hat gemeint, dir sind ein paar Sachen passiert, die dir schon lange nicht mehr passiert sind.«

Alexander hat gepetzt. Die Leerstelle hat uns verraten. Die Leerstelle hat mich hierher gebracht, mit dem Auto, und ich habe mich zurückhalten müssen, ihn nicht in die Hand zu beißen, als er meine nehmen wollte.

»Ja, das stimmt«, sage ich, »ich habe mich hin und wieder angemacht, und erbrochen habe ich mich auch ein oder zwei Mal.«

So hat man das auch zu mir gesagt, Lisa, du hast dich angemacht, du hast dich erbrochen. Immer sagen sie: erbrechen statt kotzen, anmachen statt pissen, aber es stinkt das eine wie das andere. Wie aber soll ich mit Julian reden, damit er uns in Ruhe lässt? Er meint es ja gut. Er hat mich aufgehoben und in Decken gewickelt.

»Was glaubst du, warum sind dir diese Sachen passiert?«

Was soll ich ihm antworten? Mit wessen Stimme soll ich sprechen?

»Du brauchst gar keine Angst haben, Lisa, du kannst hier alles sagen.«

Als sie mich wie Fallobst von der Erde aufgelesen haben, wie Körner, die man aufteilen muss in Kröpfchen und Töpfchen, haben sie gesagt. Sie haben gesagt, Kleines, hab keine Angst.

»Ich weiß, Julian. Ich weiß nicht genau, warum ich mich angemacht habe.«

Bist du Lisa, ist dein Name Lisa Neuwirth, ist Lisa Neuwirth dein Name, bist du die Mörderin eines gewissen August Ludevik, Vater von Karin Ludevik, kennst du zufällig dieses Mädchen, liebst du zufällig dieses Mädchen, liebst du Karin Ludevik, bist du die Verräterin von Karin Ludevik, bist du die Mörderin von August Ludevik, darf ich fragen, so am Rande. Bist du das?

»Vielleicht«, sage ich, weil mir das plötzlich einfällt, »weißt du, Julian, als ich das erste Mal zu ihnen gekommen bin, da habe ich mich auch oft angemacht.«

Hab jedenfalls keine Angst. Hab keine Angst, auch wenn du nicht mehr weißt, andere werden wissen, und werden dir deshalb nicht den Kopf abreißen. Wir haben eine Mörderin von der Erde aufgelesen, eine ganz kleine Mörderin nur, eine nur.

Julian antwortet nicht sofort.

»Und du glaubst, du musst das wiederholen?«, fragt er dann.

»Ich weiß nicht«, sage ich, aber ich weiß, ich habe das Richtige gesagt. »Es ist so ähnlich wie damals. Es ist eine große Umstellung.«

Julian beugt sich vor.

»Du kannst dich erinnern, dass wir schon ein paar Mal darüber geredet haben, über das Erwachsenwerden und das alles.«

Komm, sprich mit mir, Lisa, du bist doch Lisa, Lisa Neuwirth, sieben Jahre, du wohnst in einer Wohnung mit zu schlechter Luft, deswegen das schwere Atmen? Die Landluft wird dich gesund machen. Nimm diese Decke, ist dir nicht kalt? Nein, es ist nur die Frische des Landes. Nein, wir wissen, wie wir damit umzugehen haben. Wir wissen, wie wir uns gegenüber dem kleinen Kuckuckskind zu verhalten haben.

»Ja«, sage ich. »Ich fürchte mich.«

»Bevor du zu Karin gezogen bist, warst du schon so weit, du wolltest schon eine eigene Wohnung.«

»Ich habe mich sehr davor gefürchtet«, sage ich.

Wir werden den Brombeerstrauch nicht an der Wurzel ausreißen, und wenn er noch so wuchert. Wir werden das Kuckuckskind nicht einmal mit der Pfanne erschlagen, nein.

»Und vor dem Zusammenleben mit Karin?«

»Ja«, sage ich, »es bedeutet doch dasselbe, oder nicht?«

Ich frage mich, ob er mich durchschaut. Ich frage mich, ob er mir das glaubt, dass das alles nur eine Angst davor ist, endlich erwachsen zu sein und auf eigenen Füßen zu stehen. Als wäre das, was mir passiert, außerhalb meiner Kontrolle, als würde ich gleichzeitig versuchen, über das hinwegzusteigen.

»Ja, es ist eine große Umstellung«, sagt Julian und nickt, »das stimmt.«

Wir werden. Wir werden es artgerecht pflegen und halten. Wir werden es in schöne Zimmer führen und. Wir werden es abwechselnd streicheln und in Schichten füttern und in Schichten von Decken wickeln. Wir werden freundlich mit ihm reden, wir werden mit ihm spielen. Und.

»Gleichzeitig«, sage ich, »gleichzeitig bin ich schon froh.«

»Was meinst du?«, fragt Julian.

»Es ist schwierig, und ich hatte solche Angst davor«, sage ich, »aber ich versuche das endlich. Und ich kann das schaffen, Julian. Ich bin mir sicher, ich schaffe das.«

Und ich sage damit die Wahrheit und weiß, Julian wird mich missverstehen und beruhigt sein. Ich hoffe, Julian wird mich missverstehen.

»Es ist nicht ganz leicht, aber ich werde bestimmt gewinnen.«

»Das ist interessant, dass du das so formulierst.«

11.

Peter kommt freitags am frühen Abend. Sein Auto hält in der Einfahrt. Ich umarme ihn, drücke ihn fest an mich, ohne recht zu wissen, warum.

»Hallo Karin«, sagt er.

»Hallo«, sage ich in seinen Rücken.

»Lass uns reingehen«, sage ich.

Ich nehme seinen Koffer und wir gehen ins Haus. Peter trägt heute einen seiner dunklen Trachtenanzüge. Wie kommt es, dass er einer der ganz wenigen Menschen ist, die ich kenne, denen das tatsächlich steht?

»Wo ist Lisa?«, fragt er in seiner vom Trachtenanzug in keiner Weise beeinträchtigten Seriosität.

»Ich weiß nicht«, sage ich. »Sie muss sich irgendwo versteckt haben. Ich glaube, sie hat Angst vor dir.«

Ich führe ihn in sein Zimmer und dann in die Küche.

»Ich werde nur heute Nacht hier bleiben. Morgen gehe ich Oma und Opa besuchen und am Sonntag fahre ich zurück nach Salzburg.«

Ich nicke. »Möchtest du einen Kaffee?«

Ich merke, dass ich froh darüber bin, dass er Ja sagt, dass ich ihm den Rücken zudrehen muss, während ich den Kaffee vorbereite.

»Du hast abgenommen«, sagt er.

»Das hast du mir schon das letzte Mal gesagt.«

»Ich weiß«, sagt er. »Aber du hast noch einmal abgenommen. Deine Hände sind sehr mager geworden.«

Ich setze mich zu ihm, stelle die beiden Kaffeetassen auf den Tisch.

»Wie geht es dir mit Lisa?«, fragt er.

»Ja«, sage ich. »Es ist nicht immer leicht.«

»Wieso hat sie Angst vor mir?«

»Wieso sollte sie keine Angst vor dir haben?«

Peter verzieht den Mund. Er wendet sich seinem Kaffee zu und rührt darin herum. Im Schweigen, das folgt, versuche ich nach Lisa zu horchen, aber sie verhält sich still, wo immer sie auch ist. Vielleicht lauscht sie.

»Hast du dir überlegt, morgen mit mir mit zu den Großeltern zu fahren? Es würde sie freuen.«

»Ich weiß nicht«, sage ich nach einer Pause. »Ich will Lisa eigentlich nicht längere Zeit alleine zuhause lassen und ich habe schon so genug um die Ohren. Ich denke nicht.«

»Wirst du sie zumindest anrufen?«

»Vielleicht.«

Peter trinkt von seinem Kaffee.

»Du solltest sie wirklich anrufen. Sie machen sich Sorgen.«

»Sie haben es genau so weit zum Telefon wie ich«, sage ich. Und dann: »Trinkst du eigentlich oft Kaffee am Abend? Du weißt schon, dass das den Blutdruck hebt, oder?«

Peter lacht beinahe, und das ärgert mich. Er hat immer ein rotes Gesicht, er hat bestimmt zu hohen Blutdruck und sagt mir, ich soll essen und meine Großeltern anrufen.

Während ich Zwiebel für die Spaghetti schneide, überlege ich, ob ich Lisa suchen gehen soll, aber ich entscheide mich dagegen. Wenn sie Peter nicht sehen will, sollte ich sie nicht dazu zwingen, denke ich.

Als ich schon fast fertig bin, kommt Peter in die Küche.

»Soll ich vielleicht den Tisch decken?«, fragt er. »Für zwei oder für drei Personen?«

Wir setzen uns zum Essen, und obwohl ich Lisa mehrmals rufe, bleibt sie weg. Ihr leeres Gedeck fällt neben unserem auf.

»Ich habe sie schon kennengelernt«, sagt Peter.

»Wen?«

»Lisa. Während du gekocht hast. Sie ist in eurem alten Zimmer gesessen. Hast du ihr euer altes Zimmer gegeben?«

»Du bist da einfach reingegangen?«

Ich sehe von meinem Teller auf.

»Ja.«

»Wie kommst du auf die Idee, da einfach reinzugehen?«

»Keine Ahnung. Was soll's?«

Ich weiß nicht, was ich da erwidern kann, was soll's, er ist hier zuhause. Was heißt überhaupt, denke ich dann, er hat sie kennengelernt? Ich versuche, die Spaghetti auf meine Gabel aufzurollen, aber sie rutschen immer wieder herunter.

»Sie ist ohnehin nur in der Ecke gesessen und hat ihr Gesicht zwischen den Beinen vergraben. Ich habe nur ihre Haare gesehen.«

»Hast du mit ihr geredet?«

»Ich habe sie angesprochen, ja. Aber sie hat nicht geantwortet. Sie hat nicht einmal den Kopf gehoben.«

»Ich weiß nicht«, sagt er, als er sich den Mund abwischt. »Ob es gut ist, sie in eurem alten Zimmer wohnen zu lassen?«

»Wieso nicht?«

»Ich weiß nicht.«

»Welches hätte ich ihr denn sonst geben sollen? Es ist unserem Schlafzimmer am nächsten.«

»Ja …«

»So hören wir sofort, wenn etwas nicht stimmt. Und sie ist daran gewöhnt. Sie ist damit vertraut.«

»Das stimmt.«

Peter steckt eine Gabel Spaghetti in den Mund, kaut daran.

»Du hast ja damals auch keine Ahnung gehabt«, sagt er auf einmal.

»Was meinst du?«

»Sie hat dir damals ja auch nicht gesagt, was sie machen würde. Oder hat sie dir etwas davon gesagt?«

Wie kann er das überhaupt fragen? Ich denke an diesen heißen Morgen, Lisa hat zu Inge gemeint, ihr sei immer noch so übel, genau so übel wie am Vorabend, sie wolle nicht in die Schule. Ich habe natürlich gewusst, dass die Übelkeit eine Lüge ist.

»Nein«, sage ich, »nein, sie hat mir nichts gesagt. Ich habe nicht gewusst, was sie machen würde.«

Etwas tut mir weh. Wieso formuliert er das überhaupt so, wieso sagt er: »Hat sie dir gesagt, was sie machen würde?« Ist das nicht vor Jahren schon geklärt worden?

»Ich sag nur, du warst so eng mit ihr«, sagt Peter jetzt, »und du hattest keine Ahnung, was in ihr vorgeht. Und jetzt hast du sie über zehn Jahre nicht gesehen. Woher willst du wissen, was jetzt in ihr vorgeht? Woher willst du wissen, was sie jetzt tun wird?«

»Was verlangst du von mir, Peter?«, sage ich. »Was zum Teufel soll ich dir denn sagen?«

»Nichts. Schon gut. Schon gut.«

»Was kümmert es dich, wenn ich mit Lisa zusammenlebe«, sage ich.

»Ich verstehe einfach nicht, warum du uns allen das aufbürdest«, sagt er ruhig. Ich weiß, dass er mich beobachtet, wie ich Schritt für Schritt aus der Ruhe komme. Wie kann er bloß so ruhig dasitzen und mir all diese Fragen stellen? Was nimmt er sich heraus?

»Weil sie verdammt noch mal zur Familie gehört!«, sage ich. »Weil verdammt noch mal niemand daran zugrunde gehen wird, dass ich mit Lisa unter einem Dach lebe! Und weil ich euch verdammt noch mal nichts schuldig bin!«

»Da gibt es andere Ansichten.«

»Ja. Und ich habe das so furchtbar satt.«

Peter nimmt noch einen Schluck von seinem Wein. Er schweigt.

»Vermutlich wirst du Recht haben«, sagt er dann und sagt nicht, womit.

12.

Grete hat mich weggezogen, sie hat darauf geachtet, dass ich nicht mit Inge in einem Raum bin, und mich in dem anderen Raum umarmt, als würde das helfen. Ich habe Mama aber gehört, ihre Stimme, hoch und schrill, gebrochen, als wäre sie im Stimmbruch wie Peter. »Mörderin«, hat sie gerufen, »diese Mörderin, sie hat ihn umgebracht, sie hat ihn einfach umgebracht!« Und ich habe jemanden auf sie einreden hören, ich weiß nicht, wer das gewesen sein könnte, denn meine Großeltern können es nicht gewesen sein. »Du hast ja keine Ahnung«, hat sie gerufen. »Hast du ihn denn gesehen? Hast du gesehen, voller Blut ist die Küche, wie soll ich das wegkriegen, all das Blut, das krieg ich doch nie weg, das krieg ich doch nie wieder weg!« Und wieder diese ruhige tiefe Stimme, ist es Peter? Aber hat Peter damals schon so auf Mama eingeredet, hat er sich das getraut?

Vielleicht war es ein Nachbar, einer von Inges Freunden. Aber die hätten das damals doch noch gar nicht wissen dürfen, all diese Einzelheiten.

»Lass mich in Ruhe«, sagt sie, »ich werd wohl noch sagen dürfen, was ich denke, ganz genau gewusst hat die das, ganz genau gewusst! Glaub der doch nicht, die ist doch immer mit dieser Mörderin zusammengesteckt, die hat alles gewusst, alles, die ist doch über alles im Bilde!«

Grete hält mich fest und drückt mein Gesicht an ihre Schulter, als hätte sie eine Ahnung, was zu tun ist. Und ich weiß noch, dass ich, abgesehen von allem, was ich da sonst noch gefühlt habe, mir auch gedacht habe: So ist es also früher für Lisa gewesen. So ist es also, wenn die Mutter wahnsinnig wird. Und dann habe ich an das Damenrad denken müssen, das in der Garage gestanden ist oder auch nicht dort gestanden ist, ich habe den Mund aufgemacht, und gleichzeitig gewusst, ich darf das rosa Fahrrad in der Garage nie wieder erwähnen. Und im selben Moment, als ich verstehe, ich darf das rosa Fahrrad in der Garage nie wieder erwähnen, bleibt mir auch keine Luft mehr, irgendetwas anderes zu sagen, und ich mache den Mund wieder zu.

Mamas Stimmbruch hat gar nicht lange angedauert. Zuerst hat sie »Mörderin, Mörderin« gerufen, und dann musste sie mehrmals Gespräche mit der Polizei führen. Sie ist von dort zurückgekommen, als hätte man sie einmal fest zusammengedrückt und dabei alle Luft hinausgedrückt, mit einem abwesenden Blick hat sie sich, ohne die Schuhe auszuziehen, auf das Sofa im Wohnzimmer gesetzt. Dort ist sie lange sitzen geblieben, und ihr Blick war so müde, als wollte sie sich gleich jetzt zusammenfalten und fallen und nicht erst Jahre später beim Blumengießen. Ich hab nicht gewusst, was ich tun soll. Zuerst schreit sie all das gegen mich. Und dann war ich allein mit ihr im Haus, mit dieser Frau, der die Luft ausgegangen war. Sie ist mir damit furchtbar auf die Nerven gegangen.

Die Cornflakes fallen in die Schüssel, die Milch fällt obendrauf und drückt sie zur Seite. Lisa sitzt schon am Küchentisch hinter mir. Sie ist noch im Pyjama, ich höre sie summen, sehr leise, es stockt, immer wieder unterbrochen. Die Milch fließt ununterbrochen.

»Was summst du da?«, frage ich.

Sie antwortet nicht.

Ich stelle ihr die Schüssel hin, sie sieht nicht mich an, sondern die Tischplatte, während sie den Löffel in die Cornflakes taucht.

»Ist alles in Ordnung?«, frage ich.

Sie antwortet nicht. Zwischen den Schlucken summt sie wieder, doppelt stockend jetzt. Sie schlürft, schluckt und schnappt nach Luft und immer summt sie dazwischen, es klingt gepresst. Ich sitze und starre sie an und kann mich nicht wegrühren, obwohl ich das möchte. Ich sehe Lisa an, ich habe das Gefühl, Lisa aus den Augen zu verlieren. Aber ich sehe sie doch. Ich setze mich gerader hin. Sie entgleitet mir, denke ich. Woher kommt dieser Gedanke denn? Ich muss damit rechnen, dass ich mich hin und wieder an diese schreckliche Zeit erinnere, denke ich, und frage mich gleichzeitig, wieso formuliere ich das eigentlich so: schreckliche Zeit? Inge würde das so formulieren. Dann denke ich, Julian hat doch wirklich gemeint, Lisa sei mündig, sie könne sich jederzeit ihre eigene Wohnung nehmen, das habe ich mir doch nicht nur eingebildet. Julian hat doch wirklich gemeint, Lisa sei eine große Stütze für die anderen gewesen, hätte sich um viel gekümmert, aber hier? Alexander meint, das passt alles nicht zusammen, bringt sie zu diesem Therapeuten, und ich weiß nicht, was redet sie dort? Ich wollte ihr ihren Freiraum geben, natürlich, aber ich kann sie doch nicht in ihrer Pisse sitzen lassen, ich kann doch nicht. Es kommt anders, und die erste Zeit kann schwierig sein, hat er gesagt, Sie müssen einsehen, dass mit Ihnen alles anders ist. Inge hat mich nie wieder beschimpft, nachdem ihre Stimme zerdrückt worden ist. Nein, das stimmt nicht ganz, das hätte ich nur gern so. Und Lisa und ich wollten immer die dreifärbigen Cornflakes, und darauf ganz kalte Milch oder, wenn niemand aufpasste, Maresi. Lisa schlürft. Und summt. Ich glaube, ich kenne das Lied.

Lisa sagte an diesem heißen Morgen zu Inge, ihr sei immer noch so übel, sie wolle nicht in die Schule. Sie war auch wirklich blass im Gesicht, aber ich habe ihr trotzdem nicht geglaubt. Ich habe sie ja gekannt, ich habe gewusst, wie sie spricht, wenn sie sich vor etwas drücken will. Ich weiß, wie sie ihr Gesicht dann verzieht, und ihre Stimme wird leise, als wollte sie die Lügen nicht auch noch laut aussprechen. Und ein bisschen wütend war ich auf sie, weil sie zuhause bleiben konnte und ich in die Schule gehen musste, und habe mich von ihr abgewandt und bin gegangen.

Ich habe sie erst viel später wiedergesehen. Ich weiß gar nicht mehr genau, worum es sich dabei genau gehandelt hat, vielleicht war es irgendeine Anhörung in dieser ganzen Verhandlung gegen Inge, was zählt das schon? Ich weiß aber, dass Grete und Peter nicht damit einverstanden waren, dass ich da mitkommen wollte. »Wieso willst du das denn, Karin, was versprichst du dir denn davon? Das wird dir doch nur wehtun, sie wieder zu sehen, das wird dich nur aufregen, dich mit all dem zu konfrontieren, was sie getan hat, was sie Inge jetzt antut. Das ist doch alles zu viel für dich. Du bist zu jung für so etwas.«

Ich sah sie in diesem Saal wieder, nur von Weitem. Sie sah fremd aus. Ganz verändert. Es hat mich erschreckt, wie sie ausgesehen hat. Ihr Gesicht war ganz dick, aber gleichzeitig wirkte sie abgemagert. Als hätte man sie wie einen Kübel entleert, und dann mit Wasser wieder aufgefüllt. Das sind wahrscheinlich schon die Psychopharmaka gewesen, aber das habe ich damals nicht gewusst. Ich habe es damals gar nicht verstanden. Erst durch das Nachfragen habe ich irgendwann alles, oder vielleicht doch nicht alles, herausgefunden.

Ich habe schon vor dieser Anhörung erfahren, dass sie sehr bald ins Krankenhaus überführt worden ist. Irgendwas mit der Lunge, haben sie gesagt, es war eine Lungenentzündung, habe ich später herausgefunden, und Fieber und Schlafmangel, unterkühlt ist sie gewesen, dehydriert und noch etwas anderes, und dass sie ihnen dort fast unter den Fingern weggestorben wäre, unter den Fingern weg. Dass sie nichts hat essen wollen, dass sie alles wieder gespieben hat, gemeinsam mit ihrer Kotze ihnen unter den Fingern fast weggeronnen wäre, aus allen Löchern ausgeronnen, dass man sich nicht für sie interessiert hat, hat man mir damals auch nicht erzählt.

Sie wog damals, als ich sie wiedergesehen habe, zwanzig Kilo weniger, und das ist Tatsache, das Dicke, das Aufgeschwemmte, das waren nur die ganzen Antibiotika, das Cortison, die Psychopharmaka, die sie nicht vertragen hat, und das Witzige ist, es war wirklich alles nur Wasser in ihr drin, und obwohl ich es nicht gewusst habe, habe ich es gesehen, alles nur Schaum.

Und während ich sie beobachtete, wie sie dort in diesem Saal saß, dick und mager zugleich, überlegte ich, dass all das geschehen war, während ich davon nichts gewusst hatte, während ich versucht hatte, nicht an sie zu denken, hatte die Lungenentzündung oder was das war, sie von innen aufgefressen, ihr das Fleisch aus den Fingern gefressen, ihr das Fleisch aus den Wangen gesaugt, ihr das Fleisch aus dem Mund gezuzelt und sie mit klebrigem Schaum aufgefüllt, mit Wasser aufgefüllt, während ich versucht hatte, nicht an sie zu denken.

Und es war. Als wäre etwas zwischen uns abgeschnitten worden. Als ginge mich ihr Leben nichts mehr an. Als könnte man mir einfach irgendwann später die Todesanzeige schicken, und ich würde sie nehmen und sagen, Ja.

Aber es ist ja schon alles vorbei. Schau sie an, was willst du jetzt noch? Du hast es verpasst. Du hast sie nicht festgehalten.

Sie entgleitet mir. Sie entgleitet mir.

Ich liege auf dem Bett, der Tür habe ich den Rücken zugekehrt, als jemand sie öffnet und hereinkommt.

»Schläfst du?«, fragt Alexander mitten in mein Daliegen.

»Karin?«, fragt er.

»Ja, ich bin wach.«

»Was tust du hier oben?«

»Ich denke nach.«

Alexander setzt sich zu mir aufs Bett und drückt mich damit in die Höhe.

»Lisa hat unten eine ganz schöne Sauerei gemacht. Ich bin eben erst mit dem Aufräumen fertig geworden.«

»Ja?«

»Ja. Als ich heimgekommen bin, ist sie dabei gewesen, alle Laden und Schränke aufzureißen. Der Tisch und die Stühle sind schon umgeworfen gewesen. Sie muss auch gespieben haben.«

»Ja?«

»Ja, es war Erbrochenes am Boden, offenbar schon länger.«

»Ah.«

»Ich hab sie von hinten festhalten müssen, damit sie sich beruhigt. Sie hat laut und schwer geatmet. Das Ganze war ziemlich unheimlich.«

»Mhm«

»Es wundert mich, dass du hier oben nichts gehört hast.«

»Ja, komisch.«

»Hast du nicht gehört, wie die Sessel umgefallen sind?«

»Nein.«

Er ist still.

»Wie lange liegst du eigentlich schon hier oben herum?«, fragt er dann.

»So lange war es nicht.«

Alexander schweigt eine Zeitlang. Er glaubt, dass mich das stört, aber das tut es nicht.

»Willst du hier ewig liegen bleiben?«

Ja. Ganz genau, ja.

Und ich höre sie. Ich liege in meinem Bett auf der Seite, zur Wand gedreht und höre sie. Ich höre sie, wie sie sich aneinander reiben, wie sie sich an ihm reibt, an dem fremden Mann reibt, wie seine Hand in meinen Nacken geht. Sie legt sich mühelos auf meinen Nacken, seine Hand, sie umschließt meinen Nacken mühelos. Zuerst berühren mich die Finger, sie rutschen hinauf in die Kuhle, dann schließt sich die ganze Hand um mich. Ich schließe die Augen. Ich beiße auf meine Lippen. Ich behalte die Augen geschlossen. Er beugt sich zu mir herab. Ich behalte die Augen geschlossen. Die Lippen pressen sich auf meinen Hals.

»Ich bin müde«, höre ich Karin sagen. »Ich will heute nicht.«

Ich ziehe die Decke weiter hinauf. Du nimmst von hinten meine beiden Hände, drehst sie, sodass die Handflächen zu mir schauen. Ich frage dich, warum du das tust, aber du antwortest nicht, du machst es einfach. Du hältst mich einfach fest von hinten, während, horch! Du umklammerst mich von hinten und du öffnest mir von hinten die Hose, ich spüre deine Hände auf meinen Hüften, das Wasser rauscht. Aber schau, dort, wo ich sein sollte, ist.

13.

Es ist kälter geworden. Es wird nicht schnell genug kälter. So verliere ich das Gefühl. Welches Gefühl, frage ich mich. Das Gefühl für die Zeit vielleicht, wenn ein ewiger Herbst herrscht. Dafür wird es schnell dunkel. Es ist verwunderlich, wie dunkel es schon ist.

Tagsüber sitze ich vor den Übersetzungen und bin verwundert, dass es immer noch dieselben sind. Wenn ich nur ein paar frische Texte bekommen würde. Tagsüber betrachte ich Lisa, schaue sie an, wie sie auf ihrem Lachsack herumdrückt, der unermüdlich immer wieder die immer selben, fast verbissenen Lachanfälle kriegt, oder wie sie die abgegriffenen Spielkarten über ihre Lippen gleiten lässt oder weiße Blätter mit Ölkreide vollständig in einer Farbe anmalt. Es hat etwas Beruhigendes, ihr dabei zuzusehen, wie sie das Papier mit Kreidestrichen färbt. Ich weiß gar nicht so recht, wieso. Vielleicht, weil es eine Arbeit ist, die einen Anfang und ein Ende hat, und weil das Blatt danach lückenlos rot ist oder lückenlos blau, lückenlos blau wird es unter ihren Fingern und weich und fettig und glatt, und es biegt sich leicht in ein strahlendes Grün, in ein vollständiges, durch die Blattkante sorgfältig eingegrenztes Orange, es wäre unerträglich, wenn sie einen Fleck auslassen würde. Aber zwischendurch verschwindet plötzlich ihre Hand in der Hose. »Lisa, lass das.« Ich habe sie einmal schon masturbierend auf dem Sofa gefunden. Ob Lisa das tut, weil sie mich und Alexander gehört hat, ob sie es nachmacht, wie Kinder ja alles nachmachen. Ob wir wohl leiser sein sollten?

Abends kommt Alexander heim und fragt wegen Weihnachten und fragt wegen der Übersetzungen und fragt wegen Lisa und ich sehe ihm an, was er eigentlich sagen will. Ich sage es ihm auf den Kopf zu: »Du glaubst, ich komme mit all dem nicht zurecht.« Er sagt ja, »ein bisschen schon«, und wir haben einen schlimmen Streit, in dem ich ihm offen sage, wie nutzlos er ist. Ich muss dabei an Lisa denken, die in unserem alten Zimmer sitzt, und frage mich, ob sie das von ihrer Mutter kennt, hat die mit ihrem Vater oft gestritten? Oder ist sie sich mit ihren Liebhabern lautstark in die Haare geraten, mit einem nach dem anderen in einer langen Reihe, während sich Lisa in ihrem Zimmer weiter verkrochen hat, mit ihrem einzigen Kuscheltier, der Robbe, die immer bei ihr war, ihr Fell, an das sie ihre Wange presst? Aber wir wissen nicht, wie es ihr dort gegangen ist, ob sie geschlagen wurde oder nur vernachlässigt, das Jugendamt muss jedenfalls wegen Alkoholismus eingeschritten sein, diese Frau hat immer scharf und nach Nikotin gerochen.

Und Lisa sitzt nebenan, wenn wir uns streicheln und wenn Alexander mich berühren will, aber ich kann das nicht mehr. Oder im Moment nicht. Es ist, als wäre meine Haut unter Spannung, festgezurrt. Sein Kuss auf meinem Hals schlägt tief in meinen Rücken, ich kann es nicht erklären, »jedenfalls macht es mich im Moment nervös, Alexander«.

»Du bist einfach überlastet.«

»Ich bin eben nicht immer entspannt und weich, Alexander.«

»Natürlich nicht, warum sollte ich das auch denken.«

14.

Du hast unrecht, Karin. Da war nie was mit Alkohol, ich weiß auch gar nicht, warum ihr das glaubt, schon gar nicht, warum du das denkst, wo du es doch eigentlich besser weißt. Geraucht hat sie, ja, aber so viel getrunken hat sie gar nicht, gar nicht so viel, glaube ich. Ich hätte auch gar nicht unbedingt von ihr weg müssen. Es war ja gar nicht schlecht mit ihr. Sie hat mich ja doch geliebt, denke ich. Hätte ich nur nichts gesagt. Hätte ich nichts gesagt, dann hätte auch niemand sonst etwas sagen können. Ich habe ja sonst alles gemacht. Es war ja leicht. Ich habe mich angezogen, ich habe mir die Zähne geputzt, ich bin auf den Stuhl in der Küche geklettert und habe mir aus dem Kasten Müsli geholt, und die Milch aus dem Kühlschrank, und habe mir Frühstück gemacht. Ich habe sie um die Unterschriften für die Schule gebeten. War das denn schwer? Es hätte gar niemand irgendetwas tun müssen, wenn ich nichts gesagt hätte. Es war ja nicht das erste Mal. Es war ja nicht das erste Mal, dass sie heimgekommen ist und die Rollos heruntergezogen und die Vorhänge zugemacht hat. Es war nicht das erste Mal, dass sie von denen gesprochen hat, von denen, die ihr was wollen. Schau die an, flüstert sie, sie steht am Fenster, hat den Vorhang gerade so zur Seite geschoben, dass sie auf die Straße sehen kann, schau die an, die sitzt da und die glaubt, ich weiß nicht, warum die da sitzt, aber ich weiß genau, warum die da sitzt.

Sie hat immer ganz genau gewusst, warum die Leute da sitzen, warum die Leute da gehen. Manchmal hat sie auch genau gewusst, warum ich etwas mache. Warum ich den Mathe-Test vor ihr verstecke, warum ich hinaus auf die Straße will, warum ich Geld brauche. Im Moment hat sie es genau gewusst, hat gesagt, warum willst du auf die Straße? Ich weiß ganz genau, warum du auf die Straße willst! Du triffst dich dort mit jemandem, ja, du triffst dich dort mit jemandem, ihr wollt mir einen Streich spielen, deshalb trefft ihr euch, ihr wollt mich loswerden, du hast dir das schon mit ihm ausgemacht, ihr wollt die Wohnung haben, ich bin euch im Weg. Später hat sie mich dann immer in den Arm genommen und gesagt, es tue ihr leid, sie liebe mich so, sie hätte bloß Angst, dass ich sie nicht liebe, sie sei eine furchtbare Mutter. Und dann habe ich ein Eis aus der Tiefkühltruhe bekommen, ein Vanilleeis.

Ich habe das also schon gekannt. Es gab gar keinen Grund, etwas zu sagen oder davonzulaufen.

»Aber es gab doch einen Grund, oder, Lisa?«

Ich sehe Julian an. Ich gebe ihm recht, weil ich das schon ein- oder zweimal mit ihm besprochen habe, sage: »Ja.«

»Was war denn der Grund, Lisa?«, fragt er, der den Grund ohnehin kennt.

Sie hat gekocht. Sie hat kochen wollen und hat die Pfanne aus dem Kasten geholt. Und dabei hat sie darüber geredet, dass sie weiß, warum ich Geld von ihr brauche. Um es dem zu geben, der mit mir ihre Wohnung will. Ich halte ihn aus, und wir wollen ihre Wohnung.

»Was heißt das denn überhaupt, aushalten?«, frage ich Julian. Einmal habe ich gewusst, was das bedeutet, aber im Moment weiß ich es nicht mehr.

»Das heißt, dass du ihm Geld gibst, damit er sich Sachen zu essen und Kleidung kaufen kann«, sagt Julian. »Aber da hättest du ihm ganz viel Geld geben müssen. Dafür hätte das Geld gar nicht gereicht, das du von deiner Mama wolltest. Hätte deine Mama genauer nachgedacht, hätte sie verstanden, dass das mit dem Aushalten gar nicht funktionieren kann.«

Sie hatte die Pfanne in der Hand. Sie hat gemeint, ich sei ihr untergeschoben worden, sie hätte mich bestimmt nicht geboren. »Du da«, hat sie gesagt und auf mich gezeigt, »du bist nicht aus mir gekrochen. Du Verräterin bist mir untergeschoben worden. Erschlagen müsste man dich, du Kuckuckskind, ich sag dir, wenn ich nicht an mich halte, ich erschlag dich noch auf der Stelle.«

»Und du bist weggelaufen«, sagt Julian.

Ich hatte Angst. Ich war so furchtbar feige. Ich habe sie verraten. Ich bin gerannt, aus der Wohnung hinaus, die Stiegen hinunter. Sie hat mir nachgeschrien, aber ich bin einfach weitergerannt. »Komm zurück«, hat sie gerufen. »Komm doch zurück!« Ich bin auf die Straße. Dort war eine Frau. Die hab ich bei der Hand genommen. Meine Mami will mich erschlagen, habe ich gesagt, helfen Sie mir, meine Mami schlägt mich mit der Pfanne tot.

»Und die Frau hat dir geholfen?«, fragt Julian.

Ja, die Frau hat mir geholfen. Ja, ich habe Mami verraten. Sie wollte mich ja gar nicht erschlagen. Sie hat später gesagt, sie hätte mich nie und nimmer erschlagen. Vielleicht habe ich das gewusst. Vielleicht habe ich all das aus Bosheit getan. Doch, ich bin sicher, ich habe in Wirklichkeit gewusst, dass sie mir nicht wehtun würde. Ich wollte sie einfach loswerden. Sie war mir im Weg.

»Das kannst du nicht gewusst haben«, sagt Julian. »Du kannst gar nicht gewusst haben, dass sie dich nicht erschlagen wird.«

»Aber sie hätte mich nie erschlagen. Sie hat später gesagt, sie hätte mich nie erschlagen.«

»Ich weiß«, sagt Julian. »Aber das hast du nicht wissen können. Sie hat gesagt, sie wird es tun. Du hast ihr geglaubt. Wieso solltest du ihr nicht glauben? Es ist ganz normal, seiner Mami zu glauben, auch wenn es nicht stimmt, was sie sagt.«

Ich habe sie verraten. Ich habe mich von ihr abgewendet, ihr den Rücken zugekehrt, ich habe sie verlassen.

Julian beugt sich vor. »Was hat deine Mami später dazu gesagt?«, fragt er, weil er ganz genau weiß, was sie später dazu gesagt hat. »Hat sie später gesagt, dass es besser für dich gewesen wäre, wenn du bei ihr geblieben wärst?«

»Nein«, sage ich, weil sie das auch wirklich nicht gesagt hat. Sie hat gesagt: »Ich bin so erschrocken. Ich bin so erschrocken, dass ich das gemacht habe, dass ich das zu dir gesagt habe. Das war die Krankheit«, hat sie gesagt und mich genau angesehen. »Lisa, hörst du, das war die Krankheit, die das gesagt hat, nicht ich. Ich nehme jetzt etwas gegen die Krankheit. Ich liebe dich. Ich liebe dich so sehr und nehme etwas gegen die Krankheit.« Sie hat mich fest an sich gedrückt, »mein Mädchen«, hat sie gesagt, »mein Mädchen«, und es sei gut so. Sie ist zu uns zu Besuch gekommen und hat gelächelt und gemeint, es sei gut so, es sei schon gut so, mein Mädchen.

Und ein paar Mal hat sie gemeint, sie wird mich besuchen kommen, und ist dann doch nicht gekommen, das ist dann an der Krankheit gelegen, hat man mir gesagt. Dann ist sie mich gar nicht mehr besuchen gekommen. Ich habe es kaum bemerkt, ich hatte sie ja hinter mir gelassen. Ich hatte ja jetzt etwas Besseres. Ich hatte ja erreicht, was ich wollte. Ich hatte Karin. War ich nicht glücklich? Ich war glücklich. Wenn ich mit Karin im Wald umhergestreunt bin, habe ich da noch an die Jennifer-Mama gedacht? Ich habe nicht mehr an sie gedacht.

»Du hast das doch nicht so geplant«, sagt Julian. »Du hast eine Gefahr für dich gesehen und hast das einzig Richtige getan. Es ist gut, was du getan hast. Deine Mutter war dir nachher dankbar dafür. Das weißt du. Das hat sie dir gesagt. Sie musste sich selbst Hilfe holen, und sie musste dich hergeben, weil sie nicht mehr für dich sorgen konnte. Sie hat darauf vertraut, dass es dir bei anderen besser gehen wird.«

Ich wollte sie loswerden. Sie war mir im Weg.

»Bei was soll sie dir im Weg gewesen sein, Lisa? Du warst sechs Jahre alt, du hast sie ja noch gebraucht. Ich bin sicher, du wolltest sie nicht verlassen. Glaubst du wirklich, Lisa, dass du sie verlieren wolltest?«

Julians Worte bringen mich durcheinander, wenn ich nicht aufpasse. Sie lösen die Dinge aus den Angeln. Ich muss genau aufpassen, auf seine Worte, damit sie nicht zu meinen werden, damit ich mich noch auskenne. Ich wollte sie loswerden, denke ich. Ich wollte etwas Besseres. Wegen mir haben sie sie weggeholt, aus der Wohnung. Sie hat die Wohnung verloren, wegen mir. Ich habe ihr die Wohnung weggenommen. Ich habe sie verraten. Und alle haben gesehen, dass ich eine feige, kleine Verräterin war.

Jedenfalls rückt Weihnachten näher. Es ist nur noch kurze Zeit bis dahin, denke ich. Alexander fragt mich eines Abends wieder danach, und ich sage: »Ja, ja, das ist schon abgemacht.«

»Wie, abgemacht?«, sagt er.

»Es gab ja sowieso von Beginn an nur eine Lösung«, sage ich.

»Ja, welche denn nun?«

»Wir müssen Lisa eben mitnehmen.«

»Mitnehmen?«, fragt er.

»Ich bin nicht der Einzige, der dagegen ein paar Einwände haben wird«, sagt er. »Wie stellst du dir das vor?«

»Es ist immer noch das Beste. Es ist besser, als sie Weihnachten ganz alleine zuhause zu lassen, besser als hier zu feiern, mit Oma und Opa. Das ginge nun wirklich nicht.«

»Das ist überhaupt keine gute Idee«, sagt er.

»Es soll keine gute Idee sein, sondern ein passabler Kompromiss.«

Er sieht mich an.

»Wie willst du ihnen das beibringen?«, sagt er dann, als bräuchten die Alten Unterricht, um das Konzept von Lisas Anwesenheit am Heiligen Abend zu verstehen. »Wie bitte willst du ihnen das beibringen?«

»Das ist schon erledigt. Ich habe es ihnen schon beigebracht.«

»Was?«

»Sie wissen es schon.«

Er runzelt die Stirn: »Tatsächlich?«

»Ja.«

»Und wie haben sie reagiert?«

»Begeistert waren sie nicht.«

»Aber sie haben es akzeptiert?«

»Sie haben es akzeptieren müssen.«

Er sitzt auf unserem Bett und schweigt. Er hat wohl nicht damit gerechnet, dass ich mich zuerst an Oma und Opa wenden könnte und dann erst an ihn. Und es ärgert mich, dass er so überrascht darüber ist, obwohl ich mir bewusst bin, dass ich ihn gerade anlüge. Ich habe mit den Alten ja noch kein Wort gewechselt.

»Was soll das denn heißen, sie haben es akzeptieren müssen«, sagt er. »So wie ich sie kenne …«

Ich sage ihm, dass er sie so lange noch nicht kennt. Ich frage ihn, was er vorzuschlagen hat, ob ihm etwas Besseres einfällt. Er antwortet darauf nicht, sagt stattdessen, dass wir das wirklich nicht machen sollten.

»Und was ist, wenn wir sie für diese Zeit woanders hinbringen? Zurück in die WG oder zu irgendeiner anderen Betreuungseinrichtung?«

»Na, das ist natürlich eine viel bessere Idee, sie zu Weihnachten in irgendein Heim abzuschieben. Wieso bin ich da nicht draufgekommen? Da wird sie sich sofort daheim und aufgenommen bei uns fühlen.«

»Was ist«, fragt er, »wenn ich mit ihr zuhause bleibe und nur du zu den Großeltern gehst? Vielleicht eine Feier nur in der engsten Familie?«

»Du gehörst zur engsten Familie. Lisa gehört zur engsten amilie.«

Er meint, dass gerade das manche anders sehen, und ich erwidere, dass diese manchen sich eben werden umstellen müssen, dass ich lang genug auf die Empfindungen dieser manchen Rücksicht genommen habe.

»Es ist genug«, sage ich, »nach all den Jahren habe ich echt genug davon. Punkt.«

15.

Punkt. Wir fahren. Punkt für Punkt hakt sie mich ab. Lös die Zöpfe nicht immer auf, sagt sie, ich habe sie grad erst geflochten. Bist du auch sauber? Hast du auch frische Unterwäsche an? Die

Regel haben wir ja gerade nicht, Gott sei Dank. Sind deine Haare auch schön glatt gestriegelt? Duftest du auch gut? Sie riecht an mir, legt ihre Nase an meinen Nacken und zieht die Luft tief ein, und hält mich dabei an der Schulter sehr fest mit ihren Händen. Wie kannst du so an mir riechen? Ich möchte umdrehen. Ich möchte umdrehen und zurück ins Zimmer gehen, aber wie soll das gehen ohne. Nicht, wenn sie mich hält und an mir riecht, ihre Nase dicht an meiner Haut, sodass ihr Nacken dicht an meiner Nase ist und. Ich kann gar nichts tun außer stillhalten.

Alexander. Steh nicht so herum. Richte nicht Geschenke her. Zieh nicht den Mantel an. Bitte. Ich weiß nicht, was Karin mit dem hier will. Ich würde am liebsten betteln, hier bleiben zu dürfen. Ich würde am liebsten betteln, diese eine Grenze nicht überschreiten zu müssen. Dort in dem Haus sind die Alten, und sie sind so groß, und ihre Augen sind wie Feuer, und ihre Hände riesenhaft. Und wie ihre Gesichter sein werden, wenn sie mich anblicken, und ich möchte betteln, mich verstecken zu dürfen, verbrennen werde ich unter diesen Blicken.

Aber es gehört dazu. Es gehört alles dazu. Auch das, was dir zu viel ist, auch das, was dich verbrennt, du isst nur, was du selbst gekocht hast. Nur was du gekocht hast.

Aber was denkt eigentlich Karin, wenn sie im Haus herumhuscht und singt? Was denkt sie? Alexander scheint sich auch nicht sicher zu sein. Er kratzt sich am Kopf, beobachtet mich, beobachtet Karin. Er kann sich nicht rühren, genau wie ich mich nicht rühren kann. Alexander, Alexander. Es tut mir so leid. Du kommst zu mir, du setzt dich zu mir, du spielst wieder und wieder mein Kartenspiel und verlierst jedes Mal und jedes Mal wunderst du dich über die Regeln. Ich will dich schon gar nicht mehr verlieren lassen, und du musst weg. Du musst weg, du musst weg.

Sie setzt die Mütze auf meinen Kopf, zieht sie über meine Ohren. Sie windet den Schal um meinen Hals und stopft die Enden in die Jacke. Ihre Finger streifen leicht über meine Wange, ihre Nägel, glatt und kühl. Ich möchte mich darunter krümmen. Ich bleibe stehen. Sie nimmt meine Hand. Ihre nackte Hand nimmt meine Fäustlingshand, sie nimmt mich an der Hand, als ich aus dem roten Auto steige, und sie nimmt meine Hand im Vorzimmer, und wir gehen zur Tür und zur Tür hinaus und die Tür schlägt zu. Der Wind ist sehr scharf, er treibt den Schneestaub über die Straße. Der Motor läuft schon. Ich hätte gern, dass er hustet und abstirbt, aber er läuft ohne Husten. Das Auto ist eiskalt, ich komme auf den Rücksitz. Ich und Karin immer auf dem Rücksitz, aber wo sind die anderen? Ich möchte Inge fragen, wo Karin ist und wo die anderen sind, aber ich bleibe still. Inge und August sitzen vorne, nehmen wir sonst nicht immer beide Autos, wenn wir zu den Großeltern fahren? Wenn Peter und Grete mitkommen, geht sich das mit einem Auto doch gar nicht aus? Aber Peter und Grete und Karin sind nicht da, und Inge redet mit August etwas über Einkäufe, die noch zu erledigen sind. »Wir haben alles für die Feiertage, aber am 27. müssen wir wieder einkaufen, für das neue Jahr ist noch gar nichts vorbereitet.« Der Atem dampft vor den Mündern. August dreht sich um, um nach hinten aus der Heckscheibe zu sehen, er stützt sich dabei auf Inges Lehne ab und lächelt mir zu, nur ganz kurz. Wir fahren rückwärts aus der Einfahrt und dann zieht draußen schon der Wald vorbei. Mir fällt ein, dass niemand fehlt, weil alle fehlen, dass das da vorne nicht Inge und August sind, weil es Inge und August nicht mehr gibt. Endlich ist es eiskalt geworden, denke ich.

Ich setze den Fuß aus dem Auto und auf den eiskalten Boden. Ich hätte mich schon damals ducken wollen. Auch August steht schon nicht mehr so aufrecht, wie er zuhause gestanden ist, er wischt sich die Hände am Mantel ab, als wären sie schmutzig, dann schaut er zu mir hinunter, nimmt meine Hand und drückt sie ganz leicht.

Karin zieht mich die Treppe hoch. Alexander hält mit beiden Händen das Sackerl mit den Geschenken, beißt sich auf die Lippen. Auch August hat mit beiden Händen das Sackerl mit den Geschenken gehalten, vor dieser Tür, hat die Schultern dabei leicht nach vorne gedrückt. »Das machen wir schon«, hatte August zuhause zu mir noch gesagt. »Das machen wir gemeinsam«, hat der Puppenspieler gesagt.

Die Tür geht auf und Opa steht dahinter. Er sieht zuerst mich an, dann blickt er zu Lisa, die an meiner Hand hängt, sich wegdreht, aber ich lasse sie nicht los. Der Opa neigt sich leicht zurück. Ich strecke mich geschwind hinauf, küsse ihn auf die Wange und husche hinein, ziehe Lisa hinter mir her. Sie wehrt sich, ich spüre, wie sie meine Hand loswerden will. Sie versucht, den Opa nicht zu berühren, als sie über die Schwelle tritt, die sie nicht übertreten will, auch das merke ich, Opa weicht nach hinten aus und drückt sich an die Tür, wie um ihr den Weg frei zu machen. »Komm schon, zieh dir die Schuhe aus«, sage ich zu Lisa. Opa sagt nichts.

Alexander stellt das Sackerl mit den Geschenken ab.

»Wie geht's dir?«, frage ich. »Sind wir zu spät? Sind die anderen schon da?«

Ich frage mich, wo ich mich verstecken könnte, bevor sie kommt. Hinter den Vorhängen, im Kleiderschrank, ich hätte Lust, in den Schirmständer zu kriechen. Der Alte steht riesenhaft an der Tür, und ich weiß, er schaut mich an, obwohl ich den Kopf nicht zu ihm hebe. Ich halte die Hände vor die Augen. Ich höre die Schuhe der Alten, ich höre sie kommen. Sie ist eine Riesin, sie wird das Kuckuckskind erschlagen, auf der Stelle. Meine Hände, die mein ganzes Gesicht bedecken, sind warm von meinem Atem. Und das Licht scheint rötlich durch.

»Frohe Weihnachten, Oma.«

Zuerst sagt sie gar nichts.

»Karin, wer ist das, du hast doch nicht …«

Ich presse die Daumen auf meine Ohren. Rötlich, mein eigenes Summen. In meinen Ohren mein eigenes Blut.

Karin nimmt mich am Arm. Sie zieht mich hinauf.

»Lass doch dein Gesicht sehen«, sagt sie leise zu mir. »Begrüß doch die Oma.«

Ich muss der Alten ganz nah sein, warum nimmt die Alte mich nicht und schlägt meinen Kopf an die Wand?

»Sie ist sehr schüchtern«, sagt Karin.

Peter kommt sofort zu mir her und zieht mich fort. Er zieht mich fort von Lisa auf den Gang und die Treppe hoch, außer Hörweite der Alten. Er schließt die Tür, ich verschränke die Arme vor dem Körper. Er dreht sich um und sieht mich an. Er fragt mich, was das soll, was in mich gefahren ist und überhaupt. Ich antworte ihm. Zumindest dauert unser Gespräch nicht lang, er gibt mich bald auf.

»Karin«, sagt er dann nur noch und schüttelt den Kopf, »ach Gott, Karin.«

Das ist ja immerhin schon etwas.

Alexander sitzt schweigend neben Lisa, ich sehe es, als ich die Treppe wieder hinuntersteige. Er sieht sie nicht an, berührt sie nicht einmal, und trotzdem sitzt er nur wegen ihr dort. Als wollte er sagen, er ist auf ihrer Seite. Es ist mir nicht ganz erklärlich, aber es ist, als sähe ich Papa wieder. Gerade zu Weihnachten drückte August sie ganz nah an sich. Wovor musste Papa sie so schützen, aber ich weiß es, und wusste es schon damals und huschte an ihre Seite. Ich lehne mich an den Schutz, den sie genießt und ich nicht habe, ich lehne mich an ihre Schulter und falle. Seit Augusts Tod falle ich zu Weihnachten auf meine Knie auf der Toilette, jedes Jahr, irgendwann zwischen der Nachspeise und dem Liedersingen. Jedes Jahr das ganze Weihnachtsessen. So routiniert, hinein das Essen und wieder hinaus, dann reicht es auf einmal für alle, fast ein Wunder.

Aber es fasst mich schon wieder jemand am Arm, ständig fasst man mich am Arm in diesem Haus, ich drehe mich um, diesmal ist es Margarethe. Margarethe steht da mit ihrer steifen Frisur, die sich wie ein dunkler Helm um ihren Kopf legt und sie stets größer aussehen lässt, als sie eigentlich ist. Nach all den Jahren immer noch dieselbe Frisur, dieselbe Schminke, sie kennt ja ihren Farbton inzwischen sehr genau, nur die Falten an den Augen kann sie nicht mehr übermalen.

»Grete«, sage ich. »Schön, dich zu sehen.«

»Komm mit«, sagt sie.

»Wo willst du hin?«

»Weg hier«, sagt sie, »raus.«

Sie steigt aus den Halbschuhen, wir schlüpfen in Hausschuhe und steigen über die Schwelle der Terrassentür in den Garten mit seinen nackten Obstbäumen. Es ist eiskalt, und ich fange sofort an zu frieren.

Margarethe lässt mich los, sie greift in ihre Hosentaschen, während sie sich von mir wegdreht, sucht sie nach ihren Zigaretten? Dann zieht sie die Hände aber leer wieder hervor, verschränkt die Arme, dreht sich zurück zu mir.

»Das hätte ich mir ja denken können«, sagt sie, »dass du so etwas machen wirst.«

»Was denn?«

»Nun was schon, Lisa hierher bringen«

»Ach so, Lisa.«

Sie hat mich mit dem Rücken zur Wand gedreht, merke ich, wie hat sie das denn geschafft? Ich weiß es nicht, und jetzt stehe ich an die Wand gelehnt und sie vor mir. Sie hat dieses blaue Kostüm an, es muss ihr doch unbequem sein, ist ihr darin nicht kalt? Und ich denke, sie sieht wirklich so aus, wie ich sie mir beim Telefonieren ausgemalt habe. Das ist schon eigenartig, dass sie derart mit meiner Vorstellung von ihr übereinstimmt. In diesem Kostüm und mit dem Helm auf ihrem Kopf hat sie in London mit hörbar österreichischem Akzent einer Tischrunde Managern erklärt, was die besser machen können, und die nehmen sie ernst und danken ihr dafür auch noch? Ist es nicht das, was sie den lieben Tag lang macht? Aber wie genau macht sie das, frage ich mich, und trägt sie für die Manager dasselbe Make-up wie für uns?

»Wie geht es dir, Margarethe?«

Sie lacht kurz auf.

»Wie geht es Harry?«, frage ich.

»Ich bin schwanger«, sagt sie. Sie sagt es so, als könnte sie mich damit in die Ecke drängen, dabei stehe ich ohnehin schon mit dem Rücken zur Wand. Ich sehe aber trotzdem sofort auf ihren Bauch hinunter. Er ist flach, natürlich. Was hatte ich denn erwartet? Ich blicke ihr wieder ins Gesicht, sie erwartet wohl auch etwas von mir, also beglückwünsche ich sie zum Kind. Sie verzieht den Mund, als könnte sie sich nicht entscheiden, ob sie lächeln soll oder nicht, blickt dann an mir vorbei durch die Terrassentür ins Wohnzimmer.

»Du hättest Lisa heute echt daheim lassen sollen«, sagt sie.

»Wo willst du das Kind bekommen?«, frage ich, weil ich nicht weiß, was ich sonst sagen soll. »London oder Österreich?«

»Du benimmst dich wie ein Kind«, sagt sie, »bockig und feige. Was willst du denn mit alldem erreichen? Was sollen wir denn deiner Meinung nach mit Lisa tun? Was soll denn bitte ich mit ihr tun?«

Wieder die Hände in die Taschen, wieder holt sie die Zigaretten nicht heraus.

»Erzähl mir nicht, dass es dir um Lisa geht«, meint sie dann. Sie schüttelt den Kopf, greift sich an den Bauch, weiß sie, dass sie das tut?

»Weihnachten feiern«, sage ich, »ich will, dass ihr mit ihr Weihnachten feiert.«

Sie blickt mich an.

»Mit Lisa Weihnachten feiern«, sagt sie, »einfach so, oder wie? So blöd kannst du ja gar nicht sein.«

Sie schüttelt den Kopf und geht an mir vorbei zurück ins Haus. Ich bleibe an die Wand gelehnt stehen. Ich überlege, ob ich blöd bin oder was ich wirklich von Grete erwartet habe. Und ich frage mich, ob sie wirklich jemals etwas anderes von mir erwartet hat. Wenn die Alten mich nur nicht so wütend machen würden! Jedes Mal gehe ich zu ihnen und habe vor, still und artig zu sein, und dann fangen sie an zu reden, und es muss noch nicht einmal Lisas ganz schlechter Einfluss auf mich sein, den sie schon bald bemerkt haben wollen, es können auch Ansichten ganz allgemeiner Art sein, wie die über Flüchtlinge oder über die eingetragene Partnerschaft, aber sie machen mich so zornig, ich habe den Mund schon offen, eben habe ich ihn noch gehalten. Die Gespräche mit ihnen entgleiten, ich werde jedes Mal zu der Kratzbürste, die es immer noch nicht verstanden hat. Wir haben verstanden. Wir wissen.

Ich denke all das, und dann erkenne ich, dass ich eigentlich vor fast genau einem Jahr an fast genau dieser Stelle gestanden und mir den Kopf mit beiden Händen gehalten habe. Er war am Zerspringen damals, und heute ist mein Kopf frei. Ganz frei. Ich kann über Gretes Kleidung, über ihre Schminke nachdenken, während ich mit ihr über Lisa diskutiere. Ich kann über die Alten nachdenken und trotzdem weiteratmen. Wie bemerkenswert das ist.

Harry kommt die Gartentreppe herunter, auf mich zu. Auch er hat denselben Anzug an wie jedes Jahr, seidengrau, mit einer dunkelroten Krawatte. Vielleicht verkleiden sich die beiden ja tatsächlich nur für uns.

»Hinten wachsen die Hagebutten wieder«, sagt Harry zu mir. »Kannst du dich erinnern, letztes Jahr hast du sie mir gezeigt.«

»Ach ja.«

»Sie schmecken sehr gut, wie du gesagt hast.«

Ich erinnere mich nicht mehr an letztes Jahr, daran, dass ich Harry zu den Hagebuttensträuchern geführt haben soll. Aber ich erinnere mich an den Tag, an dem Margarethe mir die erste gefrorene Hagebutte in die Hand gedrückt hat, und dass wir dann jedes Jahr dort gestanden sind, zuerst zu dritt, dann zu viert, und mit vor Kälte und Frucht roten Fingern Hagebutten gepflückt, ausgedrückt und gegessen haben. An der Weihnachtstafel hatten wir dann alle rote Fingerspitzen. Wir haben mit roten Fingern gegessen und geredet und gelacht.

Heute müssten meine Hände auch rot sein, eigentlich, schon aus Tradition, allein wegen der vielen Wiederholungen, die sich doch einprägen müssten, aber sie sind es nicht. Ich sehe sie mir genau an, ich habe die Hände vom Gesicht genommen und damit ist auch die Röte des Lichts gegangen, das sich durch die kleinen Spalten zwischen den Fingern gedrängt hat. Ich hocke hier ausgesetzt in diesem Raum, der Schatten des Puppenspielers ist fort wie der Puppenspieler selbst. Er hat unter dem Tisch meine Hand gehalten, wir haben uns aneinander angehalten, zwei Kinder vor den Menschenfressern. Aber ich habe ihn weggestoßen, ich habe das Einzige weggestoßen, das mich hier schützen konnte. Ich habe das Einzige weggestoßen, das ich hier unbedingt schützen musste.

Ich höre sie reden. Sie haben sich tiefer ins Haus zurückgezogen, aber es bleibt dieser dumpfe Nachhall ihrer Stimmen, die plötzlich lauter werden, dann schreien sie miteinander, vermutlich. Oma wird im Schlafzimmer stehen und schreien, dass sie nicht länger in einem Haus sein kann mit dieser Frau, die ihr den einzigen Sohn weggenommen und zerrissen hat. Die ihn zerstört hat mit Leib und Seele, die ihm zuerst das Herz zerschnitten und dann seinen Namen zerschnitten hat mit ihren Worten, bis nichts mehr übrig war von ihm, kein Körper, keine Erinnerung, in die sie nicht ihren Namen eingeritzt hat, und mit welchem Recht, frag ich dich, mit welchem Recht? Und der Opa wird auf die Oma einreden und sie beruhigen und ihr sagen, dass er ganz ihrer Meinung ist, dass das ein furchtbares Unglück ist, dass man aber Lisa jetzt nicht so einfach hinauswerfen kann, dass man das einfach nicht macht, dass sich das nicht gehört, trotz allem.

Karin hat ihre eigenen Regeln gegen sie verwendet. Sie hat mich in diesen Raum wie ein stinkendes Häufchen Durchfall abgesetzt, das aufgrund der Gastfreundschaft niemand wegräumen darf. Was bin ich hier? Ich müsste an Ort und Stelle erschlagen werden, nur dafür, genau hier zu sein. Ich müsste an Ort und Stelle erschlagen werden, nur dafür, die beiden Alten im Geheimen Oma und Opa zu nennen, das sollte mir aus tiefster Seele verboten sein. Die beiden Alten. Stehen dort drin, steif wie zwei Kehrbesen.

Als ich zurück ins Wohnzimmer komme, hat Lisa die Hände vom Gesicht genommen. Alexander blickt zu mir auf und ich weiche ihm aus. Er weiß inzwischen wohl, dass ich ihn belogen habe. Es ist nicht so wichtig. »Lass mich rein«, sage ich, »nehmen wir sie in die Mitte.« Ich merke, dass ich vermieden habe, ihren Namen auszusprechen. »Nehmen wir Lisa in die Mitte«, sage ich noch einmal. Meine Stimme ist nicht so laut, wie ich sie mir wünsche. »Wo bleiben die Großeltern?«, frage ich.

»Die reden noch«, sagt Peter.

Dann wird es still. Ich schließe die Augen und überlege, was uns erwartet. Was sie machen werden. Ich kann mir nichts vorstellen. Die schön drapierten Fotos stehen ja dort in der Ecke unter dem Kruzifix, mit dem schwarzen Band, das über sie gelegt worden ist, und auch mit geschlossenen Augen könnte ich jedes Detail aufzählen. Das Foto meines Vaters als Kind ist dort, das weiß ich ganz genau, er steht da lachend mit seinem Schulranzen, und weil es eine alte Aufnahme in ganz schlechter Farbqualität ist, kann auch niemand etwas in diesem Lachen entdecken, was dort nicht hingehört. Das zweite Foto zeigt meinen Vater als Jugendlichen, in Pfadfinderuniform, so wie man Pfadfinder wohl abzubilden pflegte. Ich habe dieses Foto schon nicht gemocht, als er noch gelebt hat. Ich glaube, er selbst hat es auch nicht gemocht, denn ich kann mich an sein Gesicht erinnern, wie sein Gesicht da war, wenn er es angeblickt hat, aber Oma hat es damals schon herumhängen gehabt und ist stolz darauf gewesen. Und das dritte Foto meines Vaters, es ist ein gelungenes Portrait, wie man so sagt, von einem teuren Fotografen aufgenommen, etwa ein Jahr vor dem Unglück. Und daneben, ihm zur Seite sozusagen, ein Bild meiner Mutter. Ich weiß, dass ich jedes Jahr den ersten Anfall von Übelkeit bekommen habe, wenn ich zu Weihnachten oder zu Allerseelen diese Bilder angesehen habe. Und trotzdem habe ich sie wie unter Zwang jedes Jahr absichtlich sehr lange angesehen und das sich im ganzen Körper verbreitende Unwohlsein nicht ohne eine gewisse Befriedigung beobachtet.

Ich weiß nicht warum. Vielleicht ist es einfach der banale Kitsch der gesamten Inszenierung, ihre Vorhersehbarkeit, mitsamt dem violetten Seidentuch wie in der Kirche, das die Ecke einhüllt. Violett, natürlich ist es violett, welche Farbe sollte es denn sonst haben? Fast zum Lachen. Ich frage mich, was versprechen sich die Alten eigentlich davon? Ich weiß aber, was sie sich davon versprechen, Augusts Leben in nur drei Bildern zusammenzufassen. Deshalb kitzeln mich diese Fotos auch ganz besonders schnell bis zum Erbrechen.

Mehr noch als Augusts Totenleben in drei Bildern kippt mich aber Inges Foto – dass von ihr nur ein einziges Bild aufgestellt worden ist, dass es neben dem von August steht. Am allermeisten aber ist es das Foto selbst. Würde so ein Bild von mir gemacht, ich würde es als Bedrohung betrachten, als wollte man mich schon zur aufgeworfenen Erde hinschieben, mir sorgsam helfen, ins Loch hinunterzusteigen: Sieh, wie du in Wirklichkeit schon entfliegen willst.

Ich selbst, ich würde mich am liebsten allen Fotos verweigern oder zumindest meinen Großeltern alle Bilder von mir entreißen. Die Vorstellung, dass sie sie jederzeit verfügbar haben, sie durchblättern können, bis sie die drei Bilder herausgepickt haben, die mein Leben nach ihren Vorstellungen erzählen. Dass sie eine beliebige Möbelhaustote aus mir zusammenstecken können, kaum, dass ich weggegangen bin. Ich will um nichts in der Welt eine Möbelhaustote sein. Ich hoffe bloß, ich werde nicht vor ihnen sterben. Ich werde, so Gott will, länger hier sitzen bleiben als sie, einfach länger nicht mit dem Atmen aufhören als sie, dann können sie mich nicht in violettes Tuch hüllen, mit Bildern, die mir auf unheimliche Art und Weise ähneln, und an stillen Winterabenden das Gespräch auf Nebenwegen zu mir hinüberlenken. Fast unmerklich ist der Übergang, aber die Unruhe in mir erwacht sofort, schon, wenn sie mit Seitenblicken ihre Andachtsnische streifen, ganz unschuldig, und das Gespräch ihren Blicken folgt, wir schweifen ab, es führen alle Themen so leicht zu August.

Ich denke an Mama und daran, dass sie nach Papas Tod in diesem Haus eigentlich nur einmal etwas gesagt hat. Ansonsten ist sie nach dem Unglück nur dagesessen. Oma und Opa haben die Gespräche gelenkt, und sie ist duldsam den Gesprächen gefolgt, und jedes Jahr noch duldsamer. Ich kann mich aber genau an diesen einen Abend erinnern. Die Gespräche führten wie immer auf Nebenwegen zu August, und sie sagte, auch wie nebenher, mit ihrer leisen, erstickten Stimme: »Ich kann mich noch erinnern, Karin muss in dem Alter gewesen sein, in dem man anfängt, über alles Fragen zu stellen.«

Sie hält kurz inne, um sich ihrer Erinnerung zu vergewissern, und fährt dann fort:

»Wir sind im Auto gefahren und Karin hat sich plötzlich vorgebeugt und gefragt: Papa, warum ist der Himmel blau?«

»Mein Gott. Wirklich die eine große Kinderfrage«, sagt Oma.

»Ja. Es war die eine große Kinderfrage.«

»Und was hat der Gustl geantwortet?«, fragt Oma.

»Er hat sich nach vorn gebeugt, zur Windschutzscheibe hin. Er hat sich den Himmel genau angesehen. Er hat gesagt: Aber der Himmel ist ja gar nicht blau.«

Mama ist kurz still. Die Oma sagt auch nichts.

»Das war seine Antwort? Mehr nicht?«, fragt die Oma.

»Nein, mehr nicht.«

»Aber wieso würde er denn so etwas sagen?«, fragt die Oma. »Das klingt so gar nicht nach meinem Bub.«

»Aber er hatte ja recht«, sagt Mama. »Der Himmel war an diesem Tag wirklich nicht blau.«

Sie schweigt wieder.

»Hab ich denn nicht weitergefragt?«, frage ich. »War ich denn damit zufrieden?«

»Ich weiß es nicht mehr«, sagt sie. Sie ist so leise, man muss still sein, um sie gut zu verstehen. »Vielleicht hast du weitergefragt und ich habe dir alles erklärt, so gut, wie ich es eben konnte. Vielleicht hast du auch nicht weitergefragt und ich habe dir nichts erklären müssen.«

Ich weiß nicht. Ich kann nur aufstehen und aufs Klo gehen. Es krampft alles in mir zusammen, als würde zugleich mit dem Essen alles aus mir herausbrechen wollen, aber es haben sich dann doch nur die Mohnnudeln aus meinem Mund gedrängt. Es war eben das erste Mal, dass mir das passierte, da habe ich es noch nicht besser gewusst. Und ich hatte keine Ahnung und weiß auch heute nicht, was das gewesen sein mochte, was ich hier so dringend loswerden wollte.

Ich höre es in der Küche klappern. Die Großeltern haben sich noch nicht bei uns im Wohnzimmer blicken lassen, müssen sich aber doch in unsere Nähe zurückbegeben haben, wir bekommen also doch noch etwas zu essen.

Wir warten dabei alle schon lange um diesen Tisch herum, Alexander hat mich auch schon mehrmals angestupst, und Margarethe hat mehrmals versucht, meinen Blick zu fangen. Sie wollen sagen: Jetzt, geh, noch hast du Zeit, schick Alexander mit Lisa heim, fahr selbst heim, egal, bring Lisa hier weg, dann können wir noch alles rumkriegen, dann ist das alles schnell vergeben und vergessen.

»Wenn du willst, kann ich mit Lisa gehen«, flüstert Alexander mir ins Ohr. »Ich lass sie auch nicht allein zuhause, wenn du das nicht willst.«

Ich schüttle den Kopf.

»Bist du dir sicher, ich glaube, es wäre wirklich besser so.«

Ich schüttle den Kopf.

»Lisa fühlt sich hier auch nicht wohl, ich glaube, sie würde sich bei uns zuhause wohler fühlen.«

»Nein, Alexander«, flüstere ich. »Lisa bleibt hier.«

Lisa bleibt hier und ihr müsst ihre Existenz anerkennen. Und wenn ihr uns Essen gebt, müsst ihr auch ihr Essen geben, weil wir alle am selben Tisch sitzen. Ihr müsst ihr nicht in die Augen sehen dabei, aber zu essen müsst ihr ihr geben, und sie wird euren Festtagsbraten essen und euren Salat und euren Kuchen, und euren Kakao mit Schlagobers trinken. Sie wird bei allen Tischgesprächen anwesend sein und beim Tischgebet und beim Singen und Anzünden der Kerzen und beim Austauschen der Geschenke anwesend sein, und ich werde sie hier meine Geschenke auspacken lassen. Am liebsten würde ich sie mir als Kette um den Hals legen. Es gibt nichts, sage ich, was ihr dagegen tun könntet.

Ich richte mich auf und denke, dass ich in ein Gespräch verwickelt sein sollte, wenn Oma das Essen hereinbringt. Sie sollte nicht die Gelegenheit haben, mich auf Lisa anzusprechen, solange sie sie doch noch loswerden könnte. Ich wende mich an Harry, der neben mir sitzt, und frage ihn nach seiner Arbeit.

Er nickt. »Es ist in Ordnung«, sagt er, »soweit ich das beurteilen kann.«

Dabei lächelt er auf eine Weise, die ich ihm von Anfang an hoch angerechnet habe.

»Ist es nicht stressig?«

»Ach«, sagt er. »Schon. Es ist regelmäßig stressig. Routiniert stressig. Aber wenn es gar so ständig stressig ist, ist es schon wieder nicht stressig. Denke ich.«

Dann lacht er.

»Klingt, als wärst du zufrieden.«

»Nein«, lacht er. »Überhaupt nicht. Beim nächstbesseren Jobangebot bin ich weg.«

Ich lache auch. Ich denke, dass Margarethe, sosehr sie sich auch bemüht, nie wirklich allzu respektabel werden kann mit ihm. Dazu hat er zu sehr ein Gesicht, als wäre er gerade eben erst aufgewacht. Auch zwischen uns, in diesem Haus, trotz dieser ganzen Stimmung, steht er herum und redet mit mir über Hagebutten und denkt dabei an nichts anderes als an Hagebutten. Er nimmt an alldem überhaupt nicht teil. Dass ich ihm nicht zuhöre, muss er doch auch begreifen. Trotzdem redet er lachend mit mir über seinen Vorgesetzten, und es ist, als würde er stattdessen mir zuhören.

Als Oma mit den Schüsseln hereinkommt, muss ich nicht zu ihr hinsehen. Sie stellt die Schüsseln hin, und ich rede mit Harry über Lohnerhöhungen, die so lächerlich klein sind, dass es besser wäre, sie ganz wegzulassen. Sie stellt das Tablett mit dem Braten hin, und wir lachen darüber. Erst ganz zum Schluss kommt der

Großvater auch herein und setzt sich hin, ich kann es aus den Augenwinkeln beobachten.

»Karin, könntest du vielleicht ausgeben?«, fragt Oma.

»Natürlich«, sage ich.

Während ich den Alten Rote Rüben auf die Teller stürze, sitzen sie zurückgelehnt und blicken schon wieder nach unten, eine Blickrichtung, die in unserer Familie Tradition zu haben scheint. Das war ein erstes Ausweichmanöver, denke ich, so müssen sie Lisa nicht mit eigener Hand zu essen geben. Deshalb bemühe ich mich, Lisas Teller besonders reichlich zu beladen.

Man wendet sich dankbar und sofort dem eigenen Teller zu, von dem man den Blick nicht mehr hebt, wie mir auffällt, weil ich sehr wohl umhersehe. Die Tischgemeinschaft ist in schweigendes Kauen und Schlürfen verfallen. Das Essen ist auch wirklich sehr gut, wie jedes Jahr und noch besser, der Braten saftig, die Bratensoße fett und würzig, die Roten Rüben köstlich. Die Semmelknödel, die man in der Soße aufweichen und zusammen mit einem Stück Fleisch in den Mund stecken kann, zergehen dort, es ist ein Vergnügen, durch die von der Soße weichen Knödel zu beißen, meine Großmutter ist ja doch eine begnadete Köchin. Und die Bratenkruste, wie mir erst jetzt auffällt und wie ich dann auch laut wiederhole, sie soll es ja ruhig hören, wenn ich sie lobe, »also diese Kruste, die Kruste ist dir diesmal wirklich gelungen, Oma!«, sage ich und: »Die Knödel beißen sich dieses Jahr besonders gut«, was sie ja auch tun und »Mhm, die Roten Rüben sind diesmal wirklich köstlich, zum Finger Abschlecken«. Nur Harry stimmt mir sofort zu, meint, dass er ja Knödel nicht gemocht hat, bis er die Knödel von Frau Ludevik gekostet hat, und überhaupt liebt er die österreichische Küche und ganz besonders die Küche von Frau Ludevik und meint all das vermutlich sogar ernst. Und während ich umhersehe, wie sie sich alles in den Mund stopfen, meine Schwester an ihren Bissen herumkaut, alle essen sie, halten sich am Essen an, schlucken ohne zu schmecken, und ich schmecke, ja, seit Jahren ist es das erste Mal, dass ich mir nachnehmen könnte und noch mal nachnehmen könnte, dass ich einen Appetit verspüre, der so viele vergeudete Weihnachtsmähler nachholen möchte, und ich denke, während mir fast die

Tränen in die Augen steigen vor Schmecken, dass ich all die Jahre bei den Weihnachtsessen so ausgesehen haben muss wie meine Schwester jetzt.

Ich drehe mich um zu Lisa, sie hat erst nach Alexanders Zureden angefangen zu essen. Es ist mir unerklärlich, dass sie hier so auf ihn hört, wenn er sie doch zuhause zu gar nichts bewegen kann. Aber vielleicht ist das ja nur so, wenn ich hinsehe, denke ich, vielleicht sind sie ja hinter meinem Rücken ohnehin die besten Freunde. Aber jedenfalls isst sie, sieht nur auf ihren Teller, hält Messer und Gabel ungeschickt in der Hand, aber isst, steckt eine Gabel braunes Fleisch nach der anderen in den Mund, eine Gabel rote Masse nach der anderen, als würde sie Hausaufgaben machen. Es könnte ihr sogar schmecken, denke ich, man kann es nicht sagen. Es macht im Grunde auch keinen Unterschied. Dann beginnt ihr der rote Salat von der Gabel auf den Teller zu fallen, dann auf das Tischtuch, dann auf den Schoß.

Es fällt da einfach herunter, einfach so, von meiner Gabel, unter ihrem Blick. Sie sieht aus, als würde sie das ein bisschen ärgern, aber gehört das nicht dazu? Ist es nicht in ihrem Sinne, dass die beiden Alten auch dann an mich denken müssen, wenn sie das Tischtuch waschen, bei jedem hartnäckigen Fleck? Ist es nicht das, was du wolltest, Karin? Jedenfalls fällt unter ihrem Blick alles herunter, da hilft es auch nicht, dass Alexander neben mir sitzt und mir leise sagt, ich brauche mich nicht zu hetzen beim Essen, es sei alles in Ordnung, womit er lügt.

Ich beuge mich hinunter und sehe das rote Geschnetzel an, das sich in meinem Schoß gesammelt hat und immer noch sammelt, ein kleines rotes Häufchen in meinem mit einer Serviette bedeckten Schoß, die sich auch ringsum rot färbt, allmählich. Ich würde ja gerne kotzen, aber ich tue es nicht. Ich würde ja gerne unter dem Tisch verschwinden, aber ich tue es nicht, heute werde ich Karin ausnahmsweise nicht verraten. Stattdessen lege ich die Gabel auf meinem Teller ab, was jeder gehört haben muss. Stattdessen greife ich mit meinen Fingern mitten in meinen Schoß und hole das blutige Häufchen dort heraus und lege es an den Tellerrand. Die Übelkeit wird jetzt sehr groß, aber ich gebe ihr nicht nach. Stattdessen betrachte ich meine Hände, meine

Finger, und merke, dass sie jetzt endlich rot sind. Endlich hat also alles seine Ordnung, endlich ist dieses Jahr also ein weiteres in einer langen Reihe mit roten Fingern.

Oma kommt aus der Küche und stellt eine dampfende Kanne Kakao auf den Tisch und ein Tablett mit schokoladeüberzogenem Rehrücken und einen Teller mit zuckerübergossenen, mit Marmelade gefüllten Keksen. Was soll sie auch anderes machen, es ist schließlich Weihnachten, und da muss alles weg. Putzt alles weg, Kinder, schluckt alles runter, es muss ja nicht dort bleiben, ihr könnt den Kübel gern im Klo ausleeren, wenn ihr wollt. Putzt nur die Teller bitte wirklich leer, helft mir aus, jedes Jahr wird der Hügel größer, und ich werde auch nicht jünger, Kinder. Aber diesmal nicht. Ich habe Appetit, ich habe Hunger. Ich schaufle Lisa von allem auf den Teller. Sie nimmt die Gabel und fängt an abzutragen, sehr brav, eine Gabel für Karin, und noch eine Gabel für Karin, und noch eine vierte für Karin und eine fünfte und sechste und siebte für Karin. Und noch eine achte für Karin. Sie stopft sich selbst wie eine Gans, nur für mich, bröselt überall hin. Die beiden Alten sitzen zurückgelehnt, sie essen nicht, denn sie haben eine Ausrede, ihre erhöhten Blutzuckerwerte. Es verwundert mich fast, wie wehrlos sie sind. Sie sitzen nur da, sie können gar nichts machen. Ich weiß nicht, was ich mir erwartet habe.

Schließlich haben wir aber auch dieses Soll erfüllt. Die Kekse sind knusprig gewesen, der Kuchen saftig, der Kakao mollig und bitter. Wie Öl ist er die Kehle hinuntergeflossen, bittersüßes Öl, ich habe die Augen schließen und an Kindertage denken können. Mein Mund geht auf und zu und ich zermalme, zerstoße zwischen meinen Zähnen fettigen Teig und harten Teig, Marmelade und Zuckerüberguss füllen meinen Mund, es wird zerkleinert, es wird verarbeitet, es wird nach unten befördert. Mein Mund geht trotzdem auf und zu und ich lobe dies und das. Ansonsten sagt kaum jemand etwas. Wie schnell ich rede – der viele Zucker macht mich zittern und ich bin sehr wach.

Als es sich nicht mehr hinauszögern lässt, als schon alle nur noch dasitzen und sagen, Gnade, wir können unmöglich noch länger, wir können nicht mehr, steht Oma auf und trägt das Geschirr hinaus. Sie muss zurückkommen, irgendwann, und dann stehen wir auf und gehen ins Wohnzimmer, zu den Sofas. Opa geht hin und her, aber er muss irgendwann die Kerzen anzünden, wir können ja nicht ewig im Dunkeln sitzen. Und dann müssen wir uns auch hinstellen und singen, was sollen wir denn anderes tun?

Mit gefüllten Bäuchen und bis obenhin vollgestopften Hälsen, da lässt sich's gut singen: Stille Nacht, heilige Nacht und Es wird scho glei dumpa und Fröhliche Weihnacht überall, Es ist ein Ros entsprungen, Maria durch ein Dornwald ging und da haben die Dornen Rosen getragen. Und die Alten stehen da, Riesen mit Feueraugen, wie zwei windgebogene Bäume, mit ihren Textbüchern, wir alle mit Textbüchern. Grete steht da und hält sich an dem fremden Mann fest, den sie mitgebracht hat, dreht sich von mir fort, versteckt ihre Augen vor mir, als wollte ich sie stehlen. »Sing mit«, muntert Karin mich auf, »sing mit, Lisa«, du musst mitsingen, wie du auch mitessen und alles mittun musst, sing, und ich singe, die Stimme kommt aus mir heraus und lacht über mich, während sie erklingt. Dabei ist sie ganz klar geblieben, wenn auch leise, aber hörbar, lacht uns alle aus, lacht die Alten aus, die mich doch nicht übertönen können, und lacht mich aus, so werden drei Menschen mit einer Stimme geschlagen. Erklingt und entgleitet mir, ganz plötzlich, habe ich sie denn gehalten? Aber sie entgleitet meinem Griff, schießt wie ein Wasserstrahl hinaus, erfüllt einen Moment den gesamten Raum, als könnte sie: steigen und gleiten, schweben und sich senken, lauter und reiner, nur sie. Nur einen Augenblick, dann fällt sie, schlägt auf, zerbricht. Zerbricht und: ihr Inneres! So hässlich, dass man sich nicht davon abwenden kann.

Es ist still. Ich huste. Verschluckt, ich habe mich verschluckt. Als würde etwas in mir heraufkommen, etwas der Stimme folgen wollen. Und sie warten darauf, alle schweigen und warten ja nur darauf. Ich öffne den Mund weit. Das ist nur, was in dich hineingewandert ist. Die Stimme ist in dich hineingewandert, die Stimme ist aus dir hinausgewandert. Husten, recken, was soll noch nachkommen? Soll denn eine Dornenranke aus deinem Mund platzen, der Himbeerstrauch mit Stacheln sich zwischen deinen Lippen recken und sich an die Decke hinaufwinden, sich dort biegen, soll er alles umschlingen, den Alten ins Fleisch schneiden, den ganzen Raum verwachsen und verschließen? Hältst du fest oder lässt du entgleiten? Aber es entgleitet ja schon, habe ich denn gehalten? Schießt hinaus, erfüllt einen Moment, fällt, aber ohne Klirren. Direkt auf die Überreste meiner Stimme. Wie meine Stimme, nur halb verdaut. Ich stehe vornübergebeugt und sehe das an, was der Teppich gleich aufsaugen wird, so wie ich ausgeronnenen Orangensaft vom Küchentisch aufgesaugt habe.

»Herrgott«, sagt die alte Riesin und hält sich die Nase zu.

»Nein«, sagt der alte Riese.

Auch Margarethe und Peter sind zwei Schritte zurückgetreten. Niemand will berühren, was einmal mich berührt hat. Es hat meinen Geruch angenommen, den Geruch meines Inneren und meiner Stimme angenommen. Da seht ihr, woraus ich gemacht bin, woraus ich ganz und gar bestehe.

Die alte Riesin kommt mit Kübel und Fetzen wieder. Sie kniet sich hin. Direkt vor mir kniet sie sich auf den Boden und wischt schweigend meinen Dreck weg. Die Riesin kniet sich hin und wird kleiner als ich, senkt die Feueraugen auf meine Kotze, versucht den Teppich am Aufsaugen zu hindern, aber er ist so gierig, so hungrig, all seine Fasern und dazwischen so viel Platz. Ich sehe auf den breiten Hintern der Menschenfresserin, unter deren Blick ich verbrennen müsste, die sagt, das Mädchen, das meinen Gustl zu Staub zertrampelt hat, ich sehe auf ihren gebückten Rücken. Er ist so jämmerlich, dieser Rücken. Und so jämmerlich, dieser fette Hintern, schlaff, ein runzeliger Pfirsich. Ich möchte lachen. Ich möchte sie treten, wie sie da auf dem Boden kniet, ich möchte ihr direkt in ihren fetten Pfirsichhintern treten und noch einmal, und möchte dabei darüber lachen, dass sie vor mir niederkniet, sie, mit ihren Feueraugen, nach alldem, vor mir, vor mir kniet sie nieder, beugt ihren Rücken vor mir, ausgerechnet vor mir, kriecht vor mir und wischt meine Kotze auf, meine ekelhafte, stinkende Kotze wischt sie auf. Ich möchte auf sie draufsteigen, auf ihren Hals steigen und ihren Kopf in meine stinkende Kotze drücken, da, hier, friss, was du selbst gekocht hast.

»Wir fahren wohl besser heim«, sagt Karin. »Vielleicht ist die ganze Aufregung für Lisa doch noch zu viel.«

Ihre Stimme klingt mollig.

Als Lisa auf dem Rücksitz verstaut ist, als ich das Auto gestartet habe und nach dem letzten Winken aus der Einfahrt gefahren bin, fragt Alexander endlich.

»Warum hast du mir gesagt, dass die Großeltern damit einverstanden sind, dass sie mitkommt?«

»Hast du denn den Eindruck gehabt, dass sie nicht einverstanden waren?«, frage ich. »Haben sie denn etwas zu dir gesagt? Lisa, bleib bitte angeschnallt.«

»Verkauf mich doch nicht für blöd, Karin, ich hab doch das Gesicht von deinem Großvater gesehen, als er die Tür aufgemacht hat. Der ist doch völlig ahnungslos gewesen, gar nichts hat der gewusst davon, dass Lisa kommt.«

»Das hast du an Opas Gesicht gesehen, dass er das nicht gewusst hat? Lisa, kriech da nicht runter, setz dich wieder hin und schnall dich an, hörst du?«

»Hör auf, mich zu verarschen«, sagt Alexander. »Ich weiß nicht, was du mit der Aktion heute hast bezwecken wollen, aber ich fand sie echt mies, sowohl gegenüber deinen Großeltern als auch Lisa gegenüber. Du hast alle gefrotzelt, wirklich alle, inklusive mir, das ist meine Meinung.«

Darauf antworte ich nicht. Was soll ich darauf auch sagen.

»Lisa, komm sofort da wieder hervor, setz dich hin und schnall dich an, sonst bleib ich stehen, ich sag's dir, hier mitten auf dem Weg.«

Es treibt den Schnee, es treibt den Schnee, und wir fahren weiter, weiter durch den Wald.

III

1.

Der Tag, an dem Lisa Martin im falschen Wald des Schulhofs geküsst hat, ist wie in getrocknete Marillen eingepackt gewesen, nur bitterer. Heiß, zumindest habe ich es so in Erinnerung, die klebrigen Strähnen im Nacken und der trockene Mund. Wir sitzen nebeneinander in der Klasse an unserem gemeinsamen Tisch, den man nicht einfach so in der Mitte auseinanderschneiden kann. Sie ist schon zu groß für diesen Tisch, hat lange Arme und Beine, die unablässig an die Tischkante stoßen und an ihr reiben, und ich habe Angst, sie unabsichtlich zu berühren, ihre heißen und trockenen Arme unabsichtlich zu berühren, mit ihrem blonden Flaum. Ich sehe der Lehrerin zu, wie sie redet, was redet die schon? Denke, dass die anderen mir nichts ansehen dürfen, mir nichts davon ansehen dürfen, dass Lisa Martin im Wald geküsst hat, nicht sehen dürfen, dass ich geweint habe. Ich fasse mir an den Busen, fast ohne es zu wollen, der noch gar kein richtiger Busen ist, sondern eine kleine Beule, kaum fühlbar, die aber wehtut, und deren Nippel ständig entzündet sind und unter dem Unterhemd jucken.

Eine Wand muss ich für die anderen sein, denke ich während der Pause und während der nächsten Stunde, eine breite weiße Wand, die man nicht abgehen kann, so lang ist sie. Nichts dürfen sie mir ansehen, denke ich ganz fest bis zum Schulschluss, und daran, wie ich sie alle hasse, alle in dieser Klasse, und dass sie nichts sehen dürfen, nichts.

Als ich dann die Hefte in den Rucksack packe, der schon übergeht, in den man nichts mehr stopfen kann, stopfe ich trotzdem noch etwas nach, das Geodreieck spießt sich in meine Handfläche. Lisa steht neben mir, geduckt, weil ihr Körper in die Höhe und über ihren Kopf hinausgewuchert ist, greift neben mir nach ihren Büchern, die sich unter meine gemischt haben, ständig passiert uns das. Ihre Finger, die Martins Hand auf ihren Busen gedrückt haben, als müsste Lisa ihm zeigen, wo sie hingehört, schieben mein Geografiebuch zur Seite, ziehen ihr Biologieheft darunter hervor. Manchmal wissen wir ja wirklich nicht mehr, was wem von uns beiden gehört, aber das mit Martin ist etwas anderes, das ist pure Absicht gewesen.

Ich merke ja, während ich zu meinem Platz im Schulbus gehe, wie steif ich gehe, und dass ich die Bücher sehr fest halte, die ich nicht mehr in den Rucksack habe pressen können. Lisa geht hinter mir. Wenn mich nur einer ansprechen würde, wenn nur irgendjemand irgendetwas von mir wollte, aber niemand will etwas von mir, alle weichen mir aus.

Und während der Fahrt im Schulbus höre ich die anderen tuscheln, und es ist das Einzige, was ich tun kann, eine weiße Wand für sie zu sein, die so breit ist, dass man sie nicht abgehen kann, sollen sie doch reden, sollen sie doch!

Wir steigen aus dem Bus, ich zuerst, Lisa folgt. Wir springen von der letzten Stufe auf den heißen Asphalt, dabei fällt mir der Rucksack schwer in den Rücken, drücken sich die Bänder meiner Sandalen zwischen meinen Zehen in die Haut. Plastiksandalen mit Schmetterlingen, wieso trage ich die noch? Ich mag sie ja, aber warum trage ich sie noch?

Wir gehen die Landstraße entlang durch den Wald, Lisa und ich. Wir schweigen. Wir gehen nebeneinander, der Asphalt ist heiß, selbst durch die Sandalen hindurch, und ich trage mein Turnsackerl in der einen Hand und die Bücher presse ich mir mit der anderen an meine kaum vorhandene juckende Brust. Die ich Martin nicht berühren habe lassen. Die Hose reibt zwischen den Beinen, die schweißigen Plastik-Schmetterlingssandalen reiben an meinen Füßen, ich rutsche in ihnen bei jedem Schritt. Das Turnsackerl dreht sich, schnürt mein Handgelenk ein, und bei jedem Schritt schlägt es mir eine Spitze in die Wade. Ich weiß, dass außerdem bei jedem Schritt die Bücher ein bisschen weiter nach unten rutschen, aus meinem nassen Griff rutschen, aber stehen bleiben? Dann könnte mich Lisa überholen, dann müsste ich sie ansehen, wie sie vor mir geht. Wenn ich es nur bis zum Haus schaffe, nur die Straße durch den Wald bis zum Haus, dann …

Das Biologieheft mit seinem Plastikeinband entgleitet mir als erstes und fällt auf den Asphalt, ich bücke mich nur ein ganz klein wenig, und die anderen Bücher folgen, gleiten mir alle auf einmal aus der Hand, als hätten sie nur darauf gewartet, habe ich sie denn gehalten? Purzeln alle auf den Boden, schlagen mit den Ecken voran auf meine Füße. Meine Arme sind offen und leer.

Vor mir liegen die Bücher ausgestreut, als wären sie einzeln zusammengebrochen, auf dem Rücken, die Seiten verbogen. Als ich den Rucksack ablege, mich bücke, um die Bücher aufzuheben, zieht sich die Hose in meinem Arsch zusammen und zwickt mich, muss ich daran denken, wie lächerlich ich aussehe in dieser alten Hose, die bis zum Nabel reicht – wie ein Kleinkind – rutschen meine Füße wieder auf ihrem eigenen Schweiß. Plötzlich fällt auch Lisas Rucksack schwer auf den Boden, und ungefragt bückt sich auch Lisa. Sie hockt sich neben mich, sie ist ganz nah, ich kann ihren Arm riechen, blonder Flaum, unerträglich. Sie schweigt. Ihr Kopf ist gebeugt. Ihre eigenen Hefte zwischen Knie und Oberkörper eingeklemmt. Ohne zu fragen, lehnt sie sich vor und greift hin.

Ich weiß nicht, warum in diesem Moment. Ich springe sie einfach an und. Meine Füße rutschen in den Sandalen. Meine Hände treffen auf ihre Brust, dann kommt der Rest von mir ganz wie von selbst, kurz schlage ich an sie wie gegen eine Wand, sie schnauft. Dabei treibe ich sie schon auf die Füße, nehme sie mit in meinen Lauf, sie stolpert rückwärts, die Bücher fallen zwischen uns hinab, schlagen gegen meine Beine. Ein bisschen zu viel stoße ich, da kippt es. Der Wald kippt, wir kippen, sind leicht, dann nicht mehr, weil wir aufkommen, den Boden wieder verlieren, die Böschung abwärts rollen. Ich versuche nach ihr zu treten, will ihr auf die Brust schlagen, auf ihren Busen immer und immer wieder einschlagen, der größer als meiner ist, aber auch weh tut vom Wachsen, das weiß ich. Einmal, zweimal trifft meine Faust ihre Brust, und sie schnauft, aber dann erwischt sie meine Hand, hält mich von sich weg, hält mich auch mit den Füßen von sich weg. Ich kralle meine Nägel in sie, ich erwische ihre Haare und reiße daran. Sie schreit kurz auf, wir rutschen weiter und mein T-Shirt wird hinaufgeschoben, Steine, Äste, Erde. Meine Sandalen verdrehen sich und schneiden überall in meine Füße, in meine Zehen. Ich ziehe ihren Kopf an den Haaren in den Nacken, ihr Hals streckt sich mir in einem Bogen entgegen. Sie steigt mit dem Fuß zwischen meine Beine, ich klammere mich an ihrem Hintern fest. Ich rolle mich auf sie, sie rollt sich auf mich, mein T-Shirt krallt sich in meine Achselhöhle. Wir sind ganz fest umschlungen und ganz still, nur das Atmen und manchmal ein erstickter, wütender Laut.

Das Unterholz zerkratzt mir die Arme, etwas sticht in meine Hüfte, ihre Nägel graben sich tief in meinen Arm. Ihr Gesicht ist verkrampft, verzerrt, rot, meine Hand will ich mitten in die Sommersprossen drücken, aber sie hält mich so fest gepackt, dass es wehtut, es pocht unter ihrem Griff. Es pocht zwischen den Beinen, ich beiße in ihren Unterarm und sie schreit kurz auf vor Schmerz, bäumt ihre Hüfte unter mir auf. Bis ich es schaffe, endlich, ihre Schultern auf den Boden zu drücken, mich auf sie zu setzen, sie biegt sich unter mir. Ich höre, wie ihre Füße über den Waldboden scharren, um Halt zu finden, höre sie auf den Nadeln rutschen. Ich presse ihre Arme auf den Boden, zittere, so viel Kraft braucht es, sie niederzustemmen. Ihr Gesicht krampft sich zusammen, die Sommersprossen fast verschwunden unter der Röte, sie hält die Luft an vor Anstrengung. Mit der Hüfte hebt sie mich, schüttelt mich hin und her.

Da lässt sie sich fallen, gibt nach. Ihre Arme erschlaffen, fast entgleiten sie mir, ich fange sie wieder ein. Die Nadeln sind überall, meine Brustwarzen schmerzen von der Reibung. Alles brennt innen und außen. Sie sieht mich an, mit geöffnetem Mund. Von der Anstrengung rinnen ihr Tränen über das Gesicht, verschmieren sich mit der Erde. Sie sieht mich an, sie sagt nichts, und doch ist ihr Blick. So ernst.

Unser Atem wird langsamer. Die Hose zieht sich zwischen meinen Beinen zusammen und zwickt, es brennt, als müsste ich ganz dringend aufs Klo. Verwirrend, dass es fast ist wie sonst, wenn wir raufen. Dass es letztlich kaum einen Unterschied macht, obwohl es doch einen Unterschied machen sollte, obwohl ich das Recht habe, wütend zu sein. Aber es ist wie sonst, wenn wir durch den Waldrand brechen, wenn wir durch die Wasseroberfläche brechen. Das Wasser schlägt doch immer über uns zusammen und legt sich doch immer in unsere Ohren und in unsere Münder und auf unsere Haut, kriecht in jede Höhle. Und wie leicht es ist, unterzutauchen. Und wann lass ich dich los?

Wieso lächelst du nicht, außerdem? Wieso blickst du mich so ernst an? Im falschen Wald hattest du die Augen geschlossen. Du hast ihn geküsst, wie du ein Butterbrot streichst. Deine Hand hat auf seiner Jeans hin und her geschabt, seine Hand hat deinen Busen hierhin und dorthin geschoben. Das kann doch nicht angenehm gewesen sein? Der Wald riecht nach getrockneten Marillen, nur bitterer, und deine Haut fühlt sich rau auf den Lippen an.

Ich stemme dich nieder und halte dich fest. Zu deinen Lippen beuge ich mich hinunter, ein bisschen Luft bleibt dazwischen. Die brauchen wir gar nicht, wir müssen keine Luft entweichen lassen. Aber du siehst mich zuerst an und dann lässt du doch Luft entweichen, atmest du aus, du atmest in meinen Mund hinein, warme Luft bläst du in meinen Mund. Und dein Mund zittert genau deshalb.

2.

Aber da hörst du auf. Du hörst auf, Karin, und drehst dich weg. Du nimmst dein Glas, bringst es in die Küche, kommst wieder zurück und alles ist abgebrochen. Du denkst an etwas anderes als an meinen Atem in deinem Mund. Du brichst ihn ab, meinen Atem, ich sehe es dir ja an. Als könntest du auf diese Weise ausstreichen, was war, und etwas anderes darüberschreiben. Vielleicht bist du ja damals wirklich einfach wieder aufgestanden. Und weggegangen. Vielleicht bist du ja damals wirklich im Recht geblieben. Ich weiß, wenn du dich an diese Dinge erinnerst, wie sich dein Gesicht dann verändert. Du runzelst die Stirn. Aber du, was weißt du selbst eigentlich von alldem? Weißt du denn überhaupt, dass dein Geruch mir – dass er mir unerträglich ist? Aber es stimmt. Wenn du dich über mich beugst, beim Essenausteilen. Wenn du mir über die Schulter blickst, dein Gesicht ganz nah an meinem und du fragst: »Was machst du da?« Und der Geschmack deiner Finger, wenn du mir den Mund zuhältst. Meine Zunge berührt sie und – sie schmecken ein bisschen salzig und – sie schmecken unerträglich und ich will sie und will mich vor ihnen zusammendrücken. Kannst du das nicht begreifen?

Ich sehe dich an und du siehst aus dem Fenster und dabei denkst du an etwas vollkommen anderes. Du denkst an etwas vollkommen anderes als an den echten Wald und meinen Atem in deinem Mund, als an den falschen Wald und an Martin.

Kannst du dich nicht an den Geschmack meiner Finger erinnern? Glaubst du denn, wenn wir uns die Ohrstöpsel des Discman geteilt haben, der rechte für dich, der linke für mich, glaubst du, wir haben uns aus Versehen so auf das Parkett des Zimmers gelegt, dass sich unser Haar miteinander vermengen musste?

Ich frage mich, was das bedeutet, nur für dich. Denn du verschließt dir ja deine Wege. Mit einem Hebel verschließt du sie, lässt die Schleuse hinunterfallen. Deine Augen werden enger, du ziehst schnell Luft ein. Und aus. Und zu. Dein Gesicht entspannt sich. Und basta. Hier geht es vorerst nicht mehr weiter. Und du denkst, ich sehe das nicht? Ich beobachte dich ja. Aber du siehst mich kaum einmal am Tag an. Kaum einmal am Tag siehst du mich an.

Aber schon damals hast du mich nicht angesehen. Was hast du denn gedacht? Ich weiß nicht, was du dir damals gedacht hast. Ich hab ja nichts sagen können. Ich hab dich ja nicht beiseite nehmen können und sagen, du, ich. Ich kann es dir noch nicht einmal in Gedanken sagen, nicht einmal jetzt. Nicht während ich dich ansehe, nicht solange ich dich rieche und berühren will und dich nicht berühren kann. Du hast den Wald verlassen und bist in die Schule gegangen und alles war, als ginge uns der Wald dort nichts mehr an. Als wärst du dort ganz frei, und diese Gedanken tun mir weh. Weil ich weiß, dass gleichzeitig ich dich betrogen habe und dass du jedes Recht hast und noch viel mehr. Nein, du hast alles Recht und jedes, denn ich. Den Kopf schütteln. Ich schüttle den Kopf.

Manchmal habe ich Angst, zu vergessen, dass ich noch den Mund aufmachen kann. Manchmal habe ich Angst, zu vergessen, dass ich, auch wenn du mich ansiehst, noch etwas anderes aus diesem Mund stoßen könnte als das, was vorher in mich hineingekrochen ist, etwas anderes als deine Worte und die Worte des Puppenspielers. Manchmal habe ich Angst zu vergessen, dass es da etwas gibt, was anders ist als das, was du siehst. Denn manchmal, wenn die Alten oder Margarethe oder Peter mich ansehen, aber mehr noch, wenn du mich ansiehst, dann bekomme ich plötzlich dieses Gefühl, als würde ich unter euren Blicken glatter und runder werden, härter und undurchdringlicher. All diese Blicke schleifen mich ab, geduldig und beständig, schleifen meinen Mund in eine Form, die einer Öffnung nur noch ähnelt.

Genauso, wie August das gemacht hat mit den Holzplanken in seiner Werkstatt. Zuerst waren sie auf allen Seiten rau und offen und man hat sich an ihnen Schiefer eingezogen. Aber mit seiner Schleifmaschine hat er sie rund geschliffen, dass die Späne nur so geflogen sind. Ich und du, wir haben ihm beim Schleifen zugesehen, zusammengekuschelt in der Türöffnung, haben wir gesehen, wie die Späne fliegen, in seinen Haaren hängen bleiben, sich an seine Beine schmiegen, ein weicher Teppich, der sich auf alles legt, hungrig unsere Stimmen aufsaugt. Dann hat August die Schleifmaschine abgeschaltet, eine Pause gemacht, und wir haben ihn gefragt, wie das geht und ob wir das auch machen können.

Er hat gelächelt und gesagt: »Ja, natürlich könnt ihr das auch machen, aber nicht mit der Schleifmaschine, die ist zu gefährlich.« »Aber«, hat er gesagt, »ihr könnt das genauso gut mit Schleifpapier machen, das dauert länger, ist aber sanfter und manchmal genauer. Und ihr tut euch nicht so leicht dabei weh.«

Er hat sich über eine Pappkiste gebeugt. Das war der Abfall seiner großen zurechtgeschnittenen Planken, der Abfall des neuen Küchentisches oder des Schaukelstuhls für die Oma. Sägespäne und rohe Holzklötzchen in allen Formen. Er hat uns hergewinkt und gesagt, wir könnten uns aus dieser Kiste etwas zum Abschleifen aussuchen.

»Das habe ich auch als Kind gemacht«, hat er gesagt. »Ich habe den Holzabfall meines Vaters genommen und begonnen, daran zu schnitzen und ihn zu schleifen. Und ich bin immer besser dabei geworden, bis ich so gut war, dass ich die Gesichter für die Handpuppen schnitzen konnte, die kennst du ja, Lisa, oder? Das sind die Puppen, die in der Kiste in eurem Zimmer liegen. Die sind alle selbst gemacht. Manche davon habe ich noch als Junge geschnitzt, stell dir vor.«

Und ich kann mich erinnern, neben Karin zu stehen, unsere Hände wühlen in den rohen Holzstücken, die uns haarfeine Kratzer in die Haut ritzen, die haarfein brennen.

August sagt: »Und meine Mutter und später Inge haben diesen Puppen Hüte und Kleider genäht, in die man Hände stecken kann, und sie haben die Puppengesichter angemalt, deshalb lächeln die jetzt alle. So ist das gewesen.«

Ich spüre an meinem nackten Arm, der in der Kiste wühlt, Karins nackten Oberarm, weich wie meiner, mit den haarfeinen Kratzern der rohen Holzklötzchen auf der Haut.

Er ist hinter uns gestanden und ich weiß noch, dass er damals noch so groß war, dass wir ihm gerade zum Bauch gereicht haben. Wir haben uns zu ihm umgedreht mit den Holzstücken in den Händen und er hat sich zu uns hinuntergebeugt und uns das Schleifpapier in die Hand gedrückt.

Er hat gesagt: »Schaut, so verwendet man das«, und meine Hand geführt. »Und als ihr gekommen seid, Karin, hat mein Vater zugeben müssen, dass die Handpuppen auch zu was gut waren. Und all das hat mit einem Holzstück und ein bisschen Schleifpapier begonnen, Lisa.«

Ich kann mich an den Geruch von Augusts großer, rauer Hand erinnern. Ich habe seine Handhornhaut gern angefasst, man hat sie hin und herschieben können. Und der Geruch, wenn er vorher mit Holz gearbeitet hat. Dann waren seine Handflächen ganz trocken und fast süßlich, bitter. Ich kann mich erinnern, zumindest einmal meine Nase in diese raue Hand gedrückt zu haben. Damals hab ich seinen Geruch noch sehr gern gemocht, fast so sehr wie ihren Geruch, den Geruch von Karin.

Ich halte die Luft an und schließe die Augen, aber es steigt so wild auf, dass ich das Gesicht zusammenpressen muss und hinter den Händen verstecken. Alles verbrennt von dem, was nicht wehtut, sondern etwas Schlimmeres mit mir macht, das ich nicht benennen kann, weshalb ich nur stumm den Mund aufreiße, die Lider zusammendrücke, die Finger in meine Wangen presse und mich vornüber zusammenkrümme, weil jeder hineinsehen kann in mich, sehen, was ich eben gedacht habe, sehen, wie aufgedeckt ich bin, bei welchen Gedanken ich eben erwischt worden bin. Ich bin aufgedeckt wie eine Karte, man kann auf mein Fleisch sehen und auf meine Wirbelsäule, man kann sehen, was ich zu Mittag gegessen habe. Und es ist schrecklich, dass ich den Mund nicht weiter aufreißen kann, als ich es jetzt tue, dass ich meine Muskeln nicht weiter anspannen kann, ich wünschte, ich hätte die Kraft, die Muskelstränge meines Kiefers durch ihre eigene Anspannung zu zerreißen.

Dabei habe ich doch ohnehin schon einen Schritt zurück gemacht, genug, um zu wissen, dass das nicht das erste Mal ist, und dass es wieder passieren wird. Ich weiß, dass es vorbeigehen wird nach einiger Zeit, und die Scham, die Schuld oder was das ist, absinken wird unter die Öldecke, und ich sie für kurze Zeit vergessen werde können. »Du hast das damals noch nicht wissen können«, hat Julian gesagt. »Du bist nicht schuld an diesen Gefühlen, es sind ganz normale Gefühle«, hat er gesagt.

Als es besser wird, als ich mich entspannen kann, bin ich müde, als hätte ich einen Kampf ausgetragen. Aber habe ich denn nicht einen Kampf ausgetragen? Zwischen meinen Beinen ist es warm und nass. Ich habe mich angemacht. Ich lege den Kopf wieder zurück in die Hände, fange an, mich zu wiegen. Ich fahre durch meine Haare, als könnte ich dadurch etwas in mir entknoten, mich aus dieser Zeit entfesseln, wie Julian es gesagt hat.

Du bist intelligent, hat er gesagt, du bist sehr intelligent, das weiß ich. Manchmal sagst du Sachen, die zeigen, wie klar du siehst. Aber, sagt er, und dann erklärt er mir etwas.

Und er hat recht. Ich will wirklich nicht. Die Falten in meinen Händen machen mir Angst. Meine langen Beine machen mir Angst. Alles ist verknotet, eines führt zum anderen, ich finde nicht hinaus. Selbst heute nicht. Die Worte des Puppenspielers sind überall, hinter zu vielen Ecken warten sie, und ich spreche mit seiner Stimme, bevor ich es bemerke. Das weiß Karin alles nicht. Sie sieht mich an und sieht eine Handpuppe, die nicht der Puppenspieler, sondern sie selber bewegt. Deshalb vergesse ich manchmal. Weil es einem fast schon wieder Last abnimmt, die Hand in sich zu spüren, die die Arme führt. Weil es fast sanft ist, sich in die Form zu passen, sich streicheln, abreiben zu lassen, von ihren und von den anderen Händen.

Und ist es nicht das, wofür ich hier bin? Ist es nicht das, was ich wollte?

3.

Der Frühling greift auf den Wald über. Hier kann man sich nicht entziehen. Seit es wärmer ist, gehe ich mit Lisa oft spazieren und es ist erschreckend, wie die Knospen wachsen, wie sich der Geruch verändert. Es ist erschreckend, wie untrennbar der Teich und noch mehr das Gehölz, durch das wir unsere Wege schlagen, mit den Geschichten verbunden sind, die wir uns als Kinder hier erzählt haben. Das eine ist ohne das andere nicht denkbar.

Und mir fällt jetzt erst auf, wenn ich mit Lisa den alten Bach entlanggehe, wie eigenartig diese Geschichten waren, besonders die von Ronja Räubertochter, die wir uns immer wieder erzählt haben, die wir immer wieder durchgespielt haben, mit vielen kleinen Variationen. Ich kann mich erinnern, wie ich zum ersten Mal das Buch für Lisa aus meinem Regal geholt, ihr das Bild auf dem Umschlag gezeigt habe und alle Bilder darin und ihr die Geschichte von dem Drudenkind Ronja erzählt habe und ihr gesagt habe, das sei sie, ein wilder Brombeerstrauch. Und dann gehen wir in den Wald, und Ronjas Geschichte wird die unsere, und verändert sich, denn Ronja war ja nicht von Anfang an ein Drudenkind, dazu ist sie ja erst unter unseren Worten geworden, durch uns, die die Figur wie eine Handpuppe genommen und sie unsere eigenen Abenteuer haben erleben lassen.

Das Mädchen Ronja war für uns eine kleine Drude, ein Mädchen mit Flügeln und scharfen Krallen, eigentlich grausam und wild, die aber, jung wie sie war, noch gar nicht fliegen konnte. Sie war alleine aufgewachsen und wusste gar nichts von der eigenen Wildheit und Grausamkeit, sie wohnte ganz alleine mitten in einem großen Wald. Und weil das Drudenmädchen so ganz alleine war, ging es oft in diesem Wald spazieren, der, dicht und dunkel und unvorstellbar groß, das Mädchen verschlucken wollte. Er versuchte sie mit seinen Wurzeln zu halten, er versuchte sie in Löcher und Gruben fallen zu lassen und, wenn sie in einen Teich sprang, sie mit Strudeln in die Tiefe zu ziehen. Aber Ronja wurde mit den Jahren so geschickt darin, die suchenden Finger des Waldes abzustreifen, dass sie über die Steine sprang und sich freute.

Ich habe mir das Gestrüpp selbst um die Beine gewunden, habe mich selbst in den Büschen verhakt, denke ich, breche im Vorbeigehen die trockenen Äste des Unterholzes ab, und Lisa hat an meinen Beinen gezogen und den Wald gespielt und mit dunkler Stimme gesagt, sie wolle mich verschlingen. Ich habe gekreischt und mit den Füßen gestrampelt.

Dann sind wir zum Teich gegangen und dort haben wir weitergespielt, weil Ronja schließlich doch einmal ausrutschen und ins Wasser fallen musste. Und der Wald riss sie, zufrieden, sie endlich erobert zu haben, mit seinen Wasserarmen in die Tiefe. Bevor Ronja ohnmächtig wurde, spürte sie noch die kalten Arme, die sie ergriffen und hielten, aber es waren nicht die drückenden Arme des Waldes.

Sie erwachte in den Armen der Nixe am Ufer eines Sees. Der Fluss stürzte in einem Wasserfall in diesen See und strömte auf der anderen Seite weiter, dazwischen aber war das Wasser fast still. Die Nixe sah aufmerksam auf das Mädchen herab, das in ihrem Schoß lag und deren Kopf sie in den Händen hielt. Ihr Haar war blond und voller Algen, dicht gelockt. Ihre Haut fast durchsichtig, man konnte die blauen Adern darunter sehen. Das Mädchen strich über diese Haut. Sie war schmierig nass und sehr kalt.

Von nun an kam das Drudenmädchen, so oft sie konnte, an diesen Ort, spielte mit der Nixe und tauchte mit ihr. Dafür durfte die Nixe mit Ronja den Wald erkunden und gemeinsam konnten sie den Armen des Waldes jedes Mal entrinnen. Als Ronja älter wurde, ließ sich die Nixe von ihr sogar hoch in die Lüfte tragen. Nur am Abend musste sie immer in ihren See zurück, jede Nacht musste sie sich auf seinem Grund schlafen legen. Wie ist das, fragte Ronja, auf dem Grund eines Sees zu schlafen, so tief wie er ist? Es ist das Allerschönste, sagte die Nixe. Es ist ganz kalt, ganz dunkel und ganz still. Das Seegras beugt und dreht sich um mich herum und wiegt mich. Das Wasser liegt wie eine schwere Decke auf mir, legt sich überall an mich an. Nur so, sagte sie, kann ich Schlaf finden.

Lisa geht neben mir, mit gesenktem Kopf. Immer mit gesenktem Kopf. Ihre Finger, mit denen sie den Bach umgegraben, mit denen sie mich im Wasser umklammert hat, versteckt sie jetzt in den Manteltaschen. Der Wald hat nach mir gegriffen, und doch haben wir uns in ihm versteckt. Aus Lisa haben wir eine Nixe gemacht, aus mir ein Drudenkind. Was in so einem Kinderkopf vor sich geht, denke ich dann – wir waren so vertieft. Ich habe das Gefühl, tatsächlich einmal Nixenhaut berührt zu haben, diese immer nasse, immer kalte Haut, durchscheinend und doch nicht wirklich dünn, dabei kann es doch nur Lisas Haut gewesen sein. Ich habe das Gefühl, tatsächlich einmal geflogen zu sein. Es gab da diesen Flugtraum, den ich lange nicht als Traum wahrhaben wollte. Damals sagte ich: Früher habe ich gedacht, es sei nur ein Traum gewesen, aber jetzt weiß ich, dass ich wirklich geflogen bin.

Die Ausflüge strukturieren den Tag, so wie Julian es sich gewünscht hat. Wir stehen auf, frühstücken, dann beschäftigt sich Lisa eine Zeit lang selbst und ich kann arbeiten. Wir essen zu Mittag, danach macht Lisa ihren Mittagsschlaf und ich kann arbeiten. Am späteren Nachmittag rufe ich sie, ich mache sie für den Ausflug bereit, man muss darauf achten, dass sie warm genug angezogen ist und den Schal nicht wieder abwickelt. Manchmal ist er ihr zu heiß, aber gerade in dieser Übergangszeit vom Winter zum Frühling müssen wir aufpassen, sonst werden wir krank, Lisa. Wir brechen auf in den Wald, gehen auf den eingetretenen Wegen und manchmal auch querfeldein, stundenlang. Wenn wir zurückkehren, kann ich Tee machen, Lisa ist müde und geht früh schlafen und ich kann noch etwas arbeiten. Ich habe sogar den Text über die Zentrifugen abschließen können, wenn auch mit Verspätung. Aber er ist fort, er ist endlich fort und wartet nicht mehr auf meinem Schreibtisch.

Alexander und ich reden im Moment wenig miteinander, auch deshalb habe ich mehr Zeit. Er muss Überstunden machen, jetzt im Frühjahr, wenn die Aufträge sich häufen. Ich kenne das schon. Anfang April spätestens wird alles ruhiger werden und er wird wieder früher heimkommen. Dann werden wir wieder öfter streiten. Er wird mir wieder vorwerfen, wie ich zu Weihnachten gehandelt habe, und ich werde ihm sagen müssen, dass diese Vorhaltungen eine sehr schlechte Basis für ein Gespräch sind.

»Was denkst du von mir, Alexander, was genau soll ich zu diesen Vorwürfen sagen?«

Es stimmt aber leider, dass es Lisa noch ein paar Tage nach dem Weihnachtsessen verhältnismäßig schlecht gegangen ist. So bemerkenswert artig sie an diesem Abend selbst gewesen ist, so verrückt hat sie sich danach aufgeführt. Wenn ich ganz ehrlich bin, war ich froh, dass Alexander sich die Feiertage freigenommen hatte. Sie ist von einem Eck des Hauses ins nächste gerannt, ziellos, ohne still stehen oder sitzen zu können. Ich habe mein Arbeitszimmer absperren müssen, um sie daran zu hindern, meine Manuskripte und Notizen durcheinanderzuwerfen oder zu zerreißen. Sie hat ihre Kleidung aus dem Fenster ihres Zimmers im ersten Stock in den Teich hinuntergeworfen, sie hat die Küchenkästen leergeräumt und den Inhalt auf den Boden geschmissen, sie hat die Vorhänge heruntergerissen. Sie hat geweint, sich schreiend gewälzt und auf Boden oder Wände getrommelt; wenn man sie festzuhalten versucht hat, hat sie getreten und gebissen. Mehr als einmal wurde es so schlimm, dass Alexander ihr die Arme nach hinten und sie auf den Bauch drehen musste und sich auf ihren Rücken gesetzt hat. Zuerst wand sie sich unter seinem Griff und schrie und heulte, ihr Haar war in ihrem Mund und verklebt von Speichel. Dann wurde sie still, von einem Moment auf den anderen, und begann tief und langsam zu atmen. Alexander saß auf ihr mit einem ganz ruhigen Gesicht, hielt ihren Arm und legte seine andere Hand auf ihren Hinterkopf. Ich glaube, er hätte sie gern gestreichelt.

4.

Als Margarethe mich besuchen kommt, kurz nach Silvester, hat Lisa sich schon wieder beruhigt.

Margarethe ist mit Harry über die Feiertage bei den Großeltern geblieben, hat dort Kaffee mit Maresi getrunken, hat vor ihnen Rechenschaft über ihr Leben abgelegt und mit Leichtigkeit belegt, dass sie schwarze Zahlen schreibt. Zu mir kommt sie dann aber ohne ihren Mann, tritt sich aus ihren Halbschuhen.

»Harry hilft dem Opa mit dem Heizkessel«, sagt sie und streckt sich, um den Kleiderhaken zu erreichen. »Ist Lisa hier?«

»Alexander ist mit ihr in die Stadt gefahren«, sage ich, »Er hat sie zur Therapie gebracht.«

Grete nickt, schiebt ihren Mantel auf den Haken, fällt auf ihre Fersen zurück, auch ihre Schultern fallen, vielleicht hat meine Antwort sie erleichtert, vielleicht war das Fallen ihrer Schultern aber auch Zufall und hat gar nichts zu bedeuten. Ihre Haare, steif vom Spray, fallen jedenfalls nicht mit ihr.

Sie geht in die Küche, ohne auf meine Aufforderung zu warten, ich folge ihr. Dabei hat sie mich extra angerufen, am Vortag, und hat gefragt, ob sie sich denn selbst einladen dürfe – als bräuchte sie eine Erlaubnis.

Jetzt lehnt sie sich mit dem Rücken gegen den Kühlschrank, legt die Handflächen an dessen Holzverdeckung und betrachtet die Küche, lässt den Blick über den Tisch wandern, die Sessel. Sie ist wieder geschminkt, fällt mir auf. Immer verdeckt sie sich mit Stiften und Puder.

»Schminkst du dich für Harry eigentlich auch?«, frage ich, als ich die Mokkamaschine aus dem Geschirrspüler hole.

»Wie kommst du darauf?«, fragt sie.

»Wieso schminkst du dich überhaupt, wenn du doch nur zu mir kommst?«, frage ich. »Ich bin doch nur Familie.«

»Ich bin es eben gewohnt«, sagt sie, dreht sich zugleich vom Kühlschrank weg, öffnet ihn, holt die Milch heraus.

»Darfst du überhaupt noch Kaffee trinken?«, frage ich.

Sie zuckt mit den Schultern, das überrascht mich. Sie müsste wissen, ob sie das noch darf. Sie weiß immer, was man machen darf und was nicht, besser als alle anderen.

»Wie lange ist es denn schon da?«, frage ich, hole die Kaffeedose aus dem Küchenkasten.

»Noch nicht so lange«, sagt Grete, stellt sich neben mich. »Es ist noch ganz früh, ich bin bloß wegen der Regel so schnell misstrauisch geworden.«

Sie greift nach der Kante der Arbeitsfläche und ich denke, dass sie vermutlich gerne rauchen würde.

»Und wann hast du mit dem Rauchen aufgehört?«

»Was glaubst du denn?«, sagt sie. »Glaubst du, das war alles so geplant?«

»Wie ich dich kenne, ja«, sage ich, löffle den Kaffee in die Mokkamaschine. Ich werde trotzdem etwas von dem koffeinfreien dazu geben, denke ich mir gleichzeitig, weil sicher kann man sich ja nie sein.

»Na ja, diesmal hast du dich jedenfalls geirrt«, sagt sie.

Als interessierte ich mich nicht genug für sie – dabei ist sie diejenige, die kaum etwas von sich erzählt. Ich setze den Topf für den Milchschaum auf. Ich frage nicht einmal. Ich weiß, dass Grete einen Caffé Latte trinken will. Grete will bei mir immer einen Caffé Latte trinken. Wie sie dann eigentlich den Kaffee und die Maresi der Großeltern aushält? Lächelt sie dazu und sagt, danke, sehr gut, Omama? Oder verbindet sie Caffé Latte nur mit Besuchen bei mir und trinkt ihn sonst nirgends? Das wiederum gefiele mir.

»Und was sagt Harry dazu?«, frage ich.

»Der weiß noch nichts«, antwortet Grete. »Er findet übrigens auch, dass du dich zu Weihnachten unmöglich benommen hast.«

Ich lache, weil ihr das keiner glaubt.

»Hast du also noch mit niemandem darüber geredet?«, frage ich.

Wieder zuckt sie mit den Schultern. Ich drehe mich von ihr weg zum Herd, frage mich, wieso sie damit ausgerechnet zu mir kommt. Was erwartet sie denn von mir? Gute Ratschläge? Ich bin nie die Vernünftige gewesen.

»Es ist aber doch von ihm, oder?«

»Ja«, sagt sie nach einer kurzen Stille. »Ja, natürlich ist es von ihm.«

»Was denkst du denn von mir?«, fragt sie dann.

»So war es ja nicht gemeint«, sage ich und dann: »Was weiß denn ich, was du in London machst. Du erzählst ja nie was.«

Die Milch fängt an zu dampfen, ich stecke das Handmixgerät an, um sie aufzuschäumen, streue den Vanillezucker hinein, den

Margarethe so gerne in ihrem Kaffee schmeckt. Der Lärm des Mixgerätes füllt die Stelle aus, wo unser Gespräch hätte weitergehen können. Vielleicht ist es besser so, denke ich. Du erzählst ja nie was. Ich habe wie die Oma geklungen. Die Milch wird dampfend in die Gläser gegossen, der Schaum wird in die Gläser gelöffelt, dann erst kommt der Espresso dazu.

»Ich brauche niemand anderen als Harry«, sagt Grete, nimmt ihr Glas am oberen Rand, um sich nicht zu verbrennen.

Sie nimmt den Löffel und rührt um. Nimmt einen Löffel voll Schaum und schließt vorsichtig den Mund um ihn, als wäre sie sehr hungrig.

»Ich mag deinen Kaffee«, sagt sie.

Sie fängt an zu schluchzen, ohne jede Vorwarnung, mit verkrampftem Gesicht, es wird sofort rot, erstaunlich. Die Tränen rinnen ihr herunter, sie hat immer schon gut und prompt weinen können, ganz im Gegensatz zu mir. Ich nehme ihr das Glas weg, stelle es auf den Tisch, umarme sie. Sie schluchzt in meine Schulter. Es ist ungewohnt, sie so nah zu spüren, ihren ganzen Körper an meinen gedrückt, warm. Ich merke, dass ich auch weinen möchte, dass meine Kehle eng wird. Ich versuche es kommen zu lassen, aber es kommt nichts. Und warum sollte ich auch? Darum schließe ich die Augen und streichle ihren Rücken. Sie entschuldigt sich für ihren Auftritt.

»Geh«, sage ich. Geh, denke ich gleich danach, ein seltsamer Ausdruck, nicht wirklich passend als Trost.

Wir setzen uns an den Tisch, sie heult weiter, ich streichle sie weiter. Ich streichle sie und weiß nicht, wann es angebracht ist, damit aufzuhören.

»Es tut mir leid«, sagt sie noch einmal. »So habe ich das nicht gemeint, mit Harry. Ich weiß einfach nicht.«

Sie fährt sich mit den Fingern durch die Haare.

»Ich weiß einfach nicht.«

»Wegen dem Beruf?«

»Ach was, der Beruf«, sagt sie.

Es wäre das erste Mal, das Grete ihre Karriere auf die leichte Schulter nehmen würde. Vielleicht, denke ich weiter, liegt das Kind schon so schwer in ihr, dass sie allem anderen kein Gewicht mehr beimessen möchte, und denke dann, das ist ja

Unsinn, du denkst in Metaphern, aber in Metaphern funktioniert das Leben nicht.

»Es ist doch auch für mich schwierig, so weit weg von dir zu wohnen«, sagt sie. »Ich weiß nie, ob nicht vielleicht etwas sein könnte. Es könnte doch alles Mögliche passieren, mit Lisa hier.«

Grete beginnt, an den Nägeln zu beißen, das habe ich schon lang nicht mehr bei ihr gesehen. Aber man zahlt wohl immer einen Preis, wenn man aufhört zu rauchen. Sie schüttelt den Kopf.

»Du weißt ja nicht, wie das ist«, sagt sie dann. »Alle meine Freunde leben in London. Das kann man nicht so einfach zurücklassen.«

»Ja, mich hast du leichter zurücklassen können.«

Ich habe das gesagt, einfach so, da war es schon aus meinem Mund heraus. Grete duckt sich, dreht den Kopf weg von mir.

Ich gieße ihr noch Kaffee nach, ein lächerliches Friedensangebot, stelle ihr einen Teller Kekse hin. Ich könnte sagen, dass ich es nicht so gemeint habe, aber ich habe es eben genau so gemeint. Was soll ich mit ihren Freunden? Ich habe ihre Freunde nie gesehen, ich kenne kaum ihre Namen.

»Wieso trägst du eigentlich diesen roten Wollpullover nicht mehr, Maggy?«, frage ich dann.

»Was meinst du?«

Sie runzelt die Stirn, vielleicht weil ich sie mit einem Namen anspreche, den sonst nur Harry für sie verwendet.

»Früher hast du den so oft getragen. So ein roter Pullover, grob gestrickt und weit.«

Sie sieht an sich herab, auf ihr dunkelgrünes Kostüm, das all den anderen Kostümen ähnlich sieht, die ich von ihr kenne, und das sie bestimmt genauso kratzt und zwickt. Diese Art von Kleidung wird sie sich bald abgewöhnen müssen. Oder gibt es das auch als Umstandsmode?

»Ach, ich weiß schon, welchen du meinst«, sagt sie. »Der ist doch schon ganz abgewetzt und schäbig«

»Na und?«

»Ich trage ihn in London, ja«, sagt sie, noch immer mit einem Stirnrunzeln.

Sie nimmt den Löffel und kratzt den letzten Milchschaum aus dem Glas. Ich frage mich, woran sie gerade denkt, ob an ihren roten Wollpullover, den sie nur dort anzieht, wo sie sich zuhause fühlt, oder an dieses Kind, das sie spazieren trägt. Ich versuche mir vorzustellen, dass sie schwanger ist, dass da noch etwas anderes in ihr ist, etwas, das unabhängig von ihr lebt. Es ist fast irritierend, die Schwangerschaft noch nicht an ihrem Bauch zu sehen. Dann denke ich, das nächste Mal, wenn ich sie sehe, wird das Kind schon in ihren Armen liegen. Keine Margarethe mit dicken Knöcheln für mich, die morgens in die Kloschüssel kotzt, die gleich danach Schokolade mit Essiggurken isst. Keine Margarethe mit Kugelbauch, kein Bauch, den man angreifen kann, an dem man horchen kann, den Herzschlag, die Bewegungen, die Tritte. Zuerst ganz glatt, dann wieder ganz glatt, aber mit Säugling. Ich wende mich von ihr ab, weil ich diesen Gedanken nicht will. Manchmal will ich aufschreien über die räumliche Entfernung zwischen uns allen. Sie entgleiten mir.

Später fragt sie mich, ob ich mir mein Leben so vorgestellt habe. Wir haben ins Wohnzimmer gewechselt und essen endlich meine Weihnachtskekse, die nicht so gut sind wie die von der Oma, leichter verträglich dafür. Sie sitzt zurückgelehnt auf dem Sofa, die Füße ausgestreckt auf den Tisch gelegt, müde Zehen in Nylon. Sie knabbert an meinen Keksen, ich merke, dass sie sich mehrmals an den Bauch fasst, als würde auch sie etwas dort erwarten, und dann überrascht sein, dass es fehlt.

»Hast du dir dein Leben so vorgestellt?«, fragt sie.

»Was meinst du?«

»Ich weiß nicht. Früher, da wolltest du doch nur weg. Ist das dein Traum gewesen, den ganzen Tag hier herumzusitzen und zu übersetzen, allein?«

Meine Träume von damals, von denen willst du doch gar nichts wissen.

»Was weiß ich? Wahrscheinlich nicht.«

Ich frage mich, was sie von mir will. Ob sie mit meiner Berufswahl unzufrieden ist, ob sie sich gewünscht hätte, dass ich Karriere mache wie sie, oder zumindest auch noch andere soziale

Kontakte habe als meinen Freund und meine halbverrückte Pflegeschwester. Sie beginnt wieder an ihren Nägeln zu kauen und ich drücke ihr stattdessen noch ein Keks in die Hand.

»Wieso hast du das Haus übernommen?«, fragt sie.

Was für eine dumme Frage.

»Irgendjemand hat es ja nehmen müssen.«

»Nein. Wir hätten es auch verkaufen können. Ich hätte es verkauft.«

Ich muss wieder lachen. Was soll ich dazu sagen? Das Haus verkaufen, die Idee allein.

»Es ist ein gutes Haus.«

»Du hast auch kaum etwas verändert«, meint sie jetzt und sieht sich noch einmal im Wohnzimmer um.

»Was meinst du damit?«

»Es sieht fast noch so aus wie früher.«

»Was sollte ich denn verändern?«

»Ich weiß nicht. Alles«, sagt sie.

Alles ist gar nichts.

»Es steht hier doch alles an seinem Platz.«

»Es ist gut, wenn Dinge anders werden«, sagt sie. »Es ist gut, wenn nicht immer alles geordnet und aufgeräumt ist. Es ist gut, nicht stehen zu bleiben, Karin.«

»Woher solltest du das denn wissen?«, frage ich.

Grete legt den angebissenen Keks zurück auf den Tisch.

»Ich will spazieren gehen«, sagt sie dann.

Das Geräusch, wenn der Fuß in den hart gewordenen Schnee bricht. Zuerst glaubst du, er wird dich tragen, einen Moment hält er dich, und es ist, als wärst du leicht: Du wirst keine Spur hinterlassen. Dann knackt es und du bist eingebrochen. Ich mag dieses Geräusch, das Knacken, das Knautschen, das Essen von Äpfeln. Wir gehen durch den Wald, Margarethe und ich. Der Schnee brennt auf der Haut, wenn ich mich an den Baumstämmen und Ästen festhalten muss, ich habe meine Handschuhe vergessen, wir hinterlassen dunkle Spuren. Zwischen Nacken und Mantelkragen ist er gefallen, der Schnee, er rinnt mir den Rücken hinunter. Sogar im Winter, weiß ich, haben Lisa und ich uns Höhlen gegraben. Wenn es genug Schnee gegeben hat jedenfalls. Die

Wände aus Eis haben wir solange geklopft und gestrichen, bis sie ganz glatt waren. »Jetzt kommt die Polarnacht«, hat Lisa dann gesagt, als die Sonne untergegangen ist. Ich habe mir vorgestellt, dass die Sonne für Monate nicht mehr aufgehen würde. All die Zeit ist es finster, kuscheln wir uns aneinander, gehen wir jagen, müssen wir Feuer machen, müssen wir Fell gerben. Die Polarnacht hat aber nur ein paar Stunden gedauert, von der Dämmerung bis zu Inges Rufen, dass es Abendessen gibt. Margarethe geht vor mir, sie ist in diesem Wald eine Erwachsene, die sich an Kindheitstage erinnert.

Daran vielleicht, wie wir gerauft haben und sie mein Gesicht in den Schnee gedrückt hat. Manchmal haben wir so etwas auch alle gemeinsam gemacht, Margarethe, Peter und ich, als wir drei noch sehr jung waren. Aber die beiden sind schnell gewachsen und haben sich nicht mehr für meine Spiele interessiert. Du musst an deine Schularbeiten denken, Karin. Du musst an deine Mutter denken, du musst für sie da sein. Jemand muss sie stützen, sonst klappt sie noch zusammen und fällt. Sie selbst haben sich aus der Affäre gezogen. Zuerst ist Peter nach Salzburg gegangen, dann Grete nach London.

Ich habe Grete gebeten, mich mitzunehmen, und sie hat mich stattdessen in den Arm genommen, »Pscht«, hat sie gesagt, »du weißt doch, dass das nicht geht. Aber zu Weihnachten sehen wir uns und dazwischen bleiben uns Telefonate.« Und seitdem gibt es sie eben, diese abgeschnittenen Zeiten. Ich bin in Gretes Zimmer umgezogen, weil es das größte war, Inge hat sich nie die Mühe gemacht, die restlichen Zimmer einem neuen Zweck zu widmen. Es steht doch alles an seinem Platz und wer weiß, wann die Kinder die Zimmer wieder brauchen. Hätte man mir damals und auch davor schon gesagt, dass ich mich hier wieder niederlassen würde, als Erwachsene, für immer.

Grete sieht hinauf in die Wipfel. Ich habe ihre alte Kleidung aus dem Keller holen müssen, ihre Kartons unter anderen Kartons herausziehen müssen, weil sie ja nichts mitgebracht hat außer diesem unbequemen Kostüm und den Halbschuhen. Jeans, Pullover, Stiefel, Haube, Jacke, alles. Sie hat Kisten über Kisten hier zurückgelassen. Sie hat gelacht, weil sie die Jeans nicht mehr hat zuknöpfen können. »Mein Hintern«, hat sie gesagt, »der hat sich schon verändert.« Jetzt steht sie vor mir, in den Kleidern aus der Zeit, in der sie zwanzig war, mit offenen Hosenknöpfen, und schaut mich an, lächelt. Nur ihren Augen merkt man noch an, dass sie geweint hat. Sie hängt sich für eine Weile bei mir ein, löst sich dann wieder. Ihr Haar steht unter ihrer Haube hervor. Sie tut, als wären wir einander gewohnt. »Kannst du dich noch erinnern, als wir in den Schuppen im Wald eingebrochen sind?«

»Ja«, sage ich und kann mich gut an den Ärger erinnern, den wir damals dafür bekommen haben.

»Wir hatten doch glatt geglaubt, der würde niemandem gehören«, sagt Grete und dann, nach einer Pause: »Als Kind lebt man schon in seiner eigenen Welt.«

In Wahrheit hatte der Schuppen aber dem Wegerer gehört, und dem haben wir das Vorhängeschloss mit einem Stein kaputt geschlagen. Wo der doch ohnehin so nett war, uns ständig in seinem Wald herumlaufen zu lassen. Inge hat uns gezwungen, uns persönlich bei ihm zu entschuldigen.

»Gehst du mit Lisa auch in den Wald?«, fragt Grete jetzt.

»Ein paar Mal war ich mit ihr schon hier.«

»Du solltest öfter mit ihr spazieren gehen«, sagt sie und nickt, »ihr beide habt den Wald so sehr geliebt.«

»Es kommt ohnehin bald der Frühling.«

Sie beugt sich hinunter, weil sie den Bach entdeckt hat, der neben dem Weg läuft und nur an manchen Stellen sichtbar wird.

»Schau mal, Karin«, sagt sie, und zeigt auf das dunkle Loch im Weiß.

Ich beuge mich nicht zum Bach, wie sie es tut. Ich denke an ihren Brief und an Weihnachten.

»Was willst du denn jetzt von mir?«, frage ich sie. »Zu Weihnachten hast du mir noch gesagt, dass es mir gar nicht um Lisa geht.«

Grete blickt weiter auf den Bach.

»Ich weiß nicht, um was es dir geht«, sagt sie.

Sie fasst mit den Händen nach der Schneedecke, bricht sie auf, legt den Bach frei, den man jetzt auch plätschern hört. An den Rändern des Loches färbt sich der Schnee dunkel. Er wird schmelzen und der Bach wird ihn sich aneignen.

»Ich mache mir einfach Gedanken«, sagt sie und schaut auf das sich vergrößernde Loch.

»Weswegen?«, frage ich.

Sie greift mit nackten Fingern ins Wasser, holt Tannenzapfen heraus und legt sie ans Ufer.

»Was machst du da?«, frage ich.

»Ich reinige den Bach«, sagt sie, »damit er fließen kann. Hast du nicht gesehen, er war am Waldrand schon verödet? Normalerweise fließt der doch viel weiter.«

Und sie greift wieder hinein, zieht dünnes Geäst hervor.

»Ich weiß einfach nicht«, sagt sie, »ich weiß nicht, wie das mit euch enden soll. Schau doch das Haus an, du hast hier nichts verändert und dann holst du sie, das ist doch verdreht! Was hast du dir dabei gedacht, Karin? Du denkst nie! Du willst nur mit ihr zusammensein, ohne Rücksicht auf Verluste, wie immer.«

»Ja«, sage ich, weil sie zumindest damit recht hat, dass ich mich nicht wieder von Lisa trennen lassen werde. Grete steht auf und geht den Bach ein Stück hinauf, ich folge ihr. Immer wieder bückt sie sich und holt Zapfen oder Geäst aus dem Wasser.

»Ich weiß nicht, worum es dir geht«, sagt Grete, wirft die Tannenzapfen an den Uferrand, die Nadeln kleben nass an ihren Fingern. »Nicht wirklich. Ich verstehe nicht, warum du von ihr sprichst, als wäre sie deine Schwester.«

Ach, da sind wir angelangt. Sie ist nie deine Schwester gewesen. Sie hat nie zu uns gehört, nicht wirklich. Sie ist nicht Teil der Familie. Es war nie geplant, sie länger zu behalten. Sie kümmert uns nicht. Sie ist hier eine Fremde.

»Du hast einfach Angst vor ihr«, sage ich. »Und ich halt nicht.«

»Natürlich habe ich Angst vor ihr«, sagt Grete, als wäre es das Selbstverständlichste auf der Welt. Sie fasst in den Bach, reißt an etwas, an einem Ast, aber er löst sich nicht.

»Du weißt doch genau, wie feige ich bin«, sagt sie, atmet lauter von der Anstrengung.

»Nein«, sage ich und meine es auch so. Der Ast löst sich endlich und sie wirft ihn auf die Böschung.

»Du warst immer die Mutigere von uns beiden«, sagt sie.

Ich sehe Grete an. Seit wann denkt sie so? Wieso sollte sie so etwas überhaupt denken?

Das Wasser fließt stärker, ich kann es hören. Selbst dort, wo noch keine Löcher sind, färbt sich jetzt der Schnee dunkel, macht die Spur des Flusses sichtbar.

»Du sagst immer, sie sei deine Schwester«, sagt Grete noch einmal.

»Ja, ich weiß«, sage ich. »Das hast du schon mal erwähnt.«

Grete steht wieder auf, dreht mir den Rücken zu, und geht weiter. Ihr habt euer Urteil gefällt. Euer Urteil liegt gut. Es liegt auf mir und auf Lisa.

»Was willst du denn von mir?«, frage ich noch einmal. »Was soll das alles denn?«

Grete antwortet nicht.

Als wir zum Haus zurückgehen, ist der Bach schon weitgehend freigelegt und bahnt sich stetig schmelzend seinen alten Weg durch den Schnee.

»Ich würde jetzt wirklich gerne rauchen«, sagt Grete. Ich sehe, dass sie wieder mit ihren Fingern spielt.

»Ja«, sage ich. Ich auch.

»Immerhin ist da Harry«, sagt Grete dann.

Ein paar Tage nach Margarethes Besuch träume ich von ihr. Sie ist hochschwanger, ihr Bauch ist dick, aber sie hält das Kind bereits in den Armen. Die Nabelschnur ist noch nicht durchtrennt, sondern führt direkt von ihrer Scheide in ihre Arme, wo sie das Kind hält. Sie steht vor mir mit diesem Luftballonbauch und hält diesen dreckigen Fleischklumpen ganz umschlungen, und ich sehe, da ist noch die Plazenta dran und andere Organe, ich glaube, es ist der Magen oder die Leber oder beides, obwohl das natürlich nicht geht. Aber es ist, als hätte man das Kind samt Drumherum, aber ohne Fruchtblase, einfach aus dem Bauch herausgeschnitten und Margarethe in die Arme gelegt. Und sie sieht mich an und strahlt, so wie beim Spazierengehen im Wald strahlt sie, strahlt und sagt: »Sieh, ist sie nicht wunderschön?«

5.

Ich wache auf und denke gleich, sieh, ist sie nicht wunderschön? Ich erinnere mich an den Traum von Gretes Kind und gleichzeitig weiß ich, dass ich diesmal von etwas anderem geträumt habe. Die Decke liegt hart an meinem Kinn, Alexander schläft neben mir. In diesem Dunkel, das mich verbirgt, kann ich mich noch an viel schlimmere Träume erinnern. Was weißt du schon, Grete, von mir und Lisa? Was weißt du von dem Traum, den ich einige Monate nach Papas Tod hatte? Du willst das doch alles gar nicht wissen.

Es tut mir selbst jetzt nicht gut, darüber nachzudenken. Aber die Nacht schweigt und hört mir zu und saugt meine Gedanken auf, wie Alexander in letzter Zeit jedes einzelne meiner Worte aufsaugt, wie der Teppich Lisas Kotze aufgesaugt hat, und Lisa Orangensaft vom glatten Küchentisch, so saugt jetzt die Dunkelheit an mir. Und ich weiß ja, und das schreckt mich, dass ich mich an jedes Detail erinnern kann, oder zumindest an genug Details, um mir einen Strick daraus zu drehen. Ich könnte jederzeit wieder in den Zeugenstand gerufen werden, um diesen Traum zu beschreiben, und damit im Zeugenstand meinen eigenen Galgenstrick flechten. Wie ich auch nicht in Verlegenheit geraten würde, unter Eid zu bezeugen, was ich damals gesehen und getan habe, als ich an diesem einen schwülen Nachmittag mit dem Rad nachhause gekommen bin.

Ich stand auf. Ich träumte aufzustehen, es war Morgen, und ich wusste, es ist jener Tag. Es träumte mir, es sei wieder jener schwüle Tag, an dem Lisa Papa töten würde, und ich wusste das im Traum genau, vom ersten Moment an. Und genauso habe ich vom ersten Moment an gewusst, dass ich das verhindern muss, auch das war mir sofort klar. Ich bin also aufgestanden, an diesem Morgen, und noch im Pyjama aus dem Zimmer gegangen. Ich bin in Augusts Arbeitszimmer gegangen und habe die Lade seines Schreibtisches aufgemacht, aber dort nur eigenartige Gegenstände gefunden, ich weiß nicht genau, was das war, ich habe es auch im Traum nicht gewusst, aber es hat mich angewidert. Ich habe die Lade also geschlossen und die nächste Lade aufgemacht und dort gefunden, was ich gesucht habe. Dort drinnen ist nämlich Augusts Waffe gelegen. Sie hat nicht ausgesehen wie Augusts Waffe, dazu war sie viel zu groß, aber ich wusste, dass sie das sein musste. Ich weiß noch, hinter mir ist jemand auf dem Bett gelegen, aber dorthin hab ich mich gar nicht umgedreht, das war nebensächlich und hat mich im Traum überhaupt nicht interessiert. Ich wusste nämlich, dass die Zeit drängte, dass ich schnell machen musste, obwohl es doch erst früher Morgen war, Papa ist ja erst am Nachmittag gestorben. Ich habe die Waffe aus der Lade in die Hand genommen. Ich bin die Stiegen hinunter und in die Küche gegangen.

Dort ist die ganze Familie zusammengesessen, Papa, Mama, Grete und Peter und Lisa, und alle haben sie wild durcheinander geredet, so laut, dass keiner den anderen hätte verstehen können. Sie haben sich dabei aber köstlich amüsiert, haben laut gelacht, groß ihre Mäuler aufgerissen. Sie kamen mir vor wie eine Einheit, warum war das noch einmal? Waren ihre Unterleiber zusammengewachsen, wie bei einer vielgliedrigen Pflanze? Ihre Mäuler waren so weit aufgerissen, dass ich aufpassen musste, nicht zu stolpern und in diese dunklen Löcher zu stürzen, denn sie hätten meinen ganzen Körper aufnehmen können, so groß waren sie.

Und ich bin sofort da hineingegangen, ohne zu zögern oder stehen zu bleiben, obwohl ich sie doch vorher eine Zeit lang habe beobachten müssen, um das alles so genau zu wissen, was unwahrscheinlich ist. Aber gleichzeitig bin ich die Treppe hinunter und ohne stehen zu bleiben direkt in die Küche gegangen, habe den Revolver gehoben, der jetzt auch plötzlich wieder der Armeerevolver meines Vaters gewesen ist. Mein Vater war plötzlich ganz getrennt von dieser Frühstücksfamilieneinheit. Ich habe die Hand, in der ich den Revolver gehalten habe, gehoben und genau drei Schüsse auf meinen Vater abgegeben, einen in den Kopf und einen in die Brust und einen weiter unten. Dann hat sich alles sehr verlangsamt, und ich konnte meinen Vater lange und genau betrachten, mit den von sich gestreckten Armen und den verkrampften Fingern, als wollte er nach etwas greifen, das ihm entgleitet, seinem noch vom Lachen und schon vom Schreck aufgerissenen Mund, der, während er fällt, noch größer wird, sein gesamtes Gesicht einnimmt, fast auffrisst, aus seinem Gesicht ein einziges riesenhaftes dunkelrotes Loch macht. Dann ist er mitsamt dem Stuhl nach hinten gekippt. Der Stuhl ist genau in der Stellung zu liegen gekommen, wie man ihn am selben Nachmittag finden würde, das ist mir aufgefallen. Und es war getan.

Und das ist genau das, was mir durch den Kopf gegangen ist in diesem Moment, ich dachte nur, jetzt ist es getan. Und es überkam mich plötzlich eine enorme Erleichterung, als hätte ich mit einem Schlag eine unerträgliche Last abgeworfen, als hätte sich etwas von mir gelöst. Ich lächelte im Traum. Vermutlich lächelte ich sogar im Schlaf, es fühlte sich so an, als würde sogar mein schlafendes Gesicht versuchen zu lächeln. Ich lächelte und dachte, dass alles Unheil nun endgültig abgewehrt war für alle Zeit, weil Lisa nun niemanden mehr zu ermorden hatte und nicht zerbrechen würde, und ich, ich wusste das in diesem Moment ganz genau, ich würde nicht an all dem zerbrechen, ich würde es verkraften und überstehen, meinen Vater umgebracht zu haben, weil ich doch wusste, dass er schon tot gewesen war, als ich den Schuss auf ihn abgegeben hatte. Ich würde es schaffen, und dieses Wissen machte mich in diesem Moment so stark, so unglaublich stark, dass ich mich fähig fühlte, alles zu tun, Lisa vor allem und jedem zu beschützen, mich selbst als Schild zwischen Lisa und alle Welt zu stellen und jeden Schlag abzufangen.

Und ich kann mich erinnern, als Nächstes Lisas Hand auf meiner Schulter gespürt zu haben, und ich wusste plötzlich, dass ihr genauso bewusst war, was sie an meiner Stelle getan hätte, und warum ich es vor ihr getan habe und dass ich es getan habe, um mich als Schild vor sie zu stellen, zwischen sie und diesen Mord. In genau diesem Augenblick bin ich aufgewacht. Ja, das ist das Ende des Traumes gewesen.

Aber das wirklich Grauenhafte an dieser ganzen Geschichte ist nicht der Traum selbst gewesen. Das wirklich Schreckliche, das mich nicht in Frieden lässt, war, dass mich im allerersten Moment dieses Aufwachens ein tiefes, fast lustvolles Gefühl durchströmt und meinen Körper mit Wärme gefüllt hat, und ich kann mich sehr genau erinnern, dass ich um keinen Preis aufwachen wollte, dass ich diesen Traum eigentlich nicht loslassen wollte, dass ich ihn also der Realität vorgezogen habe. Erst dann ist mir das Grauen gekommen. Dann ist es gekommen. Selbst jetzt darüber nachzudenken, nach über zehn Jahren, fällt mir schwer.

6.

Das war vermutlich eine der ganz seltenen Gelegenheiten, als ich bei dem Therapeuten, zu dem ich geschickt wurde, per Krankenschein und als formale Entschuldigung, weiter mit meiner zerdrückten Mutter in einem Haus leben zu müssen, tatsächlich Hilfe gesucht habe – weil ich den Traum ja erzählen musste, ich musste ihn einfach irgendjemandem erzählen, aber wem erzählst du so eine Geschichte? Also habe ich es bei ihm abgeladen, alles, weil er schweigen muss gegenüber der ganzen Welt und auch gegenüber dem Gericht, und er hat es sich auch ganz ruhig angehört und die ganze Zeit, während ich geredet habe, nicht aufgehört, sich Notizen zu machen. Ich habe seinen teilweise schon ergrauenden Bart angestarrt und habe mich gefragt, was er da schreibt, während ich rede, während ich das aufzähle, woran ich mich halt noch erinnern kann. Und als ich fertig war, hat er sich zurückgelehnt und gewartet, und weil er nichts gesagt hat, fragte ich: »Und, bin ich jetzt eine Mörderin, weil ich das geträumt habe?«

Er sah mich ernst an und sagte: »Nein.«

Er meinte, dass solche Träume nicht unbedingt ungewöhnlich seien. Er sagte noch so manches andere in diese Richtung, und abschließend: »Ihr hattet euch schließlich sehr lieb.«

Ich fragte mich, ob er damit etwas anderes meinte als unsere Freundschaft. Er hatte aber kein Recht, etwas über mich und Lisa zu sagen. Was immer wir waren, es gehörte nicht ihm.

Dann fing er wieder an, auf seinem Block herumzukritzeln, und ich fragte mich, ob er sich jetzt trotz seiner Worte notierte, im Auge behalten, vielleicht eine Mörderin, wollte in Wirklichkeit selbst ihren Vater töten, potenziell gefährlich.

Und ich fragte ihn, warum er sich so viel notiert, wenn der Traum doch seiner Meinung nach nichts Außergewöhnliches ist, und er meinte, dass er trotzdem sehr interessant sei, überhaupt seien alle Träume interessant und ich könne ihm ruhig alle erzählen, er interessiere sich für jeden einzelnen.

Ich fragte weiter, ob er mich denn seine Notizen lesen lässt, wenn die eh so harmlos sind.

Er bedauerte (und zog dabei wirklich ein fast von Schmerz erfülltes Gesicht), es tue ihm leid, aber er könne mich die nicht einsehen lassen. Er meinte, dass es ihm aber keinesfalls darum ginge, mir irgendeine Schuld an diesen tragischen Geschehnissen zuzuschieben.

Habe ich ihm geglaubt? Vielleicht nicht.

Ich weiß, dass ich von diesem Tag an auf ihn gelauert habe, auf ein Zeichen, dass er mir gegenüber sein Verhalten ändert, mich fragt, ob ich gerne kleine Tiere quäle oder so, ob er Angst zeigt angesichts der potenziellen Gewalttätigen, die ich in seinen Augen möglicherweise bereits war. Dieser Traum hat sich noch einige Male wiederholt, als wollte ich meine Geschichte neu schreiben, auf so hartnäckige und sture Weise, wie man es mir immer nachsagt. Ein Blatt Papier vollständig mit einer Farbe füllen, kein Stückchen Weiß auslassen. Ihm gegenüber habe ich keinen Traum mehr erwähnt. Ich möchte ihm dabei vermutlich recht gern glauben. Ich möchte diese Träume verlassen oder vergessen oder zumindest mich dafür rechtfertigen können.

Aber dann hat er doch noch etwas gesagt, fällt mir plötzlich ein. Ich hatte die Augen schon geschlossen, und jetzt mache ich sie wieder auf. Die Dachschräge ist immer noch dunkel über mir. Der Therapeut hat sich, nachdem er sich all diese Notizen gemacht und bedauert hat, sie mir nicht zeigen zu können, noch einmal zu mir vorgebeugt.

»Karin«, hat er gesagt, »ein paar Details haben mich schon überrascht, bei deinem Traum.«

»Ja?«, habe ich gefragt, und gedacht, gleich wird er sagen, ich bin gefährlich, bin wie Lisa, bin eine Mörderin.

Ich liege im Bett, erinnere mich daran, und richte mich auf.

»Es ist interessant«, sagte der Therapeut, »in deinem Traum musst du dich so sehr beeilen, deine Familie ist beim Frühstück, Lisa auch, und du weißt ganz sicher, dass dein Vater am selben Tag sterben wird.«

»Ja«, sage ich.

»An diesem Tag ist ja aber doch nur Lisa weggelaufen. Dein Vater ist ja erst am nächsten Tag gestorben.«

Ich umfasse mich mit den Armen. Ich weiß noch, wie ratlos ich in dem Therapiezimmer plötzlich war, als verlöre ich das Gleichgewicht.

»Mir ist auch aufgefallen, dass du in diesem Traum nicht dich selbst, sondern Lisa zu derjenigen machst, die deinen Vater tötet. Du machst es dann zwar für sie, aber du gehst zunächst davon aus, dass sie deinen Vater erschießen wird. Was glaubst du, Karin, warum gibst du ihr diese Rolle?«

»Na, weil sie ihn getötet hat«, habe ich gesagt.

Der Therapeut hat nicht sofort geantwortet.

»Was genau meinst du damit, wenn du sagst, sie hat ihn getötet?«

»Na ja«, habe ich gesagt, »ich meine damit, dass sie ihn getötet hat, das meine ich. Sie wissen schon, erschossen, wie in den Filmen, bumm und tot.«

Bang, bang, habe ich in der Schule gesagt, als sie mich nach Papa gefragt haben, und mit meiner Hand eine Pistole nachgeahmt. Bumm, und tot. Julia und Tina und die anderen haben große Augen gemacht.

Der Therapeut machte keine großen Augen, obwohl ich auch bei ihm die Pistole mit den Händen nachahmte.

»Wie wird in deiner Familie denn über das gesprochen, was passiert ist?«, fragte er stattdessen.

Und wieder verstand ich nicht, was er von mir wollte. Wie sollte schon darüber gesprochen werden? Am liebsten gar nicht, außer von den Großeltern.

»Wer hat dir diese Geschichte erzählt? Seit wann denkst du so?«

Ich fühlte mich aufgedeckt. Ich hatte das Gefühl, dieser dicke, bärtige Mann würde mir direkt in die Brust greifen. Meine Familie hatte mir das erzählt. Was wollte er damit sagen, wer hat dir das erzählt? Es war meine Familie. Bumm und tot.

»Ich verstehe Sie nicht«, sagte ich.

Ich hätte am liebsten aus diesem Raum, der alles zum Kippen brachte, weglaufen wollen, weg von diesem Mann, der mir die Brust öffnete, einfach nur weg. Du darfst Fremden doch nicht von uns erzählen, Karin. Ich habe ihm alles erzählt, ich habe ihm verraten, dass sie lügen. Sie lügen, und jetzt wusste er es.

»Schau, Karin«, sagte er dann, »ich bin nicht dabei gewesen. Ich weiß nur, was du mir erzählt hast und was die Behörden mir weitergegeben haben. Wir haben aber schon einmal darüber gesprochen, was an diesem Tag passiert ist. Damals hast du mir zugestimmt, dass dein Vater erst einen Tag später gestorben ist. Und du hast auch zugestimmt, dass er sich selbst erschossen hat.«

»Was meinen Sie?«, fragte ich. »Ich verstehe nicht, was Sie meinen.«

»Karin, wir haben schon einmal über den Selbstmord deines Vaters geredet und darüber, dass von Seiten der Polizei überhaupt kein Zweifel daran besteht, schon längst nicht mehr. Kannst du dich noch daran erinnern?«

Ich drücke mich fest mit meinen Armen, ziehe die Luft scharf ein, presse die Augen zusammen. Und wie sein Gesicht da war, wie er mich da angesehen hat. Als würde er mich dafür bemitleiden, das Märchen geschluckt zu haben, schon wieder. Wieso kommt das alles für mich immer noch so überraschend? Ich drücke mich selbst fester und weiß gar nicht mehr. Die Erinnerung an diese Therapiestunde ist doch zuerst ganz anders gewesen, wieso hat sie dann so verwirrend geendet? Gar nichts war mir damals klar, als ich heimging. Ich habe mich nur geschämt und ihn gefragt, warum August das denn hätte tun sollen, sich selbst erschießen, das ergäbe doch gar keinen Sinn. Das ergibt gar keinen Sinn, dachte ich, es muss anders gewesen sein. Er wollte sie bestimmt aufhalten, und sie wollte ja weggehen, ohne mich diesmal, weil man sich auf mich nicht verlassen kann. Ich springe sie an, werfe mich auf sie, der Wald kippt, und August wollte sie aufhalten, und sie hat den Revolver gehoben und gesagt: »Nein, basta, ich gehe.« Und nur so passt das zusammen, und ich hätte einfach schon viel früher mit ihr weggehen müssen, damals, als wir uns im Wald versteckt haben, wir wollten ja. Wäre ich damals mit ihr weggegangen, dann hätte Lisa später den Revolver nicht auf August richten müssen, um sich von ihm loszureißen. Und wenn Lisa nicht den Revolver auf August gerichtet hat, wie soll das alles sonst zusammenpassen?

Ich weiß es nicht.

Ich weiß es nicht.

7.

Und wie Alexanders Gesicht da ist, wenn er heimkommt, ist er still. Er kommt heim, isst still zu Abend und geht in sein Arbeitszimmer und ist still und glaubt, dass mich das stört.

Es stört mich nicht, wenn du schweigst, Alexander, das ist die Wahrheit. Ich habe keine Angst davor. Du stehst neben mir und rührst die Spaghetti und ich bemerke auf einmal, dass du wirklich neben mir stehst und die Spaghetti rührst, nicht bei mir, sondern tatsächlich neben mir. Du musst den Mund gar nicht öffnen, weil du weißt, dass deine Anwesenheit schon ausreicht, dass du damit schon mit dem Finger auf mich zeigst. Du bist nicht reif für so eine Verantwortung, Karin. Du hast Lisa in deinem unreifen Kampf gegen die Großeltern benutzt. Schau, wie schlecht es ihr danach gegangen ist. Das gibt mir recht. Wieso hast du hier nichts verändert? Du hast dich falsch erinnert. Ich habe mein Urteil gefällt.

Gut, das ist deine Entscheidung. Dein Urteil stört mich nicht, das ist die Wahrheit. Euer aller Urteile stören mich nicht, und wenn ihr noch so viele über mich fällt. Wir haben unterschiedliche Ansichten.

Dann aber wieder sehe ich dich mit Lisa auf dem Teppich sitzen und du sprichst ganz leise zu ihr, deutest auf ihre Karten und fragst sie etwas und sie lächelt. Du sprichst ganz leise zu ihr. Es erinnert mich an etwas und ich frage mich, warum du das nicht früher schon so gemacht hast, warum du dich erst jetzt so intensiv um sie kümmerst, jetzt, wo sie verträglich ist, wo sie dir keine Schwierigkeiten mehr macht. Denn sie macht dir keine

Schwierigkeiten mehr. Sie ist in den letzten Wochen ganz ruhig geworden, zumindest, wenn du da bist, und sie hört dir zu und ich weiß nicht, warum sie das tut. Vielleicht hat es mehr mit mir zu tun als mit dir. Vielleicht. Manchmal blickt sie auf und dann schaut sie zu mir herüber und lächelt und ich weiß nicht, was ich anfangen soll mit diesem Lächeln. Ich stehe in der Küche und ihr sitzt gemeinsam im Wohnzimmer auf dem Teppich und sie sieht auf und an dir vorbei zu mir und lächelt. Und dann wendet sie sich wieder zu dir und sagt etwas ganz leise und du antwortest ganz leise.

Manchmal hast du Lisa aufgehoben, als sie noch ganz ohne Gewicht für dich war. Du hast sie aufgehoben und dann hat sie dir etwas ins Ohr geflüstert. Du hast sie auf deine Schulter gehoben und sie ein Stück weit getragen und sie hat die Hand vor den Mund gelegt, sie zu einem Trichter geformt, sich zu deinem Ohr gebeugt und dir etwas ins Ohr geflüstert. Später war sie dir dann zu schwer, dann hast du dich zu ihr hinuntergebeugt. Ganz leise habt ihr miteinander gesprochen. Auch wenn ihr gemeinsam auf der Terrasse gesessen seid, nebeneinander, man hat euch kaum hören können im Regen.

Glaubst du denn, Karin, dass es Geheimnisse waren? Dass wir über dich geredet haben?

Nein. Nein, das muss gar nicht sein. Nein, es war mehr, als wäre euch beiden die Welt zu laut. Zu voll. Ihr wart im Einklang miteinander leiser als wir. Ja, es war ein Einklang der leisen Gespräche. Lisa, war es nicht so?

Ja. Ja, vielleicht war es so.

8.

»Ich glaube, diese Karte gehört dorthin, oder?«, sagst du, und ich sehe an dir vorbei zu Karin. Sie steht in der Küche und hält das Glas Wasser, das sie trinken wollte, in der Hand und sieht zu uns herüber und trinkt nicht. Ich lächle.

Manchmal vergesse ich, dass ich noch etwas sagen kann, heute erinnere ich mich daran. Heute blickt Karin uns an und vergisst, dass Zeit vergangen ist, dass sich alles verändert hat, dass jetzt jemand anderer neben mir sitzt als August.

Und ich will hingehen zu ihr und sagen, hab keine Angst. Er ist ja längst fort. Aber das geht nicht. Ich darf nicht aus der Rolle fallen. Ich muss ihre Handpuppe bleiben. Hinaus, hinein, hinein, hinaus. Alexander, du musst hinaus. Ich wende mich zu dir, Alexander, sage: »Nein, das hast du falsch verstanden«, und denke, dass ich beginnen sollte, auch Spiele mit dir zu spielen, deren Regeln du begreifen kannst.

Immer kommst du zu mir, immer setzt du dich zu mir, in den Schneidersitz, deine Ellbogen auf die Knie gestützt, die Hände hängen in deiner Mitte herab. Als es mir schlechter gegangen ist, nach Weihnachten und Karins molliger Stimme, hast du deine Hand auf meinen Hinterkopf gelegt. Deine Hand war dort ganz ruhig. Jetzt würde ich gern meine Hand auf deine Wange legen.

»Ich verstehe dieses Spiel immer noch nicht«, sagst du.

»Wir können etwas anderes spielen«, sage ich.

»Puzzelst du gerne?«, fragst du.

Ich nicke. Es ist egal, was wir spielen. Es ist egal, solange wir Karin dabei unsere Rücken zudrehen. Wir müssen ihr die Rücken zudrehen, wie August und ich ihr die Rücken zugedreht haben. Als mache es keinen Unterschied. Als würde auch Alexander einfach so sagen: Nicht, solange du da bist. Und: Lisa, du bist so weise. So jung, und schon so weise. Als hätte auch er Nachmittage damit verbracht, in der Werkstatt zu sitzen und Gesichter ohne Münder aus Holzstücken zu schnitzen. Die Münder hat erst Inge aufgemalt. Deshalb haben sie auch immer gelächelt.

9.

Vielleicht ist er ja ein Schmetterling gewesen, denke ich, als ich Lisa und Alexander beim Spielen zusehe. Vielleicht sind sie beide Schmetterlinge gewesen, August und Lisa, und waren im Einklang dieser selben schmetterhaften Existenz. Vielleicht gingen ihre Gespräche um nichts und um alles und drehten sich und flatterten und waren doch nicht richtig möglich. Vielleicht haben sie nur so getan, als würden sie sprechen, haben nur die Lippen geöffnet und geschlossen und waren nicht lauter dabei als ihr eigener Flügelschlag.

Worüber habt ihr euch sosehr geeinigt, dass niemand anderer mehr eindringen konnte zwischen euch? Sosehr dass man, wenn ihr dort auf der Terrasse nebeneinander gesessen seid, eure Rücken nicht hätte verrücken können, um alles in der Welt nicht, und hätte man sich auch dazwischengesetzt. Nein, vielmehr waren eure beiden Rücken wie ein Bild, wie ein Gemälde, das man in einem Museum hängen sieht. *Der Vater und das Mädchen* steht auf dem Schild neben dem Bild. Und man weiß, die beiden Menschen da auf diesem Bild könnten sich jederzeit bewegen, das Mädchen könnte aufstehen oder man könnte es fortstoßen. Aber weil es ein Bild ist, weiß man, es wird so bleiben, bis ans Ende aller Zeiten, und man wird nichts daran ändern können. Man wird keinen der Rücken überreden können, sich umzudrehen. Denkst du, ich wäre nicht gerne an deiner Stelle gewesen?

Wärst du denn gerne an meiner Stelle gewesen?

Frag mich das nicht.

Ich frage dich.

Der tote Schmetterling und das Mädchen, überlege ich und denke weiter an das Gemälde von den Rücken, die sich mir entgegenstrecken. *Zwei tote Schmetterlinge*, so könnte es auch heißen. Denn ist sie denn weniger tot, wenn sie sich da auf dem Teppich herumwälzt, alles verkrampft und verzerrt? Alexander sitzt heute nicht neben ihr, Alexander ist heute in der Arbeit. Ich entdecke den dunklen Fleck im Schritt ihrer Hose und ich denke, dass ich aufstehen und sie ins Badezimmer führen sollte, bevor sie ihre Pisse auf dem ganzen Teppich verteilt. Aber stattdessen bleibe ich sitzen, ohne mich entscheiden zu können. Meine Hände liegen in meinem Schoß und sind fast leicht dort in ihrer Unbeweglichkeit. Als könnte ich in meiner Müdigkeit baden wie in lauwarmem Wasser, während ich sie ansehe, wie sie sich wälzt und dann langsam ruhiger wird, erschöpft und laut atmet. Sie schließt die

Augen und öffnet sie wieder. Sie öffnet die Lippen und bewegt sie, als würde sie etwas flüstern, vielleicht einen Namen? Augusts Namen oder den von Alexander? *Zwei tote Schmetterlinge*, denke ich. Und denke, dass diese Insekten eigentlich etwas Ekelhaftes haben, mit diesen langen, gerollten Rüsseln, fast obszön. Und wenn ihre Flügel erst mal zerquetscht sind unter der nächstbesten Hand. Lisa, vor mir auf dem Boden liegend, öffnet die Augen und sieht zu mir auf, ihre umgedrehten Augen drehen sich zu mir in ihrem verkehrten Gesicht, der Mund oben, der sich nach unten biegt, wenn er lächelt.

10.

Sie wendet das Gesicht von mir ab, weil sie mich nicht sehen will. Auch August hat schon immer gewusst, dass er und ich dieselben sind. Ich war so wie du, Lisa, hat er gesagt. Ich war so wie du, ein ganz stilles Kind. Ich war so wie du, ich habe kaum etwas gesagt. Ich habe Kinder, aber ich sehe nur meine Frau in ihnen, nur meinen Vater, nur meine Mutter. Sie sind das Ebenbild meiner Frau, meiner Eltern. Sie haben mich von Anfang an nicht gebraucht. Was brauchen sie von mir? Nichts. Wir wohnen alle in diesem Haus, das ich gebaut habe, aber was hält meine Kinder hier? Was hält mich denn hier? Ich sehe in deine Augen und es ist, als sähe ich mich.

Er wendet sich ab von meinen Augen, beugt sich nach vor, legt seine Hände auf sein Gesicht. Wir sitzen auf der Terrasse, die anderen sind noch im Haus.

Ich weiß nicht, wie du das machst, sagt er. Du brauchst mich nur anzusehen, und meine Arme öffnen sich dir. Du brauchst mich nur anzusehen, und mein Herz öffnet sich dir. Ich bin gefallen, und du hast mich aufgefangen. Wieso hältst du mich in deinen kleinen Händen, Lisa, wie machst du das?

Weißt du denn, dass ich mich einmal töten wollte, sagt er dann. Ich war sieben, so alt wie du vor einem Jahr. Stell dir vor, ich war so klein wie du, aber ich wollte schon nicht mehr sein. Kannst du dir das überhaupt vorstellen, Lisa? Dabei hatte ich doch alles, im Gegensatz zu dir früher. Ich hatte Essen und Kleidung, und meine Mama hat mich angezogen und mir bei den Hausaufgaben geholfen. Aber ich hatte solche Schmerzen in der Brust, dass ich mir ein Messer hineinstechen wollte. Ich weiß noch, ich stand schon in der Küche mit dem Messer, aber dann habe ich es doch nicht gemacht. Stattdessen bin ich zum Fluss gegangen, Lisa, du weißt schon, der, an dem man vorbeikommt, wenn man den Weg hinauf zum Wirtshaus geht. Wir waren dort mit Opa und Oma letztes Wochenende. Und da gibt es diese Brücke, ich habe dich auf das Geländer gehoben und dir den Fluss gezeigt, kannst du dich erinnern? Aber als Kind, ich war jünger als du jetzt, da bin ich zu diesem Fluss gegangen, bin auf das Geländer geklettert, habe mich auf das Geländer gesetzt und bin in den Fluss gesprungen, stell dir vor. Ich habe wohl gedacht, ich würde ertrinken. Er lächelt. Ich bin aber nicht ertrunken.

Ich weiß, habe ich gesagt. Ich habe seine Hand genommen. Ich bin froh, dass du nicht ertrunken bist, habe ich gesagt.

Er hat mich angesehen.

Ich weiß nicht, hat er gesagt. Vielleicht wäre es besser gewesen.

Nein, es wäre nicht besser gewesen, habe ich gesagt. Wenn du damals ertrunken wärst, habe ich gesagt, dann wärst du nie mein Papa geworden. Ich will aber, dass du mein Papa bist.

Er hat mir die Haare zerrauft.

Du bist so klug, sagt er, richtig weise.

Du darfst nicht weggehen, habe ich gesagt. Versprich mir, dass du nicht weggehen wirst.

Ich werde nicht weggehen, hat er gesagt, ich verspreche es. Nicht, solange du hier bist.

11.

Es sind tatsächlich die kleinen Gesten, die mich beruhigen. Ihr wirres Haar zu kämmen zum Beispiel, und es in zwei glatte, schön geordnete Zöpfe zu flechten, ihr die Handschuhe über die Finger zu ziehen, wenn wir spazieren gehen, weil es jetzt ja wieder etwas kühler geworden ist. Sehen, ob sie die Schuhe fest zugebunden hat. Dann geht sie hinaus und ich schließe die Tür hinter uns, sperre ab und einen Moment lang erinnere ich mich an Papa, wie er an derselben Stelle steht und die Tür abschließt, ich denke an Mama, die mir die Haube auf den Kopf drückt. Wir haben damals Waldspaziergänge gemacht, und es beruhigt mich, dass wir jetzt an derselben Stelle stehen und wieder Waldspaziergänge machen, in kleinerem Kreis zugegebenermaßen. Diesmal ziehe ich die Haube über Lisas Ohren und diesmal mache ich die Tür hinter mir zu mit einem Lachen wie nur in Morgenluft. Als hätte ich endlich einen Weg gefunden, mit Lisa umzugehen, mit dieser neuen Lebenssituation umzugehen, in kleinen Gesten, die mich mit meiner Mutter verbinden und die wahrscheinlich meine Mutter mit ihrer Mutter verbunden haben und so fort. Backrezepte, die über Generationen weitergegeben werden. Warum sich wehren, wenn man uns mit unseren Müttern vergleicht? Meine unsicheren Hände werden die sicheren Hände von Inge, und so, wie sie mir den Handrücken auf die Wange gelegt hat, kann ich jetzt Lisa den Handrücken auf die Wange legen. Wieso auch nicht? Grete hat unrecht, mir vorzuwerfen, dass ich mein Leben bis jetzt nicht gelebt habe. Was soll ich woanders, wenn ich hier alles habe, was ich brauche, das Haus, den Wald? Was, wenn ich tatsächlich mit einem solchen Leben zufrieden bin?

Wir gehen los, wir gehen noch mit Stiefeln. Überall knospt es oder blüht sogar schon, aber der Boden ist noch winterfeucht, und die Luft im Wald steht ein bisschen, von den Gerüchen des kommenden Sommers und den Gerüchen des vergangenen Herbstes. Wir gehen vom Pfad ab und durch das Unterholz, Lisa neben mir. Feuchte Erde, feuchte Nadeln, wir schaufeln uns den Weg frei, wir schaufeln uns eine Höhle frei, schau, was ich gefunden habe, sagt Lisa, dort können wir uns ein Heim machen, dort können wir uns verstecken. Lisa fährt mit den Fingern über die Baumstämme, an denen wir entlanggehen. Es war doch schön, nicht, Lisa? Du hast es doch gut bei uns gehabt? Warmes Essen, ein warmes Bett, einen Teich, einen Wald, zwei Schwestern und einen Bruder, Vater und Mutter. Sie sieht mich an und antwortet nicht, was sollte sie auch antworten, ich hab ja nicht laut gefragt.

12.

»Das Schlimmste ist vorbei.«

Alexander schaut nicht auf, als er das sagt, schneidet stattdessen weiter an seinem Steak, das ihm Schwierigkeiten bereitet, weil es nämlich zäh ist. An dem zähen Steak bin ich schuld. Lisa haben wir schon schlafen geschickt, dieses Abendessen sollte romantisch werden und lässt sich stattdessen schlecht kauen.

»In der Arbeit, meine ich. Das Projekt ist abgeschlossen, es sollte jetzt ruhiger werden. Ich werde wieder mehr Zeit für dich haben.«

»Sehr gut«, sage ich und schneide weiter an meinem »Sehr gut«.

»Ich war kaum zuhause, nicht?«

Ich nicke und komme erst jetzt darauf, dass das stimmt. Ich bin die letzten Wochen fast ständig allein gewesen.

»Aber jetzt kann ich dir wieder mehr mit Lisa helfen.«

»Ja«, sage ich. »Wunderbar. Das ist nett von dir.«

»Und deine Arbeit, ist die vorangekommen?«

»Es ist im Moment schwierig mit den Aufträgen«, sage ich. »Du weißt ja, manchmal ist es zu viel, manchmal ist es zu wenig.«

»Ja, klar.«

Ja, klar. Ich frage mich, wie es das für ihn sein kann, wo er doch eine normale Anstellung hat – mit fixen Arbeitszeiten und einem Büro, zu dem er jeden Morgen fahren muss und von dem er jeden Abend heimkehren kann. Meine Texte kommen per Mail oder per Post, und ich schicke sie per Mail oder per Post zurück, ich habe nichts als vage Deadlines, die ich nur knapp einhalte oder nicht einhalte, das kommt auch vor. Und es stimmt, manchmal ersticke ich unter Texten und dann wieder. Gar nichts.

»Behindert dich Lisa sehr?«

»Einfacher macht sie es mir nicht gerade.«

Was soll ich ihm auch sonst sagen? Wenn Alexander heimkommt, was soll ich dann sagen, was ich den ganzen Tag lang gemacht habe? Was soll ich sagen, warum ich so müde bin? Ich liege im Bett in meinem Arbeitszimmer, habe noch nicht einmal meinen PC eingeschaltet, starre an die Decke und denke nichts und tue nichts und habe doch das Gefühl, als müsste ich nach

Luft schnappen, als würde ich Gewichte stemmen oder eine ungeölte Maschine mit den Armen antreiben. Aber das alles läuft ganz unabhängig von mir und ich bekomme davon nichts mit als die Erschöpfung.

Alexander kann das alles nicht verstehen.

»Du wirst das schon schaffen, Karin. Das mit Lisa muss auch irgendwann leichter werden.«

Wir sitzen hier und wollen romantisch zu Abend essen, aber was hat er damals noch mal an mir gefunden? Ich sehe ihn an, wie er isst, und weiß nicht mehr, was er je an mir gefunden haben soll. Hässlich bin ich ja nicht, noch so ein Mädchen aus der Provinz halt, und wenn im Pass steht: ohne besondere Kennzeichen – dann ist das fast zu ehrlich. Ich steche mit der Gabel in meinem Steak herum.

»Vielleicht brauchst du auch mal eine Auszeit, das habe ich mir schon gedacht. Wir haben schon lange keinen Urlaub mehr miteinander gemacht«, sagt er.

»Wir haben doch den Wald«, antworte ich, »was brauche ich da das Meer?«

Eine Zufallsbekanntschaft auf einer Feier, auf die ich nur gegangen bin, weil eine Studienkollegin mich hingezerrt hat, gemeint hat: »Jetzt geh mal aus, amüsier dich mal, leb endlich einmal!«

Und genauso, wie ich vor zwei Jahren mit Alexander auf die Reise an den Strand mitgekommen bin, bin ich davor auch zur Party mitgekommen, habe gelebt, wie es sich gehört, und einen Freund gefunden, wie es sich gehört. Ein beschwipster Informatikstudent, der mir zwei Stunden lang von seinem Studium erzählt, was mir die Arbeit abnimmt, selbst das Gespräch anzutreiben. Vielleicht ist er deshalb schwach geworden, weil ich ihm zugehört habe? Oder hat er sich in mich verliebt, weil er genauso schüchtern ist wie ich? Aber das stimmt nicht, er kann gut mit Menschen umgehen.

»Jeder braucht mal einen Tapetenwechsel«, sagt Alexander, weil er selbst es hier allmählich langweilig findet.

»Du vielleicht, ich nicht.«

Ich habe mit fremden Menschen eigentlich nur Schwierigkeiten, mit allen Menschen, wenn man es genau nimmt, und außerdem damit, mein Steak zu schneiden, ich muss bei der Zubereitung wirklich irgendetwas sehr falsch gemacht haben. Es ärgert mich, dieses zähe Fleisch, die Gabel und das Messer, mit denen ich es malträtiere, und das unangenehme Geräusch, wenn ich mit dem Besteck unabsichtlich über den Teller fahre. Ich stecke einen Bissen in den Mund und kaue daran herum.

Er ist mit mir aufs Land gezogen, denke ich weiter, er hat meine Großeltern in Kauf genommen, sogar Lisa. Man könnte meinen, er hätte für mich bis jetzt nur Opfer gebracht. Obwohl er nie darüber spricht, bin ich mir außerdem fast sicher, dass er gerne Kinder hätte. Vielleicht bemüht er sich deshalb so um Lisa, um mir zu zeigen, dass er bereit für den nächsten Schritt ist.

Und dann hätte ich ihm ausgezeichnet in seinen Lebensplan gepasst, damit wäre er wiederum gar nicht so aufopfernd, wie er tut. So hat er ein Haus mit Garten am Land, eine Frau, ein Auto, vielleicht Kinder. Ist es nicht das, was Papa und Mama zusammengebracht hat? Sie haben sich zusammengetan, so wie ich und Alexander uns zusammengetan haben. Und wo findet man das heutzutage noch, junge Menschen, die die alten Werte hoch schätzen? Meine Großeltern haben, nachdem sie Alexander kennengelernt haben, ohne Rückhalt ihren Segen gegeben. Alexander sei offensichtlich ein anständiger junger Mann, fleißig und bescheiden, der sich bestimmt gut um mich kümmern werde.

»Oder vielleicht willst du wieder mit Sport beginnen?«, fragt er.

»Ich gehe fast täglich mehr als eine Stunde spazieren«, sage ich. »Das ist doch wirklich genug.«

Trau ich mir denn zu, ein Kind zu haben? Will ich das überhaupt? Ich bin nicht wie er. Ich wäre gern so, aber ich habe ihm noch immer nicht gesagt, dass Margarethe schwanger ist.

Ich senke den Kopf wieder zu meinem Steak. Vielleicht bin ich dabei, ihn zu enttäuschen. Es ist seltsam, das zu denken. Ich empfinde nicht einmal Dankbarkeit dafür, dass er mich trotzdem genommen hat. Nein, nichts. Ich sollte ihm dafür dankbar sein, aber ich bin es nicht. Ich bin es einfach nicht.

»Gib mir noch mal den Saft«, sage ich, »mein Mund ist ganz trocken von diesem verfluchten Steak.«

Alexander reicht mir den Krug herüber und sagt: »Also mir schmeckt es«, aber ich sehe an seinem Gesicht, dass er nur höflich ist.

Ich sage: »Unsinn, es ist fad wie Straßenschlamm. Dabei war es noch nicht einmal billig. Aber beim Braten hat es so viel Wasser gelassen, es hat fast gekocht.«

Nichts als Schlamm, aufgeschwemmter Schaum. Ich brauche einen großen Schluck, um den Nachgeschmack wegzuwaschen.

13.

Es hat noch niemand ein böses Wort gesagt. Trotzdem gehen Alexander und ich uns aus dem Weg, als wir den Tisch abräumen und ich abwasche. Trotzdem legen wir uns oben ins Bett, und keiner von uns spricht mehr von Sex. Ich halte ihn auch so kaum neben mir aus, auch wenn er nicht ausspricht, was er denkt. Du bist eine Enttäuschung, Karin, sagt er nicht. Du willst nicht einmal mit mir auf Urlaub fahren. Schau Grete an, und du hast nie auch nur den Versuch gemacht, von einer Karriere zu träumen. Alle Welt erwartet Ehrgeiz von dir, den Ehrgeiz, alles zu erreichen.

Ich habe, das beweisen meine Geschwister, für meinen mangelnden Kampfgeist eigentlich nicht einmal meinen toten Vater als Vorwand, weil dieser sie ja auch nicht von ihrem Sprung ins Weltgeschehen abgehalten hat. Im Gegenteil, die beiden sind an Augusts Untergang gewachsen, sind durch die Trauerarbeit, die Tröstungs- und die Organisationsarbeit reif und stark geworden. Nur ich allein bin dieselbe geblieben, die weder Administratives noch wenigstens Trauer abarbeitet, sondern nur daneben steht und sich weigert, ihrem Erzeuger nachzuweinen.

Die Wahrheit ist: Das einzig Interessante an mir sind meine toten Eltern. Und deshalb habe ich sie wohl auch ein paar Mal benutzt, meine toten Eltern, und habe auf Partys und ähnlichen gesellschaftlichen Ärgernissen auf die Frage nach ihnen das Trauma bunt wie Make-up aufgelegt. Ich habe dann auch, wie zu erwarten, die angemessene Aufmerksamkeit bekommen. Man kann sich durch Familientragödien aber nur so lange interessant machen, bis die anderen erkennen, was für eine alltägliche Last so ein erschossener Vater ist.

Gott sei Dank ist das eine Welt, in der auch unbesondere Menschen, und besonders unbesondere Menschen wie ich, ein Plätzchen und eine Nische finden. Man kann sich ein Dach über dem Kopf und was zum Fressen und das ganz persönliche Lebensziel schon zusammenzimmern, wenn einen das Lebensziel auch nicht fesselt, wenn man auch nicht gespannt davorsitzt wie im Kino. Manchmal widert es mich fast an, wie wenig Willen es benötigt, um in dieser Welt zu leben. Und fast finde ich, eine Art Schmarotzer zu sein, der anderen, besseren und engagierteren Menschen den Platz weggenommen hat, Menschen, die mein Leben viel besser ausfüllen hätten können und stattdessen in Afrika verhungern, bei einem Bandenkrieg erschossen oder bei einem Terroranschlag in die Luft gesprengt werden oder viel zu jung an eigenartigen Krankheiten wie Krebs oder Aids krepieren.

Da muss ich im dunklen Zimmer über mich selbst und meine Gedankenkreise lachen wie über einen makabren Witz. Alexander lässt sich heute aber nicht mehr in seinem Schlaf von mir stören. Er hat schon oft gemeint, dass ich einen eigenartigen Humor habe, und dabei hat er keine Ahnung.

Eines Tages habe ich angefangen, mit ihm zu reden, und er hat alles aufgesaugt, genauso hungrig wie der Teppich zu Weihnachten Lisas Kotze geschluckt hat. In diesem Moment hat es sich gut angefühlt, aber im Moment hat es sich jedes verdammte Mal gut angefühlt. Jetzt bin ich froh, hin und wieder einfach die Klappe gehalten zu haben.

14.

Jetzt, da er mehr Zeit hat. Jetzt, da er herausgefunden hat, dass Lisa Puzzles mag, und sich immer besser mit ihr versteht, und in dem Maße, wie er sich besser mit ihr versteht, auch mehr von mir fordern kann. Noch ist er nicht mit ihr in den Teich schwimmen gegangen, aber ich weiß, dass das nur eine Frage der Zeit ist, er wird bald mit ihr auch schwimmen gehen, und von da an wird alles wie von selbst gehen.

Vorerst bringt er ihr bloß regelmäßig Puzzles mit, und die setzen sie gemeinsam zusammen, an seinen freien Tagen und an den Wochenenden. Und spätestens da wird ganz offensichtlich, dass Lisa nicht wirklich zurückgeblieben ist, sondern dass sie das Kleinkind nur vorspielt. Beim Puzzlen kann ich mit ihr nämlich nicht mithalten, da ist sie wesentlich geschickter als ich. Am Anfang habe ich ja noch mitgemacht, habe die Teile nach Farben geordnet und die Ränder gesucht. Später habe ich mich zurückgezogen und jetzt lasse ich sie meistens allein. Ich habe wohl nicht genug Geduld dafür.

»Es ist eine Gelegenheit für dich, dich mal auszuruhen«, sagt Alexander. Es ist Samstag, schon wieder ist Samstag. Man könnte meinen, Alexander wäre ständig hier.

»Stimmt«, sage ich, weil es ja stimmt, dass die beiden auch mal was allein machen müssen, ohne mich als Vermittlerin. »Ich muss noch zum Supermarkt fahren, kommst du mit, Alexander?«

»Ich glaube, ich würde lieber mit Lisa hier bleiben«, sagt er, als wären er und sie Kinder, als wäre ich Inge und hätte sie eben zu einem lästigen Familienausflug eingeladen.

Sie stückeln ihre Pappfetzen gern zu zweit zusammen. Sie sind ein gutes Team, wortlos schieben sie sich die Teile zu, fügen ihre Fragmente ineinander und schließen sich gegenseitig die Lücken, können sich über Stunden hinweg mit nichts anderem beschäftigen, als zu finden, was ineinanderpasst. Mit ihrem Ernst und ihrer Geduld sind sie in einem gewissen Einklang miteinander, denke ich, und das ist seltsam, wenn man bedenkt, wie sehr sich Lisa anfangs gegen ihn aufgelehnt hat. Sie aber zu zweit in den Wald zu schicken, dagegen verwehre ich mich noch. Nicht grundlos, meiner Meinung nach. Es könnte wer weiß was passieren.

»Was soll denn schon passieren?«, fragt Alexander. Er hilft mir wegzuräumen, was ich im Supermarkt gekauft habe. Die Götterspeise für Lisa, die Spaghetti, die Bananen. Er ist mindestens eine Stunde mit Lisa allein gewesen.

»Alles Mögliche. Sie hat zu dir keine sonderlich einfache Beziehung, Alexander, das dürfen wir nicht vergessen.«

»Zu dir genauso wenig«, sagt Alexander, als hätte er das Recht, das einfach so zu sagen.

»Darum geht es nicht. Sie könnte weglaufen.«

»Ich werde sie schon wieder finden«, sagt er und reißt die Plastikverpackung von den Paradeisern.

»Du hast keine Ahnung, wie gut sie diesen Wald und seine Verstecke kennt.«

»Und du? Du hast nie Angst, dass sie dir einmal davonlaufen könnte?«

»Nein«, sage ich. »Ich kenne den Wald und seine Verstecke mindestens genauso gut wie sie. Ich wüsste, wo ich suchen müsste.«

»Besser nicht«, sage ich. »Oder zumindest jetzt noch nicht.« Damit gibt er sich zufrieden. Es ist ja nicht so, als ob sie nicht trotzdem manchmal alleine wären, wie heute zum Beispiel, wie gerade erst eben. Ich kann ja nicht immer dabei sein, das ist ja menschlich gar nicht möglich.

15.

Vielleicht hat es zwischen August und Inge genauso angefangen, oder, besser gesagt, aufgehört, mit der Enttäuschung. Man hat geplant, man hat gebaut, der Plan ist erfüllt, das Haus gebaut, mehr als drei Kinder kannst du nicht von mir verlangen, August. Und wenn du unbedingt noch eines willst, bitte, nehmen wir doch wenigstens Fertig- und Abholware. Ich rufe auch von mir aus an und bezahle, wenn der Bote anklopft, ich wärme es auf und richte es an, aber selber mache ich heute keines mehr, ich möchte heute weder weichen Teig fest kneten, noch Eier bis zum Schlüpfen kochen, noch einen Gefrierfachbraten in mein Backrohr schieben.

»Lisa«, sage ich, »wir werden die Spaghetti von gestern aufwärmen, ist das für dich in Ordnung?«

Nimm dein geliefertes fremdes Kind, und wende dich anderen Dingen zu, August, als mir, und vielleicht war sie ganz froh, als er dann endlich verstanden und sie in Ruhe gelassen hat.

Lisa nickt.

Ich setze mich nun doch zu ihr, frage sie nun doch, was das für ein Puzzle ist, und ob ich ihr helfen kann.

»Hänsel und Gretel«, sagt sie. »Es sind Hänsel und Gretel diesmal.«

Sie zeigt mir das Bild auf dem Pappdeckel. Die Silhouetten der zwei Kinder, die man von hinten sieht, die in den Wald gehen und sich dabei an den Händen halten. Bruder und Schwester folgen den Brotkrumen ins Dunkel.

Ich weiß nicht, wie die Entscheidung, Pflegeeltern zu werden, vor sich gegangen ist. So etwas passiert nicht einfach, wie Kinder passieren können, wie wir drei vielleicht passiert sind, sondern so etwas wird ja entschieden. Und wenn ich versuche, es mir vorzustellen, male ich mir immer aus, dass sie nebeneinander in dem Ehebett liegen, das jetzt Alexanders und mein Bett ist.

Inge seufzt auf, sagt: »Ach August, Karin hat schon wieder gesagt, dass sie sich eine gleichaltrige Schwester zum Geburtstag wünscht. Was sollen wir denn da machen? Was sollen wir ihr denn sagen?«

Und dann hat August diese Idee. Und Inge bringt zuerst Einwände, und willigt dann doch ein. Sie willigt ein, wie sie sich in so vieles gefügt hat, ach so, jetzt ist das so, wo bin ich denn jetzt plötzlich, welche Regeln gelten hier denn, wo kann ich ganz schnell meinen Platz finden, irgendwo am Rande, wo man mich nicht sieht?

Sie denkt sich vielleicht, nun ja, das ist einerseits eine völlig verrückte Idee, und so aufwendig, aber diese verlassenen Kinder sind ja wirklich arm und brauchen ein neues Zuhause, und unser Haus ist ja wirklich groß genug, und Karin wünscht sich ja so sehr ein gleichaltriges Kind zum Spielen, wie sollen wir ihr das denn sonst geben? Und es ist natürlich schon nett, sich wieder mit etwas Neuem beschäftigen zu können, noch einen Schopf Haare bürsten zu können und auf noch eine Tasse Kakao morgens Zimt streuen zu können, und August geht es im Moment auch nicht so gut. Vielleicht hilft es, wenn wir noch ein Kind haben, noch was Neues im Haus, das glänzt und ganz frisch wie nach Weichspüler riecht.

Vielleicht sind wir alle so entstanden, weil das August etwas Hoffnung auf etwas anderes gab, eine Hoffnung, die sich dann nie erfüllte, und weil das Inge so nett beschäftigte. Sie hat ja diese kleinen Gesten gemocht, bunte Plastiksets auf den Tisch legen und lustige Strohhalme für die Trinkgläser kaufen und lustige Eiswürfelformen in allen Variationen. Sie ist durch die Supermärkte gegangen und hat dieses in die Hand genommen und jenes und manchmal sehr ernsthaft gefragt: »Schau, Karin, sind diese Trinkgläser nicht nett? Die haben eine doppelte Wand und dazwischen schwimmen flache Muscheln aus rotem Plastik.« Sie hatte eine gewisse Sorgfalt, eine gewisse Handhaltung dabei, die durchaus schön anzusehen war.

Lisas Hand ist offen, sie sieht die Puzzleteile an, die auf ihrer Handfläche liegen. Für mich ist das nur Grün und Braun.

Oder vielleicht stimmt das alles auch nicht, vielleicht ist das meine ganz persönliche Geschichte, weil ich in Inge nichts anderes als die Hausfrau und Mutter sehe. Was weiß ich, wer sie wirklich war? Ich weiß es halt nicht. Aber gut vorstellen kann ich mir, dass mein Vater die Idee mit dem Pflegekind gehabt hat und dass meine Mutter eingewilligt hat, halb aus Bequemlichkeit und halb aus Mitleid, so wie auch Alexander vermutlich halb aus Bequemlichkeit und halb aus Mitleid eingewilligt hat, Lisa bei uns aufzunehmen, und vermutlich hat sich sogar ihr Gespräch darüber ähnlich abgespielt wie unseres. Inge ist ja ein sehr mitleidiger Mensch gewesen und sie hätte auch gerne Hunde aus dem Tierheim geholt, das hat sie öfters gesagt. Als Kind hat sie sogar einmal eine Katze von der Straße mitgenommen und ist dann dafür von ihrer Mutter geohrfeigt worden, als Erwachsene hätte sie ganz ungestraft Katzen retten können, aber Peter war leider allergisch. Also doch lieber Lisa.

Lisa geht methodisch vor. Der Rahmen, in dem das Bild sich vervollständigen wird, liegt schon fertig da. Die Farbtöne liegen in geordneten Häufchen. Grün gehört zu Grün. Schwarz gehört zu Schwarz.

Und vielleicht hat ja auch wirklich gestimmt, was alle gesagt haben. Alle haben sie das gesagt, und vielleicht hat das ja wirklich gestimmt, mein Gott, schau dich an! Du bist so verändert. August, was ist denn mit dir los, deine Wangen sind ja rot! Deine Augen strahlen ja und deine Haare glänzen, du gehst ja aufrecht und dein Schritt ist morgens federleicht! Haben sie denn unrecht damit gehabt? Hier haben sich zwei Seelen erkannt, sodass sie ganz unkenntlich geworden sind für den Rest der Welt, mein Gott, August, was ist passiert, ich erkenne dich nicht mehr, und das ist kein Wunder, denn das ist jetzt einer anderen vorbehalten! Und warum auch nicht? Warum solltest du nicht erst mit Lisa aufwachen, verschlafen blinzeln und in die Morgensonne blicken? Warum solltest du nicht erst durch sie zu atmen und zu essen beginnen? Wir haben uns schon Sorgen um dich gemacht, August, jetzt können wir es ja sagen.

Zum Lachen ist es in Wirklichkeit.

Lisa fragt nicht, warum ich lache. Lisa schiebt die Fragmente des Waldes auf dem Parkett hin und her. Hänsel und Gretel liegen schon in einer Ecke. Das Hexenhaus liegt in einer anderen.

»Das hast du alles schon fertig?«, sage ich. »Das hast du gut gemacht.«

»Das war leicht«, sagt Lisa. »Der Wald ist verschwommen. Der ist schwieriger.«

Dabei weiß ich nicht, was du in ihr gesehen hast. Sie nähert Gelbtöne an Brauntöne, und ich weiß gar nicht, was sie dir gegeben hat. Es muss da etwas gewesen sein, was sie dir gegeben hat, sonst wäre das alles ja gar nicht möglich gewesen. Hast du auch einfach nur an ihr gerochen, so wie ich es gemacht habe? Hat das für dich denn auch genügt, dich ein einziges Mal zu ihr hinunterzubeugen und an ihr zu riechen, so wie es für mich genügt hat? Oder war es, weil ihr Haar so blond war, ständig bist du umgeben gewesen von brünetten Wesen, und da sticht sie herein, wie ein Lichtstrahl in einen diesigen Flur sticht sie da hinein, der Lichtstrahl ihres hellen Haares fällt auf deine Augen und weckt dich, Haar, das sich lockt, mein Gott, dieses Kind ist Goldes wert. Wirf deine Locken August zu, Lisa, und richte ihn an dir auf.

Ich sehe auf den Pappdeckel, muss wegen des goldenen Haares an Rapunzel denken, bin also im falschen Märchen. Ich weiß nicht, wonach du dich gesehnt hast, in all den Jahren vor Lisa. Ich weiß nicht, wenn du mich auf dem Schoß gewiegt hast, hast du dich nicht nach mir gesehnt, aber wonach sonst? Du wiegst mich auf dem Schoß, hältst mich im Arm und es ist fast schon eine Entschuldigung, dieses Wiegen. Dein Blick hängt herab, und dabei hast du noch deine Eltern, eine Frau und drei Kinder. Ist das nichts?

Aber sie geben dir nicht das, was das fremde Kind einfach so mit sich bringt, in ihren Händen hält wie selbstverständlich. Als hätte sie ein Geschenk der Feen gebracht, einen Zauberring oder einen Kelch. Vielleicht kam der Zauberkelch aus dem dunklen Reich der alten Wohnung? Vielleicht hast du mit ihr auf der Terrasse ganz leise über die Stadtwohnung geredet, die ich nicht vorweisen konnte. Über die besoffene Mutter, die ich nicht vorweisen konnte. Über die nächtlichen Geräusche. Über die Schläge? Über den Alkohol. Vielleicht habt ihr das aber auch gar nicht angesprochen. Vielleicht habt ihr einstimmig darüber geschwiegen. Vielleicht hat schon gereicht, dass sie das alles erlebt hat, dass sie eine Märchenheldin war und tausend und drei Prüfungen bestanden hatte, dass man in ihre Augen tiefer blicken konnte als in meine. Dass sie ganz still sitzen konnte auf der Terrasse, mit dir, und ganz leise mit dir reden, über, ich weiß nicht was, die Sterne oder den Mond.

Wenn du nicht gerade etwas tust, bist du immer müde, August, eigentlich willst du immer bald nach dem Abendessen schlafen gehen. Du stehst dann auf, nach dem Abendessen, und setzt dich hinaus auf die Terrasse, mit dem Rücken zum Haus. Ich will zu dir, aber Inge sagt: »Papa ist müde, stör ihn nicht. Er wird bald wieder hereinkommen, bestimmt.«

Ich stehe in der Tür, an den sehr vielen Abenden, und betrachte deinen Rücken und lerne deinen Rücken kennen, August, er ist rund, wenn du so gebeugt sitzt, und die Wirbelsäule zeichnet sich ab unter dem Hemd, und deine Schultern. Ich überlege jedes Mal, ob ich mich zu dir setzen soll, und was dann passieren würde. Ob du mich in den Arm nehmen oder ob du mich wegschicken würdest, weil du allein sein willst. Ich meine, wozu setzt du dich denn hinaus auf die Terrasse, mit dem Rücken zum Haus, wenn nicht, um allein zu sein mit der Nacht? Ich meine, auf die Idee kann man eigentlich gar nicht kommen, dass du da

Gesellschaft willst, sonst wärst du ja drinnen bei uns im Warmen sitzen geblieben oder hättest uns eingeladen, hättest gesagt, schaut mal da draußen, der Sternenhimmel!

»Karin, kannst du mir dieses Puzzleteil da geben? Das dunkelblaue bitte«, sagt Lisa zu mir.

Aber vielleicht hatte Inge unrecht. Vielleicht hast du dich wirklich nach nichts anderem gesehnt, all die Jahre hindurch, als dass sich irgendjemand endlich neben dich setzt. Und vielleicht hat es genügt, dass Lisa diesen Schritt schließlich getan hat. Sie ist auf die Terrasse getreten und hat sich neben dich gesetzt und du hast sie nicht weggeschickt und ich weiß nicht, warum. Hast du sie geduldet, weil es eben Lisa war, oder hätte ich die gleichen Chancen wie sie gehabt? Und vielleicht musste gar nicht mehr passieren, vielleicht hat das ohnehin gereicht.

16.

»Kannst du mir dieses Puzzleteil auch noch geben? Das da drüben, das ist auch dunkelblau?«

Sie passen ineinander. Das Schwarz beginnt beim einen und geht beim anderen nahtlos weiter. Es führt von einem zum anderen.

»Und das hier.«

Du legst mir das Puzzleteil in die Hand, unsere Finger berühren sich dabei. Ich möchte mich zusammendrücken darunter. Du hast mir damals Legosteine in die Hand gelegt, hier, das ist für das Haus, du legst mir jetzt Kartonstück nach Kartonstück in die Hand und fragst mich, was ich in Händen gehalten habe. Was habe ich mitgebracht, fragst du, das ihm die Arme und das Herz geöffnet hat, und weißt doch die Antwort, die seit Jahren schon in seiner Schreibtischschublade gelegen ist. Er hat mich früh genug gewarnt.

Du weißt, Lisa, ins Herz wollte ich mir stechen, hat er gesagt. Das war dumm, mit sieben Jahren macht man so etwas, aber es ist dumm. Heute würde ich meinen Revolver nehmen, denn seit dem Heer weiß ich, dass das mit einem Revolver viel besser geht. Einer hat sich dort in die Brust geschossen. Franz hat er geheißen, am Tag zuvor bin ich mit ihm noch Wache gestanden, und er hat gelächelt, wir haben in den Regen gesehen und er hat gemeint, er fühle sich so offen für die Welt. Und dann ist er gegangen. Dann ist er gegangen und hat sich ganz offen für die Welt gemacht. Wir haben den Schuss gehört, aber als wir ihn gefunden haben, war er schon schlaff wie eine Puppe.

Er hält den Revolver in der Hand, legt ihn dann zurück in die Lade und schiebt sie zu, und ich frage mich, wozu zeigt er mir die Lade, wozu zeigt er mir, wo er ihn aufbewahrt? Er sitzt gekrümmt da und starrt auf die Lade, in der der Revolver liegt. Er hat ihn immer zur Hand, denke ich, er kann ihn jederzeit herausholen. Ich lege ihm die Hand auf den Rücken. Ich streichle ihn.

Ich vertraue dir so sehr, Lisa, sagt er. All das habe ich der Inge nie erzählt. Ich hätte es niemand anderem erzählen können.

Ich streichle seinen Rücken weiter, du kannst es mir erzählen, sage ich, oder etwas anderes sagt es in mir, denn meine Stimme ist mir in diesem Moment fremd.

Du bist so weise, sagt er, und legt sich die Hände aufs Gesicht, du hörst mir zu.

Er lehnt sich an mich, und irgendwie kommt es, mache ich es, dass er den Kopf in meinen Schoß legt? Er legt den Kopf in meinen Schoß. Er liegt da, und ich streichle seinen Kopf. Er blickt nicht zu mir, er blickt in seine Hände.

Du kannst mir doch alles erzählen, sagt etwas in mir aus mir heraus. Es ist ja alles gut. Ich halte dich ja. Ich gehe nicht weg.

Wie ihre Gesichter sind, wenn sie mich anblicken, sagt er. Ich möchte mich vor ihnen verstecken, vor Papa und vor Mama, sie sind so furchtbar groß, immer noch. Wie können sie so groß sein? Nicht wahr, du hast auch gesehen, wie groß sie sind und wie sie alles übernehmen? Und ihre Blicke. Sie erschlagen mich mit diesen Blicken.

Ja, sage ich. Ja, ich habe es auch gesehen.

Wir beide sind von einer Seele, Lisa, das weiß ich ganz genau. Du siehst sie, genau wie ich sie sehe. Dabei haben sie mich doch nie geschlagen. Aber das Gefühl hab ich gehabt, als ob sie mich ständig erschlagen hätten können. Das Gefühl hab ich gehabt, als hätten sie ständig ihre Hand erhoben gehabt zum Schlag. Verbrennen hätte ich können unter ihren Blicken. Ich war ja ganz allein, Lisa. Ich habe ja niemanden gehabt, keine Geschwister. Auch später habe ich niemanden gehabt, nie.

Jetzt hast du doch mich, sage ich.

Ich streichle seinen Kopf und fühle mich winzig klein. Dort in dem Haus sind die Alten, und ihre Augen sind wie Feuer, und ihre Hände riesenhaft. Und wir sind da und drücken uns aneinander, wir halten uns aneinander fest, ziehen die Decke über uns, verstecken uns vor den Alten, und gleichzeitig will ich weglaufen, weil das alles übel ist, jetzt nach all der Zeit will ich weglaufen, halte mich selbst fest im Wohnzimmer neben Karin, aber ich habe kein Wort dafür, ich könnte nicht sagen. Ich habe es falsch gemacht, ich habe etwas Schlimmes gemacht, ich weiß gar nicht mehr, will um mich schlagen, greife nach dem Puzzle, zerdrücke es zwischen den Fingern. »Was soll denn das jetzt?«, fragt Karin.

Ich springe auf und räume die Bücher aus dem Regal, aus dem untersten Fach, alle diese Fotoalben, wenn nur alle Fotoalben und Märchenbücher auf dem Boden liegen, all diese Geschichten, dann, ja was dann, ich weiß gar nicht mehr, übel ist mir, aber ich könnte nicht sagen.

17.

Lisa hat das zusammengesetzte Puzzle-Hexenhaus zwischen den Fingern zerdrückt. Wenn ich bloß wüsste, wozu. Wenn ich bloß wüsste, wozu sie manchmal aufspringt und all diese Sachen macht, und warum es ihr schlechter geht, seit sie hier wohnt. Und im gleichen Moment tut mir etwas weh, ich ziehe die Luft scharf ein, das Buch, das ich eben zurück ins Regal stellen wollte, entgleitet meinen Fingern. Ich bücke mich, um es wieder aufzuheben. Sie hat Alexanders Bücher diesmal ganz in Ruhe gelassen, fällt mir auf, sie hat es auf die Fotoalben abgesehen gehabt, die

Kinderbücher. Zuerst zerdrückt sie das Hexenhaus, dann wirft sie Andersens Märchen an die Wand.

Und diese Erinnerung, wie Alexander rittlings auf Lisa sitzt und sie festhält, während sie schreit, so lange auf ihr sitzt, bis sie sich endlich beruhigt. Und ich denke, er hätte sie gern gestreichelt. Hat er sie gestreichelt bei einer dieser Gelegenheiten? Hat er seine Hand gesenkt und sie auf ihren Kopf gelegt? Mir wird übel bei diesem Gedanken, ohne genau sagen zu können, warum. Hätte ich gleich damals einschreiten müssen? Was habe ich damals ausgelöst, einfach nur dadurch, dass ich nicht stark genug gewesen bin, Lisa selbst zu bändigen, selbst rittlings auf ihrem Rücken zu sitzen und ihre Arme festzuhalten? Und ist sie nicht tatsächlich seitdem freundlicher zu ihm geworden? Sie hat seine Bücher heute in Ruhe gelassen. Und zur selben Zeit hat Alexander angefangen, sich mehr einzumischen. Hat mir das mit Weihnachten vorgeworfen. Das kann er mir jetzt jederzeit entgegenwerfen, wann immer er will. Kann mir die Großeltern entgegenwerfen, wie gestern Abend. Wie er gesagt hat, dass ich mit ihnen wieder Kontakt aufnehmen soll, zumindest am Telefon. Dass sie schon alt sind. Alt, als wäre das eine Entschuldigung.

»Im Gegenteil, sie müssten es doch besser wissen.«

»Was müssten sie besser wissen?«, hat Alexander gefragt.

»Dass es nichts bringt, sich auf Feindbilder zu versteifen.«

»Das ist nicht so leicht nach dem, was passiert ist«, hat er gesagt.

»Hast du eine Ahnung, was passiert ist?«

Das muss er akzeptieren, tut es aber nicht wirklich. Er sagt dann: »Schon gut, schon gut, ich war nicht dabei«, vergisst aber, dass er tatsächlich nicht dabei gewesen ist.

Christian Andersen hat Lisas Wutanfall nicht ganz unbeschädigt überstanden. Die Grimm-Brüder vertragen mehr. Was ist, denke ich dann, wenn er mich mit den Großeltern bloß von etwas anderem ablenken will? Ich stelle das letzte Buch ins Regal zurück, knie mich auf den Boden, sammle die Puzzleteile ein. Aber was will er nicht, das ich sehe? Ich versuche ja, Lisas zusammengesetzte Bilder nicht zu zerstören, aber Hänsel und Gretel zerfallen unter meinen ungeschickten Fingern. Ich muss genau hinsehen, denke ich, und nehme Handvoll nach Handvoll fragmentierten Wald, schütte ihn zurück in die Schachtel.

18.

»Georg hat mich für dieses Wochenende zum Rollenspiel eingeladen«, sagt Alexander, während er sich die Schuhe im Vorzimmer abstreift. »Er will eine neue Runde starten und hätte mich gern dabei.«

»Ach so?«, frage ich.

»Ich habe mir gedacht, vielleicht willst du auch?«

»Und Lisa hier alleine lassen?«, frage ich.

»Das sagst du immer«, meint er. »Du hast auch die Einladung zum Essen und ins Kino ausgeschlagen. Wirklich, Karin, du solltest mehr raus.«

Ihr solltet endlich aufhören, mir alle vorzuschreiben, was ich tun sollte, denke ich. Grete hat mir wieder einen Brief geschrieben und gemeint, dass sie sich Sorgen mache, weil ich mich so in diesem Haus vergrabe. Ihr Kind hat sie nicht erwähnt, vielleicht ist sie es inzwischen schon wieder losgeworden. Oder aber sie glaubt, es interessiert mich nicht.

»Tut mir leid, es reizt mich einfach nicht, fünf Stunden lang zu tun, als wäre ich ein Kobold in Paladinrüstung, dabei zu würfeln und Chips zu essen. Wenn euch das ausfüllt, dann ist das eure Sache.«

Alexander antwortet nicht, aber ich weiß, dass ich ihn verletzt habe. Er versteht nicht, warum ich seine blöden Rollenspiele nie interessant gefunden habe. Er versteht nicht, dass ich schon genug Rollenspiele in dieser Familie zur Verfügung habe.

»Jetzt ernsthaft, Karin«, sagt Alexander später, »ständig allein mit Lisa in diesem Haus zu sein, tut dir nicht gut.«

Wir waschen schon wieder ab. Ich habe den Eindruck, mit Alexander nichts anderes zu tun als zu kochen, zu essen, abzuwaschen und zu streiten. Wir sollten vermutlich mehr Freizeit miteinander verbringen, nur will ich nicht.

»Was meinst du?«, frage ich.

»Du bist schon seit Monaten reizbar. Du veränderst dich, ich kann kaum noch mit dir reden.«

»Ich bin eben nicht immer lieb und nett.«

»Darum geht es mir doch gar nicht«, sagt Alexander.

»Und gesellig war ich noch nie, das hast du von Anfang an gewusst.«

»Ich weiß«, sagt er nach einer Pause, in der er Teller in den Schrank geräumt hat. »Ich dachte, dass es weniger werden würde. Aber es verstärkt sich.«

»Du dachtest«, sage ich. »So ein Unsinn. Ich bin eben ein verschlossener Mensch.«

Er meint, dass er das schon nachvollziehen könne, nach allem, was passiert ist, dass ich vielleicht so habe reagieren müssen.

Ich sage, dass er meine Vergangenheit bloß da rauslassen soll und nicht groß auf Trauma tun, dass ich schon verschlossen gewesen bin, da war mein Vater noch quicklebendig und ist gehüpft und gesprungen wie ein junger Hase. Und dabei muss ich fast lachen, so absurd ist die Idee.

Alexander findet den Vergleich respektlos und ich sage ihm auf den Kopf zu, dass er nicht die Würde Augusts zu verteidigen hat.

»Wer verteidigt sie denn sonst?«

»Die Würmer, Alexander.«

Er lacht nicht über diese Bemerkung, er findet sie herzlos.

»Geh scheißen!«, sage ich. »Herzlos, als hätte ich keins.«

»Manchmal wirkst du so kalt«, meint er. »So ungerührt.«

»Wenn du so anfängst, dann kannst du gleich gehen.«

»Das sagst du in letzter Zeit oft«, meint Alexander.

»Was?«, frage ich.

»Dass ich dann gleich gehen kann.«

»Ja und?«

»Allmählich überlege ich's mir«, sagt Alexander.

Geh scheißen.

Wenn er glaubt, dass er mir drohen kann, soll er doch. Ich bin nicht Inge, ich lasse mich dadurch nicht aufhalten. Alexander ist nicht der Aufzieher meines Uhrwerks. Ich renne weiter und lebe, da ist er schon längst nicht mehr da.

Später betrachte ich im Spiegel des Badezimmers seinen Körper in der Dusche, ein verwaschener Fleck, der nur deutliche Umrisse bekommt, wenn er sich gegen das Milchglas der Duschkabine drückt. Ich putze meine Zähne, und denke daran, wie lange wir schon nicht mehr miteinander gefickt haben, ob in der Dusche oder im Bett. Es muss frustrierend für ihn sein und vermutlich auch ein Grund für den Groll, den er mir gegenüber neuerdings zeigt. Ob er wohl oft in der Früh in der Dusche masturbiert oder spät in der Nacht, wenn ich schon tief schlafe und es nicht mehr hören kann?

Soll ich einmal so tun, als würde ich schon schlafen, nur um ihm aufzulauern? Wie kindisch. Für mich selbst ist es kein echtes Problem – während eines Tages mit Lisa im Haus finden sich immer Gelegenheiten. Wenn sie sich unten allein beschäftigt oder in ihrem Zimmer ist. Und es ist doch notwendig, um Spannungen abzubauen.

Ich frage mich, ob ich Mitschuld habe an allem, dadurch, dass ich mich ihm verweigere. Gut, im Gegensatz zu Inge erschrecke ich wenigstens nicht vor seinen Händen, ich schlage höchstens aus. Wenn er mich und vor allem Lisa nur in Ruhe lassen würde.

Als wir gemeinsam im Bett liegen, drücke ich mich an Alexander, der mir den Rücken zugedreht hat, fasse ihn um die Hüfte und gleite in seine Unterhose. Ich habe die plötzliche Anwesenheit dieses Dings immer schon als eigenartig empfunden, als hätte jemand etwas unerwartet dort abgelegt, wo nichts hingehört. So ganz anders als bei einer Frau, also bei einem selbst, wo die Hand über den behaarten Hügel wandert und dann auf einmal in die bereits wartende Feuchte greift, ein weicher Eingang dort, wo der Mann sich verschließt, gar keinen Eingang besitzt. Aber mangels Öffnung greift man dann eben an dem kleinen Tierchen herum, streichelt und muntert es auf, und lädt es zu sich zum Tee ein.

Ich drücke also an Alexanders Schwanz herum, der überraschend kalt ist – er hat sich doch heiß geduscht –, und küsse ihn auf den Hals, ich versuche seine Wange zu erwischen, dann wieder seinen Hals, Alexanders Haut ist vom Duschen trocken. Ich nehme die zweite Hand zur Hilfe, er will doch

Sex von mir, jetzt kann er ihn haben, danach wird er wieder entspannter sein.

Er schiebt mich weg. »Karin«, sagt er. Zum Sprechen dreht er das Gesicht zu mir, ich nütze das, um ihn zu küssen, etwas abrupt, das gebe ich zu, aber was soll man machen, es lässt sich auch nichts machen, sein Schwanz bleibt schlaff und kalt. Ich muss an Lisa denken, wie sie Martin geküsst hat, als würde sie ein Butterbrot streichen. Mit der Zunge in dem fremden Mund herumfuhrwerken und über die fremde Haut schlecken, wie das Messer über das Brot streicht und großzügig Schmalz verteilt, so verteile ich großzügig Speichel auf salziger Haut. Dabei hat mir das auch einmal Spaß gemacht. Aber Alexander drückt mich weg. Er wartet, bis ich ihn ansehe.

»Was genau wird das?«, fragt er.

»Sex.«

»Wenn das Sex werden soll, lassen wir es für heute lieber bleiben.«

»Na hör mal.«

»Tschuldigung. Aber du tust mir im Moment eher weh.«

»Was hab ich denn falsch gemacht?«

»Du bist einfach zu hektisch, zu aggressiv«, sagt er.

»Sogar im Bett bin ich neuerdings zu aggressiv?«

»Ich werde jetzt bestimmt nicht anfangen, mit dir auch noch deswegen zu streiten.«

Ich antworte nicht gleich. Dann lasse ich von ihm ab und er nimmt seine Hände herunter. Gerade, dass er nicht erleichtert aufatmet.

»Dann halt nicht. Ich wollte dir nur eine Freude machen.«

»Ich weiß ja. Danke. Vielleicht sind wir vom Streiten noch zu angespannt. Wenn du im Moment nicht willst, zwing dich nicht dazu.«

»Ich zwinge mich nicht dazu.«

»Von mir aus. Dann zwing eben mich nicht dazu.«

Er wünscht mir eine gute Nacht und dreht mir wieder den Rücken zu. Ich fühle mich gescholten. Die Deckenbalken stieren mir ins Gesicht wie eh und je.

19.

Ich liege im Bett und horche. Drüben im anderen Zimmer sind sie still geworden. Ich zwinge mich nicht dazu. Karins scharfe Stimme. Ich weiß, wie sie greift, wenn sie so spricht. Ich ziehe die Decke fester um mich. Ich sehe zu meinem eigenen leeren Bett hinüber, und weiß, dass hier trotzdem Karin fehlt und nicht ich, und frage mich, wann ich mich daran endlich gewöhnen werde. Sie sollte hier liegen, wo jetzt ich das Bett besetze, und ich sollte stattdessen das Bett dort drüben ausfüllen. Das Haus und der Raum legen sich überall an mich an in der Nacht, die Türe geht ganz leise auf und zu. Willst du die Sterne sehen, Lisa?

Dabei war ich jedes Mal so müde.

Ich kann nicht schlafen, Lisa. Ich schlafe so schlecht.

Der Puppenspieler hat immer schlecht geschlafen.

Julian hat mich das letzte Mal gefragt, ob ich etwas auf dem Herzen habe. Eine eigenartige Frage. Es sind doch die Ludeviks, deren Herzen immer etwas drückt. Du hältst mein Herz in deinen kleinen Händen. Die Worte des Puppenspielers legen sich neben mich ins Bett. Sie legen sich näher zu mir, in den letzten Wochen. Ich drehe mich zur Wand. Wenn ich mich zur Wand drehe, kann mir nichts geschehen. Ich wünschte, Karin wäre jetzt hier, ich wünschte, Karin würde sich an meinen Rücken legen wie früher. Was soll ich also auf dem Herzen haben, Julian?

Gibt es etwas, das du mir erzählen möchtest?

Ich weiß schon, was du meinst, ich weiß ja ganz genau. Hältst du mich für dumm, glaubst du denn wirklich, ich weiß nicht, was Karins Hand auf meiner Schulter bedeutet? Glaubst du, ich sehe in ihrem Blick, in der Berührung ihrer Hand nur die Milde, die sie sich von Inge abgeschaut hat, die sie kopiert, wie sie ihre Rezepte kopiert und die Tier- und Menschenfiguren, die sie aus süßem Teig formt?

Nein, sie hat die Schwelle überschritten, es ist ein enger Zusammendrücken, ich sehe ihre Hände, älter, aber doch die Hände, die ich gepresst habe im Dunkeln und im Kalten. Und ich habe sie umarmt und an mich gedrückt, diesen kleinen

Körper, die Luft wie eine Strömung unter Wasser, kaum zu atmen. Es war diese Umarmung, damals im Wald, als wir beide weglaufen wollten, eine Umarmung von vielen, wir klammern uns aneinander, drücken jede das Gesicht in die Schulter der anderen, ohne uns ansehen zu müssen, und die Luft zwischen uns und in uns wird hinausgedrückt, und wir spüren alles. Alles, was enthalten war in dieser Umarmung, haben wir schon damals gespürt, und es war alles enthalten in dieser Umarmung, und deswegen kannst du mich letztendlich nicht verstehen, Julian. Du warst so stolz auf mich, weil ich mich aufgerichtet habe, weil ich meine Finger gespreizt habe und den Nacken gestreckt und den Mund aufgemacht und Wörter artikuliert, wenn es auch schmerzhaft war zuerst, aber ich habe gesprochen, auch wenn es riskant war zuerst, weil eines zum anderen führt.

»Du erlaubst dir endlich wieder zu wachsen«, hast du gesagt.

Ich weiß. Ich habe mir erlaubt, ein Mensch zu sein. Und dann kommt Karin. Du kommst herein, Karin, bist gewachsen, deine Haut ist die raue Haut einer Erwachsenen geworden, und doch ist mir dein Körper noch so klein erschienen. So klein und so maßlos wie mein eigener, ein Embryo und gleichzeitig ein Lappen ohne Anfang, ohne Ende. Und du kommst und willst etwas von mir, und was kann ich anderes sagen als Ja? Ja, ja, Karin, frag nur – willst du mit mir zurückkommen, Lisa?

Ja!

Willst du gemeinsam mit mir leben, Lisa?

Ja!

Willst du mein Spielzeug sein, meine Puppe und meine Waffe?

Ja!

Willst du der Strang sein, der mich aus dem Schlamm zieht, in dem ich stecke, in den du mich gestoßen hast?

Ja, ja, ja!

Willst du dich wieder zusammendrücken lassen in einen Irrweg eingetretener Pfade?

Ja.

Kehrst du mit mir in die Küche zurück, wo du ihn durchgestrichen hast, endgültig aufgefressen?

Ja, Karin, ja.
Frag nur, sei nicht schüchtern: Ich sage Ja.

Und trotzdem. Ich liege da in unserem Zimmer, bin wieder mehr als nur das, was in mich hineingewandert und wieder hochgekrochen ist, bin mehr als der Irrweg eingetretener Pfade, der ich versprochen habe zu sein, und ich öffne den Mund, um zu verstecken, dass ich mehr bin als das, oder um mich dafür zu entschuldigen? Nein, jetzt weiß ich, ich öffne den Mund, wie um etwas zu sagen. Etwas, das sich in mir bewegt und nicht zum Puppenspieler gehört, das ich spüre, um das ich Kreise ziehe, weite Kreise, enge Kreise, ohne jemals heranzukommen. Als könnte ich dir widersprechen, Karin. Als hätte ich einen Einwand, der es wert wäre, gehört zu werden.

Und ich finde doch, Karin sollte auf meinem Bett nicht fehlen, und ich finde doch, ich sollte auf dem anderen Bett liegen, und das andere Bett sollte bezogen sein. Ich finde doch, sie sollte mit nackten Füßen über den Parkettboden tapsen, unter meine Decke kriechen, die Taschenlampe anknipsen, und wir sollten unter der Decke mit den Handpuppen spielen, mit den Kuscheltieren. Wir sollten unter der Decke Comics lesen. Unter der Decke Placebo aus dem Disc-Man hören. Unter der Decke dich an mich drücken, sagen, ich bin da, spürst du mich nicht? Glaubst du, Karin, dieses Bett, dieses Zimmer, dieses Haus befände sich nicht mehr im Wald? Ich will dich fragen, Karin.

Und ich merke, ich presse die Lippen zusammen und runzle die Stirn, als wäre ich zornig und müsste es vor mir selbst verstecken, vor wem denn auch sonst? Ich bin hier doch ganz allein. Aber warum bin ich zornig auf Karin? Sie hat doch jedes Recht.

Ich muss an Inge denken, Inge mit ihren fürsorglichen Händen, lang und mild. Die Hände, die Tiere und Menschen aus Keksteig formen. Die Jausenpapier um belegte Brote falten. Die meinen roten Schal zurechtrücken, die denselben Schal gestrickt haben. Ihr sanftes Gesicht, ihr Lächeln. Ich musste mir manchmal auf die Lippe beißen, um mich nicht umzudrehen, auszuholen und ihr eine Ohrfeige zu geben. Inge, du hättest mich in noch so viele Schals einwickeln können.

20.

Ich fuhr weg und hätte doch nicht wegfahren dürfen. Ich habe es aber trotzdem getan, habe Lisa zuhause gelassen, mit August, der auch frei hatte an diesem Tag, habe mein Fahrrad genommen und bin alleine in die Schule gefahren.

Genauso wie heute, um die Großeltern zu besuchen, weil ein weiterer Kontakt mit ihnen sich letztlich nicht vermeiden lässt und ich Telefongespräche mit ihnen nicht ertrage. Das Treffen ist also nicht vermeidbar, aber davor zumindest noch eine Gnadenfrist, davor noch ich allein im Auto, meine Hände halten das Lenkrad, der Wald ist rund um mich, die Straße führt durch ihn hindurch. Alexander hat mich heute auf den Hals geküsst. »Es wird schon gehen«, hat er gesagt. Ich spüre noch immer die Stelle, auf die er mich geküsst hat. Ich wische mir sogar mehrmals mit der Hand über diese Stelle, so sehr brennt sie, und verreiße dabei auch kurz das Lenkrad, Gott sei Dank herrscht kaum Verkehr. Ein Haus vor mir, ein Haus hinter mir und dazwischen nur der Wald, und ich kann im Gegensatz zu Lisa nicht einfach aus dem Seitenfenster sehen. Ich muss dem ins Gesicht sehen, worauf ich mich zubewege, sonst komme ich ab.

Und was willst du von mir, Lisa, was soll ich machen, soll ich an dir kleben, nie mehr mein eigen Grund und Boden verlassen, zu Kompost werden wie die Alten, in dir Wurzeln schlagen? Man muss die Alten doch wieder besuchen, selber kommen sie ja nicht mehr, und wie soll sonst Frieden gestiftet werden? Sonst würde ich dich nicht allein lassen, glaub mir. Dieser Besuch ist notwendig, Lisa.

Also lieber eine Stunde Hin- und Rückfahrt auf mich nehmen, als eine halbe Stunde das Telefon in der steifen Hand halten, und da ein Gespräch offensichtlich unvermeidbar ist – aber dann lässt es sich doch vermeiden. Ich sitze bei den Alten und es gibt keinerlei Gespräch. Das ist erstaunlich, ist es denn erstaunlich? Was habe ich mir denn erwartet? Ich bekomme jedenfalls, was meinen Erwartungen zwar nicht entspricht, worauf ich aber Anrecht habe: Kaffee und Kuchen. Wir reden über Peter und Grete statt über

Lisa, Opa zeigt mir im Garten den großen Apfelbaum und meint, dass er dieses Jahr viele Früchte tragen werde – so wie er jedes Jahr viele Früchte und noch mehr Früchte als im Vorjahr tragen wird, als wäre er ein Staat und müsste sein Wirtschaftswachstum jedes Jahr vermehren. Opa fragt sich dann, ob Alexander ihm wohl wieder bei der Ernte helfen wird, was Alexander immer, und mit einem gewissen Vergnügen, tut.

Was geht in euch vor, dass ihr so schamlos gegen Lisa lästern könnt und doch nach meinem bösen Scherz, euch Lisa zu Weihnachten wie einen faulen Apfel vorzusetzen, mit mir im Garten stehen und über echte Äpfel reden könnt, über unreife diesmal? Dass ich euch geradezu zwingen muss, mich mit eurem Zorn zu konfrontieren, ist doch verquer. Ich bin zu müde, Opa, um einen Streit anzufangen, ködere mich zumindest mit bissigen Bemerkungen, steh nicht nur rum und horch nicht nur auf deinen Herzschrittmacher. Ich habe etwas Schlimmes getan, ich weiß, ich habe etwas sehr Schlimmes getan und weiß, dass ihr wütend auf mich seid, dass ihr ein Anrecht darauf habt. Alexander hat mir das oft genug gesagt, ich habe es mir am Ende merken müssen.

Stattdessen tauschen wir Höflichkeiten aus, während die Zeit verrinnt, die Lisa allein mit Alexander verbringt. Geduldig warten sie darauf, dass ich den ersten Schlag austeile, was sie dann ins Recht setzen würde – und je tiefer die Kränkung liegt, desto tiefer musst du schlagen. Ich bin aber heute zu träge, diese Prügelei zu beginnen. Wir verlieren bloß Zeit, und ich habe meine eigenen Gründe, den Besuch kurz zu halten. Kommt zur Sache oder lasst mich gehen.

Erst als ich tatsächlich am Aufbrechen bin, meine Schuhe habe ich schon angezogen, meine Tasche schon umgehängt, erst dann fragt er, ob es denn nicht doch noch etwas gibt, was ich ihnen vielleicht mitteilen möchte.

Ich verneine.

»Wir müssen mit dir reden«, sagt er jetzt, verschränkt die Arme, und alles kippt.

Ich versuche mich dagegen zu wehren, aber die Erinnerung kommt sofort wieder, wenn ich auch darüber lachen möchte. So unmittelbar ist die Erinnerung an ähnliche familiäre Gerichtsprozesse, als ich ein Kind gewesen bin und schon damals ganz schlimme Sachen angestellt habe, zuerst allein, dann gemeinsam mit Lisa. Wir stehen vor ihnen, so viel kleiner als sie, und sie stehen vor uns, so viel größer als wir, die Oma den Kopf halb weggedreht, mich kann sie nicht täuschen: Sie ist in Wahrheit die Richterin. Der Opa hat die Arme verschränkt. Ich traue mich nicht, nach Lisas Hand zu greifen.

Ja, kein Wunder, dass mein Vater bei ähnlichen Gelegenheiten vor ihnen gestanden ist wie ein Schuljunge. So ist er vor ihnen gestanden und hat verzweifelt die Entscheidung gerechtfertigt, Lisa aufzunehmen, obwohl die doch nur Ärger bringen wird, ein schlechter Einfluss auf das Mädel sein wird, man weiß ja, aus was für Haushalten solche Kinder kommen. Er hat ihnen seine Argumente entgegengeworfen, aber nicht an den Mann im Haus bringen können, und die Frau im Haus hat er erst recht nicht überzeugen können, und ich sehe ihn, wie er da steht, in seiner Schuluniform, mit den kurzen Hosen und dem Seitenscheitel, wie ein Held von Erich Kästner, ein wahrer Anton ohne Pünktchen. Wie auf dem Foto, das sie so lieben, eines von nur drei Bildern, die sie von ihm zulassen und deshalb abends anbeten, der brave Junge. Das Einzelkind, auf das sie all ihre Kraft, all ihre Aufmerksamkeit richten können, gebündeltes Licht. Er ist darunter verbrannt, wie jedes Papier verbrennt, wenn man es in der Sonne unter eine Lupe legt. Nichts Erstaunliches, sondern ein jederzeit reproduzierbares Phänomen.

Ich denke an August und könnte vor Zorn heulen, und doch kann ich nicht anders, als mich so klein zu fühlen, wie sich vermutlich auch er immer vor den Alten gefühlt hat, und wäre ich ohne Lisa nicht tatsächlich folgsamer geworden? Vor ihnen bin ich ein Kind und habe etwas wirklich Schlimmes getan. Schlimmer als Geld zu stehlen, schlimmer als sie zu verfluchen, schlimmer als sie tot zu wünschen, obwohl ich auch das tue.

Und er tröstet mich nicht, ihr Grundsatz, die verlorene Tochter bei ihrer Rückkehr mehr noch als die nie verlorengegangene zu feiern. Nein, für mich bedeutet das bloß, dass sie nie aufhören werden, mir nachzufolgen, ja, mich zu verfolgen, nicht eher nachlassen werden, als bis auch ich mich ihnen unterwerfe, zerbreche, wie August zerbrochen ist und Inge. Sie werden nicht eher ruhen, als bis ich ihre Herrschaft anerkannt habe, und dann werden sie mich in ihre Arme nehmen und sagen, keine Angst, wir vergeben dir, wir haben doch immer gewusst: Wir sehen ja.

So kommt es, dass ich schon weine, da hat noch keiner ein böses Wort gesagt.

Als Halskette würde ich sie mir am liebsten um den Hals hängen, schreie ich, obwohl ich eigentlich ganz andere Worte schreie.

Sie bleiben ruhig und warten, warten erfolgreich darauf, dass ich mich selbst mit meiner hässlichen Ausdrucksweise disqualifiziere. Sie haben mehr Geduld als ich, obwohl ihnen doch die Lebenszeit mit Riesenschritten davonläuft.

»Was ist denn los mit dir, Karin? Wir erkennen dich ja kaum, du bist uns so fremd in letzter Zeit, du bist so aufgereizt.«

Du bist uns so entfremdet. Sie hat dich uns entfremdet, uns entzogen. Sie hat dich in ihren Bannkreis gezogen. Sie ist ein schlechter Einfluss auf dich, Gott sei Dank, will ich schreien, Gott sei Dank ist sie das, ich würde ja verbrennen unter euch!

»Seit sie da ist, kann man nicht mehr vernünftig mit dir reden.«

Alles, was ich schreie, gibt ihnen recht. Ich schreie das Schlimmste heraus, woran ich selbst nicht glaube.

»Völlig von Sinnen«, sagt die Oma.

Ich ringe die Hände, um nicht auf sie losstürzen und diese Blicke aus ihren Gesichtern würgen zu müssen, denn etwas muss ich ja würgen, mein Essen oder sie. Stattdessen gehe ich mit ein paar Schritten zu ihrer Andachtsecke und werfe die Bilder auf den Boden, alle diese Bilder, die, was gewesen ist, vernichten. August mit dem Schulranzen, August als Pfadfinder und auch August als Familienvater, und die siechende Inge, alles muss gehen. Leider zerbricht aber nur bei einem Bild das Glas. Ich reiße das violette Tuch von der Wand und mit ihm das Kruzifix, es gelingt mir nicht gleich, weil ich vor lauter Heulen nichts sehe und nicht ordentlich zugreifen kann. Aber irgendwann liegt alles auf dem hungrigen Teppich, und ich deute auf den Haufen und schreie, dass sie sich all das selbst eingebrockt haben, dass sie sich gar nicht wundern brauchen, dass es so gekommen ist. Ihr habt es doch sehen müssen, ihr habt zugesehen und geschwiegen, schreie ich.

»Wobei?«, fragt der Opa, wie ganz ohne Hintergedanken.

»Du weißt doch gar nicht, was du tust«, sagt die Oma.

Ich stehe vor den beiden, ich habe nichts in den Händen und auch sonst fühle ich mich auf einmal ganz ausgeleert.

Ich senke den Kopf, gehe los, gehe ohne ein weiteres Wort an ihnen vorbei, nehme meine Tasche, ohne zurück zu blicken, gehe aus der Tür, ohne sie auch nur hinter mir zuzuschlagen, und laufe zum Auto. Dann fahre ich schon, kann ich mich denn erinnern, den Zündschlüssel umgedreht zu haben? Ich fahre und merke durchaus, dass ich schneller werde, aber gleichzeitig ist es das Einzige, was ich in solchen Situationen tun kann, Auto fahren und dabei schneller werden, und drücke das Gaspedal noch tiefer hinunter, weil ich genau weiß, dass die zwei steifen Besen mir hinterherkehren, mir hinterherbeten. Aber ich werde ihnen nicht die Genugtuung geben, einen Unfall zu haben. Davor glauben sich mich durch ihr Beten bewahren zu wollen, vor dem LKW oder davor, dass mein Auto schleudert, eine Kurve nicht mehr kratzt, von der Straße abkommt. Das wäre ihnen in Wirklichkeit ganz recht, mein Abkratzen, dann wäre endlich Ruhe. Andererseits, was haben die beiden schon für ein Recht auf das Gras, in das ich beiße. Sie müssten nur auslöffeln, was sie sich selbst eingebrockt haben, da hätten sie genug. Hätten sie nur besser hingesehen, dann hätten sie noch ihren Anton, und Pünktchen wäre ein harmloser Virus geblieben, wäre längst über die Nasenschleimhaut oder den Enddarm ausgeschieden, kurze Krankheit, schnelle Rekonvaleszenz.

Als ich schon längst vor Augusts Haus zu stehen gekommen bin, heule ich noch, ich drücke die Hände gegen meinen Bauch, der mir wehtut vom Schreien. Ich wünschte, Lisa wäre jetzt hier, ich wünschte, sie wäre heute dabei gewesen, aber sie hätte mir nicht helfen können, also wieso wünsche ich mir das? Du bringst mir noch den Tod, Karin, Magengeschwüre kriegt man von deinen Wutausbrüchen. Einen dunklen Einfluss hat dieses Kind auf dich gehabt. Wir haben uns nicht einmal getraut, einander an den Händen zu halten, haben nicht zugegeben, dass wir uns in Wahrheit gegen sie verbündet hatten, ganz wie sie es vermuteten. Aber trotzdem, ich bin mit Lisa vor ihnen gestanden, August ist alleine vor ihnen gestanden, und das ist wohl der ganze Unterschied. August steht vor ihnen, er ist schon fast vierzig und kann ihnen immer noch nicht in die Augen sehen. Dafür sieht man die Großeltern, wenn man in seine Augen schaut, sie schauen nämlich durch ihn hindurch, weil er transparent ist wie dünnes Papier, und dahinter stehen sie. Still ist er und ein guter Junge. Beschäftigt sich viel alleine. Er liebt das Handwerk, der Bub. Ein wenig wilder hätte er sein können, sagt der Opa, ein bisschen mehr ein echter Bursch, nicht ständig Puppengesichter schnitzen, da hab ich mir schon Gedanken gemacht. Aber nein, sagt die Oma, der Gustl war schon in Ordnung so, wie er war. Der Himmel ist ja gar nicht blau, erkennt der Gustl, ein Pfadfinderl, und lernt etwas über Hochnebel, ist aber trotzdem auf dem Holzweg. Wie kann man so etwas einem Kind sagen? Vielleicht aber doch zuträglicher, die Wolkendecke. Unter dem gebündelten Licht eines Elternpaares kann etwas wie ein Einzelkind ohnehin leicht verbrennen. Lichtempfindlich wie Fotopapier. Dagegen fällt das völlig ungebundene und sich träge ausbreitende Licht der Küche durch das Seitenfenster auf meine Knie. Ich blicke in dieses Lichtquadrat und habe Angst. Nicht vor dem Verglühen, sondern einfach, weil ich jetzt aussteigen und zur Eingangstür gehen muss. Weil ich doch weiß, was mich erwartet. Weil ich doch weiß, dass Lisa weggelaufen sein wird. Sie ist weg und tief in den Wald gelaufen, während ich und meine Großeltern im Garten um uns herum gestanden sind, sie mit Geduld, ich ohne Geduld, und jetzt werden wir, ich und der aufgestörte Alexander, die Taschenlampen aus den Laden kramen und sie suchen gehen müssen, Lichtstrahlen werden auf die Bäume fallen und in unsere Augen, uns blenden.

Ich öffne die Tür, trete ein. Links die Küche, gelt? Wer könnte glauben, dass man je von einem so schönen Heim weglaufen wollte, aber man tut es dann trotzdem. Lässt dafür wenigstens achtzig Kilo noch blutiges Fleisch zurück, frisch wie noch zuckend, ein üppiges Abschiedsgeschenk. Das liegt dann schwer im Magen und ist zehn Jahre später noch immer nicht verdaut. Man müsste es ausscheiden, endlich. Insofern hat Lisa ja recht mit ihrer Inkontinenz. Rechts ins Wohnzimmer: Ich bleibe stehen.

Dort sitzen sie, Alexander und Lisa, auf dem Wohnzimmerboden und puzzeln im warmen Schein einer vermutlich zum Verbrennen heißen Buntglaslampe. Erstaunlich, aber ist es denn erstaunlich? Alexander schiebt eben ein Puzzleteil zu Lisa und sagt leise: »Glaubst du, das gehört dahin?« Und Lisa nimmt es. Ein gewisser Einklang. Sie sehen mich nicht, ihre Rücken sind mir zugekehrt. Der Lampenschirm, aus dessen Mosaiklibellen sich träge Licht ausbreitet. Die Libellenflügel, bunt und leicht transparent. Zwei tote Insekten. Ich bekomme, was zwar nicht meinen Erwartungen entspricht, was ich aber verdient habe, denke ich.

»Hallo«, sage ich.

Alexander dreht sich langsam zu mir um.

»Hallo«, sagt er. Er lächelt mir zu, als hätte er mich vermisst.

»Habt ihr die ganze Zeit nur gepuzzelt?«

»Nein«, sagt er.

»Was habt ihr denn sonst noch gemacht?«

»Zieh dich doch mal aus und komm rein«

»Was habt ihr gemacht?«

»Lisa wollte schwimmen gehen«, sagt er.

Ach.

»Und du bist mit ihr schwimmen gegangen?«

»Ich habe nur vom Ufer aus zugesehen. Zur Sicherheit.«

Ach.

»Und wieso bist du mit ihr schwimmen gegangen?«

»Ich bin nicht mit ihr schwimmen gegangen.«

Ich schließe kurz die Augen, öffne sie wieder. Du wiederholst dich, Karin.

»Alexander, du hast keine Ahnung, was da passieren kann.«

»Was soll denn schon passieren?«

»Alles Mögliche. Ich hab dir doch gesagt, du sollst das noch nicht mit ihr machen.«

Alexander sieht zu Lisa hinüber, dann wieder zu mir. Lisa hat sich noch nicht zu mir umgewendet. Das Licht lässt ihr Haar glänzen. Wie ein Lichtstrahl in einem diesigen Flur.

»Karin, lass uns doch in unserem Zimmer darüber weiterreden.«

»Weich mir nicht aus.«

»Reden wir weiter, wenn wir alleine sind.«

Ich verstumme. Langsam dreht Lisa sich um und blickt mich an. Schau mich nicht so an, du Schizo. Wie deine Mutter, so leicht und aufhebbar bist auch du.

»In Ordnung«, sage ich.

»Es ist wohl nicht so gut mit den Großeltern gelaufen?«

»Ich habe gedacht, wir wollen in unserem Zimmer weiterreden«, sage ich.

In unserem Zimmer teilt Alexander mir mit, dass er nicht damit einverstanden sei, wie ich mit meinen Großeltern verfahren bin. Ich erzähle ihm natürlich nicht alles, aber auch mit dem, was ich ihm erzähle, ist er nicht einverstanden. Er habe gehofft, sagt er, ich sei hingefahren, um mich mit ihnen zu versöhnen, und nicht, um die Wunden zu vertiefen, die ich ihnen schon gerissen hätte. Diese Metapher ist nichts anderes als eine Zumutung. Die Wunden, die die Alten mir gerissen haben, sind inzwischen so tief, dass man eine Hand durchstecken kann und die kommt auf der anderen Seite wieder heraus. Also komm mir nicht so.

»Ich finde den Vergleich ungünstig gewählt«, sage ich.

»Ja, möglicherweise. Aber irgendwann musst du dich doch wieder mit ihnen vertragen.«

»Nein. Muss ich nicht.«

»Karin, sie sind alt«, sagt Alexander.

»Das erwähnst du öfter.«

»Du könntest es einmal bereuen.«

»Ich habe mich mit meinem Vater auch nicht versöhnt, bevor der gestorben ist.«

»Na, da siehst du, was dann dabei rauskommt, Karin.«

Ich ziehe die Luft ein.

»Tut mir leid«, sagt er.

Ich schweige. Du siehst, was dabei herauskommt. Deine Hand kommt auf der anderen Seite heraus, wenn du sie in die Wunde steckst.

»Ich meine …«, sagt er.

»Du warst also mit Lisa schwimmen?«, frage ich.

Alexander schüttelt den Kopf.

»Nein, ich hab dir doch schon gesagt, ich war nicht mit ihr im Wasser. Ich habe ihr nur vom Ufer aus zugesehen.«

»Das ist mir genauso wenig recht. Ich habe gesagt, dass das noch zu früh für sie ist.«

»Sie wollte so dringend. Du warst nicht da und es war so schwül.«

»Man kann nicht alles erlauben, bloß weil es schwül ist«, sage ich. »Und ich habe dir klipp und klar gesagt, dass ich das nicht will.«

Alexander zuckt mit den Schultern.

»Ja, gut, dann habe ich mich halt über deinen Willen hinweggesetzt. Was ist denn daran so schlimm?«

Er war mit ihr schwimmen, denke ich. Er hat ihr vom Ufer aus zugesehen, wie sie geschwommen ist, er hat ihr nachher beim Abtrocknen geholfen. Wie ein Fisch schwimmst du, hat er zu ihr gesagt, wie eine kleine Nixe.

»Du kannst dich nicht einfach über meinen Willen hinwegsetzen!«, sage ich. »Du kannst so etwas nicht machen, ohne es vorher mit mir zu besprechen.«

Alexander sieht mich an.

»Das ist ganz schön stark von dir, so was zu sagen«, meint er, »nach dem, was du dir zu Weihnachten geleistet hast.«

Jederzeit kann er mir das mit Weihnachten entgegenwerfen. Ich habe ihm eine Trumpfkarte in die Hand gegeben.

»Das hat mit Weihnachten überhaupt nichts zu tun!«, sage ich. »Und das weißt du genau! Vertrau mir, wenn ich sage, das ist noch zu früh! Ich kenne sie besser als du.«

Alexander sieht zuerst mich an, sieht dann aus dem Fenster, sieht wieder zurück zu mir. Er macht den Mund auf, macht ihn wieder zu.

»Du kennst sie länger als ich, das stimmt«, meint er dann.

Ich frage mich, was er damit jetzt wieder sagen will.

»Schau«, sagt er, »ich weiß, dass du es gut meinst. Aber das heißt leider nicht, dass das, was du für sie machst, auch immer so gut für sie ist.«

»Was meinst du?«

»Ihr seid euch so nahe, Karin. Glaubst du, ich habe das in den letzten Monaten nicht bemerkt? Aber aufgrund dieser Nähe kannst du manche Dinge halt nicht sehen.«

Du kannst das nicht sehen. Wir sehen.

Bevor ich noch an mich halten kann, habe ich ihn geohrfeigt. Er dreht sich weg von mir und ich sehe, dass er die Fäuste schließt. Ich trete einen Schritt zurück. Warum habe ich ihn geschlagen?

»Tut mir leid«, sage ich.

»Vorsicht«, sagt er.

»Ich hab gesagt, es tut mir leid«, sage ich.

»Du hast zugeschlagen«, sagt er.

Ich entferne mich noch weiter von ihm, gehe zum Bett, nehme ein Buch vom Nachttisch, um es wieder zurückzulegen. Wir schweigen. Er blickt zum Fenster und ich blicke zum Bett. Warum habe ich ihn denn geschlagen?

»Alexander«, sage ich.

»Ja?«

»Ich möchte, dass du mir Name und Telefonnummer des Psychologen gibst, zu dem du Lisa immer bringst.«

»Was?« Er nimmt die Hand von der Wange, die er sich eben noch gehalten hat.

»Ich möchte seinen Namen und seine Telefonnummer, Alexander.«

»Das ist erstens ein Therapeut, kein Psychologe.«

»Ist doch egal.«

»Und zweitens hast du dich bis jetzt einen Dreck darum geschert.«

»Das hat sich eben geändert.«

»Und drittens ist es Julian Bayer, Karin. Ich glaube, seine Nummer hast du.«

Julian, denke ich, der WG-Betreuer. Julian war nie mit mir einverstanden gewesen. Von Alexander muss er bestimmt einen guten Eindruck haben. Was soll ich tun?

»Erzähl mir nicht, Alexander, dass es dir um Lisa geht.«

21.

Am nächsten Morgen sitze ich mit Julians Visitenkarte in der Hand am Küchentisch und weiß noch immer nicht, was tun. Soll ich denn wirklich anrufen und nachfragen, wie oft und wann Lisa bei ihm war? Und würde Julian mir eine solche Information denn überhaupt mitteilen, oder fällt das bereits in den Bereich der Vertraulichkeit? Und wenn ich anrufe und Julian sagt: »Was, Lisa Neuwirth ist schon seit Monaten nicht mehr bei mir gewesen, sie hat die Therapie längst per Telefon abgebrochen.« Oder wenn er sagt: »Was, Lisa Neuwirth? Sie selbst haben die Therapie doch abgebrochen, oder? Haben Sie die Therapie nicht selbst abgebrochen? Warum haben Sie das denn eigentlich getan? Wie geht es ihr, ist etwas nicht in Ordnung?«

Was soll ich dann tun? Habe ich mir überhaupt schon überlegt, was ich ihm dann sagen soll? Es ist doch in jedem Fall meine Schuld.

Ich befingere die Visitenkarte in einer Hand und halte das Telefon in der anderen. Beobachte Lisa, die jetzt alleine puzzelt, sich möglicherweise verloren und leer dabei vorkommt, ohne Alexander kann so ein Puzzle sie nicht ausfüllen. Ich denke an Inge. Ich war damals noch ein Kind und damit von jeder Schuld befreit, aber sie, sie war eine Erwachsene. Was hat sie sich bei all dem gedacht? Hat sie sich dieselben Fragen gestellt? Hat sie sich überhaupt Fragen gestellt? Und war sie überrascht, als man sie später nicht einfach von jeder Verantwortung freigesprochen hat?

Bestimmt.

An so etwas denke man doch nicht, so etwas sei doch völlig abwegig. Und sie wurde dann ja doch freigesprochen. Nur vom Dorf, vom Dorf nicht. Die Visitenkarte zwischen meinen Fingern, von meinem Zögern bald so abgegriffen wie Lisas Kartenspiel.

Inge, während du mir Zöpfe flechtest, während du mich in Schals wickelst, was denkst du, während du das tust? Später liege ich im Arbeitszimmer auf dem Bett, meine Übersetzungstexte um mich ausgestreut, und frage mich, ob wir der letzte Punkt waren, den du auf deiner Lebenstraumliste abzuhaken hattest, Inge, oder ob wir nur gepflegt wurden, weil wir nun einmal da waren. Wer bist du gewesen, mit deinen streunenden Katzen, die du immer nachhause mitnehmen wolltest, mit der streunenden Katze, die du dir nach Peters Auszug endlich doch angefüttert hast, mit all den Lumpen, die du für den Pfarrflohmarkt gewaschen, gebügelt und ordentlich gefaltet hast? Du hast immer wie schützend die

Hand vor etwas gehalten, das wir nicht sehen durften, so kam es mir vor. Manchmal frage ich mich, ob das, wovor du die Hand gehalten hast, nicht ein einfaches Uhrwerk gewesen ist.

Wie sonst wäre zu erklären, dass du, sobald er nicht mehr da war, wie eine Aufziehpuppe, die am Ende niemand mehr aufgezogen hat, langsamer geworden bist. Bis du eines Tages einfach stehen geblieben und umgefallen bist, die Mechanik ausgelaufen, in einer willkürlichen Geste willkürlich unterbrochen. Mehr war es nicht, dieses Umfallen, nicht bedeutender als Blumen gießen. Und mehr war vermutlich auch deine Liebe zu August nicht. Du bist an ihm gehangen, weil er der Aufzieher deines Uhrwerks war.

Zwischen mir und Alexander ist es anders, denke ich. Ich habe keine Lebensspirale, die jemand anderer für mich spannen muss, und meine Unruh wird auch ohne ihn flattern, wer weiß, vielleicht sogar noch heftiger. Hättest du gehandelt wie ich, Inge, dann wäre wohl alles anders gekommen. Vermutlich hast du alles nur gut gemeint und auch August hat es nur gut gemeint, viele Menschen meinen es gut. Töpfe scheppern auf den Boden, und wer weiß, was gewesen wäre, hätte ich an diesem Tag anders gehandelt? Aber kein Schicksal hängt an einem einzigen Moment. Es sind nur wir, die den einzelnen Momenten so viel Bedeutung zumessen möchten.

Töpfe scheppern auf den Boden, Lisa räumt die Küche leer. Ich laufe zu ihr hinunter, sie steht inmitten von Geschirr. Lacht sie gerade oder weint sie? Ich kann mich nicht entscheiden. Ich weiß nicht, halte ich sie von hinten fest oder umarme ich sie einfach nur? Ich kann mich nicht entscheiden, was ich gerade tue, was von beiden das ist. Ich sage, dass ich Karin bin und nicht Inge, dass alles in Ordnung ist und dass ich nicht Inge bin, dass ich verspreche, nicht Inge zu sein. Aber wieso ich das sage, ist mir nicht ganz klar.

22.

Wir wollten ja weggehen. Wir haben uns umdrückt, zum Atmen kaum mehr Platz, im Dunkeln, auf dem Grund des Waldes oder des Teiches, eines von beiden muss es gewesen sein. Die vielfingrige Wurzelhand hat sich über uns gelegt, schützend oder aus anderen Gründen. Am Tag scheint die Sonne durch die Wurzeln wie durch Gitter zu uns durch. Jetzt in der Nacht spüren wir die Grenzen unseres Hohlraums nur, weil wir ihn gänzlich ausfüllen. Wir pressen uns so fest aneinander, dass für ein Dazwischen kein Raum mehr bleibt. Sie suchen uns, sie rufen, sie verfolgen uns mit Taschenlampen. Wir drücken das Gesicht in die Schulter der anderen, als könnte uns das Licht so nicht treffen.

Wie sich deine Finger in meinen Rücken krallen, nimmt es mir fast die Luft weg. Gleichzeitig ist es notwendig. Verlieren wir uns in diesem Moment, verlieren wir alles, und alles kippt. Und doch. Noch während du meinen Körper so an dich drückst, als wären wir miteinander verwachsen, spüre ich, wie du dich anspannst, dich schon vorbereitest, dich von mir wegzustoßen. Ich spüre alles in dieser Umarmung, denn alles ist in dieser Umarmung enthalten, auch das, wovon wir noch nichts wissen.

Lisa, du machst dich schon bereit, dich wegzustoßen von mir, wie vom Steg des Teiches. Du wirst dich von mir wegstoßen und mich hier zurück im Dunkeln lassen, in mich zusammensinkend, meine Arme in die plötzliche Leere fallend und nur mich selbst findend, diesen wunden, in alle Lücken wuchernden Körper.

Und du wirst dasselbe mit mir machen, Karin.

Ja, das stimmt. Ich werde genau dasselbe mit dir machen. Unsere Rollen in dieser Nacht sind austauschbar, wir selbst sind in dieser Nacht austauschbar, kaum auseinanderzuhalten. Wer von uns hat dieses Bild gezeichnet, wer von uns hat gesprochen? Sie rufen nach uns, sie wollen eine von der anderen weglocken, uns auseinanderreißen, aber wer von uns läuft schließlich von der anderen weg?

23.

Wenn nur endlich die Schwüle abnehmen würde. Nur die Schwüle, die sich in unserer Grundstückslichtung wie in einem Talkessel fängt und nicht einmal umgerührt werden kann, so dick wird sie. Und heute verdickt sie sich wie die Einbrenn, die ich gerade anrühre. Einbrenn, die man für manche Kohlsuppen braucht, die dann mit ihrem Geruch Küche und Wohnzimmer anfüllen, wie die Suppe, die ich gerade mache, und die ich genausowenig umrühren kann, wie der Tag die Luft umrühren kann in unserem Waldlichtungskessel. Solche Tage warten nur auf ein Gewitter und dann Regen, fünf Tage Regen, der die Hitze wegschwemmt, den Suppengeruch und einiges andere dazu. Tage wie diese sind gefährlich und haben schon manchem Familienmitglied das Leben gekostet – gut, was soll's, das ist so, mit fünfzig gehen nun einmal die ersten, und wenn es ihnen ans Herz oder ins Herz gelegt werden muss. Mit fünfzig trennt sich die Spreu vom Weizen. Ich beiße mir auf die Lippen, Lisa huscht an mir vorbei, sie ist nervös, vielleicht, weil ich selbst nervös bin, oder auch nur wegen des Wetters, läuft hierhin, dorthin, nur sich selbst die Nächste.

Alexander verwandelt sich immer mehr in Spreu, die sich verstreut und Sporen verteilt. Er verlangt Zugeständnisse. Lisa wird zum Objekt von Verhandlungen. In welchen Händen ist sie besser aufgehoben? Es ist zum Lachen und dann auch wieder nicht. Die Visitenkarte in meiner Westentasche, eine noch unbenutzte Waffe, die aber auch nach hinten losgehen kann. Ein Risiko, das jeder eingehen muss, hätte dir auch passieren können, Lisa. Und was wäre dann weiter gewesen, wenn ich bei meiner Rückkehr aus dem Ort dein Hirn verstreut über die Küche gefunden hätte und August bis zu den Knien darin? Gottesgericht, hätte die Oma gesagt. Nichts könnte ein besserer Beweis für Augusts Unschuld sein, hätte sie gesagt. Jetzt hingegen sagt sie: Dass er das Opfer ist, der Tote, das ist doch der beste Beweis seiner Unschuld. Lisa war der Angreifer, sie hat ihn verletzt und nicht umgekehrt. Es ist bewiesen, dass sie wehrhaft war und er nicht, der Gustl, so ein harmloser lieber Junge. Aber, denke ich dann, ich verwechsle die Dinge schon wieder. Als August gestorben ist, war Lisa schon weit weg.

Es schlägt ein Ende der Wäscheleine gegen das Fenster. Wind? Wind, denke ich, und leere zu viel Wasser in das Mehlbuttergemisch, und das gibt Brocken. Ich rühre darin herum und finde, dass es nun Lisas Kotze zum Verwechseln ähnlich sieht, was mich fast vergnügt stimmt. Ich schalte das Radio ein, um Lisa zu übertönen, die im Nebenzimmer vor sich hin murmelt. Das Radio steckt zwischen den Sendern, und auch Lisas Murmeln wird zur Stimme zwischen den Sendern. Einzelne Worte kann man nicht mehr ausmachen, oder aber es überlappen sich die Gespräche mehrerer Sender, die voneinander nichts wissen. Kann Lisa selbst noch ihre Worte ausmachen?

Karin, die im Topf rührt, als würde sie eine ungeölte Maschine antreiben. Der Wind, der draußen ungeduldig über die Bäume fährt, ich spüre ihn fast auf meiner Haut, oder ich will ihn spüren. Ich möchte laufen, ihm entgegenlaufen, mich von ihm erfassen lassen. Ich möchte mich von diesem Wind hochreißen und gegen die Häuserwände schlagen lassen wie ein Ast. Wie ein lebloser Ast, so möchte ich über die Felder holpern und treiben. Dieser Wind treibt mich auf die Beine, obwohl ich ihn hier drinnen nicht spüre. Ich streife über meine Arme, deren Härchen zu Berge stehen. Ein lebloser Ast, denke ich, meine Finger in die Haut drückend und die Augen schließend, ein lebloser Ast. Wenn ich doch nur über die Felder treiben könnte, wenn ich doch nur meine Arme so weit versteifen könnte, dass sie zu hölzernen Gabeln würden. Die Wurzelhand. Meine Finger, die tief in die Rinde greifen und sie vom Holz reißen, das darunter jung hervorleuchtet, weich wie Kinderhaut, zum Reinbeißen saftig. Ein Tier müsste man sein und junge Äste wie Hühnerflügel verschlingen. Schlingen, Schlund, Innereien, zusammengehalten von einem Fetzen Haut. Ein Wort führt zum anderen. Ich fahre mir über den Bauch, weil ich weiß, ich bin genau das, ein Schlund, nichts anderes. Ein bodenloser Schlund, eine leere Hülle, in die man eine Hand stecken müsste, und gleichzeitig bin ich angefüllt bis zum Erbrechen. Der Wind kehrt über den Wald, herrisch.

Lisa zerkratzt sich selbst die Arme, der Wind treibt Äste meilenweit über Straßen und Felder, treibt die Spreu von den Höfen bis zu uns, wirbelt den Staub auf und treibt ihn uns in die Augen. Auch Alexander treibt es heim. Er kommt durch die Haustür und ins Wohnzimmer, meine Augen brennen von den Staubkörnern.

»Was für ein Wind«, sagt er, »man sollte heute nicht mehr Auto fahren. Es wird bald Äste auf die Straßen wehen.« Weicht man ihnen aus und riskiert einen Unfall, oder rumpelt man stur darüber, das Knacken des vom Alter spröde gewordenen Holzes. Wieso hast du daran nicht gedacht? August hätte für dich doch bestimmt sein Lenkrad verrissen und sich für dich doch bestimmt von seinem Lenkrad aufspießen lassen. Und deine Hände, August, hättest du dann in Unschuld waschen können, weil sie niemals etwas so Schwergewichtiges wie einen Revolver gehoben hätten. Dann wäre wirklich nur Lisa schuld gewesen. Wer fährt denn stur weiter, wenn ein Mädchen mit Haaren blond wie Weizen vor das Auto springt?

Alexander redet stur weiter von seiner Arbeit, wovon ich ihn nicht abhalten werde. Erst nachdem wir gegessen haben und Lisa aus der Küche geschlichen ist, beginnt er mit dem Üblichen. Er fragt nach ihr, er fragt mich über sie aus, ich antworte. Inzwischen haben wir eine Routine des Streitens, denke ich. Es führt zu gar nichts mehr. Der Wind kehrt draußen über die Bäume, biegt sie hierhin und dorthin. Hier drinnen spürt man keinen Hauch.

Später sind meine Hände schmutzig, weil ich in feuchter Erde wühle, weil ich vergessen habe, dass ja noch Pflanzen umzusetzen sind.

»Hättest du das nicht früher machen können?«, fragt Alexander. »Vor dem Essen oder bei einem anderen Wetter vielleicht?«

Es fängt bereits an zu regnen, es weht Tropfen auf meine Hände, und auf mein Kleid, mit dem ich hier im Dreck knie. Und hinter mir und überall der Wind, der zwischen mich fährt, eine ungeduldige Hand. Umrühren in der Luft, im Schlamm, in dieser weichen Erdöffnung, ein Loch graben, in das man dann eine Pflanze stopft, auf dass sie gedeihe und Früchte trage. Ich schlage die Erde und heule, ich wische mir mit der schlammigen Hand über das Gesicht, mache dadurch alles nur noch schlimmer. Ich heule, um nicht brüllen zu müssen, und nicht auf etwas einschlagen zu müssen, und habe natürlich keinen vernünftigen Grund. Außer diesem Hohlraum, den ich auskratze, zu ungeduldig vielleicht, meine Hände im Teig, meine Hände in der Erde, fremdartig feucht, und doch will ich sie dort nicht herausziehen, will mich stattdessen immer weiter darin eingraben, meinen ganzen Unterarm da drin vergraben, um Unkrautwurzeln am Schopf packen zu können und auszureißen, weil man das Übel tief unten an der Wurzel packen muss, es entwurzeln und auf den Kompost werfen muss. Alexander stellt sich neben mich und sieht mir zu, wie ich in Regen und Sturm ein Topfpflanzenloch aus dem Boden grabe. Glaubt, er könne mein Wohlwollen dadurch gewinnen, dass er sich mit mir gemeinsam in den Regen stellt und genauso nass wird wie ich.

»Hätte die Pflanze nicht noch einen Tag warten können?«, fragt er.

»Nein, sie wartet ohnehin schon so lange, Alexander. Die wartet schon seit Wochen.«

»Warum muss die denn raus?«

»Der Topf hindert sie am Wachstum«, sage ich gegen den Wind.

»Ja, aber was macht es denn so dringend?«

Alles ist dringend, denn irgendwann muss man die Dinge ja erledigen und wieso nicht heute, was macht den heutigen Tag zu einem schlechteren als alle anderen? Bloß weil es die Bäume wiegt und im Wald das Holz bricht? Bloß weil ich in einem Kleid hier hocke, in Schlapfen und nicht in Hosen? Am liebsten würde ich hineinlaufen, in diesen Wald. Stattdessen verschmiere ich Dreck in meinem ganzen Gesicht und denke, dass man keine Angst davor haben darf, sich die Finger dreckig zu machen, dass man sich ganz im Gegenteil an den Dreck anschmiegen, sich mit ihm anfreunden muss. Und fühlt sie sich nicht gut an, die Erde auf deiner Haut?

»Bist du aus lauter Trotz da rausgelaufen?«, fragt Alexander jetzt.

»Was?«

»Weil wir gestritten haben?«

»Nimm dich nicht so wichtig, Alexander.«

»Was?«, fragt Alexander.

»So wichtig bist du nicht, dass ich aus Trotz vor dir in den Regen laufe.«

»Aber die Topfpflanze ist so wichtig?«

»Ja, schon.«

Alexander ist bestimmt eingeschnappt, weil ich ihn mit einem Gewächs vergleiche und er bei diesem Vergleich nicht einmal gut abschneidet. Der Topf liegt umgedreht neben mir, eine unförmige Hülle. Ich stopfe die Pflanze in das Loch, mein Hintern ist auch schon ganz nass. Der Wind möchte mich fast aufheben und wegtragen, immer wieder fährt er durch mich durch, das Rauschen eines ganzen Waldes, der geschüttelt wird von einer festen Hand, die dürre Äste abbricht, rücksichtslos. Und mich will er aufheben mit jedem neuen Anlauf, auf! Ich könnte in diesen Wind hineinlachen, es schlägt die offenen Fensterflügel gegen die Hauswand.

»Sind denn noch Fenster offen?«, schreit Alexander.

Eine Bö, die uns biegt, es reißt die Wäscheleine fort, ich sehe sie in der Luft tanzen, Schlieren ziehen, sie peitscht die Hauswand, einmal, zweimal, erhebt sich wieder rund, um Schwung zu holen …

»Wir müssen rein!«, schreit Alexander.

Als ich endlich aufstehe, beginnt er sofort zu laufen, ich laufe ihm hinterher, und der Sturm fährt mir überallhin, scheint mich einen Moment lang auf seinen Schwingen zu tragen, drückt mich dann zurück auf den Grund. Wir schließen die Terrassentür, ich rufe nach Lisa. Die Eingangstür schlägt auf und zu, schlägt wie direkt auf meine Ohren. Lisa kommt nicht, auch nicht nach mehrmaligem Rufen. Sie ist weggelaufen, denke ich, in den Wald geflüchtet oder auf die Straße, kullert dort zwischen kullerndem Geäst und kullerndem Laub, wartet auf das nächste Auto.

Dann höre ich oben etwas zu Boden fallen und springe die Treppen hinauf, bin mir der erdigen Spuren bewusst, die ich überall hinterlasse, auf allem, was ich angreife, und schmiere über die Wände, fast mit Wonne. Ich muss aufs Klo, denke ich, was für ein seltsamer Gedanke mitten in diesem Lärm. Ich reiße Lisas Zimmertür auf, die mir gegen die Stirn schlägt, ein Fenster ist gekippt und schlägt auf und zu, das andere ist offen, der Boden ist klitschnass. Lisa ist nicht da. Als ich auf das Fenster zulaufe: Eine Bö, das Fenster reißt sich aus dem Rahmen, drückt die Blumentöpfe vom Fensterbrett, sie fallen auf den Boden, gleichzeitig fällt es mir entgegen, wirft sich auf mich. Ich reiße die Arme vors Gesicht, aber das Fenster kommt nicht bis an mich heran, es bleibt im Rahmen hängen. Die Erde tritt aus den offenen Töpfen wie Blut, auf meinen Händen nasse Erde, und vor mir auf dem Boden nasse Erde, die Blumen wie aus ihrem Rollstuhl gekippt. Noch mehr Behinderte in diesem Haus. Das Fenster hängt schief, es regnet hinein, auf mich und überallhin, mein Kleid ist schon pitschnass, wölbt sich spitz über meinen Brustwarzen wie damals, als ich noch Schmetterlingssandalen trug, aber mich ihretwegen bereits schämte. Und jetzt sind sie abgeschreckt mit eiskaltem Wasser, wie die Brüste von Lisa, und wehgetan haben ihre auch, als man auf sie eingeschlagen hat.

Ich stürze mich in das Gestrüpp von Fenster, Rahmen und Getopfe, versuche, etwas davon zu fassen zu bekommen, die Böen spielen mir alles in die Hände. Der Boden ist rutschig, denn er ist voller Blumen, und der Wald kracht vom Sturm, das Rauschen füllt meine Ohren bis zum Rand, nasse Finger, kalter Bauch unter nassem Hemd. Ich bücke mich und werde zur Seite geschubst. Alexander, er hat sich dazwischengedrängt, will sich hier einbringen, eindringen, in den ohnehin so kleinen Raum zwischen mir und dem Fenster.

»Geh Lisa suchen!«, schrei ich ihm zu, weil das vernünftig ist und ihn aus diesem Zimmer bringt.

Wind, der meine Hände hebt, ich kralle meine Finger ins Holz, um den Rahmen nicht zu verlieren, Alexander versucht ihn von hinten zu erhaschen, ihn mir aus den Händen zu nehmen.

»Lass mich das machen!«, schreie ich. »Geh Lisa suchen!«

Alexander begreift nichts und zieht weiter an dem Rahmen, ich reiße daran, er reißt zurück, und der Wind hebt meine Hände, ich schlage ihm mit meiner erdverdreckten, kalten Hand ins Gesicht. Einmal rechts, einmal links, klatsche ich mit dem Handrücken auf seine Wange. Ich hole dafür nicht sehr aus, ich gebe mir keine Mühe, es ist auch nicht notwendig, ihn sehr fest zu schlagen. Stattdessen mit einer Nachlässigkeit, fast, als würde man Müll entsorgen.

»Bist du immer noch da!«, schreie ich.

Alexander verlässt daraufhin den Raum, wie erwünscht. Ich bleibe stehen.

Als hätte ich mich ausgeleert, richte ich mich wieder gerade auf, um Sturm und Regen zu tanken. Ich gehe zum offenen

Fenster und finde Lisa, bevor Alexander sie noch suchen kann. Ich sehe sie auf der Wiese stehen, vor dem unruhigen Teich, dort steht sie, als wäre sie ein Papierdrache und könnte im nächsten Moment zum Himmel aufsteigen. Ich schiebe das Fenster beiseite, um Lisa noch besser zu sehen, und um mich vom Regen peitschen zu lassen, mein Gesicht und meine Brust.

Es peitscht überall hin, während dort unten eine Vogelscheuche steht, allein mit dem Biegen und Brechen des Waldes, der Wald wird gebeutelt, sodass Äste brechen könnten und herabfallen. Der Sturm, der Sturm trägt die Äste über die Wiese, als wären sie ganz leicht, aber das sind sie nicht. Sie fliegen und reißen die Frau mit, die dort steht. Lisa, eben noch da, jetzt fortgefegt vom Holz, das ihr Gesicht eindrückt, sie wegdrückt, wegwischt, mit einer nachlässigen Handbewegung. Ihr Körper, als der Ast gegen sie prallt, ihre Füße verlassen den Boden, Arme und Beine scheinen den Ast umarmen zu wollen, ihr Gesicht in das Holz gedrückt zum Kuss. So fliegt sie für einen Moment über die Wiese, aus meinem Blickfeld.

Aber kein Ast stürzt sich auf sie, sie steht dort noch immer vor dem Teich. Es ist ein Mensch, der Lisa von hinten umfängt, Alexander, der sie von hinten greift, sie krümmt sich, als hätte er ihr einen schmerzhaften Stoß versetzt. Statt des Astes reißt Alexander Lisa mit sich fort, und ihr zweiter Arm flattert ihm hinterher. Zwei Menschen fliehen, fliegen über das Grün, mir bleibt nur das Fenster in der Hand, ich stehe zehentief in Lisas Blumen.

24.

Die Morgensonne steigt und lässt den nassen Blumentopf glitzern, der noch immer in der Wiese liegt. Der Wind ist abgeflaut, wie idyllisch das Licht nach so einer stürmischen Nacht sein kann, während Alexander sich friedlich selbst entsorgt. Alles noch nass, alles spiegelt die Sonne, die durch die dampfende Luft hindurch diffuses Licht verbreitet, das ist das richtige Wetter für

Fotografien. Jetzt müsste ich meine Kamera holen und den Garten aufnehmen und Klick nach Klick die verwüstete Zimmerpflanze, gerade eben noch eingesetzt, jetzt halb unter der Erde vergraben, die der Regen über sie gefegt hat. Klick nach Klick die Schmierer meiner verdreckten Hand auf Wänden und Treppengeländer, Klick, das aus den Angeln geratene Fenster, das immer noch schief in Lisas Zimmer hängt und eine Aussicht auf den dampfenden Wald bietet, strahlend von hundert kleinen Spiegeln. Alexander, Klick, wie er seine Sachen zusammenpackt, er steht halb im Morgenlicht, das durch eines der Fenster bricht, und nimmt sich seine Zeit. Fast schade, dass bei dem Sturm nicht noch mehr kaputtgegangen ist.

Alexander hat kein großes Aufhebens gemacht. Er hat nur gesagt, dass er geht, dass er glaubt, dass das keinen Sinn mehr hat.

»Ich bin ja nicht für immer weg«, sagt er. »Wenn du mich brauchst, wenn es zu schwierig wird, dann …«

Er verstummt mitten im Satz, der dann im Zimmer herumhängt, halb aufgegessen. Ja, was dann, wenn es zu schwierig wird? Ist es dir nicht eben gerade zu schwierig geworden? Das könnte ich sagen, aber ich tue es nicht, weil ich ihn nicht zum Bleiben bewegen möchte.

»Ja. Es ist wohl besser, wenn ich gehe, oder?«

Er steht vor mir, zwischen uns der Tisch, an dem ich sitze, er sieht mich an und ich blicke nicht zurück. Er senkt den Kopf, setzt dann wieder zum Sprechen an.

»Ich meine, solange das im Raum ist … so hat das doch keinen Sinn, solange das im Raum ist.«

Wie er versucht, sich für etwas zu rechtfertigen, das ich ohnehin so will. Gut ist aber, dass Julians Visitenkarte in meiner Geldbörse liegt, jederzeit greifbar, solltest du mir mit Lisas Wohl kommen, können wir dort anrufen, Alexander. Dann werden wir schon sehen, ob du Lisa wirklich immer zu Julian und nicht vielleicht in ein Hotelzimmer gebracht hast. Das sage ich nicht, das hat er auch so verstanden. Er ist gerade dabei aufzugeben, und ich will ihn nicht dabei stören.

»Ich meine, solange du glaubst, ich würde so etwas tun, … und …«

Er dreht sich halb weg und wieder zurück.

»Bei so etwas möchte ich auch nicht mitspielen, Karin, ehrlich gesagt. Das möchte ich, dass du weißt. Es ist etwas anderes, wenn … Ich meine, wenn sich deine Einstellung gegenüber mir ändert … Aber ich bin nicht dein Sündenbock, Karin, und schon gar nicht euer Watschenbaum.«

Nein, das bist du nicht, sage ich nicht.

Er klopft mit den Fingerknöcheln auf den Tisch.

»Dass du mich geschlagen hast, ist nicht der Grund, warum ich gehe. Das möchte ich auch, dass du weißt.«

In Ordnung.

»Aber dieses Misstrauen … dagegen anzukämpfen, da kann ich doch nur verlieren. Das bringt uns doch beiden nichts.«

Er verstummt wieder, als müsste er all das zu Ende denken, was er nicht ausspricht.

»Es bringt vermutlich auch Lisa nichts«, das sagt er, zu dem Schluss kommt er dann.

Er sagt mir später, dass er vorerst zum Georg fahren wird, »du weißt schon, der Arbeitskollege, den ich aus der TU-Fachschaft kenne und mit dem ich hin und wieder die Rollenspiele mache«, als wüsste ich nicht, wer das ist. Er versichert sich, dass ich Georgs Telefonnummer besitze, und sagt mir, ich solle unbedingt anrufen, sollte es einen Notfall geben. Dann steht er in der Gegend herum, versichert sich noch einmal, dass ich alle möglichen Nummern habe, und auch sonst alles, was ich brauche. Er erinnert mich in diesem Moment ganz deutlich an meine Mutter, wenn sie ohne mich irgendwo hinfahren und mich allein zuhause lassen musste. So stellt man sich das Ende einer Beziehung nicht vor, dass der andere dir noch Lunchpakete macht, dir sagt, ich habe Essen eingefroren, du musst es nur ins Backrohr schieben, zwanzig Minuten, bei hundertachtzig Grad, dann hast du wenigstens was Warmes zu essen. Aber was weiß ich schon über das Ende von Beziehungen? Bis jetzt kam in meiner Umgebung dabei jedenfalls immer jemand zu Schaden, das immerhin ist ein wiedererkennbares Muster.

Trotz seiner Fürsorge tut Alexander sich nämlich schwer, zu verbergen, wie verletzt er in Wirklichkeit ist. So wie ein Schiff vermutlich die Klippen erst in dem Moment begreift, in dem es an ihnen zerschellt, so hat wohl auch er diese Nacht etwas begriffen. Er ist gegen meine Hand wie gegen eine Klippe gerannt und ist davon noch etwas durcheinander, orientierungslos zurückgeblieben. Vielleicht vom Aufprall, Gehirnerschütterung. Das passiert uns aber allen einmal im Leben und ist vermutlich eine wichtige Erfahrung. Enttäuscht kann nur jemand sein, der sich vorher hat täuschen lassen, und das ist Tatsache.

Die Ohrfeigen, die hätte ich vielleicht wirklich lassen sollen. Handgreiflichkeiten kann man sich bei ihm eigentlich nicht erlauben. Beim ersten Mal, als es mir passiert ist – und da habe ich ihm bloß einen kleinen Schlag auf den Hinterkopf gegeben, fast freundschaftlich –, hat mich seine Reaktion vollkommen überrumpelt. Ein anderer Mann hätte gelacht und es mir vielleicht sogar als charmante Frechheit angerechnet, er dagegen war so wütend auf mich, dass ich vor ihm erschrocken bin. Seitdem kenne ich diese Grenze, und er weiß, dass ich sie kenne, und vertraut darauf, dass ich sie nicht überschreite. Wer weiß, wäre mir das wirklich im Affekt passiert wie vor ein paar Wochen, vielleicht hätte er mir das noch durchgehen lassen? Aber ihm eine Ohrfeige zu geben, fast ohne darauf zu achten, ich wusste, dass das Konsequenzen haben würde.

Und er geht. Er geht einfach. Was für eine Reaktion.

Er trägt seine Sachen zum Auto, ich helfe ihm nicht dabei, sondern stehe nur da, die Arme verschränkt. Wäre es nicht fast zu ehrlich, ihm auch noch dabei zu helfen? Also trägt er allein, dann ist er fertig, hat den Kofferraum geschlossen, steht hinter der offenen Autotür wie hinter einem Schild.

»Das muss ja nicht für immer sein«, sagt er, »nicht, wenn du es nicht willst, Karin.«

Und er betont das »wenn du es nicht willst«, und ich fühle mich ertappt. Dass er mich verstanden hat, ist mir peinlich, es ist aber auch bequem. Ich möchte mir zumindest über einen Punkt im Klaren sein.

»Wirst du mich mit Lisa hier alleine lassen? Ich meine, wirst du mir das zutrauen?«

Er blickt mich an, länger, senkt dann den Kopf.

»Ich dachte wirklich, ich könnte helfen«, sagt er. »Wer bin ich, mich da einzumischen? Macht euch keine Sorgen.«

»Weswegen sollte ich mir Sorgen machen?«

Er steigt ein, bald wird er angeschnallt und weggefahren sein. Als das Auto anfährt, drehe ich mich um, blicke zum Haus zurück und sehe, am Fenster des oberen Zimmers steht Lisa und blickt auf Alexander herab. Sie sieht zu Alexander, nicht zu mir, und sieht in diesem Moment auch gar nicht aus wie sie selbst. Es ist erschreckend, aber das ist sie nicht, nicht das Kleinkind, das sich anmacht und Puzzles legt. Die steht dort oben nicht. Die Frau, die dort oben hinter dem Fenster steht, ist tatsächlich eine Frau, eine sehr aufrecht stehende Erwachsene von sechsundzwanzig Jahren, und ihr Gesicht ist tatsächlich sechsundzwanzig Jahre alt. Dabei sieht sie nicht einmal glücklich aus.

Bevor Alexander geht, kommt er noch zu mir. In der Nacht mit ihrem Wind, der mich hochgehoben und zum Teich getrieben hat, hat Alexander mich von hinten gepackt, mich nach hinten gerissen, seine Hand hat sich mir hart in den Bauch geschlagen. Ich stolpere rückwärts, der Wald biegt sich vor mir, er hält mich so fest, ich will ausbrechen, meine Arme heben, ich reiße mich los, drehe mich um, stoße ihn und seine greifenden Hände fort, verpiss dich, du Hundsfott! Ich schlage ihm ins Gesicht, zweimal. Er macht ein paar Schritte zurück.

Und jetzt kommt er zu mir, an diesem Morgen, wie, ich weiß nicht, zu seiner Anwältin? Soll ich dich in Schutz nehmen, dich in meine Arme schließen wie eine Mutter, sagen, dass Karin falsch gehandelt hat, dass ich dich vor ihrem Zorn und ihrem Misstrauen schützen werde? Soll ich dir sagen, dass du nicht gehen darfst, dass ich dich brauche, dass ich mit Karin nicht alleine sein möchte? Dass ich dich liebe?

Du trittst verlegen in mein Zimmer, stehst verlegen und etwas schief in der Zimmertür, schief wie das Fenster, das noch immer aus den Angeln hängt. Ich weiß, dass du bereits gepackt hast, aber etwas fehlt noch zu deiner Entscheidung, Karin ist nicht mehr der einzige Grund, der dich hier hält. Da bin auch noch ich, das schwierige Wesen, halb Mensch, halb Tier, ein sechsundzwanzig Jahre altes Kind, liebesbedürftig, es hat ja so wenig

Liebe gehabt in seinem Leben, wickelt es in viele Decken ein, man muss es halten und streicheln. Und am Anfang ist es ja so schwierig gewesen, aber dann, dann hast du den Zugang zu mir gefunden, nicht wahr? Dann hast du mich gezähmt. Denn ich bin zugänglich, wenn man nur die richtige Sprache spricht, eine einfache Sprache. Man kann sich regelmäßig zu mir setzen und mir jedes Mal ein wenig näherkommen. Man kann mit mir Spiele spielen, ganz regelmäßig, und mir etwas geben, worauf ich mich freuen, was ich vermissen kann. Man kann mich zähmen wie der Fuchs den kleinen Prinzen zähmt, und man wird die Farbe meiner Haare von nun an in allen goldenen Ähren sehen und mein Lachen in allen Sternen.

Zum Kotzen.

»Ich gehe vielleicht weg«, sagst du.

Was soll ich antworten? Soll ich fragen, was das bedeutet, du gehst? Gehst du einkaufen? Du kommst doch bald wieder zurück, oder?

»Karin will mich nicht mehr hierhaben, glaube ich.«

Nein, Karin will dich nicht mehr hierhaben. Das weiß ich schon wesentlich länger als sie.

Du schweigst, weil ich schweige.

»Ich will ganz ehrlich sein«, sagst du. »Ich habe einfach Angst, dass es dir schlechter gehen wird.«

Dann fügst du doch hinzu, »wenn du mit Karin alleine bist«.

Das wolltest du gar nicht sagen. Du willst mich nicht gegen Karin aufbringen, nicht wirklich.

»Ich werde dich vermissen«, sagst du, als würde uns irgendetwas verbinden. Als hättest du mich als Mensch schätzen gelernt, ganz unabhängig von Karin. Als hätten wir uns tatsächlich voneinander abhängig gemacht, und als sähen wir einander mit dem Herzen gut, als sähen wir einander als gut, und die strahlenden Haare in allen Ähren.

»Nein, ehrlich. Mir hat das Spaß gemacht, die Nachmittage, das Puzzeln.«

Wie soll ich mich dir verständlich machen? Ich habe dich ja gemocht, Alexander, aber es bleibt dasselbe Spiel und du musst immer noch gehen.

»Du hast das gemocht, das Puzzeln?«, frage ich.

Du nickst.

Ich drehe mich um, gehe zum Bücherregal, nehme eine der Schachteln heraus, tausend Teile. Ich drücke es dir in die Hand.

»Willst du das als Nächstes mit mir spielen?«, fragst du. »Soll ich also bleiben?«

»Nimm es mit«, sage ich. »Du kannst jetzt doch mit Georg spielen.«

Du setzt an, um etwas zu sagen, schließt den Mund wieder. Du stehst vor vollendeten Tatsachen, ich bin eine vollendete Tatsache.

Du schaust im Zimmer umher, erkennst es vielleicht erst jetzt als mein und Karins Zimmer, als unser gemeinsames Kinderzimmer, wo du mittendrin stehst, wo du dich mitten hineingestellt hast.

»Wie eigenartig«, sagst du.

IV

1.

Und was. Was, wenn wir im Wald spazieren gehen. Was, wenn wir aufbrechen, durch den Waldrand brechen wie durch die Wasseroberfläche, das Wasser schlägt über uns zusammen und legt sich in unsere Ohren und auf unseren Mund und auf unsere Haut, kriecht in jede Höhle und dämpft, wie der Wald alles dämpft, kaum hat man ihn betreten, und schließt sich hinter uns. Wir erkunden ihn, wir brechen durchs Unterholz, die Luft legt sich auf uns, wir springen über den Bach, über die nasse Erde. Der Wald ist schimmlig, weiß ich, und Lisa geht neben mir und ich kenne unsere Orte: eine Kuhle unter einem Fels, aus der wir die Bockerln geschaufelt haben und die vermoderten Äste, die mir in den Fingern zerbröseln, ein bisschen fester muss ich sie nur drücken und sie zerbrechen in weiche Fasern. Das Holz ist weich und feucht und die Erde weich und feucht und schimmlig und weich und feucht ihr Arm, als ich sie zu mir ins Dunkel hinunterziehe. Tief unten sitzen wir auf den Nadeln, atmen, schlingen die Luft hinunter und graben noch tiefer, um mehr Platz zu schaffen. Wohin mit der Erde, wohin mit den Bockerln, fragst du, und wir schichten sie auf zu einer Mauer, aber nichts Auffälliges, nichts, wodurch man uns entdecken könnte, sehen könnte, dass hier Hand angelegt worden ist, dass Hände gewühlt haben, dass Hände hier alles abgegriffen haben, darf man nicht sehen.

Wieder über den Bach steigen, die Hände ins Wasser, bis sie taub sind, graben im Uferschlamm, dort ist dieser kleine Wasserfall, kannst du dich erinnern, Lisa?

Ja, ich weiß, Karin, deine Finger im Wasser, deine Finger eiskalt, sie liegen auf meiner Wange, und wir liegen im Moos, halten uns fest mit kaltem Griff.

Und da, man braucht nicht mehr weit zu gehen, weißt du noch, Lisa, kannst du dich noch erinnern an diese große Wurzel?

Ja, Karin, die große Wurzel, man braucht hier nur noch ein Stückchen gehen, hier nach rechts, hier nach oben, wo das Unterholz immer dichter wird, noch tiefer hinein, wo der Wald dunkler wird, am Anfang haben wir uns nicht getraut. Bis man nur noch kriechen kann, und dann kommt da hinter dem Geäst dieses große Wurzelwerk aus dem Boden, wie eine Hand mit knochigen Fingern, die sich verzweigen, und die Finger greifen in die Erde, graben in den Boden. Unsere Arme voller Erde, wir beschmeißen uns damit, wir reiben sie uns ins Gesicht und umklammern uns dabei und lachen, wie alt waren wir da? Die Wurzeln wurden zu noch einem Hohlraum, in den wir gekrochen sind, du mit mir, und die vielverzweigte Hand hat sich auf uns gelegt. Die Sonne ist kaum noch bis hier herunter gekommen, die Hand hat uns abgeschirmt von der Sonne, aber von außen war nichts zu sehen. Nicht zu sehen, dass hier Hand angelegt worden ist, oder vielleicht doch, wenn man genau hinsieht.

Unsere Spiele hier, unsere Geschichten hier, zuerst ist alles so groß und dann plötzlich sind wir gedrängt, gequetscht in die Felsenhöhle, die Beine ganz plötzlich so lang, abgewinkelt übereinander, und wir atmen und schweigen, was soll ich auch sagen, Karin? Was hätte ich auch sagen sollen, wenn wir uns umarmten, und dabei doch alles spürten, aber wie kann es überhaupt zusammengehen, wenn wir über die Steine springen und jetzt den Bach entlanggehen, und ich deine Hand spüren will, ich habe Angst davor, deine Hand zu spüren, die Hand greift tief in die Erde, und wir haben uns darunter verkrochen?

Aber es ist zu kalt, am Grund des Waldes, und es drückt von oben herab und dunkel ist es, wenn man so tief hinabtaucht in der Nacht. Versteh doch, Lisa, da ist nichts außer dir, außer sich an dich zu klammern, und die Rufe von fern. Sie hätten uns niemals gefunden, wenn ich nicht hinausgelaufen wäre, wenn ich dich nicht zurückgelassen hätte mit der Wurzelhand, die sich schließt, sobald ich ihr den Rücken kehre.

Ich laufe von dir, Lisa, weg zu den Lichtern, geblendet greife ich nach der Hand von Papa, ich möchte sie spüren, ich möchte, dass er meine umschließt, fest, deswegen klammere ich mich an ihn. Und er drückt meine Hand, aber ich spüre darin – und er nimmt mich auf den Arm, und ich klammere mich fest, um ihn zu spüren, aber ich weiß gleichzeitig, dass er mich nur hält, dass er schon fort ist, dass all das, das Drücken meiner Hand, das Auf-den-Arm-Nehmen, schon nur noch ein Rest ist, mit einer Entschuldigung, es tut mir leid, Karin, aber.

Ich spüre an meiner Wange seinen rauen Bart und möchte plötzlich sagen: Es war ein Fehler! Machen wir es rückgängig, vorn beim roten Auto müssen wir wieder beginnen, dort darf ich ihre Hand nicht nehmen! Es war ein Fehler, möchte ich sagen, lass mich los, Papa, du bist leer, lass mich zurück zu ihr laufen!

Und es ist, als würde sie neben mir stehen und mir dabei zusehen, mich ansehen, wie ich mich an den Papa klammere und sie damit wieder einmal verrate.

Nein, aber sie steht ja neben mir und sieht mich an, sieht mich an und sieh, ganz plötzlich ist ihre Haltung so gerade, sie steht ganz aufrecht, ganz gerade und aufrecht steht sie plötzlich und blickt mir gerade ins Gesicht.

»Gehen wir zurück«, sage ich leise, und wir gehen zurück, weil man im Wald nur das findet, was sich selbst aufgibt, deswegen gehen wir zurück, und Papa presst mich an sich, weil sie sich nicht selbst aufgegeben hat.

Das stimmt aber nicht. Wir finden sie doch. Sie liegt in ihrem Bett zur Wand gerollt. »Lisa«, sage ich, doch sie sagt kein Wort, als sie neben mir geht, als wir gemeinsam zurückgehen, aber was sollte sie auch sagen.

2.

Lisa kramt seit ein paar Tagen alle Puzzleschachteln hervor und wirft sie eine nach der anderen aus ihrem Zimmerfenster. Ich hindere sie nicht daran. Die Schachteln und die Puzzleteile schwimmen im Teich, und wer soll die Puzzles noch auseinanderhalten, wer soll sie zu einem Ganzen fügen? Geometrisch genau geformte Kartonstücke, Schneeflocken, nur ein bisschen weniger einzigartig: Kartonflocken. Ich liege zur Seite gedreht im Wohnzimmer auf dem Sofa, blicke hinaus in den Garten, als die Kartonflocken leise herabrieseln auf die Wasseroberfläche. Statt Goldregen Papierregen.

Jedem das, was er zwar nicht erwartet, was er aber verdient hat.

Ich muss mich einfach wehren, Karin. Gegen die Zähmung, gegen die Gewohnheit. Alexander fehlt mir wie ein verloren gegangenes Puzzlestück, das aber ohnehin von Anfang an überflüssig gewesen ist, das habe ich doch gewusst. Ich schlage mir die Arme um den Körper und zerknittere mich zwischen den Fingern. Julian, denke ich. Mark, Robert, Uschi, denke ich. Uschi, die auch nach dem zehnten Mal nicht versteht, wie das mit dem Geschirrspüler geht. Die Gläser gehören oben hin. Mama.

Nach all den Jahren kommt jetzt plötzlich die Erinnerung, an den Kindergarten, es war Abend und da ist sie, und ich kann auf sie zulaufen, endlich ist sie da, sie geht in die Knie, streckt ihre Arme nach mir aus, lacht mich an, und ich denke nur, Mama. Was tu ich hier? Ich will doch nur heim, ich will doch nur, dass meine Mama mich abholt.

Ich schüttle den Kopf. Ich muss Alexander zurücklassen, ich muss sie zurücklassen. Alles zurücklassen. Alles von mir stoßen. Mich gegen diese Zähmung wehren, allem den Rücken zukehren.

Mama habe ich als Erste entsorgt wie zu klein gewordene Wäsche. Du bist mir zu klein geworden, du kannst meine Bedürfnisse nicht mehr abdecken. Du wärmst nicht mehr genug und schützt mich nicht mehr vor Sonne, Wind und Regen. Also ab in die Altkleidersammlung mit dir, das Sozialamt weist mir neue Kleidung zu, in der ich verlorengehe, weil sie zwei Nummern zu gut ist für mich.

Ich laufe von dir weg, Mama, und packe die Hand eines Puppenspielers, der besser für mich sorgen kann. Ich laufe aber auch weg von dem Puppenspieler, und er zerfällt hinter mir, als hätte bloß ich ihn gehalten. Alexander kommt auf mich zu mit offenen Armen und ich entsorge Alexander wie Kartonabfall. Ein Parasit wandert von einem Wirt zum nächsten. Ein Kuckuckskind frisst seine Zieheltern. Nicht zurückschauen, du hast zu viel zurückgelassen. Du solltest an Ort und Stelle erschlagen werden, nur dafür, so weit gekommen zu sein.

Ich liege unten auf dem Sofa und blicke zurück. Ich blicke zurück auf diesen Teich, in dem jetzt Kartonflocken schwimmen und in dem wir früher geschwommen sind. Dann schließe ich die Augen und öffne sie wieder und liege da jetzt schon recht lange, aber was gibt es schon zu tun? Warum soll ich da hinaufgehen und Lisa beruhigen, wenn die sich doch ohnehin selbst beruhigen wird? Und das wird sie, das weiß ich. Sie beruhigt sich jedes Mal. Ich habe Lust, mich zusammenzurollen. Ich rolle mich zusammen, bis ich mit den Knien mein Kinn berühre, lege die Arme um die Beine. Mein eigener Atem schlägt mir entgegen und die Wärme meines eigenen Körpers. Immerhin das kann man sich holen. Die Brust mit dem eigenen Körper umhüllen. Ich würde mich am liebsten um dieses Haus zusammenrollen wie ein Igel.

Wenn einem aber die eigene Körperwärme entgegenschlägt. Ist es fast wie. Dein Atem schlägt sich auf deinen Wangen nieder. Dir wird kalt und nicht warm. Du musst dich noch weiter zusammenrollen. Bis nichts mehr herausschaut, bis. Die Wärme deiner Beine, die Strümpfe, die du an deiner Wange reibst. Und doch frierst du weiter. Dein Atem befeuchtet. Du schließt dich zusammen. Vergrab deinen Kopf in deinem Schoß. Vergrabe ihn im Dunkel deines Beckens.

Aber im Dunkel welches Beckens, Karin? Des Schwimmbeckens im Hallenbad? Im Teich, zwischen die Wasserpflanzen willst du dich legen? Möchtest auch du mit den Fingern zwischen Grashalme fahren, sie zusammenknüllen, ausreißen? Möchtest auch du Blüten auf deine Lippen legen, sie öffnen und den Blumendotter auf deiner Zunge landen lassen, und es verstäubt die Pollen? Möchtest auch du Weizenhalme berühren, deine Hand um ihre festen Samen schließen, rau? Die Hälmchen, seidig und zugleich schroff. Ein Widerstand, wie wenn du deine Hand um ein anderes Handgelenk schließen könntest, spüren könntest, wie es sich anspannt, um sich dir zu entwinden. Ähren, golden wie Haare.

Was redest du plötzlich von Ähren, Lisa, was soll dieser Vergleich?

Gut, reden wir eben nicht vom Weizen, wenn dir das Bild nicht gefällt. Aber denkst du denn, andere wären harmloser und hinter ihnen könnte sich nichts verstecken? Denkst du denn, es gäbe keine anderen Kreuzungen, um dich auf den immergleichen Weg zu führen? Ich kenne den Wald genausogut wie du, ich kenne alle unsere Verstecke und ich kenne die Worte, hinter denen du dich verbirgst. Aber viele Pfade führen zum selben Ort.

Es führen viele Wege durch den Wald und wir beide kennen sie alle. Wir kennen sie alle, Karin, wir sind sie alle abgegangen, wir haben dabei Stöcke an die Baumstämme geschlagen, sodass es für uns nun keinen Weg mehr gibt, weil wir uns diesen Raum so angeeignet haben, dass wir, wenn wir uns jetzt – als die Erwachsenen, die wir doch sind – auf den eingegangenen Pfaden halten, eigentlich Vergessen heucheln. Wir spielen uns vor, alles andere hieße wild gehen und sei gefährlich, was es in Wirklichkeit ist. Als sei das Gebiet abseits der Pfade vermint, was zutrifft. Das ist es, was uns zu Erwachsenen macht, Karin. Wir gehen die immergleichen Pfade entlang, so oft, wie da schon einer hingestiegen ist, kann sich nichts Gefährliches mehr darunter verbergen. Lisa, pass auf, was du sagst!

Das hat auch Julian gesagt, dass ich darauf achten soll, was ich wie sage, und mich neue Worte gelehrt wie einen Hund neue Befehle. Wir bauen uns unsere Welt aus Worten, hat er gesagt und mit mir darüber geredet, wie ich mich und das, was passiert ist, beschreibe. Man kann nicht alles heucheln, die anderen hören in unserem Sprechen, was wirklich der Fall ist. Was tötet, ist das Fehlen von Liebe, hat der Puppenspieler gesagt, und dieses Fehlen hört man. Und ich muss es wissen. Gänzlich aufgedeckt und doch etwas verbergen müssen. Die Wahrheit rutscht immer auf die Seite, die er gerade nicht anblickt, dorthin, wo er mich gerade nicht begreift. Er erklärt mir, was die Wahrheit ist, und ich muss ihm widersprechen. Ich habe mich jetzt ganz in deine Hände begeben, erklärt er mir, und legt seine Hand auf meine Schulter:

3.

Du willst mich nicht. Du ekelst dich vor mir, du verachtest mich. Ich sehe es ja, wie könntest du mich auch nicht verachten? Ich verachte mich selbst für das, was wir miteinander tun. Es ist falsch, aber ich bin so allein. Ich öffne dir alles, ich begebe mich ganz in deine Hände, und du lässt mich allein.

Das sagt er und kommt her und öffnet mich.

Nein. Er hat mich geöffnet. Es ist schließlich lange vorbei, ich sollte sagen: Er hat mich geöffnet. Ich sollte endlich begreifen, dass das Vergangenheit ist, nur eine Erinnerung unter vielen, ich sollte mich ganz genau erinnern können, aber es gehört nicht zu mir. Jemand anderer ist dort gelegen, nein, ich bin dort gelegen. Meine Arme hatte ich vor der Brust angezogen, mehr nicht, so habe ich sie gelassen. Er küsst mich, aber er hat mich schon verloren, er küsst eine leblose Puppe.

Bitte, sagt er, bitte. Lass mich doch nicht so allein.

Ich sage: »Ja«, ich lasse ihn allein. Er ist dort allein mit der Handpuppe. Und dann greift er in mich. Er greift direkt in mich, ganz tief, ist überall. Ich bin ganz ausgefüllt von seiner Hand, deren Finger bis in meine Arme und Beine kriechen. Meine Arme lösen sich, sie umfassen ihn. Von ihm geführt, umarme ich ihn, halte ihn in Händen, während seine eine Hand tief in mir ist und er mit der anderen über meinen Oberarm streift. Er küsst mich mitten auf die Handfläche. Er küsst mich auf die Innenseite des Ellbogens, dort, wo meine Haut weich ist. Es brennt. Er streichelt mir über die Wange, seine Hand ist rau und warm. Er streichelt mir über den Hals, bückt sich zu mir und dann ist da plötzlich sein Mund an meinem Hals, brennend und nass, ich will weg von ihm, aber es ist doch nur eine leere Hülle, die dort liegt.

Seine Hand ist dabei so vorsichtig, sie ist zärtlicher als die von Karin. Ich denke plötzlich: Karin ist nie so zärtlich mit mir gewesen. Aber auf die Handfläche und auf den Unterarm hat sie mich auch geküsst. Und dann weiß ich nicht mehr, mit wem ich hier liege, ob es ihre Finger sind oder seine. Es ist so heiß, sein Atem ist an meinem Hals, es brennt zwischen den Beinen, und etwas stöhnt in mir, ist es dasselbe, was bei Karin gestöhnt hat? Und dann richtet er sich kurz auf, ich sehe sein Gesicht, es ist rot, und ich erkenne ihn, und plötzlich weiß ich nicht mehr, mit wem er hier liegt. Er sieht so verzweifelt aus. Ich weiß nicht, wer die ist, die hier unter ihm liegt, aber er sieht so verzweifelt über sie aus.

Er bekommt nicht, was er will. Er bettelt darum, aber er bekommt es nicht. Es tut da unten weh, ich weiß nur nicht so recht, wo.

Es ist ja auch gleich vorbei. Er lässt die da unter ihm schon wieder los. Er dreht sich weg. Er weint. Er hat wieder die Hände auf sein Gesicht gelegt.

Es tut mir leid, Lisa.

Ich liege noch da. Er sitzt neben mir und weint.

Zieh dich doch an, Lisa, bitte. Zieh dich doch endlich wieder an.

So lange bin ich da doch gar nicht gelegen, denke ich. Nur ganz kurz bin ich so gelegen. Wieso darf ich denn nicht so liegen? Ich streife die Unterhose und die Leggings wieder hinauf. Mehr ist auch nicht zu tun, nicht einmal einen Reißverschluss oder einen Knopf muss ich zumachen. Ich setze mich zu ihm an die Bettkante. Er weint immer noch.

Es war ein Fehler, Lisa, es tut mir leid. Wir haben einen Fehler gemacht, einen ganz schlimmen Fehler haben wir gemacht. Es ist alles nur, weil du schon so reif bist. Du bist viel zu früh erwachsen geworden.

Ich blicke zum Fenster. Draußen scheint die Sonne. Ich muss geschwitzt haben, denn alles an mir fühlt sich klebrig an. Eine Fliege ist im Arbeitszimmer gefangen und fliegt gegen die Fensterscheibe. Ich mag das Geräusch nicht, wenn die Fliegen gegen die Fensterscheibe schlagen.

Hörst du, Lisa, dass es mir leid tut? Verstehst du nicht? Ich bin bloß so traurig, Lisa. Ich falle, du bist das Einzige, was mich hält. Hörst du mich nicht?

Die Fliege gibt nicht auf, immer wieder fliegt sie gegen die Scheibe, aber das Fenster ist zu. Draußen scheint die Sonne. Morgen wird es noch heißer werden, denke ich. Ich muss geschwitzt haben, denke ich. Ich muss duschen gehen, denke ich.

Schau mich doch an, Lisa, sieh mich doch an.

Er nimmt mein Gesicht in beide Hände. Er nimmt es in beide Hände, dreht es zu sich, und es ist, als würde er es von meinem Kopf ablösen, von ihm abheben. Er hebt es weg von mir zu sich und ich fühle es gar nicht, als er mich küsst.

Habe ich dir wehgetan? Ich wollte dir doch nicht wehtun. Niemals wollte ich so etwas.

Als er mich küsst, fühle ich es gar nicht. Meine Haut hat sich von meinem Körper abgelöst, sie berührt mich nicht mehr. Er berührt sie, aber sie berührt mich nicht. Nur drückt er mich jetzt näher an sich. Er drückt mich näher an dieses offene Herz. Ich ekle mich ein wenig vor seinem offenen Herz, obwohl er es nur für mich geöffnet hat, gleichzeitig spüre ich gar nichts, ich weiß nicht einmal, wo er mich berührt. Ich kann es auch später niemandem sagen, kann es auf keiner Puppe zeigen. Aber nicht einmal seine Hände auf meinen Armen spüre ich, mit denen er mich an sich drückt, oder hat er die Hände auf meinem Rücken? Das Einzige, was bleibt, sind seine Worte.

Meine Lisa. Du meine Lisa. Du musst mich halten, hörst du? Du musst mich halten, ich falle ohne dich.

Seine Worte decken mich ab.

In deinen kleinen Händen hältst du mich.

Meine Hände sind nicht mehr klein.

Nein, Lisa, deine Hände sind nicht mehr klein. Ich weiß doch, dass du mich fallen lassen wirst. Ich höre doch an deiner Stimme, dass du mich nicht mehr liebst. Deine Stimme kann es mir nicht verbergen.

Nicht seine Hände, seine Worte legen sich auf meinen Nacken.

Ich wollte dir doch nicht wehtun. Wieso bist du auch so zu mir gekommen, wieso hast du dich zu mir gesetzt, wieso hast du das gemacht? Jetzt wirst du dich abwenden. Zuerst setzt du dich zu mir, dann wendest du dich ab, weil du genug hast. Du ekelst dich vor mir. Ja, du ekelst dich vor mir, ich sehe es dir an. Ich höre es an deiner Stimme.

Ich öffne den Mund. Die Worte, die ich spreche, sind fremd, und kommen doch aus mir.

Nein, sage ich, ich wende mich nicht ab. Nein, sage ich, du hast mir nicht wehgetan. Nein, sage ich, so bin ich nicht, dass ich mich abwende, weil ich genug habe.

Meine Worte sind schlimmer als seine. Meine Worte sind übel, legen sich überallhin, als gehörte alles an mir ihnen. Als könnten meine Worte sich alles nehmen, was ich bin.

Du liebst mich nicht, sagt er.

Doch, ich liebe dich.

Du gibst mir die Schuld, sagt er.

Nein, und ich schüttle den Kopf, meine Haare fliegen mir ins Gesicht, und es brennt wie ein Peitschenschlag, nein, ich gebe dir keine Schuld. Ich gebe dir keine Schuld. Ich liebe dich.

Die Worte ziehen an meinem T-Shirt, ziehen es hoch. Ich will dich doch nicht verlassen. Meine Worte ziehen an meinen Leggings. Ich werde dich nie verlassen. Meine Worte legen sich auf meinen Hals und drücken. Ich halte dich in Händen. Überall sind sie wie Zungen, und er hält mich, und überall um seine Hände herum wuchere ich, und höre nirgendwo auf, in alle Richtungen höre ich nicht auf.

Lisa, sagt er, meinst du das denn wirklich?

In diesem Moment verknotet sich alles in mir. Es verknotet sich alles in mir, und ich wende mich ab von ihm. Ich öffne den Mund, und es entgleitet mir, habe ich es denn gehalten? Alles drängt hinaus, aus meinem Mund, er hält mich immer noch, ich spüre es immer noch nicht, nur innen ist alles verschlungen. Mein Innerstes auf dem Teppich, meine Worte dort unten halb verdaut, der Teppich ist hungrig, er saugt meine Worte gierig auf.

Was hast du denn, du hast ja gespieben. Geht es dir nicht gut, du zitterst ja.

Seine Worte liegen auf meinem Hals.

Hast du denn Fieber, du wirst doch nicht Fieber haben. Hast du denn gelogen, Lisa, hast du es denn nicht ernst mit mir gemeint? Mein Herz, sagt er, mein Herz.

4.

Decken über mir. Karin möchte mit mir reden. Über die Schule, bloß über die Schule. Nicht über. Sie will nicht über ihn reden, weil sie weiß, dass meine Worte Zungen sind, sich winden, ihr über die Wangen schlecken. Sie kommt zu mir, unter die Decke. Ihre Haut legt sich an meine Haut. Meine Haut hört an ihrer Haut auf. Weil ihre Haut an meiner liegt, muss ich für einen Moment nicht weiter wachsen. Weil ich sie dicht an mir spüre, ruhig und warm, weiß ich, wo ich bin. Sie schließt mich ab. Sie legt mir die Hand auf die Stirn.

»Du hast aber kein Fieber«, sagt sie.

»Nein. Mir war nur kurz schlecht.«

»Sag das nicht der Mama«, sagt sie. »Die schickt dich morgen sonst glatt noch in die Schule.«

Ich will sagen, geh weg von mir. Ich will sagen, lass mich nie wieder los. Ich will sagen, ich bin über und über mit fremdem Speichel bedeckt. Aber sie bemerkt es nicht. Sie bemerkt es nie. Sie will es nicht wissen. Sie blickt daran vorbei. Sie legt ihren Kopf auf meine Schulter, die der Puppenspieler abgeschleckt hat. Ich werde dich nie verlassen. Ich liebe dich. Sie ist da, ihr Kopf liegt schwer auf meiner Schulter, ich will ihn dort halten. Aber immer noch spüre ich überall auf meiner Haut seine und meine Worte.

Lisa, lügst du mich auch nicht an? Lisa, lügst du mich auch nicht an, dass du mich nicht verlassen wirst?

Wo Karin an mir liegt, höre ich auf. Wo Karins Hand ist, bin nicht ich. Ich könnte sie in diesem Moment halten und immer weiter halten. Ich hätte sie in diesem Moment halten und immer weiter halten können, ich hätte nicht weggehen müssen. Ich hätte sie nicht loslassen müssen. Sie war doch da. Sie war da, ganz neben mir. Sie wäre bei mir geblieben. Ihr warmer Kopf wäre auf meiner Schulter liegen geblieben, ich hätte weiterhin ihren Körper an meinem gespürt, ihre Wärme. Ihre Hand, die kalte, die kleine, lag auf meiner Brust, würde ich bald von mir stoßen. Ich hätte sie nicht von mir stoßen müssen.

Da kannst du mir noch so lange einreden, Julian, ich sei. Aber du weißt ja nicht, was wirklich Sache ist. Du sprichst mit mir wie mit einem Kind, wenn ich doch kein Kind mehr bin, wenn ich doch selbst damals längst kein Kind mehr gewesen bin. Julian, du kommst nicht einmal annähernd an die Wahrheit heran, wenn du mir sagst: »Du hast keine andere Wahl gehabt, Lisa. Du hast an all dem keine Schuld.«

Das hast du vielleicht so gelernt, und das hättest du vielleicht auch gerne. Doch meine Wahrheit ist das nicht. Nur will die niemand hören.

Allen ist es recht, dass ich Kind bin, Kind gewesen bin. Allen ist es recht, dass ein Kind weder Schuld noch Verantwortung auf sich laden kann, weil Kinderarme noch zu kurz sind, um Schuld und Verantwortung zu fassen, weil ein Kind das gar nicht heben kann, so viel, so schwer. Das ist auch dir recht, Julian, nur dass du dir nachher selbst widersprichst und meinst, ich dürfe erwachsen werden. Als dürfte ich dabei die Schuld hinter mir lassen, weil meine Arme damals zu kurz gewesen sind, um sie mitzuzerren, als müsste ich nicht zurückgehen und die Schuld mit meinen jetzt tatkräftigen, langen Armen aufheben, wie es sich gehört.

5.

Was aber beruhigt, sind die kleinen Gesten, das Flechten von Zöpfen, das Zuknöpfen von Westen, das Zubinden von Schnürsenkeln. Stattdessen liege ich auf dem Sofa im Wohnzimmer, auf dem Rücken, mal an die Decke sehend, mal zur Seite, hinüber zum Teich blickend, und bin so schwer, als würde mir jemand auf der Brust hocken. In der Mitte des Raumes steht offen die Kiste mit Augusts Handpuppen, ich wollte gestern mit Lisa spielen, aber Lisa wollte nicht, stattdessen ist sie in ihr Zimmer gegangen. Früher hat sie die doch gemocht? Wir haben so oft mit ihnen gespielt, und immer hat der Drache Dagobert die Könige gebissen. Und der Computer ist schon seit Tagen nicht mehr eingeschaltet gewesen. Ich weiß, ich weiß. Aber stattdessen die Arme fallen lassen, sie tief in die Matratze des Sofas fallen lassen, diese Müdigkeit, wohlig. Der Stoff an der Wange, die Matratze, an die du dein Ohr drückst, du hörst dein eigenes Blut rauschen, du kannst die Augen schließen und weißt, Inge steht in der Küche und bereitet schon das Abendessen vor, und du brauchst gar nichts tun, du wirst rechtzeitig geweckt.

Ich erfülle meine Rolle immer schlechter. Immer schlechter erfülle ich diese Rolle, werde ihr gar nicht mehr gerecht. Bin keine gute Pflegemutter mehr, möchte stattdessen meine eigene

Mutter in der Küche mit dem Geschirr hantieren hören. Ich frage mich, wie lange ich hier liegen kann. Wie lange es dauert, bis Lisa zu mir kommt, an mir zerrt, weil sie hungrig ist. Du wirst rechtzeitig geweckt. Ich frage mich, wieviel Geld ich noch auf dem Konto habe, und wie lange ich hier liegen und leben kann von diesem Geld. Was ist unser Ablaufdatum, Lisa? Ich müsste mir einen Kontoauszug besorgen, ich müsste arbeiten, ich müsste mir Aufträge besorgen, aber ich tue es nicht. Was soll auch dabei herauskommen? Das Übersetzen hat in Wahrheit nie zum Leben gereicht und ich bin immer eine Ausgehaltene gewesen. Ich lächle. Ich spüre den Arm, auf dem ich liege, und meine Finger, regungslos. Es ist eine Lust in dieser Ruhe.

Sagen werde ich Alexander nichts. Vielleicht denkt er es sich ohnehin. Vielleicht kann er es sich denken, weil er mich ja kennt. »Karin«, hat er gesagt, und das war noch vor Weihnachten, »wir wollen doch beide nicht, dass du finanziell von mir abhängig wirst. Du willst doch auf eigenen Füßen stehen.«

Ich schließe die Augen. Wird er dahergelaufen kommen mit Bündeln Geld in beiden Händen? Wird er mir monatlich Unterhalt überweisen? Wird er sagen, du hast mich zwar hinausgeworfen, ich kann dich nicht behalten, aber ich werde dich trotzdem aushalten?

Ich sollte nicht hier liegen bleiben. Ich sollte etwas tun und tue es trotzdem nicht. Für Lisa muss das alles etwas sehr Vertrautes haben, wie eine Erinnerung an früheste Kindheit, wie Heimatgefühl. Ich ersetze ihre Mutter. Jetzt vernachlässige ich sie.

Ich werde aber rechtzeitig geweckt, Mama steht in der Küche, es riecht schon nach Putenschnitzeln, sie wird mich rechtzeitig wecken. Peter, Grete und ich können ruhig mit den Handpuppen spielen, Lisa und ich können ruhig Städte aus Lego bauen, Mama wird uns schon sagen, wann wir zum Essen kommen sollen, wann wir ins Bett gehen sollen. Mama flicht uns Zöpfe und schickt uns baden, wenn die Sozialarbeiterin zu Besuch kommt, die nach Lisa sieht. Mama näht uns Druden- und Nixenkostüme, die Lisa und ich verlangen. Mama strickt uns Schals und streut Zimt auf unseren Kakao. Mama würde ja so gerne Tiere aus dem Tierheim holen, aber Peter ist leider allergisch. Also doch lieber

Lisa. Mama entführt eine verhungerte Streunerkatze, sobald Peter ausgezogen ist, und füttert sie, bis sie fett und träge ist und sich von niemandem anrühren lässt außer von Inge.

Mama stört es nicht, den ganzen Tag allein im Haus zu sein, Mama kommt durch fremde Einmischung wie zum Beispiel eine tastende Hand nur in Unruhe, wird verwirrt und durcheinander. Vor dem Fernseher sitzend, ist sie ganz versunken, vielleicht nicht einmal in die Sendung, sondern in sich selbst. Als Papa sie mit den Fingern am Hals berührt, eine zärtliche und fast unmerkliche Geste, lächelt sie, aber stolpernd, ihr Blick stolpert und erfängt sich kaum, während sie lächelt, und das bloß, weil August ihren Nacken berührt hat. Und doch muss er ihre Mechanik aufziehen, regelmäßig. Was muss er für ein Uhrmacher sein, dass er nicht nur mit der Hand dieses feine Werk berühren, sondern in es eindringen kann, seine Feder spannen, ohne dass es dabei scheppernd und klirrend zu Boden fällt?

Töpfe scheppern auf den Boden, ein Teller zerbricht, die Katze läuft aus der Küche mit buschigem Schwanz, und ich weiß nicht genau, was diesen Tag ausgelöst hat. Ich weiß, dass Inge an diesem Tag wieder eine Fuhre Altkleider in den Ort gebracht hat, gewaschen, gebügelt und sortiert, aber was dort vorgefallen ist, werde ich nie erfahren. Der Prozess ist zu diesem Zeitpunkt auch schon vorbei gewesen, wahrscheinlich hat es aber trotzdem damit zu tun gehabt. Menschen können eben recht gemeine Dinge sagen, und das immer wieder.

Inge ist noch nicht wieder zuhause gewesen, als ich mit dem Rad von der Schule heimgekommen bin. Ich habe meinen Bikini angezogen, im Badezimmer meinen Busen befühlt, der immer noch mickrig war, und bin in den Schwimmteich gesprungen. Inges Katze hat mich, während ich geschwommen bin, vom Ufer aus misstrauisch angesehen. Damals ist sie noch nicht so lange bei uns gewesen, deshalb dachte ich damals noch, sie würde sich irgendwann auch an andere Menschen als Inge gewöhnen.

Als ich in die Küche komme, weil ich das Poltern höre, holt Inge gerade die Töpfe aus den Kästen und wirft sie auf den Boden, nimmt einen Teller vom Tisch und wirft ihn zwischen die Töpfe, er zerbricht. Ich stehe im Türrahmen mit nassen Haaren, weil ich direkt vom Teich komme, das Badetuch habe ich um mich gewickelt.

Ich kenne sie so nicht mehr. Ich kenne nur einen zusammengedrückten kleinen Körper. Und jetzt steht sie dort, stellt sich auf die Zehenspitzen, um die Töpfe aus den oberen Fächern zu erreichen, nur um sie auf den Boden zu werfen, zum Rest – und dabei ist es, als würde sie sich das erste Mal wieder ganz auseinanderfalten.

»Lasst mich in Ruh!«, ruft sie, und trotzdem sie sich doch entfaltet, trotzdem sich ihre Stimme so anstrengt, ist sie nicht laut, nur heiser und hoch. »Was wollt ihr denn von mir? Lasst mich doch in Frieden!«

Als sie mich bemerkt, stockt sie kurz und verstummt.

»Geh in dein Zimmer, Karin!«, sagt sie.

Ich antworte nicht. Ich beuge mich zu den Töpfen hinunter.

»Geh in dein Zimmer!«, sagt sie noch einmal, aber ich nehme einen der Töpfe, als sie mich wegwischt mit einer Handbewegung, die mich an der Wange trifft. Ich stolpere zurück, fasse mir an die Wange, die so weh gar nicht tut, und sage nichts.

»Schau mich nicht so an!«, schreit Inge, als würde jemand sie würgen. »Du hast dich schön rausgestohlen! Du brauchst mich jetzt bloß nicht so anschauen!«

Sie kommt auf mich zu, nimmt mich an den Schultern und schüttelt mich und schreit heiser: »Immer schweigst du, immer! Nie brauchst du Fragen beantworten, immer nur ich! Du hättest doch genauso etwas sagen können! Gib doch wenigstens zu, dass du genauso gut etwas sagen hättest können!«

Legt dann ihre Stirn an meine. Wie befremdlich, ihr Gesicht so nah an meinem, die Augen zusammengepresst. Sie umarmt mich, zieht mich an sich mit ihren dünnen Ärmchen, ihre Finger in meinen Rücken gekrallt.

»Meine Karin«, sagt sie, »ist ja nicht schlimm. Ich bin dir nicht böse. Gib es nur zu.«

Ich sage nichts. All das ist zu viel für mich, ihr Gesicht überfordert mich, die gepflegten Fingernägel in meinem nackten, noch feuchten Rücken machen mir eine Gänsehaut. Und was sollte ich ihr denn sagen? Was genau erwartet sie sich denn von mir?

»Ich habe doch immer, was wollen sie denn noch …«, flüstert sie in mein Ohr, und wie ihr Mund beim Flüstern so nah an meinem Ohr ist, mir sprechend heiße Luft ins Ohr bläst, ekelt mich an, ich will weglaufen. Dann dreht sie sich weg. Steht auf, geht zum Küchentisch, lehnt sich mit dem Rücken daran.

»Es ist aber ganz gleich«, sagt sie und ihre Stimme ist noch leiser als vorher.

Mit der Handbewegung wischt sie einen Einwand weg, den niemand ausspricht.

Ich stehe da und muss zugeben, erleichtert zu sein, dass sie von mir abgelassen hat, dass sie sich von mir entfernt hat, auch wenn das doch nicht richtig ist, so zu fühlen. Inge greift auf den Küchentisch ohne hinzusehen, bekommt den Henkel eines Häferls zu fassen, und wirft es zum Rest, oder aber es entgleitet einfach ihren Fingern. Es verfehlt jedenfalls die Fliesen und prallt stattdessen mit einem dumpfen und unbefriedigenden Geräusch auf den Teppich, hüpft noch einmal kurz hoch, zerbricht nicht. Inge steht dort und sieht das Häferl an, und in diesem Moment zieht sich in ihrem Gesicht etwas wie ein Vorhang zu.

»Ach herrje, was habe ich denn jetzt wieder angestellt?«, fragt sie erstickt und sieht auf die Futterschüssel, die von einem Teller getroffen worden ist und nun auf der Seite liegt. Das Trockenfutter liegt auf dem Boden um die Schüssel verstreut. »Ich hab ja die Minnie verjagt.«

Sie faltet sich zusammen, bückt sich, eine Hand auf ihrem Rücken, sie hebt einen Topf nach dem anderen auf und stellt ihn in die Laden zurück, sehr ordentlich. Als ich ihr helfen will, sagt sie: »Lass nur«, und noch einmal: »Lass nur, Liebes.«

Ich lasse sie. Ich stehe zuerst da, dann drehe ich mich um und gehe. Hätte ich mit ihr die Scherben und Töpfe einsammeln sollen? Vielleicht hätten wir dann noch darüber geredet. Aber ich habe sie nicht verstanden. Ich habe sie vielleicht auch gar nicht verstehen wollen. Deshalb ist schon am Abend außer einer Beule in einem Reindl nichts mehr zu sehen gewesen. Deshalb ist Minnie schon am Abend wieder auf Inges Schoß gesessen. Inge hat auch nicht wieder die Stimme erhoben. Sie ist stattdessen noch langsamer geworden, ist den Großelterngesprächen duldsam gefolgt, hat ihrer dahergelaufenen Katze Futter hingestellt, hat den

Kopf gesenkt, wenn sie in den Ort einkaufen gegangen ist, und ist, wenn auch erst Jahre später, beim Blumengießen umgefallen. Der Mechanismus ausgelaufen. Vorhang zu.

6.

Vorhang auf, Vorhang zu, der Wald umgibt unser Haus, wie ein Wintermantel hüllt er es ein, auch im Sommer, dicker Filz bei fünfunddreißig Grad. Fünfunddreißig Grad und die Luft steht und Inge steht, den Gartenschlauch in der Hand, und gießt eine Trauerweide, absurderweise, und fällt mitten hinein in ihre flimmernden Fäden. Die Luft steht und Inges Herz steht, ihre Glieder haben sich ordentlich zusammengeklappt und sind schlaff neben ihren Rumpf gefallen, alles liegt im kühlen Gras und wird vom Wasser umspült, das kühlt den Kopf und kommt zu spät. Der Wald umhüllt ihren Körper wie ein Wintermantel bei fünfunddreißig Grad, und so reinlich sie zeit ihres Lebens auch gewesen ist, wird sie doch endlich alles loslassen, jeden verspannten Muskel ihres Körpers, und endlich bis zum Himmel stinken. Und ich schlafe in dem Moment, als sie schläft und ihr Gesicht vom Wasser des Gartenschlauchs umspült wird, auf dem Sofa in der Wohnung in Wien, weil es so heiß ist und alles andere ja auch stehengeblieben ist, sogar meine Mutter.

Erst in der kühleren Nacht, die wir auf unserem Balkon verbringen, Wein trinkend, Käse und Weintrauben essend, lachend, bekomme ich Peters Anruf. Peter, der mir sagt, dass meine Großeltern meine Mutter gefunden haben, sie stank schon wie ein reifer Käse, Letzteres sagt er natürlich nicht. Oma und Opa hatten Inge für denselben Abend eingeladen, hatten sich vorgenommen, sie mit Zwiebelrostbraten und ihrem rot kullernden Trauergesang zu füttern, aber das Endgefäß ihres nach Bittermandeln duftenden Weinens ist nicht angekommen, ihre wohlbedachten Worte haben bereits gedroht, wie das Soufflé in sich zusammenzufallen. Bei Inge hat niemand abgehoben. Also haben sie die halbe Stunde Fahrt auf sich genommen und dabei doch nichts als ein zu Ende gelaufenes Uhrwerk gefunden, in aufgeweichter Erde, weil das Wasser ja nie abgedreht worden ist, immer weitergeronnen ist, ununterbrochen. Sie haben zuerst meinen Bruder verständigt und dann die Polizei, meinen Bruder und nicht mich, obwohl mein Bruder in Salzburg sitzt bei einem Geschäftsessen und ich in Wien auf dem Balkon, lachend an Weintrauben lutschend, aber mein Bruder steht höher auf ihrer Anrufliste, er nimmt all diese Verantwortung ohne zu stöhnen auf seinen breiten Rücken, hält sie, wie er seinen breiten Bauch hält, kann sie weit tragen. Sie rufen ihn also an und erzählen, dass sie Inge haben abholen wollen und stattdessen nur ein stilles Uhrwerk gefunden haben, in feuchter Erde schon rostend, und die Zahnräder auseinandergefallen. Und er, der kurz einatmet, um dann mit einem Ruck die gesamte Verantwortung auf sich zu laden, wie es vom ältesten Sohn erwartet wird, auch wenn er sehr viel weiter entfernt lebt als die jüngste Tochter, sagt ihnen, dass sie zuallererst die Polizei rufen müssen und dass er sich persönlich um die Verständigung aller anderen kümmern wird. Und währenddessen umspült noch immer Wasser die Haare meiner Mutter, löst sie auseinander und nimmt ihnen ihr Gewicht, weil Opa den Wasserhahn noch nicht gefunden hat, durchs Dunkel stolpert, nachtblind wie er ist. In Wien dagegen läutet jetzt mein Telefon und ich schlucke eine letzte Weintraube, ersticke nicht einmal daran. Worte prägen sich einem ein, man sollte sie also gut wählen (tut es dann aber trotzdem nicht). Man steht da, den Telefonhörer in der Hand, andere sind noch vergnügt, und man weiß gar nichts davon. Gar nichts, wovon?

Nichts vom Stillstehen eines Räderwerks, selbst wenn man es ausdrücklich mitgeteilt bekommt, eine Gliederpuppe in aufgeweichter Erde, fünfunddreißig Grad und alles steht.

Vorhang zu.

Ein stiller Abgang, er könnte beinahe selbst gewählt sein für jemanden, der Christian Andersen verehrt hat und sein Mädchen mit den Schwefelhölzern, oder auch Oscar Wildes Märchen von der Prinzenstatue, die, nachdem sie allen Armen von ihrem Reichtum gegeben hat, am Ende kahl und hässlich ist, stürzt und eingeschmolzen wird. Peter entschuldigt sich und verlässt vorzeitig, aber ruhig das Geschäftsessen, nimmt das Telefon zur

Hand und organisiert den Tod seines zweiten Elternteils, wie er auch schon den Tod seines ersten Elternteils organisiert hat. Ich stehe nutzlos daneben, wie ich es gewohnt bin. Diesmal sind wir aber schon geübt, wir kennen uns aus.

Das Aufwendigste an der ganzen Angelegenheit wird es sein, Inges Katze hinter einer Kiste noch ungewaschener Altkleider im Keller hervorzuziehen. Wir werden mit der Taschenlampe hinter die Kiste leuchten, Minnie zuerst mit Leckerlis locken, dann die Kiste verschieben, das fauchende Tier in eine Ecke drängen und packen, in seinen Transportkorb sperren, uns dabei kratzen lassen. Die Großeltern wiederum werden sich von uns überreden lassen, nun endlich auch ein undankbares und halb verrücktes Kuckuckskind in ihrem Heim aufzunehmen. So bringt jeder sein Opfer und die Katze dankt es den Alten doch, indem sie auf das Sofa, den Teppich, in die Küche und auf das Bett pinkelt. Später dankt sie es ihnen, indem sie nichts mehr von ihnen will, außer einem vollen Futterschälchen und einem reinen Katzenklo.

7.

Als ich mich endlich aufgerichtet habe, kann ich mich nicht sofort entscheiden, aufzustehen. Ich sitze einfach nur gekrümmt auf dem Sofa, die Hände in meinem Schoß. Dann umfasse ich mich selbst und beuge mich weit nach vorn. »Ah«, mache ich, langgezogen. Mehr nicht. Ich weiß nicht, warum. Es hat sich angehört, als hätte mir etwas wehgetan. Hat mir denn etwas wehgetan? Ich mache es noch mal, »Ah«, länger jetzt, öffne dabei weit den Mund, beuge mich weit nach vorne, bis ich mit dem Gesicht meine eigenen Beine berühre. Und noch einmal, diesmal ein wirkliches Stöhnen, lang. Gebrochen schon am Ende. Wie eigenartig, es hört sich an, als tue mir etwas sehr weh, und alles, was ich davon weiß, ist dieses Geräusch, alles, was ich tun kann, ist, mir selbst zuhören. Ich sollte die Fliesen in der Küche aufwaschen, denke ich, das ist notwendig, dieser Gedanke sollte mir guttun. Nur meine Beine sind so schwer.

Ich stehe dann doch auf, hole den Bodenreiniger und einen Kübel aus der Abstellkammer. Wieso nicht jetzt die Küche putzen? Und wenn meine Beine auch schwer sind. Sie hat lange genug gewartet. Das Wasser schäumt, weil ich den Fehler begangen habe, die Seifenlauge zuerst in den Kübel zu schütten, und dann erst das Wasser. Inge hätte das richtig gemacht. Ich knie mich auf den Boden, tunke den Bodenfetzen in den Kübel. Inge hat nie lange für das Putzen der Küche gebraucht, und trotzdem sind die Fliesen danach sauberer gewesen, als sie es bei mir je sein werden. Was war das Geheimnis, das ich nie von ihr gelernt habe? Hat sie denn überhaupt auf Knien gewischt? So erinnere ich mich. All diese falschen Geschichten.

Lisa hat mir nichts davon gesagt, dass sie weglaufen würde. Zu Inge hat Lisa gesagt, dass ihr noch übel sei, dass sie nicht in die Schule gehen wolle, zu mir hat sie gar nichts gesagt. Mir hatte sie noch am Vorabend versprochen, zu bleiben. Ich bin allein in die Schule gefahren, mit dem Rad. Ich habe nicht erwartet, dass sie nicht da sein würde, als ich zurückkam. Man hat es ihr ja nicht angesehen.

Papa ist am Tisch gesessen, als ich heimgekommen bin. Mama hatte die Arme verschränkt, stand an die Wand gelehnt. Ich weiß noch, ich saß auf dem Boden, vielleicht weil ich dachte, man würde mich so nicht treten. Oder ich weiß nicht. Peter und Grete standen, wie Mama.

»Es ist doch nur für eine Nacht«, hat August gesagt.

»Nur für eine Nacht«, hat Inge wiederholt. »Und du hast sie einfach so mit der mitgehen lassen?«

»Ich weiß, Lisas Mutter hat sich nicht angekündigt«, hat er gesagt. »Ich weiß, sie ist einfach so hergekommen.«

»Mit dem Auto oder was?«, hat Inge gesagt. »Hat diese Person denn überhaupt eines? Darf die denn fahren?«

»Offensichtlich ja. Lisa wollte ihre Mutter zuerst gar nicht sehen«, hat August gesagt. »Sie hat gemeint, ich soll sie wegschicken. Und ich habe auch zu Jennifer gesagt, sie solle doch bitte gehen. Jennifer ist natürlich nicht gegangen. Aber sie war auch nicht wie sonst, sie hat mich nicht beschuldigt oder bedroht oder so. Sie hat nur gemeint, sie wolle mit ihrer Tochter reden, sonst nichts. Und Lisa war dann damit auch einverstanden. Lisa hat gemeint, na gut, in Ordnung.«

»In Ordnung?«, hat Mama wiederholt.

»Ja«, hat Papa gesagt. »Und die beiden wollten alleine reden, also habe ich sie eben alleine gelassen. Sie haben sich zum Teich gesetzt und ich habe nur durch das Fenster immer wieder hingesehen. Sie sind da lange beieinandergesessen. Es war schon seltsam, sie so zu sehen, Mutter und Tochter, so direkt nebeneinander. Sie sehen sich ja doch ähnlich. Und dann ist Lisa gekommen, alleine, und hat gemeint, sie wolle mit ihrer Mutter in die Stadt, nur für eine Nacht, nur mal so, zur Probe.«

»Zur Probe?«, hat Mama gefragt.

»Sie ist vierzehn«, hat Papa gesagt. »Inge, sie hat ein Recht auf Besuchskontakt mit ihrer Mutter.«

»Ihre Mutter ist paranoid«, hat Mama gesagt. »Ihre Mutter hat ihr gedroht, sie mit einer Pfanne zu erschlagen.«

»Das ist lange her«, hat Papa gesagt. »Und ich habe bei der Sozialarbeiterin angerufen, ich bin ja nicht blöd. Die hat gemeint, Jennifer würde seit Langem ihre Medikamente nehmen und sie sei viel stabiler geworden in den letzten Jahren. Die hat gemeint, wenn Lisa dazu bereit ist und wenn wir sie morgen wieder abholen, dann wäre es in Ordnung, dann könnte man es versuchen.«

»Aber du weißt schon, dass du das morgen machen musst, ja, sie abholen? Ich habe den Flohmarkt in der Pfarre. Ich habe der Hübner Anna schon vor Monaten zugesagt.«

»Natürlich werde ich sie abholen, das ist ja keine Sache. Ich habe ja noch frei.«

»Sie versäumt so noch einen Tag die Schule, das weißt du schon, oder?«, hat Inge gesagt.

»Dann lass sie doch die Schule versäumen«, hat August gesagt. »Es ist in Ordnung, Inge. Es ist alles in Ordnung. Lisa ist einfach vierzehn. Es ist normal, dass sie da wieder an ihrer Herkunftsfamilie interessiert ist. Sie wird schon wieder zurückkommen. Wir werden sie deshalb nicht gleich verlieren.«

Ich frage mich, ob ich ihm damals, auch nur einen Moment lang, all das geglaubt habe. Er ist ja dagesessen und hat erzählt, mit so vielen Details, als hätte er Lisa und Jennifer tatsächlich gemeinsam beim Teich sitzen gesehen, als wüsste er nicht. Hat er überhaupt nachgedacht, in was für eine idiotische und leicht nachzuweisende Lüge er sich da verstrickte? Er kann nicht lange in die Zukunft geplant haben, in diesem Moment, oder aber er hat ohnehin schon alles entschieden gehabt. Es ist alles in Ordnung. Ich habe sie beieinandersitzen gesehen. Habe ich ihm geglaubt? Nur war ich ja in die Garage gegangen.

»Warum ist Lisas Fahrrad weg?«, habe ich gefragt.

»Was?«, hat Papa gefragt.

»Lisas Fahrrad ist nicht mehr da«, habe ich gesagt. »Warum ist es weg?«

»Bist du dir sicher?«, hat Papa gefragt. »Ist es nicht vielleicht noch da? Hast du es nicht verwechselt? Welches war denn das von Lisa?«

»Das rosa Damenfahrrad«, habe ich gesagt, »das ihr zu klein ist. Du wolltest ihr ein neues kaufen. Du weißt, welches Fahrrad ihres ist.«

»Und das ist nicht mehr da?«, hat Papa gefragt.

»Nein«, habe ich gesagt. »Wenn sie doch mit ihrer Mama weggefahren ist, mit dem Auto, wieso ist dann ihr Fahrrad weg?«

August hat nicht gleich geantwortet.

»Vielleicht haben sie es mitgenommen«, hat er dann gesagt. »Ich weiß nicht.«

Inge hat nichts dazu gesagt. Grete hat nichts dazu gesagt. Peter hat nichts dazu gesagt. Sie sind alle dagestanden und haben nichts dazu gesagt. Inge hat dann gemeint, sie gehe etwas kochen. Sie war jetzt auf einmal mit der ganzen Sache einverstanden, oder sie wollte nicht mehr darüber reden.

Später hat sich niemand an dieses Detail erinnern können, daran, dass alle schon an diesem Tag wussten, dass Lisas Fahrrad verschwunden war. Ich habe es auch niemandem gegenüber mehr erwähnt. Wieso hätte ich es jemals wieder erwähnen sollen? Damals hat niemand etwas dazu gesagt, wieso hätte jemals wieder irgendjemand etwas dazu sagen sollen?

Das Wasser im Kübel ist braun, weil ich schon mehrmals meinen Putzfetzen darin ausgedrückt habe. Als ich ihn wieder auf den Boden fallen lasse, denke ich plötzlich, ist es das, woran ich mich erinnere? Hat Inge damals auf ihren Knien das ganze Blut weggewischt? Unsinn, denke ich dann und achte darauf, unter der Kühlschranktür zu wischen, und vor dem Herd, wieso sollte das so passiert sein? Das wäre ganz unwahrscheinlich. Das Telefon läutet.

8.

Das Telefon hat schon seit Wochen nicht mehr geläutet. Ich richte mich auf, ich mache die Augen zu. Es könnte Alexander sein. Ich habe nichts von dir gehört, Karin, ich habe es mir anders überlegt. Ich kann dich nicht allein mit Lisa lassen.

Es könnte Julian sein. Wieso ist Lisa nicht zur letzten Therapiesitzung gekommen, Frau Ludevik, was ist bei Ihnen los? Sie müssen sich mir erklären, das geht so nicht weiter, sonst müssen wir einschreiten.

Es ist alles nur eine Frage der Zeit. Ich müsste etwas tun. Ich müsste Lisa zu Julian bringen, aber allein der Gedanke macht mir die Beine so schwer, ich kann kaum noch aufstehen.

Das Telefon läutet.

Es könnten die Großeltern sein. Du hast dich von uns abgewendet, du meldest dich nicht mehr bei uns, wir hätten zehnmal sterben können, so lange hast du dich schon nicht mehr gemeldet. Dieses Kind hat einen dunklen Einfluss auf dich, wir können da nicht mehr tatenlos zusehen. Du wirst noch enden wie dein Vater, Karin.

Meine Hände sind auf meine Knie gefallen, die Handflächen nach oben geöffnet. *Laisser tomber les bras*, fällt mir plötzlich ein, die Arme fallen lassen, diese französische Redewendung für aufgeben. Aber in Wahrheit sagen es alle verkürzt, sagen einfach *laisser tomber*, fallen lassen, mehr nicht.

Ganz selten mischt sich das Französische in mein Denken. Anderen Übersetzern, besseren Übersetzern, passieren vermutlich ständig solche Gedankenverbindungen. Das Einzige, was ich miteinander verbinde, ist das, was dann doch nicht so war. Die Küche ist voller Blut, ich habe es schon weggewischt, das Wasser im Kübel ist dunkel vom Schmutz. Die Küche ist voller Blumen, ich habe sie schon in den Mistkübel gekehrt. Mir ist eine Katze nachhause gefolgt, sie ist ganz dürr, sie wäre bestimmt verhungert und erfroren da draußen, sie heißt nicht Lisa, sondern Minnie. Sie wird mich besser lieben.

»Hallo, Karin«, sagt Peter. Ich habe ja doch abheben müssen. »Du gehst wohl wieder nicht so gern ans Telefon, was?«

»Ich war im Garten. Ich habe dich nicht gehört.«

»Schon in Ordnung, es ist auch ganz gleich. Ich muss mit dir reden, Karin.«

Das kann so nicht weitergehen, Karin. Du verwahrlost, und du lässt Lisa verwahrlosen. Ich habe von Anfang an gesagt, dass es zu früh war, dass du noch nicht reif für all das bist. Du hast das alles noch nicht überwunden. Du warst zu jung damals. Du konntest das nicht sehen, aber wir sehen.

»Ich weiß nicht, ob sie es dir schon gesagt hat, aber ich denke, du solltest wissen, dass Grete schwanger ist.«

Ich bleibe zuerst still. Was soll ich darauf auch antworten?

»Seit wann?«, frage ich schließlich.

»Sie ist schon im fünften Monat«, sagt Peter. »Ich habe es aber auch erst vor zwei Wochen erfahren.«

»Vor zwei Wochen?«, frage ich.

»Ja, tut mir leid«, sagt er. »Ich hatte gedacht, sie hätte dich auch angerufen, und die letzten Tage waren das reinste Chaos.«

»Ist schon in Ordnung«, sage ich und überlege, warum ich eigentlich für meine Schwester lüge.

»Sie hat es selbst erst vor ein paar Wochen herausgefunden«, sagt Peter. »Ich frage mich nur, warum sie uns nicht gleich alle benachrichtigt hat. Sie ist ja sonst nicht so.«

Sie ist ja nicht so wie du, Karin.

Hast du aber eine Ahnung, Peter. Sie hätte das Haus verkauft, wenn ich es nicht übernommen hätte. Sie wäre nie hier geblieben, für ihr Leben nicht.

»Sie hat gemeint, sie hätte sich schon gewundert, dass sie so zunimmt, aber an eine Schwangerschaft hätte sie nicht gedacht.«

Angesehen hat man es ihr nicht, dass sie längst ihre Flucht geplant hat. Nichts hat sie sich anmerken lassen, auch nicht, als die Koselic Petra aus dem Dorf unseren Vater einen Kinderschänder genannt hat, und damit bei Weitem nicht die Einzige war. Und dann geht sie nach London studieren, und hat eine gute Ausrede.

»Haben die beiden denn nicht verhütet?«, frage ich.

»Angeblich schon«, sagt Peter, »ich frage mich halt, warum sie das nicht früher bemerkt hat. Ich meine, da gibt es doch meistens recht deutliche Warnsignale.«

Er spricht es nicht einmal aus. Wie Inge. Wenn dir mal nicht so gut ist, hat sie gesagt, dann kommst du zu mir, und ich werde es dir erklären, so gut ich kann. Vielleicht wirst du dann aber schon alles in der Schule gelernt haben, und ich werde dir nichts erklären müssen.

»Die Menstruation ist in unserer Familie oft unregelmäßig«, sage ich. »Bei mir fällt sie auch öfters aus. Da mache ich mir nicht jedes Mal Gedanken.«

»Mhm.«

Noch ein Familienmärchen. Diesmal bin ich es, die es erfindet. Die wird bestimmt noch oft erzählt werden, die wundersame Geschichte von Gretes unbemerkter Schwangerschaft, die Geschichte von unserer unregelmäßigen Menstruation, die punktgenau alle achtundzwanzig Tage kommt. Hat Grete es auch vor Harry so lange verheimlicht? Das kann ich mir nicht vorstellen. Harry denkt mitten im Weihnachtsessen an Hagebutten. Wieso sollte Grete ein Kind vor jemandem verstecken, der selbst mitten in unserer Familie an nichts als an Hagebutten denkt?

»Es ist jedenfalls die Hölle los«, sagt Peter. »Grete will um jeden Preis das Kind in London zur Welt bringen, sie hat auch schon ein Krankenhaus ausgewählt, und die Großeltern regen sich furchtbar auf. Du weißt schon, weil doch keine zehn Pferde die in ein Flugzeug bringen. Sie sagen jetzt schon, dass Grete ihr Kind von ihnen fernhalten will.«

Hoffentlich tut sie es.

»Ich finde aber auch, dass sie sich eigenartig verhält«, sagt er dann. »Sie ist doch dort weit weg von uns, und die Krankenhäuser in England sind sicher nicht besser als die österreichischen.«

»Du kennst doch Grete. Wenn sie sagt, sie hat etwas Gutes gefunden, dann wird das auch so stimmen. Sie wird schon die richtige Entscheidung treffen.«

Darauf kann Peter nichts sagen. Dass Grete die richtigen Entscheidungen trifft, wird in dieser Familie nicht angefochten.

»Ja, ich weiß nicht, du wirst recht haben. Eine seltsame Geschichte.«

Nachdem ich aufgelegt habe, vor dem Telefon stehe und auf den Kübel schmutzigen Wassers blicke, den ich noch nicht weggeräumt habe, überlege ich wieder, was Grete dazu bewegt haben mochte, ausgerechnet mir zu vertrauen. Obwohl, ich habe ihr damals auch vertraut, das ist es ja. Habe ich denn recht damit gehabt? Ich weiß es nicht. Ich weiß nur, und diese Erinnerung kommt so plötzlich, wie Inge die Blumen, die uns die Leute nach Augusts Tod geschickt haben, allesamt in der Küche in Vasen aufgestellt hat, als gäbe es sonst nirgends Platz für sie. Die Küche ist in diesen ersten Tagen wirklich voller Blumen gewesen, und Inge hat jede Einzelne von ihnen täglich geschnitten und mit frischem Wasser versorgt, damit sie möglichst lange halten. Aber wieso hat Lisa gesagt, die Küche sei voller Blumen? Wie kann sie das gewusst haben? Ich umfasse mich enger. Lisa muss Mama wohl in diesen ersten Tagen getroffen haben. Als Mama noch eine Stimme hatte. Schau, was du gemacht hast, Lisa, so viel Arbeit hast du mir gemacht, die Küche ist voller Blut, die Küche ist voller Blumen.

Man hatte mich in den ersten Tagen nach dem Unglück mehrmals gefragt, ob ich nicht vielleicht wüsste, wo Lisa sich aufhalten könnte. Es sind Beamte von der Polizei in unserem Wohnzimmer gesessen und haben den Kaffee getrunken, den Inge ihnen gemacht hat, und ihren Kuchen gegessen, und einer von ihnen hat immer wieder geniest wegen der vor Grünzeug übergehenden Küche. Sie waren wie ausgeschnitten und in dieses Haus gesetzt, und haben mich in ihrer Ausgeschnittenheit gefragt, ob ich ihnen nicht helfen möchte, weil das doch Lisa helfen würde, sie wollen Lisa doch nur helfen.

»Ihr seid euch doch so nahe, weißt du nicht vielleicht, wohin sie gegangen sein könnte? Habt ihr Orte, an denen ihr euch früher versteckt habt? Hat sie dir gegenüber etwas erwähnt?«

Und jetzt erinnere ich mich, dass Grete da immer neben mir gesessen ist, sie hatte einen Arm um mich gelegt und hat immer wieder gesagt: »Jetzt lassen Sie die Kleine doch in Ruhe, die weiß doch nichts, die hat doch keine Ahnung.« Und ich habe mir damals schon gedacht, wieso macht die das? Sie müsste mich doch selbst fragen, wo Lisa ist. Ich war doch wirklich die Einzige, die da eine Vermutung hatte.

Erst am vierten Tag ist sie zu mir ins Zimmer gekommen. Sie hat sich aufs Bett gesetzt und gesagt, dass jetzt alles geklärt sei und dass die von der Polizei jetzt ganz sicher seien, dass er es selber gemacht habe.

Sie hat dann noch gesagt, dass damit auch ganz sicher sei, dass es nicht Lisa gewesen sein könne.

»Du kannst mir jetzt sagen, wo sie ist.«

Ich kratze mich an der Stirn. Ich weiß noch, ich habe damals sofort zu weinen begonnen. Das ist ja nur natürlich, ich war zunächst einfach erleichtert. Ich habe nicht verstanden, dass dadurch gar nichts einfacher werden würde.

Grete verstehe ich aber nach all der Zeit immer noch nicht. Sie hätte doch wissen müssen, dass es für Lisa besser gewesen wäre, gefunden zu werden, egal, ob sie August nun erschossen hat oder nicht. Die Tage sind vergangen, und sie war die ganze Zeit in dieser Höhle, die sie und ich einmal auf einem unserer Radausflüge entdeckt hatten, und sie hat dort gefroren und nichts gegessen und nichts getrunken und angeblich auch nicht geschlafen. Das haben sie mir zumindest gesagt, ich bin ja nicht dabei gewesen, aber ich verstehe nicht, warum sie nicht zumindest geschlafen hat, daran hat sie doch niemand gehindert. Es wäre für Lisa aber in jedem Fall besser gewesen, sie wäre früher gefunden worden. Vielleicht hat sie erwartet, dass ich sie suchen komme, dass ich mit ihr fliehe. Ich weiß nicht.

Damals habe ich das so nicht gedacht. Damals war ich nur erleichtert, dass Lisa keine Mörderin ist, und habe Grete gesagt, dass es mir leid tut und wo sie Lisa wahrscheinlich finden werden, und habe meinen Kopf in Gretes Schoß gelegt, mich zu ihr gedreht und in ihren Bauch geheult, weil ich mich ja gleichzeitig dafür geschämt habe, zu weinen. Sie hat dann wahrscheinlich Peter gesagt, wo Lisa ist, und Mama hat es auch erfahren, und so sind Lisa und sie aufeinandergetroffen und vielleicht ist das der

Grund, warum sich Lisa immer noch unter allem krümmt. Ich aber habe mich zu Gretes Bauch gedreht. Grete hat meinen Kopf gestreichelt, als wäre sie Inge. Gleichzeitig hat sie gegenüber den Erwachsenen geschwiegen, als wäre sie meine Schwester. Und dann hat sie Lisa verraten, indem sie geschwiegen hat, indem sie geredet hat.

Was soll's, was habe ich mir vorzuwerfen, Lisa hat mich ohnehin zuerst verraten.

9.

Zu dem Zeitpunkt, an dem sie mir August weggenommen hat, sind Lisas Arme schon sehr lang gewesen, das muss man dabei bedenken. Das nennt man Frühreife und war bei ihr der Fall. Vielleicht war das so, weil sie aus der Unterschicht gekommen ist, gewissermaßen aus dieser unteren Schicht der Gesellschaftstorte hervorkriechen musste, die verschimmelte Wohnung und die Alk-Mutter wie Tortencreme in ihren Händen gehalten hat. Was ihre Arme frühzeitig kräftig gemacht hat, und ausgeleiert. Menschen aus diesen Haushalten verbrauchen ihr Leben schneller, arbeiten schon mit vierzehn, und die Kinder, die sie werfen, werfen sie an ihre eigene Brust. Und nur die Mittelschicht kann es sich leisten, ewig in Jugend und Verantwortungslosigkeit festzustecken und gar keinen Ballast mitzuschleppen.

Kinder wie du eines bist, Lisa, kramen in der Abstellkammer vergeblich nach etwas zu essen, und weil die Mutter auf dem Sofa ihren Rausch ausschläft, kochen sie sich mit fünf Jahren selbst ihre Spaghetti. Kinder wie du reißen an der Mutter und schütteln sie, um sie aufzuwecken, geh in die Arbeit, Mama, du musst in die Arbeit gehen, oder du musst etwas essen, oder wir haben nichts mehr zu essen zuhause. Kinder wie du sind gerissen, hellwach, getrieben von ihrem Überlebensinstinkt, bereit, auch notfalls die Rettung anzurufen oder die Polizei, wenn ihnen etwas noch beunruhigender vorkommt als sonst. Kinder wie du kämmen sich selbst und ziehen sich selbst an und reißen die Decke von der schlafenden Mutter und verstecken die Weinflaschen oder Weintetrapaks und die Zigaretten und waschen die Wäsche und. Ganz schnell werden die zu fertigen Menschen, oder fertigen Tieren. Was weiß ich aber von all dem, was ich mir nicht selbst zusammengereimt habe? Man weiß ja nicht, was in so einem Kopf vor sich geht. Das sieht ja niemand, was in so einem Kind vor sich geht. Man hat doch nichts gesehen, von außen. Was reden wir dann noch darüber, dann können wir ja auch darüber schweigen.

Gut. Schweigen wir darüber. Schweigen wir darüber, Karin, wie über anderes. Wie darüber, dass du dir meine Kindheit ausmalst, Malen nach Zahlen, Hauptsache, du füllst mich mit fremden Farben aus und lässt keine Stelle frei. Darüber, dass du von Alkohol redest, obwohl meine Mama nie viel getrunken hat. Schweigen wir darüber, wie du mich mit Worten aufdeckst und gleichzeitig bedeckst, damit du mich nicht siehst. Schweigen wir wie über das Fell der Robbe, das ich an mein Gesicht drücke, dein Fell, Karin, in das ich mein Gesicht drücke und das ich nicht verlassen will, sonst wird es kalt. Deine Hand in meinem Nacken, meine Finger auf deinen Lippen. Wie lange sollen wir noch umeinander herum schweigen, wie lange sollen wir noch umeinander herum kreisen? Wie lange noch soll ich dastehen und nicht eine deiner schwarzen Strähnen nehmen und sie um meinen Finger wickeln. Wie lange noch soll ich mich anmachen, nur um von dir gewaschen zu werden, und gleichzeitig schmerzt es, von dir gewaschen zu werden, weil ich dein Gesicht nicht in beide Hände nehmen kann, weil ich dir nicht ins Gesicht sehen kann. Dein Mund ist dünn und hat sich vor mir verschlossen. Du pflegst mich wie eine Pflanze. Du flechtest meine Zöpfe. Deine Hand wiegt schwer auf meiner Schulter. Deine Hand deckt mich auf und dein Mund bleibt verschlossen, wie er sich schon damals vor mir verschlossen hat, wenn ich zurückgekommen bin und ganz offen war und. Bis in mein Inneres hat man mir da schauen können. Du hast nicht gemocht, was du da gesehen hast. Wir sind nebeneinandergelegen, auch tagsüber im Wald, die Hände ineinanderverschlungen, aber die

Lippen verschlossen wie Knospen, schweigen wir. Ein Atmen, als würde jemand auf meiner Brust sitzen. Ich habe mich auf die Seite gedreht, um dir ins Gesicht zu schauen. Du aber hast weiter in die Wipfel gestarrt. Zum Ersticken die Luft, Luft wie Wasser. Wie unter Wasser müssen wir die Lippen zusammenpressen, damit es nicht eindringen kann. Wir haben sogar gelernt, uns mit verschlossenen Lippen zu küssen, ohne dass etwas entweichen hätte können.

10.

Meine Beine sind schwer, ich kann kaum aufstehen. Ich stehe aber schließlich doch auf und nehme Lisa an die Leine. Wie wäre es, wenn wir wieder einmal durch den Wald gehen? Komm schon, du brauchst Auslauf, also lauf! Wir gehen zu zweit den Bach entlang, ich links, du rechts.

Karin, woran denkst du?

An nichts, an Grete. An dieses Haus, an Inge mit ihrem Zimt auf all ihren Kinderkakaos, an die Lebensträume. Grete, die das Türschloss vom Wegerer mit einem Stein aufbricht, Gretes Hand auf meinem Kopf, Gretes Schoß, in dem ich mein Gesicht verstecke. Ich frage mich, was sich Grete dabei gedacht hat, für mich zu lügen, Inge von Lisas Versteck zu erzählen, mir diesen dummen Brief zu schreiben, ausgerechnet mir zu sagen, dass sie schwanger ist. Ich frage mich, welche Punkte sie auf ihrer Lebensliste abhakt, und ob Mutterschaft dazugehört – ob sie jetzt ihre Karriere von der Liste streicht. Ob sie auch ihr Kind einmal zurücklassen wird, wenn ihr wieder einmal alles zu viel wird.

Wenn man Grete sagt, arbeite doppelt so hart für denselben Lohn, wird sie für denselben Lohn doppelt so hart arbeiten und es den Männern nachher vorrechnen, sie wird ihnen ihre Rückschlüsse mitteilen und freundlich bleiben. Aber nach der Karenz ist der Wiedereinstieg vierfach so schwer. Vielleicht wollte sie es zuerst abtreiben. Vielleicht hat sie es deshalb erst so spät den Alten gesagt. Ich würde es verstehen. Schwanger sein – zu einem Ofen werden, in dem das Brot fertig bäckt oder dieser Wurm, der an deinem Leben saugt. Was für abscheuliche Bilder.

Und doch gehe ich direkt hinter dir.

Und doch gehst du hinter mir, Lisa, wie die Katze Inge nachgegangen ist, und wie du, war auch sie ein Parasit ihrer Mitleidsbedürftigkeit. Und ich nehme dich auf, ich nehme dich von der Straße an meine Brust, du, die wie ein Säugling an mir saugt, aber fünfzig Kilo schwerer ist.

Als ich zu dir zurücksehe, blickst du mich an. Vorhin hast du noch den Kopf zu Boden gesenkt gehabt, den Rücken gekrümmt, aber als ich jetzt zurückblicke, schaust du mich an, und sieh, ganz plötzlich ist deine Haltung so gerade, du stehst ganz aufrecht, ganz gerade und aufrecht stehst du plötzlich und blickst mir direkt ins Gesicht. Wie groß du bist! Ich vergesse immer, dass du größer bist als ich.

Ich blinzle, und ich bin es, die den Blick senkt, nicht du. Umdrehen, zurückgehen. Wovor habe ich Angst?

Erschrecke ich, weil Lisa eine erwachsene Frau ist, was ich auch vorher hätte wissen können? Erinnere ich mich, dass sie etwas über mich denken kann, auch wenn man mir das vorhergesagt hat? Augen zumachen, die Luft einziehen, der Gedanke wird vergehen. Aber sie sieht mich immer noch an, ist sechsundzwanzig Jahre alt, und gleichzeitig weiß ich, ich habe sie ausgezogen und gewaschen wie ein kleines Kind. Es tut weh. Es ist ein abscheulicher Gedanke, zu dem sie mich da zwingt, den sie mir irgendwie aufzwingen kann, nur indem sie aufrecht geht. Sie tut mir weh damit.

Und wenn. Wenn aber. Aber was soll ich denn tun, wenn sie mich angelogen hat? Wenn sie sich gewiegt hat und sich nicht hätte wiegen müssen, wenn sie sich angemacht hat und sich nicht hätte anmachen müssen? Wie soll ich dann noch über ihre Wange streichen, ohne ihr eine Ohrfeige zu geben? Wie soll ich ihr dann noch täglich die Zöpfe flechten, ohne sie ihr auszureißen? Wie soll ich ihr dann noch die Finger waschen, ohne diese Finger zu brechen?

Wie soll ich dir all diese Fragen beantworten? Wenn du mich fragst, willst du verfügbar sein? Ja. Willst du dich für mich krümmen, für mich schreien, für mich Bücher aus den Regalen räumen? Ja. Ich sage Ja, immer Ja. Und wenn du mich fragst, spielst du mir etwas vor? Ja, Karin, immer Ja.

Karins Lippen sind schmal, seit sie sich während des Spaziergangs zu mir umgedreht hat. Als sie mir den Schal abnimmt, sind ihre Finger ungeduldig.

»Das kannst du doch wirklich selbst machen«, sagt sie und wendet sich von mir ab.

Du brauchst dich nicht abzuwenden. Du siehst ohnehin kaum einmal zu mir, Karin. Jeder hat dir von Anfang an gesagt, wer ich bin.

Ja, ich weiß, wie man badet. Ja, ich weiß, wie man eine Rechnung bezahlt. Ja, ich habe mich bei Julian aufrichten und über alles sprechen können. Ja, ich sehe dich, Karin, und kann mir etwas zu dem denken, was du tust. Ja, ich weiß, das gefällt dir nicht.

»Komm schon, zieh dir die Schuhe aus«, sagst du, »stell dich nicht blöd!«

Ich bücke mich zu den Schuhen. Du siehst auf mich herab, auf meinen Rücken herab. Ich greife nach den Schnürsenkeln und die Schnürsenkel entgleiten meinen Fingern. Stelle ich mich blöd? Ich könnte es nicht sagen. Unter deinem Blick fällt mir alles herunter. Ist es nicht das, was du wolltest?

»Das gibt's doch nicht, alles muss man selber machen in diesem Haus!«

Du bückst dich auch, ungefragt bückst du dich neben mich, plötzlich so nah, ich kann dich riechen. Du wischst meine Finger fort, greifst mitten in die Bänder, die ich entgleiten habe lassen. Du reißt an ihnen, du greifst unter die Zunge des Schuhs in den engen Zwischenraum zwischen meinem Rist und dem Schuh, ziehst die Zunge nach oben, so fest, als wolltest du sie ausreißen. Ich richte mich auf und schaue jetzt auf deinen Kopf herab, auf dich herab, wie du zu meinen Füßen sitzt, an meinen Schuhen zerrst.

»Steh nicht blöd rum, setz dich zumindest hin, Lisa, so krieg ich sie ja nie herunter!«

11.

Du flichst meine Zöpfe, ziehst stärker an ihnen als sonst, du greifst in meinen Nacken, um eine verlorene Strähne einzufangen.

Du hast mich in meinem Zimmer abgelegt, »du bleibst jetzt erst mal hier«, du bist hinausgegangen. Ich bin, ganz wie du es befohlen hast, während all dieser Zeit auf dem Bett sitzen geblieben, eine Handpuppe, die du jederzeit wieder aufnehmen kannst. Und du kommst herein, bist fast wütend, dass ich immer noch dort sitze, als hättest du von deinem Spielzeug mehr erwartet.

»Hast du eigentlich irgendetwas in der Zwischenzeit gemacht, Lisa? Natürlich, du hast schon wieder meine Zöpfe aufgelöst.«

Die Zöpfe flechten, die Zöpfe auflösen. Inge hat uns gerne Zöpfe geflochten, wenn die Sozialarbeiterin gekommen ist. Es muss doch alles ganz korrekt aussehen. Jetzt flechte ich deine Zöpfe, Lisa, und du sagst nichts dazu. Sobald ich mich von dir fortdrehe, siehst du auf mich herab. Du hast dein Urteil gefällt, und es liegt gut auf mir. Im Stillen lässt sich gut ein Urteil fällen. Du brauchst nur zu warten, du brauchst nur so lange nicht in die volle Badewanne zu steigen, nur so lange nicht deinen Pyjama anzuziehen, bis ich dich wasche, bürste, ankleide.

Du greifst mir an den Hals, teilst meine Haare, und beginnst, mich schnell und fest zu bürsten. Du reißt und es tut weh. Nun mach schon weiter! Dann ist es zumindest vorbei. Ich habe das hier auch schon satt, Karin, nicht nur du.

»Ich weiß nicht, wie sich deine Haare immer so schnell verfilzen. Als würdest du das mit Absicht machen.«

Ich flechte deine Zöpfe, ich war im Übrigen immer wach, Lisa, wenn du zurückgekommen bist, falls du dich das gefragt hast, nur so am Rande. Du bist nachts aufgestanden und leise aus dem Zimmer gegangen, und du bist oft erst viel später zurückgekommen, aber ich bin da jedes Mal noch wach gelegen. Ich habe mich gefragt, was machst du so lang da draußen? Du und der Nachthimmel, ganz allein? Du bist zurück ins Bett gekrochen, ich habe so getan, als würde ich schlafen. Ich habe dich heimlich angesehen, deinen Rücken, weil du dich dann zur Wand gedreht hast. Und dein Rücken war dann wie auf ein Bild gemalt, so unverrückbar.

»Au!«

Du reißt an den Knoten in meinem Haar. Ich senke den Kopf. Ja, vielleicht warst du jedes Mal wach, wenn ich zurückgekommen bin. Was willst du mir damit beweisen? Mein Inneres bestand doch nur aus dem Puppenspieler in diesem Moment. Willst du mich wirklich glauben machen, dass du das hättest sehen wollen?

Und ja, ich hätte gern allein sein wollen, mit dem Nachthimmel. Ja, ich hätte gern mit dir allein sein wollen. Es war nun eben nicht so.

»Das musst du jetzt schon aushalten, Lisa, so furchtbar schlimm ist das nun auch wieder nicht.«

Tagsüber liegen wir nebeneinander im Wald, blicken hinauf in die Wipfel, die Lippen verschlossen wie Knospen, damit nur ja nichts entweicht von deinem Verrat. Auch jetzt entweicht dir nichts, aber dein Urteil liegt trotzdem auf mir. Welches Recht hast du eigentlich, mir vorzuwerfen, dass ich dich ausgezogen habe? Du hast es gewollt, du hast mich so weit gebracht. Wenn du nicht mich gehabt hast, hast du ihn gehabt, und mich hast du zurückgelassen, in der Nacht, immer wieder, und dann überhaupt. Du hast uns beide verlassen, und er hat sich gedacht, na gut, geh ich halt gleich mit. Es hielt ihn ja sonst nichts hier.

Du teilst meine Strähnen, du legst eine Strähne über die andere. Was soll ich dir sagen? Glaubst du, ich bin gerne in der

Nacht aus dem Zimmer gegangen? Glaubst du, ich bin gerne weggelaufen? Du hast aber recht. Du hast jedes Recht. Deine Lippen sind dünn, deine Stirn ist gerunzelt. Dein ganzes Gesicht ist zusammengezogen, wie damals an dem Tag, an dem ich Martin geküsst habe. Als du dann im Bus neben mir gesessen bist, da war dein Gesicht auch so zusammengezogen. Und das nur, weil du geglaubt hast, das Dickicht endet, wenn die Schule beginnt. Du hast gedacht, du kannst mich küssen und dann in die Schule gehen und dasselbe mit Martin tun? Als wärst du dort ganz frei.

»Kannst du nicht einmal still halten?«

Komm mir bloß nicht mit Martin! Du warst doch diejenige, die ganz frei von mir zu August und zurück gewechselt hat, zum einen, zur anderen, als gäbe es dazu nicht mehr zu sagen. Hat es für dich denn überhaupt einen Unterschied gemacht? Wie den Vater, so die Tochter? Wieso hätte es für mich einen Unterschied machen sollen? Wieso hätte ich mir nicht Martin suchen sollen, endlich das tun, was du dir längst erstohlen hattest. Du spielst hier das Kind, die Behinderte, damit dich niemand mehr treten kann, dabei hast du Inge bestohlen, weißt du das? Ist dir das eigentlich bewusst? Du hast ihr meinen Papa weggenommen. Du hast mir meinen Papa weggenommen. Und ich bin dagestanden und hatte nur noch dich, und dann bist du weggegangen, und ich hatte gar nichts mehr, Lisa. Er war weg und du warst weg, und ich bin zurückgeblieben, mit nichts in den Händen. Mit dieser zerknitterten Mutter und diesen zwei steifen Kehrbesen von Großeltern und meinen Geschwistern, die um zwei Häuser größer sind als ich. Mit dem hast du mich zurückgelassen, Lisa, mit nichts. Mit gar nichts.

Wärst du denn lieber an meiner Stelle gewesen?

Lisa hat den Kopf gehoben, Lisa sieht mir ins Gesicht. Hat sie das eben wirklich gesagt oder habe ich das nur gedacht? Es presst mir die Brust zusammen. Als würde etwas auf mich eindrücken wollen, bis mir keine Luft mehr bleibt. Du hast dein Urteil gefällt, Lisa. Dein Urteil ruht gut, auf allem, was ich mit dir getan habe.

Ich werde ersticken darunter. Ich sollte dir die Zöpfe ausreißen dafür, dass du mich unter deinem Urteil begräbst.

Und Lisa sieht mich an und nickt mir zu.

Ich weiß nicht, warum in diesem Moment. Ich springe sie einfach an und. Meine Füße rutschen auf dem Parkett. Meine Hände treffen auf ihre Brust, dann kommt der Rest ganz wie von selbst, kurz schlage ich an sie wie gegen eine Wand, sie schnauft. Dann kippt es. Der Raum kippt, wir kippen, sind ganz leicht, fallen dann in die Matratze. Ich falle gegen sie, mit dem Gesicht auf ihre Schulter. Ich liege mit meiner Wange an dem kratzigen Stoff ihres T-Shirts. Sie ist so warm. Dann packe ich sie an den Haaren, dann richte ich mich auf. Ich schlage mit dem Handrücken in dieses Gesicht. Sie wehrt sich nicht, sie hält nur schützend ihre Arme davor, ich reiße sie an den Zöpfen, ich versuche, ihre Brust zu treffen, ihre wie von kaltem Wasser abgeschreckte, kleine Brust.

Was denkst du eigentlich, wer du bist? Was denkst du, wer du bist, dass du so mit mir reden kannst? Dass du so etwas zu mir sagen kannst?

Ich ziehe ihren Kopf an den Haaren in den Nacken, ihr Hals streckt sich mir in einem Bogen entgegen.

Du willst harmlos sein, wehrlos? Ganz wie bei August willst du sein?

Höre ich sie weinen? Wieso sollte sie weinen, sie hat das hier doch von Anfang an geplant. Dass ich sie niederdrücke, dass ich ihr T-Shirt hinaufziehe.

Hör auf zu heulen! Das willst du doch, erzähl mir bloß nicht, dass du das nicht willst!

Sie macht es mir ein bisschen schwer. Sie hält das T-Shirt unten, sie dreht den Kopf weg. Ich will da aber drunter. Wenn sie schon will, dass ich ihre mickrige kleine Brust drücke, dann werde ich ihre mickrige kleine Brust auch drücken.

Was heulst du! Bevor du gekommen bist, war Papa nicht so. Bevor du gekommen bist, war er noch ganz normal. Aber du musstest ihn ja haben!

Ihre Brust ist weich und mit einer Hand leicht zu umfassen. Ihr Nippel presst sich fest gegen meine Handfläche, als ich zudrücke. Das bemerke ich, und gleichzeitig passiert es weit weg von mir.

Du nimmst mir alles weg, alles! Und dann kommst du hierher und lügst mich an? So wie du Papa die ganze Zeit etwas vorgespielt hast, spielst du jetzt mir etwas vor?

Wo ist meine zweite Hand? In ihrer Hose. Wieso ist ihre Hose offen? Habe ich ihre Hose geöffnet? Es ist dort feucht und warm. Und plötzlich ist es, als wären wir wieder Kinder und bei unseren Raufereien im Wald. Wer verloren hat, war der anderen ausgeliefert. Lisa, die mich auf den Boden drückt, beißt sich auf die Lippen, ihr Busen dunkel über mir, sie öffnet mir die Hose, sie zieht sie mir herunter, genauso wie ich jetzt Lisas Hose heruntergezogen habe, fast ohne es zu bemerken. Ich habe damals geschrien, als sie mir dorthin gefasst hat, aber nur so laut, dass man es beim Haus nicht hört. Ich habe mit den Beinen gestrampelt. Ein anderes Mal war wie jetzt, ich halte sie unten, ich weiß, sie wird bald aufgeben. Wir werden in unseren Geschichten von wilden Tieren verschlungen. Die wilden Tiere wissen, wo sie zu essen beginnen müssen.

Sie biegt sich unter mir, sie weint noch immer. Wieso weint sie? Sie wehrt sich nicht, aber ihr Gesicht ist verkrampft, die Sommersprossen fast verschwunden unter der Röte. Ich habe das Gefühl, als müsste ich aufs Klo. Ich höre ihre Füße über den Boden scharren. Wieso drücke ich mich so an sie? Mitten in diese Sommersprossen würde ich am liebsten meine Faust drücken. Wieso dreht sie das Gesicht weg?

Ich lasse sie los. Ich ziehe meine Hand zurück, ich stehe auf und gehe zwei Schritte zurück. Sie liegt auf dem Rücken, auf meinem Bett, dreht sich jetzt zur Seite. Sie krümmt sich, legt ihre Arme um ihr Gesicht. Sie krümmt sich mit geöffneter Hose und nacktem Hintern.

Ich nehme all das wahr und kann nichts weiter dazu denken. Meine Hände zittern.

Ich drehe mich um, ich gehe aus dem Zimmer. Die Treppe hinunter, dort sind noch die Spuren, die meine erdigen Finger nach dem Gewitter hinterlassen haben. Im Vorzimmer wende ich mich zur Küche, in der noch immer der Kübel mit Schmutzwasser steht. Die Küche ist ganz voller Blumen. Ich drehe mich zum Wohnzimmer, in der Mitte des Raumes steht immer noch die Kiste, die Puppen sind über den Teppich verstreut.

Ich nehme den Autoschlüssel vom Brett, ich gehe aus der Tür. Ich setze mich ins Auto, drehe den Schlüssel, der Motor startet. Dann fahre ich. Vor mir nur die Straße. Im Seitenfenster nur.

12.

Nur warten. Nur warten. Ich höre sie nach unten gehen, ich höre die Tür zuschlagen, ich höre das Auto starten. Es brennt da unten, meine Arme brennen von ihren Fingernägeln. Ich umfasse mein Gesicht. Es ist taub. Es ist vorbei, denke ich. Vielleicht wird mir schlecht werden. Vielleicht werde ich zu zittern beginnen. Das wäre gar nicht so schlimm.

Karin hat manche ihrer Karten offengelegt. Mein Körper, taub und geschwollen, ist eine solche geöffnete Karte. Ich habe bekommen, was ich nicht wollte, was ich aber verdient habe. Ich habe bekommen, was notwendig war. War es denn notwendig? Ihr Gesicht, rot, zusammengedrückt, als sie mich anschreit. Sag schon, Karin, was du von mir willst.

Bis jetzt war der Weg ausgetreten und breit. Dieser Weg ist für uns beide. Sie hat das Auto genommen. Dieser Weg ist nur für uns allein. Und jetzt? Du hast gemacht, was schon August vor dir gemacht hat. Bist du jetzt zufrieden? Du hattest jedes Recht dazu. Du hattest kein Recht dazu. Ich habe es wohl so gewollt. Du hast es selbst gesagt. Willst du die Worte des Puppenspielers sprechen? Erwartest du, dass ich vor dir weglaufe wie vor ihm? Willst du, dass ich dein Herz zerdrücke, wie ich seines zerdrückt habe? Sag nur, Karin, was du denn von mir willst.

Nur warten. Nur warten. Die Decke um mich. Das Bett greift nach mir, die Decke beschützt mich. Warten, bis Karin, Grete und Peter fortgegangen sind, bis ich die Autotüren schlagen höre, bis ich es starten höre, weil ich weiß, dass dann auch Inge einkaufen gefahren sein wird. Dann aufstehen, anziehen. Sieh dich nicht im Spiegel an, bedeck diesen übermäßigen Körper, nimm den Schlafsack, stopf ihn in den Rucksack, nimm die Taschenlampe, nimm die Kekse, nimm die Trinkflasche. Der Raum umfasst mich, ich bin offen, jeder und alles kann mir hineingreifen. Selbst die Luft greift. Die Stiegen hinunter. Unten wartet er.

Er kommt mit offenen Armen auf mich zu. Mit offenen Armen kommt er auf mich zu. Er kann ja gar nicht anders, es öffnen sich ihm die Arme, sobald er mich sieht. Das mache ich einfach. So bin ich eben. Das bin ich, und dann stoße ich ihn dafür weg, was ich selbst mache. Ich öffne ihm die Arme und das Herz und stoße ihn dann weg. Immerzu öffne ich ihm die Arme und stoße ihn weg.

Wo willst du denn hin, fragt er. Willst du dich nicht noch ausruhen? Du bist doch krank. Wo willst du denn hin, fragt er.

Und zuerst will ich stumm an ihm vorbei, zuerst ist mein Mund noch geschlossen, die Lippen aneinandergepresst. Ich presse die Lippen aneinander, damit nichts herauskommt.

Wo willst du hin, Lisa?

Er steht vor mir, er ist rund um mich, und wenn ich nach dem Stiegengeländer greife, greife ich nach ihm. Das ganze Haus riecht nach ihm. Er stinkt.

Du verlässt mich.

Er greift nach meinen Schultern. Ich spüre den Druck seiner Hände. Ich weiß, seine Hände sind rau, streicheln mir manchmal die Wange.

Ich sehe es doch, sagt er. Ich sehe es dir doch an.

Er weint. Aber er hält mich. Ich kann hier nicht mehr atmen. Ich kann den Mund nicht öffnen, und ich kann nicht atmen mit geschlossenem Mund. Es ist so schwül. Ich möchte ein Ast werden unter seinen Fingern, ein trockener Ast, der ihm zerbricht. Aber dann wallt etwas auf. Es wallt in mir auf, und drückt mir den Mund auf, es entgleitet mir, habe ich ihn denn gehalten, ich schreie, er soll mich loslassen.

Er lässt mich los. Ich drehe den Kopf weg, ich will sein Gesicht nicht sehen.

Was ist denn das plötzlich? Was hast du denn plötzlich?

An ihm vorbei, zur Garage. Zu meinem Fahrrad. Mein rosa Damenfahrrad. Damit kannst du weit fahren, hat er mir gesagt. Aber es ist mir zu klein. Mein Rücken ist gekrümmt darauf. Meine Knie sind mir im Weg darauf. Ich greife nach der Lenkstange, im Kies rutscht das Rad, ich muss es bis zur Straße schieben, dort kann ich aufsteigen, meinen Rücken darauf krümmen.

Du hast gesagt, du liebst mich doch. Hast du das nicht gesagt? Warst du nicht ehrlich zu mir, Lisa? Ich kann nicht glauben, dass du mich angelogen hast. Ich glaube dir das nicht, hörst du? Ich weiß doch, ich weiß doch, Lisa.

Nicht antworten.

Ich verspreche dir, bitte, ich verspreche dir, Lisa. Lisa, wenn du jetzt gehst, kannst du nicht mehr zurück. Was ist dann mit Karin? Denk doch, was dann mit Karin ist.

Den Kopf gebeugt halten.

Bitte, Lisa, ich verspreche dir, ich lass nicht mehr zu, dass das passiert. Ich lasse nicht zu, dass das jemals wieder passiert. Nur bleib doch bei uns.

Das Fahrrad macht Rillen im Kies.

Wirst du es ihnen erzählen? Du wirst es ihnen erzählen. Du wirst dich von mir abwenden und.

Die Stimme kommt. Die Stimme kriecht hinauf, obwohl ich sie unten halte. Die Stimme kriecht mir den Hals hinauf und füllt meinen Mund. Füllt meinen Mund bis zum Platzen. Und es kriecht immer noch mehr von unten nach. Ich darf nicht zulassen, dass sie mir entgleitet. Ich darf den Mund nicht öffnen.

Du hast das doch auch gewollt. Du hast gesagt, du liebst mich, du hast gesagt, ich bin nicht schuld. Aber du hast mich belogen. Du liebst mich nicht. Du hast mich nie geliebt. Warum solltest du auch? Ich hätte es nicht zulassen dürfen. Du hast es gemacht, und mich dabei nie geliebt. Du hast es gemacht, und mich dabei verachtet. Du hast es gemacht, und dich dabei von mir abgewandt, mich die ganze Zeit über angelogen. Immer, immerzu.

Ich drehe den Kopf weg. Ich öffne den Mund, um die Zungen herauszulassen, die an mir zerren werden, die an mir lecken werden. Stattdessen kommt etwas anderes heraus.

Soll denn eine Brombeerstaude aus meinem Mund wachsen, die sich um ihn windet? Soll ich ihm ins Herz stechen? Ich nehme den Revolver und schieße ihm ins Herz. Ich weiß es ganz genau, ich kann mich doch erinnern. Ich bin in der Küche mit ihm, ich habe den Revolver aus seinem Arbeitszimmer gestohlen, aus der zweiten Lade seines Schreibtischs, ich stehe vor ihm, er hat die Arme geöffnet, mit geöffneten Armen kommt er auf mich zu und der Revolver ist schwer in meiner Hand. Und ich öffne ihm die Arme und ich öffne ihm den Brustkorb weit. So kann ich mich daran erinnern. Wieso sollte es auch falsch sein? Es ließe sich doch alles auch so erklären.

Ich könnte doch erst dann zur Garage gelaufen sein, erst dann das rosa Fahrrad genommen haben, die Hände auf die Lenkstange, es erst dann bis zur Straße geschoben haben. Niemand läuft mir hinterher, ich kann sagen, was ich will, niemand wird es hören, ich kann alles sagen über ihn, weil ich ihm schon ins Herz geschossen habe, alles:

Ja, ich verachte dich, ja, ich ekle mich vor dir. Ja, ich habe dich angelogen, nein, ich habe dich niemals geliebt. Ich hasse dich, August, das ist die Wahrheit. Und alle sollen es hören, wie sehr ich dich hasse, weil es mich nicht kümmert, ob du weggehst, ob du in den Fluss springst oder dir mit dem Messer in die Brust stichst. Mach es doch! Lass mich nur weg, ich will bloß weg von dir, du ekelst mich an, du stinkst, du stinkst so sehr, du stinkst so fürchterlich.

Später sagt der Therapeut zu mir: »Aber Lisa, du weißt, er ist erst einen Tag später gestorben. Du weißt, er hat sich selbst umgebracht.«

Er sagt das und berichtigt meine Erinnerungen, und ich verstehe ihn ja. Aber er versteht nicht, dass es auch mir lieber gewesen wäre, Inge hätte recht gehabt, als sie mich eine Mörderin genannt hat. Hätte ich zumindest seinen Revolver genommen und ihn erschossen, dann wäre er schlaff in der Küche gewesen, und hätte mich nicht nehmen, nicht seine Hand in mich stecken können, nicht meine Stimme benutzen können. Er hätte mich nicht sagen lassen können, was er selbst hören will.

Denn ich sehe ihn an, wie er vor mir steht, während ich ihm sage, dass ich ihn nicht liebe – und fast glaube ich, ich sehe seine

Lippen sich bewegen. Es sind seine Worte, die er mich sprechen lässt: Ich ekle mich vor dir, es ist mir egal, ob du dir ein Messer ins Herz stichst. Diese Worte, seine Worte, drehen sich nur um ihn, und sind nicht das, was ich eigentlich sagen will.

Stattdessen ist es seine Hand, die in mich greift, die meine Hand führt, als ich ihn zweimal ins Gesicht schlage.

13.

Ich fahre auf der Straße zum Dorf, meine Hände umgreifen das Lenkrad. Meine Hände haben sie gehalten, meine rechte Hand riecht nach ihr, sogar wenn ich sie weg von mir ans Lenkrad halte, kann ich es noch riechen. Ich fahre ohne Führerschein, das Gaspedal ist kalt unter meinen nackten Füßen. Das Auto hält sich fast ohne mein Zutun auf der Straße. Der Geruch in diesem Auto erinnert mich.

Das Unterholz hat nach uns gegriffen, schon als wir Kinder waren, damals hat noch Lisa meine Beine fest umschlungen. Und als ich ins Wasser des Teichs gefallen bin, hat sie meine Hüften umfasst, gestrampelt, uns beide zur Wasseroberfläche zurückgebracht. Ich habe meinen Kopf auf ihre Schulter fallen lassen, habe mich von ihr umfangen bis zum Ufer ziehen lassen.

Wie soll das enden, hat Grete gesagt, was soll denn dabei herauskommen? Du hast das alles noch nicht verarbeitet – dass du Lisa gegenüber gewalttätig geworden bist, zeigt, dass du noch nicht reif dafür bist. Du warst damals einfach zu jung. Das Auto riecht nach dir, ich habe deine Hand genommen, du hast meine Hand deine umschließen lassen. Jetzt halten meine Hände das Lenkrad, und ich sehe auf die Straße vor mir und Lisa ist neben mir gesessen, hat Ja gesagt, hat aus dem Seitenfenster geblickt. Dieser Weg ist für uns beide.

Lisa hat mir zugestimmt. Lisa hat mir zugenickt. Ich will dir die Zöpfe ausreißen, habe ich gedacht, und Lisa hat mich angesehen und genickt.

Ich drücke meine Zehen tiefer und das Gaspedal hinunter.

Ja, Ja. Immer Ja. Immer sagst du Ja. Wie lauten hier die Spielregeln, wo soll ich mich hinstellen, was soll ich tun? Ich stimme zu, zu was auch immer ihr wollt. So wird alles, was passiert, eure Verantwortung sein.

Du willst mich?, fragt Karin.

Lisa sagt Ja.

Du willst mich?, fragt August.

Lisa sagt Ja. Immer Ja.

Ich schließe die Augen. Die Spielregeln sehen vor, dass ich dich ausziehe. Druden sind grausam. Die Spielregeln sehen vor, dass du Ja dazu sagst. Dabei warst du nicht immer nur eine Beute, die ich reiße. Dabei warst du auch das Unterholz. Dabei warst du die Nixe, die die Drude aus der Tiefe holt. Nur jetzt, jetzt nicht mehr. Und das macht mich so zornig, wärst du jetzt da, Lisa, dann würde ich dir noch einmal meine Faust in die Sommersprossen drücken.

Ich gehe über den Kies, aber er tut mir kaum weh auf den Fußsohlen, obwohl die Steine doch spitz sein müssten. Obwohl sich Papa wie ein spitzer Stein in Lisas Leben bohrt, lässt sie es sich nicht anmerken. Sie spielt weiterhin mit mir im echten Wald und küsst Martin im falschen. Nur als sie ihn küsst, da sieht man, dass sie zu viel Erfahrung hat, und die falsche. Martin ist überrascht, als sie ihn wegstößt, bin ich es? So ein Kind ist durchsichtig, und wenn man ihr in die Augen gesehen hat, dann hat man dahinter August gesehen.

Ich habe über die Mauer klettern müssen, mein Rock ist an einem der Steine hängen geblieben und mit einem hellen Geräusch eingerissen. Hat man auch mich gesehen, hinter dem durchsichtigen Kind Lisa? Oder war ich selbst zu unscheinbar? Ich trete mit nackten Füßen auf den Kies. Ich bin mit schwarzen Lackschuhen auf diesen Kies getreten. Ich war eingezwängt zwischen Mama und Oma, Peter vor uns, Grete hinter uns, Vorhut und Nachhut. Ich habe mir gedacht, warum ist der Weg hier so schmal, fast im Gänsemarsch muss man gehen? Wir sind doch abseits der Gemeinde. Aber selbst hier drängen die Bäume an die Friedhofsmauern, selbst hier lassen sie uns nicht mehr Platz, als wir uns gerade noch erkämpfen können.

Lisa und ich kämpfen in unseren Geschichten gegen dieses Dickicht, im wahren Leben flüchten wir dorthin. Aber jede Nacht muss ich mich am Grund des Teiches schlafen legen. Sie entgleitet mir.

Ich stehe vor dem Grab, das so verwahrlost gar nicht aussieht, Stiefmütterchen hat Oma wieder eingesetzt, und das hätte Inge bestimmt gefreut. Was regen sie sich denn auf? Wegen dem bisschen Laub, das auf der Steinplatte liegt?

Vor Beginn der Messe bereits eingezwängt zwischen Mama und Oma, immer schieben sie mich in ihre Mitte, damit ich mich nicht in eine Drude verwandeln und über die Mauer wegfliegen kann. Ich suche Peter und Margarethe, aber sie stehen weiter weg, wachsam, auf dem Sprung, falls etwas zu erledigen ist, falls Gespräche zu führen sind, falls Fragen zu beantworten sind. Noch halten sich die Fragen in Grenzen, noch weiß kaum jemand etwas von dem, wofür sich die Polizei zunehmend interessiert. Deshalb bleibt ein Übermaß an Fremden einer nach dem anderen vor mir stehen und drückt mir Beileid aus, weil ich die Jüngste bin. Weil ich erst vierzehn bin, mein Gott. Und das ist doch unsinnig, will ich sagen, was soll denn das heißen, erst vierzehn? Ich bin doch kein Kind mehr, das man an beiden Händen nehmen muss, wie sie es machen. Ich bin doch nicht einmal jünger als die Mörderin, will ich sagen, wieso macht ihr mich jünger als die Mörderin, wenn ich es ja doch nicht bin?

Es ist zu komisch. Es ist zu komisch, ihn anzusehen, wie er da liegt, und fast in seinem Gesicht zu sehen, dass ihre Abwesenheit ihn immer noch kränkt. Und gleichzeitig zu wissen, dass sie es war, die ihm ganz persönlich die Arme an den Leib gepresst hat, damit er hineinpasst, dass sie all diese Menschen um ihn herum aufgestellt hat, die ihm egal sind. Weiß er denn das, wenn er da liegt? Es ist Unsinn, so zu denken, er ist ja gar nicht da. Er ist ja weg und sie ist weg, und sie hat niemanden ermordet, und was weiß ich, was die Alten dem Pfarrer gegeben haben, damit er darüber schweigt. Und worum stehen wir dann hier herum? Wir stehen um uns selbst herum.

Ich bin heute zu euch gekommen, Inge und August, als wäre ich ein Kind, das sich zu den Eltern flüchtet. Aber jetzt, wo ich hier bin, weiß ich nicht mehr, was ich mit euch tun soll. Ihr wollt nichts mehr hören. Wozu hättet ihr euch sonst aus der Affäre gezogen?

»Vielleicht hast du weitergefragt und ich habe dir alles selbst erklärt, so gut, wie ich es eben konnte. Vielleicht hast du auch nicht weitergefragt und ich habe dir nichts erklären müssen.«

Ihr liegt da so selbstgefällig, als hättet ihr euch mit eurem Grabstein zugleich auch ein Fleckchen Grund in meinem Herzen erworben, Reihe 6, Platz 5 ist vergeben. Als wäre die zurückgebliebene Leiche steril wie Asche. Lediglich ein bisschen Kohlenstoff, und es stimmt ja, welche Schuld kann Kohlenstoff schon auf sich laden?

Wie der Vater, so wohl auch die Tochter. Will ich an Lisas Stelle sein, will ich an Papas Stelle sein? Ihre Hose war offen, meine Hand war in ihrer Hose. Ich habe sie niedergedrückt, ihr Gesicht war zur Seite gedreht.

Bist du zärtlicher mit ihr gewesen?

Aber ich war zuerst da. Ich habe sie zuerst entdeckt.

Gleich, als sie aus dem Auto gestiegen ist, habe ich ihre Hand genommen und. Ich habe an ihren Haaren gerochen und. Sie war ganz still.

Du hattest also gar kein Recht, dich da hineinzudrängen, August. Sie wollte mich, nie dich. Du hast sie mir weggenommen. Und dann bist du selbst weggegangen, und hast mich mit nichts zurückgelassen, mit gar nichts.

Ja, ich weiß, sie hat uns zuerst verlassen. Aber was hast du denn erwartet, was sie tun würde, August? Was hätte sie denn anderes tun sollen außer weglaufen, du Holzkopf? Hat es dich wirklich überrascht? Was soll sie denn tun, wenn du dich an sie drängst, wenn sie nicht will, du immer so nah, so furchtbar nah …

Und ich weiß nicht, warum, in diesem Moment. Ich will einfach nicht, dass das hier so stehen bleibt. Ich springe dich an. Zuerst treffen dich meine Hände, treffen auf den glatten Stein, dann kommt der Rest wie von selbst. Ich treffe auf dich wie gegen eine Wand. Du stößt mich zurück wie eine Wand. Die Nacht kippt um mich, ich bin ganz leicht, dann schlage ich auf die Steinplatte, zuerst mit dem Rücken, dann mit dem Hinterkopf, es dröhnt mir in den Ohren, ein dumpfer Schmerz. Ist mir etwas geschehen? Der Stein ist so kalt unter mir.

Ich richte mich auf. Etwas schwindlig. Er steht noch immer da. Ich packe den Grabstein mit den Fingern, reiße an ihm, kralle meine Nägel in den Stein, als könnte ihn das verletzen. Ich stemme mich gegen ihn, meine nackten Füße rutschen auf der Platte, auf der ich stehe, aber der Stein rührt sich nicht. Er wird auch stehen bleiben, weil man Material von guter Qualität ausgewählt hat, das hält ewig und hat auch bis jetzt gehalten.

Hinter Augusts Grabstein haben Oma und Opa unter einem Busch eine kleine Schaufel für die Stiefmütterchen abgelegt. Nach der greife ich, weil alle Gartengeräte für die Grabpflege in einem Schuppen eingesperrt sind, mit einem Vorhängeschloss. Ich habe ja oft genug hierherkommen müssen, ich habe die Gärtner ja oft genug mit Schubkarren zwischen den Reihen von Platz zu Platz fahren gesehen.

Unter dem Nachthimmel, der sich dreht, wenn ich nach oben blicke, gehe ich zu dem Schuppen, schlage mit der Schaufel auf das Vorhängeschloss, das nicht bricht, hebe dann einen Stein vom Boden auf.

Als Peter, Grete, Lisa und ich in den Schuppen vom Waldbesitzer eingebrochen sind, haben wir ja auch einen Stein genommen, für das Vorhängeschloss an der Tür.

»Peter, Margarethe, gerade von euch hätte ich das nicht erwartet. Ihr könnt nicht einfach so tun, als ob der Wald euch gehört. Wir sind hier doch nur Gäste.«

Doch in Wahrheit hat uns der Wald sehr wohl gehört, denn wir haben ihn uns ergangen in Hunderten von Nachmittagen. In Wahrheit war der Wegerer Gast. Das Schloss bricht unter den Schlägen des Steins. Die Bäume schlucken die Geräusche, im Ort werden sie nichts hören. Karin, was du getan hast, überrascht uns, obwohl es sich über Jahre vorbereitet hat.

Ich greife ins Dunkel und packe, was ich erwische, werfe es auf den Kies, der im Mondlicht noch weißer leuchtet als untertags. Ein Rechen, eine große Schaufel, eine Spitzhacke. Ich nehme die Spitzhacke und gehe zurück.

Ich habe sie niedergedrückt. Ich habe sie geschlagen. Ich habe meinen Finger. Ich habe sie gefragt, ob sie wieder mit mir wohnen will. Sie hat Ja gesagt. Ja, immer Ja. Sie hat doch gewusst, was sie von mir erwarten kann. Wie weit soll der Apfel schon fallen? Ich hebe die Hacke, *laisser tomber*, denke ich. Fallen lassen. Die Spitzhacke trifft auf die Steinplatte unter mir, der Stein schreit hell, ein kleiner Splitter fliegt fort, nicht mehr. Ein zweites Mal, ein drittes Mal. Sie hat das T-Shirt nach unten gezogen. Beim fünften Schlag ist der Schrei gebrochen, und ein Riss fährt durch die Platte. Du hast mich zu dem gemacht, August. Du hast zuerst ihre Hose offen gemacht. Du hast gemacht, dass ich die Hose öffne. Ich hole aus, bis das Gewicht der Hacke mich nach hinten zieht. Ich will nicht mehr. In einem Schwung ziehe ich die Hacke über mich, dann fällt sie schon herab, so schnell! Ich merke, noch bevor die Spitze auf den Grabstein schlägt, dass das danebengeht. Sie trifft den Stein am Rand, dann bricht die Ecke ab, die Hacke reißt mich weiter nach unten. Ein Schritt nach vor, mein Fuß tritt auf eine Kante, dann kippt alles, weil mein Knöchel nachgibt. Es knackt, ich falle, falle auf das Nachbargrab, auf die Erde. Wenigstens Erde auf meiner Wange, wenigstens weich. Die Spitzhacke ist meinen Händen entglitten, liegt neben mir im Gras. Dann sind schon die Tränen da.

Etwas wallt in mir auf. Ich mache den Mund auf, schreie. Ich schreie, solange ich Luft habe, ich hole Luft, ich schreie wieder. Ich schluchze, umarme mich selbst, auf der Seite liegend. Ich will nicht mehr. Auf einmal bin ich so fürchterlich müde.

Ich setze mich auf und denke plötzlich, darauf geschissen. Warum auch nicht? Wenn Lisa schon nicht hier ist, kann ich es doch für sie tun. Das ist doch das Glück, das sie hat, dass sie einfach auf alles scheißen kann. Nur tut sie es nicht. Das ist es ja.

Ich ziehe den eingerissenen Rock hoch, ziehe die Unterhose hinunter und hocke mich hin. Es tut weh, mein Knöchel tut so weh, und will mich nicht halten, meine Beine zittern. Ich muss auch gar nicht. Es ist ärgerlich, aber ich muss gar nicht, es kommt gar nichts, dabei würde ich genau das jetzt am liebsten machen, hier hocken und auf dieses ganze verblödete Spiel scheißen. Aber es geht nicht, alles ist verkrampft. Also lasse ich nur los. Es rinnt meine Beine hinunter und auf meine Füße. Nicht einmal pinkeln kann ich mehr, ohne mich selbst anzumachen. Überall rinnt Wasser aus mir, jämmerlich.

Ich ziehe die nasse Unterhose wieder hoch, stehe auf, drehe mich um und humple zurück zu der Mauer, über die ich geklettert bin. Mein Knöchel schmerzt, meine Sohlen schmerzen endlich auch, der Wind ist kalt auf meinen nassen Schenkeln. Mein Kopf tut weh, es schüttelt mich. Ich weine, als hätte ich überhaupt keine Kontrolle darüber. Die Mauer ist viel höher gewachsen, seitdem ich hier eingebrochen bin. Als wäre ich wieder ein Kind, komme ich kaum hinauf. Als ich auf der anderen Seite hinunterspringe, gibt der Knöchel wieder nach, falle ich wieder hin, seitlich, mit der Wange auf den Beton. Ganz nah am Beton, die Steinchen und die Risse der Straße. Das erinnert mich.

Wieder aufstehen. Das Auto steht quer über den Parkplatz. Die Fahrertür noch offen. Als ich einsteige, sehe ich, ich habe den Schlüssel stecken lassen. Ich umfasse meinen Bauch, beuge mich vor, lehne die Stirn gegen das Lenkrad. Wie soll ich jetzt Auto fahren? Ich bin damals auch hingefallen. Ich habe mir damals gewünscht, es möge doch ein Auto kommen. Die Straße an meiner Wange. Die Bücher entgleiten meinem Griff. Ich fasse nach dem Zündschlüssel, drehe ihn um. Ich will nicht heimfahren. Ich kenne doch das Spiel. Ich weiß doch, was jetzt kommt. Ich weiß doch genau, was geschehen ist.

14.

Wenn du gehst, ist der Asphalt voller Risse, voller kleiner Steine. Wenn du fährst, ist der Asphalt nur grau. Ich fahre allein. Ich fahre allein durch den Wald, fahre allein zur Schule, blicke manchmal nach unten zum Asphalt, mir ist ein bisschen übel. Im Rucksack habe ich eine Entschuldigung für Lisa, unterschrieben von meiner Mama, die Begründung ist eine andere als gestern. Ein familiärer Notfall, hat Mama geschrieben. Die Jennifer-Mama hat sie abgeholt, und man muss sie zurückholen, das ist der ganze Notfall. So hätten wir das gern.

Ich blicke hinunter auf meine Schmetterlingssandalen, denke wieder daran, wie Lisa Martin geküsst hat, im falschen Wald des

Schulhofs, Lisa fährt jetzt gerade auch Rad, denke ich, nur wo? Ich stelle mir vor, wie Lisa und ihre Mama nebeneinander auf ihren Rädern über Wiener Straßen fahren, aber das wirkt ganz unwahrscheinlich auf mich. Ich war so selten in Wien und kann mir bei Wiener Straßen nur diese große vierspurige Fahrbahn vorstellen, mit lauter hupenden Autos. Und ich kann mir Lisas Mama gar nicht Rad fahrend vorstellen und überlege, was es bedeutet, wenn Inge sagt, Jennifer sei paranoid. Niemand hat mir je gesagt, dass Jennifer Lisa gedroht hätte, sie mit der Pfanne zu erschlagen. Lisa hat mir das nie erzählt.

Ich blicke auch bei der Heimfahrt von der Schule nach unten auf meine Schmetterlingssandalen und stelle mir vor, dass ein Auto kommt und ich es nicht sehe, und es mich erfasst, aber es kommt kein Auto. Es ist immer noch schwül, aber die Wolken hängen tief über dem Wald, es wird bald regnen.

Ich stelle mir vor, ich komme heim und sehe Lisas rosa Fahrrad in der Garage stehen. Ich öffne die Tür, die bloß angelehnt ist, und komme in die Küche und sehe Lisa dort sitzen und sie steht auf und sagt, ich bin weggelaufen, ich wollte zu meiner Mutter, aber ich bin zurückgekommen, für dich. Das stelle ich mir vor und nicht, dass Papa sie aus der Stadt abgeholt hat. Wieso stelle ich mir nicht vor, dass Papa sie abgeholt und zurückgebracht hat, obwohl er doch gesagt hat, dass er genau das tun wird?

Ich bin für dich zurückgekommen, sagt Lisa stattdessen, und dann denke ich, es könnte mich auf dem Weg noch ein Auto erfassen, und dann sitzt sie daheim in der Küche und wartet auf mich, aber ich komme nicht. Und irgendwann geht sie hinaus und nimmt das Fahrrad, um mir entgegenzufahren, und sieht die blauen Lichter der Rettung. Aber es kommt kein Auto.

Die Schmetterlingssandalen drücken sich mir in die Zehen, wenn ich die Pedale hinuntertrete, und die Hose zwickt und reibt überall, und meine Hände sind schweißig auf der Lenkstange, und außerdem fängt es an, dicke Tropfen zu regnen. Sie fallen mir in den Nacken und auf den Handrücken. Warum brauche ich so lange, wieso fahre ich so langsam? Lisa ist mir immer davongefahren, alle sind mir immer davongefahren. Ich mache Kurven auf dem Asphalt, der von den Tropfen dunkel gepunktet wird. Ich will nicht mehr treten, mein Knöchel tut mir weh, ich will daheim sein, ich stelle mir vor, ich komme in die Küche, ich habe Lisas Fahrrad schon in der Garage gesehen. Sie sitzt in der Küche, und ihr Auge ist ganz dick zugeschwollen, und Lisa sagt, sie sei mit ihrer Mutter mitgegangen, die habe sie ausgetrickst, und sobald sie in der Stadt waren, wollte Jennifer sie schon mit der Pfanne erschlagen. Aber Lisa ist geflohen, ist aufs Fahrrad gestiegen und vor der Mutter geflohen, hierher zurück, zu mir.

Noch ein kalter Tropfen, der mir in den Nacken fällt und meinen Rücken hinunterrinnt. Ich drücke die Pedale hinunter, aber ich werde immer langsamer. Meine Hände sind nass vom Schweiß und vom Regen, ich mache Kurven auf dem Asphalt, das Hinunterdrücken der Pedale ist so schwer. Dann rutschen die Reifen, ich kippe, pralle auf die Straße, das Bein, die Hand, die Wange. Das Fahrrad ist auf mir.

Meine Hand brennt. Meine Wange brennt. Mein Bein schmerzt ein bisschen, weil es im Fahrradrahmen eingeklemmt ist. Ich blicke, auf der Seite liegend, die Straße entlang, blicke auf die Kiesel vor mir, und überlege, ein gebrochenes Bein zu haben, hier liegen zu bleiben, bis man mich findet. Es kommt kein Auto. Die Regentropfen, die auf mich treffen, kitzeln, wenn sie an meinem Oberarm herunterrinnen. Ich krieche unter dem Fahrrad hervor und stehe wieder auf. Ich klemme den Schulrucksack wieder auf den Gepäckträger. Jetzt beginnt es richtig zu regnen. Ich weiß, es ist nicht mehr weit bis daheim. Den Rest des Weges kann ich schieben.

Ich bin nass, schmutzig und zerkratzt, als ich beim Haus ankomme. Es regnet bereits stark. Meine Wange brennt noch immer. Man könnte noch immer bemerken, dass ich gefallen bin. Vielleicht wird irgendjemand bemerken, dass ich gefallen bin. Ich sehe zur Garage hin, das Tor ist offen, und in meiner Erinnerung ist da Lisas rosa Damenfahrrad. Was immer man mir auch später erzählen wird, in meiner Erinnerung ist da Lisas rosa Damenfahrrad. Aber wieso habe ich dann nicht mein Fahrrad zu ihrem in die Garage gestellt? Wenn das Garagentor doch offen war?

Stattdessen habe ich mein Fahrrad an das Treppengeländer gelehnt, das zur Haustür führt. Ich habe den Rucksack genommen und bin zur Haustüre hinauf gegangen. Die war nicht verschlossen. Die war nur angelehnt. Ich bin hineingegangen. Ich habe überall hingetropft, weil alles an mir nass war, ich habe eine nasse Spur hinterlassen. Ich bin ein paar Schritte nach vorne gegangen, dann habe ich mich zur Küche gedreht.

Ich bin damals ganz allein gewesen. Es war niemand da. Gar niemand. Auch nicht Lisa, ihr Fahrrad ist gar nicht in der Garage gestanden. Sie ist in Wirklichkeit nicht im Haus gewesen. Es war ja eine einfache Rechnung, er hätte sich das leicht ausrechnen können. Dass Inge viel später vom Kirchenflohmarkt heimkommen wird als ich von der Schule. Deshalb hatte Inge mir, Lisa und August ein Mittagessen in den Kühlschrank gestellt, zum Aufwärmen. Und Peter und Grete, die wären sowieso erst am Abend zurückgekehrt. Es war also eine ganz einfache Rechnung. Er hätte das voraussehen müssen. Es war ja sonst niemand da. Es war niemand da, zu dem ich hätte laufen können. Dabei wäre das das Einzige gewesen, was ich damals hätte tun wollen, zu jemandem laufen. Das Gesicht an den Bauch von Inge drücken. Inge war nicht da. Ich kann mich erinnern, das Telefon in der Hand gehalten zu haben. Ich wusste nicht, was ich tun sollte. Es war niemand da.

Das stimmt aber nicht. Ich drücke meinen Fuß, der inzwischen sehr wehtut, auf das Gaspedal, vielleicht habe ich mir wenigstens diesmal den Fuß gebrochen, dann hätte wenigstens alles endlich seine Ordnung, dann hätte ich zumindest den gebrochenen Fuß von damals endlich nachgeholt. Es stimmt nämlich nicht, dass niemand dagewesen ist, und es stimmt auch nicht, dass ich Papa gefunden habe. Das hätte er vielleicht gerne so gehabt, das hat er vielleicht so geplant. Das hätte auch ich vielleicht gerne so gehabt, dann hätte man mir vielleicht doch mehr Aufmerksamkeit geschenkt an diesem Nachmittag. Aber Inge ist früher als sonst mit dem Flohmarkt fertig geworden. Wegen des drohenden Regens haben sie den Flohmarkt abgebrochen. Und deshalb hat sie ihn gefunden und nicht ich, und ich habe ihn gar nicht zu Gesicht bekommen. So war das.

Ich wische mir über die Stirn, greife wieder zum Lenkrad. Die Straße führt zurück zum Haus, ich will nicht ankommen. Ich weiß doch, was dort sein wird. Lisa ist in der WG eine große Stütze, aber Sie müssen einsehen, Karin, dass mit Ihnen alles anders ist. Es gibt noch so viel zu klären. Du weißt nicht, wie das enden wird. Du warst zu jung. Ihr steht euch so nahe, da kannst du manches nicht sehen. Das ist nicht fair, Karin, weder mir noch Lisa gegenüber. Du benutzt sie gegen die Großeltern. Ich kann doch nicht bleiben, solange du so etwas von mir denkst. Ich habe Alexander verdächtigt, dabei ist er doch nur zufällig hier hereingeraten, eine Karte aus einem fremden Spiel. Sie müssen einsehen, zwischen Ihnen und Lisa gibt es noch viel zu klären. Und noch dazu in diesem Haus. Ich kann doch das Haus nicht aufgeben, bloß weil ich Lisa bei mir aufnehme, das ist doch Unsinn. Es ist doch ein gutes Haus, weil nämlich August es gebaut hat, und er hat gutes Material verwendet. An diesem Haus gibt es nichts zu verbessern. Ich werde mich von nun an um dich kümmern, Lisa. Ich werde dich in all das wieder hineinzerren, Lisa. Ich werde alles machen, was schon mein Vater mit dir gemacht hat, Lisa. Macht es einen Unterschied, weil ich es bin?

Dass Lisa aber etwas zu mir sagt, nämlich »Ja« sagt, mir zustimmt, damit habe ich nicht rechnen können. Ich fahre und blicke auf die Straße und sie sitzt neben mir, von mir angegurtet, hat gesagt: »Ja.« Ja, ganz ohne Umschweife hat sie Ja gesagt, zu allem und Ja zu meiner Frage, ob sie wieder bei mir wohnen wolle. Ich fahre zum Haus zurück und weiß, was mich dort erwartet, fahre trotzdem in denselben Fahrrinnen weiter, sehe aus dem Seitenfenster, komme trotzdem vom Weg nicht ab.

15.

Das Haus ist noch ganz hell erleuchtet, als ich zurückkomme. Die Haustür steht offen. Ich habe wohl keine einzige Tür hinter mir geschlossen. Ich steige aus, unsicher auf den Beinen. Ich humple die Stiegen zur Eingangstür hinauf, humple ins Vorzimmer, werfe die Autoschlüssel auf das Tischchen neben der Tür. Rechts ist das Wohnzimmer, links ist die Küche, gelt?

Ich wende mich zum Wohnzimmer, gehe hinein, und stolpere fast über die offene Kiste. Ich sehe hinunter, ich stehe inmitten von Handpuppen, die verstreut auf dem Boden liegen wie dahingestreckt. Noch mehr Tote in dieser Familie.

Ich bücke mich trotzdem, fasse nach den Holzgesichtern. König und Prinzessin, Räuber und Kasperl. Den Kasperl lege ich nicht gleich zurück. Sein Holzkopf ist kleiner als der der anderen, sein Gesicht etwas schief, eine seiner Wangen etwas ausgebeulter als die andere. Ich weiß, es ist die erste Puppe, die August je geschnitzt hat, damals hat er noch Fehler gemacht. Er muss sie mit vierzehn fertiggestellt haben, zumindest hat er mir das so erzählt. Welcher vierzehnjährige Bub schnitzt schon Puppengesichter?

Ich richte mich wieder auf. Ich hinke zur Terrassentür, öffne sie, trete in den Garten. Ich gehe hinunter zum Schwimmteich, trete auf den Steg. Ich sehe ins dunkle Wasser, in dem immer noch Kartonstücke schwimmen. Die Puzzleteile sind vom Wasser aufgeweicht, sie sind größer geworden und haben ihre Form verloren. Ich streife den Rock ab. Ich stoße mich mit dem gesunden Fuß vom Steg ab, springe ins Wasser. Wenn wir uns vom Steg abgestoßen haben, um dem Wasser entgegenzuspringen, haben wir uns unten jedes Mal gefunden. Aber jede Nacht muss ich mich auf dem Grund des Sees schlafen legen.

Das Wasser verschluckt mich, umfasst mich mit einem Mal, dringt in meine Ohren, stößt mich in eine stille Welt, grün und verschwommen, auf dem Grund ist es kalt.

Tief hinab.

Wie ist das, frage ich, auf dem Grund eines Sees zu schlafen, so tief wie er ist?

Es ist das Allerschönste, sagst du. Es ist ganz kalt, ganz dunkel und ganz still. Das Seegras beugt und dreht sich um mich und wiegt mich. Das Wasser liegt wie eine schwere Decke auf mir, legt sich überall an mich. Nur so, sagst du, kann ich Schlaf finden.

Die blonden Haare breiten sich unter Wasser aus. Ich tauche zuerst durch diese Haare wie durch einen Vorhang aus Seegras, öffne dann einfach meine Arme, umfasse dich ganz.

Du bist schmal, ich kann deine Hüften ganz leicht umgreifen, als wärst du noch ein Kind. Und doch bist du so schwer. Ich ertrinke beinahe selbst, nur weil ich dich zur Oberfläche bringen will.

16.

Später sitzen wir am Steg, ihr Kopf liegt in meinem Schoß, ihre Haare nass und klebrig. Ihre Haut ist schmierig kalt und so durchscheinend, man kann die Adern darunter sehen.

Lisa sagte, sie würde so gerne unter Wasser atmen können. Sie sagte, ich würde am liebsten für immer dortbleiben können. Ich möchte in den Fluss springen und bis zum Meer tauchen, am liebsten in den Pazifik, der ist am tiefsten, ich will dortbleiben. Dort ist nur Sand, sonst nichts, und die Titanic, alles von Algen überwuchert, das Glas des großen Saals ist durchbrochen, die Glassplitter sind auf den Boden gesunken und glitzern, ich habe Fotos gesehen, bei deinem Papa im Arbeitszimmer, und will dortbleiben. Aber nur, wenn ich auch mitkommen kann, sagte ich.

Die Titanic liegt in Wahrheit am Grund des Atlantiks und nicht des Pazifiks, weiß ich. Aber wen kümmert das, außerdem habe ich Lisa an kein Meer, sondern an einen Schwimmteich von kaum zweieinhalb Metern Tiefe verloren. Ich durfte also doch nicht mitkommen, ich durfte nur ans Ufer zerren, was hiergeblieben ist von ihr.

Später werde ich in Augusts alte Werkstatt gehen und seine Spaltaxt holen, hinauf in sein altes Arbeitszimmer gehen und endlich auf das Bett einschlagen, das dort steht. Die Spaltaxt hat einen langen Stiel und ich werde weit ausholen, einen runden Bogen in der Luft beschreiben, die Beschleunigung spüren, aber diesmal immer die Mitte treffen. Ich werde die Axt tief in Augusts gutes Holz und in seine Decken und Pölster graben und das Zimmer wird voller Daunenfedern sein. Ich werde auf sein Bett einhacken und inmitten von tanzenden Daunenfedern stehen.

Morgen früh werden mich die Großeltern oder Peter anrufen und mir erzählen, dass jemand am Friedhof randaliert habe, Augusts Grab beschädigt habe, obwohl es auch das Grab von Inge ist.

»Können die uns nicht endlich in Ruhe lassen?«, wird die Oma sagen. »Wann werden die bösen Zungen endlich schweigen?«

Und was werde ich sagen? Dass Lisa immer noch draußen auf dem Steg liegt, ihre Haare wie ein Fächer ausgebreitet um ihren Kopf, noch so ein stilles und langsam rostendes Uhrwerk? Ich werde immer noch Daunenfedern in den Haaren haben. Es wird ein eigenwilliger Tatort sein, mit dem Kübel Schmutzwasser in der Küche, den hingestreckten Handpuppen im Wohnzimmer und all diesen Puzzleteilen im Teich.

Ich senke meine Hand, um Lisas Kopf zu streicheln. Ihr Haar ist weich.

Mir fällt nicht gleich auf, dass ihr Haar trocken ist. Ich knie auf dem Steg, ihren Kopf in meinem Schoß. Auch meine Kleidung ist ganz trocken, erinnere ich mich. Ich fasse nach meinem Rock, ich habe ihn noch an. Ich habe ihn gar nie ausgezogen.

Lisa regt sich unter mir, öffnet ihre Augen. Ihre Wange ist geschwollen und rot.

Das ist ja alles ganz anders gewesen.

Ich bin in den Garten getreten. Ich habe zu dem Teich hingesehen, und habe sie gleich dort auf dem Steg liegen gesehen. Ich habe sie nicht im Wasser suchen müssen. Ich habe mich nicht vom Steg abstoßen müssen, um ihr entgegenzufliegen. Der Fächer ihrer Haare hat sich vor mir nicht geöffnet. Ich habe sie nicht zurück zur Oberfläche ziehen müssen. Lisa ist auf dem Steg gelegen, als hätte sie dort auf mich gewartet. Als hätte sie von Anfang an nie etwas anderes erwartet, als dass ich sie vergewaltigen und dann beim Teich suchen würde.

Wie eigenartig.

Lisa fragt: »Was ist denn nun geschehen?«

17.

Ich liege mit dem Kopf in deinem Schoß, dein Schoß ist weich und warm, der Steg ist kalt unter mir. Nur warten. Ich habe gewartet, du bist zurückgekommen. Jetzt streichelst du meinen Kopf. Du hättest gerne schon viel früher meinen Kopf gestreichelt.

Was soll ich dir sagen?

Ich habe all das gewollt, ich habe das nicht gewollt, ich habe es satt, was wir spielen, ich kenne kein anderes Spiel. Alle ausgetretenen Pfade führen zum Puppenbauerhaus, seine Puppe liegt selbst jetzt hier auf dem Steg. Du hast gemacht, was er vor dir gemacht hat? Aber du bist nicht er, du bist Karin, das macht den Unterschied.

Er ist dabei überall, er ist sogar hier. Weißt du denn, dass, wenn ich mit Julian spreche, über August und dich und über alles, nicht meine Stimme aus mir kommt? Plötzlich spricht er aus mir, ich höre ihn in meiner Stimme. Was soll ich dir also sagen, Karin, was nicht August zu dir sagt? Er ist ganz unwichtig, er kann uns nichts mehr tun. Er ist riesengroß, er kann seine Hand tief in mich legen. Er ist nicht einmal mehr da.

Um zueinanderzufinden, Karin, müssten wir uns wohl gegen ihn verbünden. Nur kennen wir das doch schon, wir haben das doch schon immer gemacht, das Verbünden gegen August ist ja nichts Neues. Hat uns aber nicht daran gehindert, uns gegenseitig in den Rücken zu fallen. Selbst unser Mord an August hat uns auseinandergedrückt, Karin. Aber jetzt ist deine Hand in meinem Haar.

Ich fasse nach deinem Gesicht und du lässt es zu. Das ist neu, das ist mir bekannt. Ich weiß nicht, was uns geschehen ist. Ich weiß nicht, was uns jetzt noch geschehen soll.

Ich weiß nicht einmal, wonach du eigentlich fragst, Lisa. Fragst du, warum ich dich geschlagen habe? Fragst du, wohin ich mit dem Auto gefahren bin? Ich will nicht mehr. Ich habe all diese Märchen satt. Soll ich dir die Wahrheit erzählen? Aber wo soll ich nach der graben?

»Als du damals weggelaufen bist, habe ich sehr wohl gewusst, warum«, sage ich, weil das die Wahrheit ist. »Das hat mir niemand sagen müssen. Papa hat etwas davon erzählt, dass deine leibliche Mama dich abgeholt hätte, aber ich habe gewusst, dass du vor ihm geflohen bist. Sie haben dich auch gar nicht gefunden, und da habe ich gewusst, dass du dich gut versteckt hast. Da habe ich gewusst, dass du weit genug gerannt bist. Ich war wütend, dass du mich nicht mitgenommen hast, aber ich war auch erleichtert, dass ich mir keine Sorgen mehr um dich machen musste.

Papa ist wochenlang nicht zur Ruhe gekommen. Vielleicht hat er Angst um dich gehabt, oder er hat sich nur gefürchtet, dass du zur Polizei gehen und denen alles erzählen könntest. Aber die Polizei hat nie bei uns geklopft, um Papa zu verhaften, und so hat er sich beruhigt. Er hat sich wohl gedacht, die Lisa, die wird mich nicht verraten. Ich habe ihr oft genug gesagt, sie darf mich nicht verraten. Ich habe sie fest genug erpresst.

In der Familie haben alle aufgehört, von dir zu sprechen, Lisa, weil alle Bescheid gewusst haben. Als wärst du nie bei uns gewesen. Ich hätte es ihnen am liebsten jeden Tag ins Gesicht schreien wollen.«

Ich streichle deine Wange.

»Ich habe es ihnen aber erst viel später ins Gesicht geschrien. Bei einem Familienessen. Ich hatte es mir lange vorgenommen, habe gewartet, bis alle sitzen, bin dann aufgestanden und habe gesagt: Papa, ich habe das satt, du tust, als wäre Lisa nie dagewesen, dabei hast du sie missbraucht, jahrelang. Du hattest nie das Recht, so etwas zu tun, nie!

Er hat mich stumm angesehen.

Die Oma hat gesagt: Was redet dieses Kind denn?

Und ich habe gesagt: Wir waren gleich alt, wir hatten mehr Recht aufeinander als du auf sie! Du hattest nicht das Recht, dich zwischen uns zu stellen! Du hast uns nur gestört! Du hast sie mir weggenommen! Und erzähl mir nicht, es wäre auch ihre Schuld gewesen! Es ist immer nur deine Schuld gewesen.

Papa hat nicht darauf geantwortet.

Herrgott, hat die Oma gesagt.

Die weiß ja nicht, was sie redet, hat Opa gesagt.

Ich weiß, dass du sie vermisst, hat Inge ganz sanft gesagt, aber das ist doch kein Grund, solche Märchen zu erfinden, Karin. Du musst dich abfinden, Karin, dass sie dich letztendlich verlassen hat.

Aber ich habe mich nicht damit abgefunden. Ich bin gleich mit achtzehn ausgezogen und bin nach Wien gegangen. Im dritten Studienjahr hatte Papa dann einen Schlaganfall beim Montieren einer Lampe, er ist mit der Bohrmaschine nach hinten von der Leiter gefallen. So haben sie ihn am Boden liegend gefunden, einen Fuß noch auf der ersten Sprosse. Inge ist zwei Jahre nach ihm gestorben, beim Blumengießen. Sie sind beide ganz still abgegangen. Sie haben auch beide nichts mehr zu sagen gehabt.

Ich bin dann in dieses Haus eingezogen, Lisa. Und dort hast du mich gefunden. Du hast eines Tages an der Tür angeläutet, und im ersten Moment habe ich dich kaum erkannt. So groß und aufrecht und braun gebrannt, mit zerrissenen Jeans und Dreadlocks. Du hast mich umarmt, ich habe dich hereingebeten. Du hast in der Küche mit mir Kaffee getrunken und erzählt, wie es dir ergangen ist. Dass du eine Weile umhergeirrt bist, eine Zeit lang hast du auf der Straße gelebt, Drogen genommen, aber dann bist du in diese WG gekommen, mit lauter jungen Mädchen wie dir, und du hast begonnen, zur Therapie zu gehen. Und jetzt, nach all den Jahren, bist du zu mir gekommen, weil du dich reif fühlst dafür. Du hast gesagt, ich möchte mich dafür entschuldigen, dass ich dich mit dieser Familie allein gelassen habe. Das muss furchtbar für dich gewesen sein. Du musst furchtbar einsam gewesen sein.

Ich habe gesagt, es ist in Ordnung, Lisa, und deine Hand genommen. Du hast nichts anderes machen können. Du hast doch weggehen müssen. Du brauchst dich nie wieder dafür entschuldigen, dass du weggegangen bist. Das sage ich jetzt für ein und alle Mal.«

Ich umgreife deine Finger. Meine andere Hand ist immer noch in deinem Haar. Was denkst du dir zu dem, was ich dir erzählt habe? Wirst du mir zustimmen? Ist es nicht eine schöne Geschichte, ist sie nicht wahrscheinlicher? Es könnte so gewesen sein. Ist es nicht so gewesen?

Aber mein Knöchel schmerzt und meine Fußsohlen brennen heiß, weil sie zerschnitten sind von den Kieseln. Und mein Kopf, der auf die Steinplatte getroffen ist, tut weh, und ich spüre auch ganz genau, wie nass meine Unterhose ist, weil ich doch versucht habe, auf das Elterngrab zu scheißen und nur pinkeln konnte, und die Ränder der nassen Unterhose reiben an meinen Schenkeln. Und ich sehe auf dein Gesicht, deine Wange ist geschwollen, weil ich dich mitten in deine Sommersprossen geschlagen habe.

Wenn bloß dieser schmerzende Knöchel nicht wäre und nicht meine nasse Unterhose und nicht dein geschwollenes Gesicht, dann könnte ich vielleicht diese Geschichte über das legen, was passiert ist, und sagen, ja, so ist das in Wahrheit gewesen. Dann könnten wir uns das noch zurechtbiegen, vergeben und vergessen.

So aber bin ich immer noch allein hier mit dir mitten in diesem Wald, mit meinem schmerzenden Knöchel, mit meinem eingerissenen Rock. Es ist immer noch alles geschehen. Und du, du hast dich nicht im Teich ertränkt. All das, was passiert ist, und du legst dich hier einfach hin und ertränkst dich nicht.

Was für eine Reaktion.

Die Wahrheit ist, ich stecke immer noch mit dir fest. Die Handpuppe liegt noch immer neben uns auf dem Steg. Nichts von all dem hat geendet, es geht ja alles einfach weiter, es hört ja gar nichts auf, nicht einmal du.

Nun antworte mir schon!

Sag etwas, Lisa.

Ich möchte sagen, Ja.

Ich möchte sagen:

Ja, du hast mir wehgetan. Nein, ich habe mich deswegen nicht ertränkt, obwohl das für dich bestimmt viel leichter gewesen wäre. Du hättest dein Märchen weiterspinnen können. Du hättest ein schwarzes Band um mein Foto legen können und sagen können, Ja. Aber so leicht mache ich es dir nicht.

Warum sollte ich auch?

Ja, wir sind immer noch hier, ja, wir sind immer noch miteinander allein. Der Teich ist unter uns, das Haus des Puppenbauers steht uns offen, das Unterholz öffnet sich für uns. Du hast gesagt, ich brauche mich nie wieder zu entschuldigen. Aber was bedeutet das für dich?

»Was jetzt?«, frage ich.

Du antwortest nicht. Du schüttelst nur den Kopf, hebst ihn. Der Wald umhüllt uns, und wir kennen ihn auswendig, du und ich, und er hört nicht auf dem Schulhof auf.

Er hört nirgends auf, wir kennen ihn kaum.

Du antwortest nicht. Was deshalb jetzt kommen muss, macht mir Angst. Ich muss sagen, was August zu mir gesagt hat, seine Worte erdrücken mich. Dabei geht es hier nicht um ihn. Er ist der Puppenspieler, in Wahrheit ist er eine Leerstelle. Er liegt hier neben uns am Steg, aber was ist er neben uns? Mit einer Bewegung des Fußes könnte ich ihn in den Teich fegen.

Und ich habe es satt, zu schweigen und zu warten. Ich habe es satt, vor dir zu stehen und deinen Kopf nicht an meine Schulter zu legen. Ich habe es satt, deine Haut nicht mehr an meiner zu spüren. Ich habe so lange gewartet, wie eine Feder hat sich die Zeit gespannt.

»Liebst du mich jetzt oder nicht?«, frage ich. »Liebst du mich wie im Wald?«

Aber wie meint sie das denn?

Ich sehe sie an, sie mit ihrer Frage, mit der einen großen Kinderfrage, und frage mich sofort, wieso sagt sie denn das so: wie im Wald? Was meint sie denn damit überhaupt? Ich denke an den Wald und das Einzige, woran ich da denken kann, ist diese Umarmung. Diese eine Umarmung in der Nacht, als wir weglaufen wollten, als wir uns beide unter der Wurzelhand verkrochen haben, die damals schon zu klein war für uns. Damals haben wir uns ganz fest umarmt, als wollten uns Fliehkräfte auseinanderdrücken, und ich habe alles gespürt, was in dieser Umarmung enthalten war, und es war alles darin enthalten.

Wir haben uns aneinandergedrückt vor Angst, uns zu verlieren, und um die andere zu spüren und um diesen Geruch in uns aufzusaugen. Und gleichzeitig habe ich gespürt, wie sie sich schon wegstoßen wollte von mir, wie sie damals schon fliehen wollte, weg von mir, weil das auch weg von Papa bedeutete. Und schon damals habe ich Papa an ihr gerochen, und hätte schreien können darüber, und sie ohrfeigen dafür und noch fester an mich drücken und mich wie ein Schild zwischen sie und August stellen. Und bloß sie noch einmal riechen, dichter riechen, keinen Zwischenraum lassen. Und sie so weich und warm und ich kann mich fallen lassen und sie umfängt mich ganz, vielleicht ist es das. Und ich spüre doch, sie wird gehen, ich werde sie von mir stoßen. Und all das auf einmal, als würde das alles zusammenpassen wie Puzzleteile so nahtlos, als würde all das sich auch gar nicht widersprechen.

»Immer, ja«, sage ich.

»Ja, wie im Wald.«

Ich danke der Jugendliteraturwerkstatt Graz, ganz besonders Martin Ohrt und Johannes Brodowski, für alle Textarbeit, für alle Schreibzeiten und alle Gespräche und sowieso. Ich danke der jungen literaturwerkstatt wien und Semier Insayif für alle Gespräche über Literatur, Wasser und Füchse. Ich danke meiner gepatchworkten Familie – und ja, auch wenn ihr glaubt, ihr seid nicht mitgemeint, ihr seid es doch – dafür, dass ihr mich immer unterstützt habt, bei meinen durchdachteren oder auch weniger durchdachten Vorhaben. Ich danke meinen Freunden und Freundinnen und Cordula Simon für diverse Tritte ins Gesäß. Und denen, die sich hier angesprochen fühlen sollen, auch wenn ich sie nicht beim Namen nenne. Und einem ganz bestimmten Dachs.

Elisabeth Klar